W0185424

Un Noël avec son ex

*

Voluptueux Noël

*

Le chantage de Noël

DANI COLLINS

Un Noël avec son ex

INTÉGRALE

LE NOËL DE LA SÉDUCTION

Traduction française de
CHRISTINE MOTTI

SAGAS

HARLEQUIN

Collection : SAGAS

Titre original :
CLAIMING HIS CHRISTMAS WIFE

Ce roman a déjà été publié en 2019

© 2018, Dani Collins.
© 2019, 2022, HarperCollins France pour la traduction française.

Ce livre est publié avec l'autorisation de HARLEQUIN BOOKS S.A.

Tous droits réservés, y compris le droit de reproduction de tout ou partie de l'ouvrage, sous quelque forme que ce soit.
Toute représentation ou reproduction, par quelque procédé que ce soit, constituerait une contrefaçon sanctionnée par les articles 425 et suivants du Code pénal.

Si vous achetez ce livre privé de tout ou partie de sa couverture, nous vous signalons qu'il est en vente irrégulière. Il est considéré comme « invendu » et l'éditeur comme l'auteur n'ont reçu aucun paiement pour ce livre « détérioré ».

Cette œuvre est une œuvre de fiction. Les noms propres, les personnages, les lieux, les intrigues sont soit le fruit de l'imagination de l'auteur, soit utilisés dans le cadre d'une œuvre de fiction. Toute ressemblance avec des personnes réelles, vivantes ou décédées, des entreprises, des événements ou des lieux serait une pure coïncidence.

Le visuel de couverture est reproduit avec l'autorisation de :
© 2014 NADYA KOROBKOVA/SHUTTERSTOCK

Réalisation graphique couverture : C. ESCARBELT (HarperCollins France)

Tous droits réservés.

HARPERCOLLINS FRANCE
83-85, boulevard Vincent-Auriol, 75646 PARIS CEDEX 13
Service Lectrices — Tél. : 01 45 82 47 47 - www.harlequin.fr
ISBN 978-2-2804-8493-0 — ISSN 2426-993X

Composé et édité par HarperCollins France.
Imprimé en octobre 2022 par CPI Black Print (Barcelone)
en utilisant 100% d'électricité renouvelable.
Dépôt légal : novembre 2022.

FSC
www.fsc.org
MIXTE
Papier issu de sources responsables
FSC® C159065

Pour limiter l'empreinte environnementale de ses livres, HarperCollins France s'engage à n'utiliser que du papier fabriqué à partir de bois provenant de forêts gérées durablement et de manière responsable.

1

— Monsieur Sanders ?

Pressé d'en finir, Travis répondit sèchement :

— Lui-même. Que voulez-vous ?

Son assistante de direction était venue le chercher, interrompant ainsi une importante réunion avec ses collaborateurs. Il s'agissait d'un appel « urgent », avait-elle précisé.

— Je voudrais vous parler de Mme Imogen Gantry, reprit la voix féminine. C'est bien votre épouse ?

Une foule de souvenirs l'assaillit soudain, avec une force qui ne manqua pas de le surprendre. Les muscles tendus, il serra fort le smartphone dans sa main avant de répondre :

— *C'était*. Nous avons divorcé. Vous êtes journaliste ?

— J'essaie de joindre l'un de ses proches. Je vous appelle de…

La femme qu'il avait en ligne cita alors le nom de l'un des hôpitaux publics les plus fréquentés de New York. La colère qui avait jailli en lui lorsque le nom de son ex avait résonné à son oreille se dissipa soudain. Il eut l'impression de plonger au fond d'un gouffre, de suffoquer. Au prix d'un immense effort, il parvint à articuler la question qui lui était venue à l'esprit en entendant ces mots.

— Que s'est-il passé ?

Sans même s'en apercevoir, il avait baissé les paupières. Il *la* voyait en face de lui, riant aux éclats. Le vert de ses prunelles, où dansait une lueur espiègle, était étincelant. Son ravissant visage au teint pâle, auréolé d'une masse de cheveux flamboyants, rayonnait de joie. Ce même visage, il l'avait vu exprimer aussi la colère. Ou encore afficher un air à la fois blessé et vulnérable. Cette image-là était celle qu'il gardait de leur dernière rencontre.

Il ne lui avait pas fallu bien longtemps pour comprendre que tout cela n'était que simulation, mensonge – ce qui ne rendait pas pour autant la chose plus facile à accepter.

Elle était partie… Il avait encore du mal à l'admettre. Il avait décrété ne plus souhaiter la revoir. Plus jamais. Et il se rendait compte qu'en son for intérieur il n'en était pas si sûr.

La voix qui retentit dans l'appareil le replongea dans le présent.

— Mme Gantry s'est évanouie dans la rue. Elle a de la fièvre et n'a pas encore repris connaissance. Savez-vous s'il faut éviter certaines substances médicamenteuses ? Nous voudrions lui administrer un traitement, mais en cas de contre-indication médicale…

— *Elle n'est pas morte ?*

Il avait coupé la parole à son interlocutrice et s'apercevait que cette question, pour le moins brutale, pouvait laisser entendre qu'il le regrettait presque. Mais sa réaction n'avait rien d'étonnant. Imogen avait toujours su s'y prendre pour lui faire croire ce qu'elle voulait, jouer avec ses sentiments, et pour finir, toujours tirer profit de la situation. Sacrée manipulatrice ! S'il mettait la main sur elle, il veillerait lui-même à ce qu'elle quitte au plus tôt ce bas monde !

— Pourquoi a-t-elle été conduite dans votre établissement ? reprit-il.

— Sans doute parce que c'était le plus proche de l'endroit où elle s'est évanouie. Mme Gantry n'a apparemment pas de portable, et votre numéro est le seul que j'aie pu trouver dans sa pochette. Nous aurions besoin de quelques renseignements. Êtes-vous en mesure de nous les fournir ?

— Essayez plutôt de joindre son père.

Travis se dirigea vers le bureau de son assistante de direction.

— Cherchez les coordonnées du père d'Imogen Gantry, dit-il à celle-ci. Il travaille dans l'édition. L'initiale de son prénom est W. William Gantry, peut-être.

Il n'avait jamais rencontré cet homme et n'avait entendu Imogen citer son nom qu'à une ou deux reprises. Rien d'étonnant, vu la très courte durée de leur mariage. Il ne savait en fait quasiment rien de celle qu'il avait épousée.

— Wallace Gantry ? fit l'assistante de direction quelques secondes plus tard en tournant vers lui son écran. Il semblerait qu'il soit décédé depuis quelques mois.

De l'index, elle pointa l'avis de décès où il était précisé que M. Wallace Gantry avait perdu la vie après sa femme et sa fille aînée, ne laissant au monde que sa fille cadette, Imogen.

Parfait. Mais que pouvait-il attendre de mieux, concernant Imogen ? Tout ce qui la touchait de près ou de loin était source d'ennuis. Raison pour laquelle il avait décidé, quatre ans plus tôt, de maintenir le plus de distance possible entre elle et lui.

Mais en pareilles circonstances, que faire ? Que dire d'autre que : « J'arrive le plus vite possible » ?

Imogen se rappelait s'être penchée en avant pour s'asseoir sur le bord du trottoir. De là, elle avait regardé devant elle. Elle ne se trouvait pas sur un joli boulevard bordé d'ormes centenaires, comme celui sur lequel donnait un jardin où fleurissaient les rosiers plantés par sa mère.

Non, rien de tout cela. Elle se trouvait sur le trottoir glacial et sale d'une banlieue mal famée, où les tas de neige s'étaient transformés en une couche de boue grumeleuse. L'air froid et humide n'étouffait nullement les horribles odeurs provenant de la grille située à ses pieds.

Elle n'aurait pas dû approcher de ce poteau auquel elle avait voulu s'appuyer. Elle s'était sentie glisser vers la chaussée, incapable de freiner cette chute, et avait cru que la prochaine voiture roulerait sur ses jambes. Ou tout au moins, qu'elle provoquerait un torrent de neige fondue qui la submergerait.

À vrai dire, cela ne l'avait pas perturbée outre mesure. Mais elle avait soudain eu l'impression que sa tête gonflait, devenait de plus en plus lourde au fur et à mesure que s'égrenaient les secondes. Une violente douleur lui avait alors transpercé l'oreille, provoquant un sifflement strident. Elle avait cherché à se convaincre que ça ne pouvait en aucun cas être une otite. Les otites étaient en général réservées aux enfants. De plus, c'était sa sœur qui y était sujette, pas elle. Elle n'était pas non plus allée à la piscine récemment. C'était incompréhensible, mais la douleur n'en restait pas moins présente, lancinante, insupportable. Prise de frissons, elle avait senti ses forces l'abandonner.

Puis ces frissons avaient été balayés par une brusque sensation de chaleur et, au prix d'un effort surhumain, elle avait réussi à se mettre en position assise. Cherchant à se rassurer, elle s'était dit que la fièvre était un moyen naturel de lutter contre un virus. Le profond malaise qui s'était emparé d'elle serait donc de courte durée.

Aucune amélioration ne s'était cependant fait sentir. Loin de là, même. La neige avait commencé à traverser l'étoffe de ses vêtements sans qu'elle y prête vraiment attention.

Voilà donc comment je vais mourir.

Ces mots-là s'étaient mis à tournoyer dans son esprit, de plus en plus vite, de plus en plus fort. Pourquoi pas ? Son père aurait sans nul doute été ravi qu'elle finisse ainsi ses jours. Il se serait sans doute peu ému de la voir perdre ainsi la vie, comme un chien dans un caniveau, et ce une semaine avant Noël ! Quant à Travis, lorsqu'il apprendrait la nouvelle, il penserait qu'elle n'avait eu que ce qu'elle méritait – si toutefois il avait vent de sa mort et des circonstances dans lesquelles elle s'était déroulée.

Succomber de cette façon-là la soulageait, en quelque sorte. Se battre sans répit était épuisant, surtout quand on savait la cause perdue. Renoncer à lutter lui semblait bien plus facile. Pourquoi ne pas y avoir songé plus tôt ?

C'était donc ainsi qu'elle était passée de vie à trépas. Et elle se trouvait à présent… probablement pas au paradis, mais cela ne la surprenait guère, car elle ne s'attendait pas à y être accueillie. Ce devait être plutôt l'enfer.

En tout cas, elle ne se sentait pas au mieux de sa forme. Elle avait mal partout et il lui semblait que son oreille endolorie était remplie d'eau. L'autre aussi commençait à la faire souffrir. Les sons d'une conversation lointaine résonnaient dans sa tête, pareils à des coups de marteau. Elle avait la bouche si sèche qu'il lui était impossible de déglutir. Elle essaya d'articuler quelques mots, mais ne parvint à émettre qu'un gémissement.

Quelqu'un lui soulevait le bras. Tout près d'elle, une présence lui apportait une agréable sensation de chaleur. Mais la présence s'éloigna et elle éprouva une profonde impression de vide. Elle entendit des bruits de pas, puis une voix masculine.

— Elle se réveille.

Cette voix, elle la connaissait. Elle sentit des picotements sous les paupières et le rythme de sa respiration, jusque-là normal, s'accéléra soudain. Sa poitrine se contracta tandis qu'un sentiment de peur mêlé de culpabilité l'envahissait.

Aucun doute, elle se trouvait bel et bien en enfer !

Un bruit de pas plus rapide, plus léger, se rapprocha. Elle ouvrit les yeux et grimaça, éblouie par la lumière. Puis elle balaya du regard la chambre aux murs peints dans des tons clairs apaisants. Cette pièce ressemblait à celle qu'avait occupée son père durant les derniers mois de sa vie. Elle se trouvait sûrement dans un hôpital privé. Pour une simple otite ?

« Je… ne peux pas m'offrir un établissement de cette catégorie. »

Ces mots-là étaient ceux qu'elle aurait voulu prononcer, mais l'infirmière ne lui en laissa pas le temps.

— Non, n'essayez pas de parler, lui dit celle-ci avec un sourire bienveillant.

Puis elle posa la main sur son poignet pour lui prendre le pouls, hocha la tête, et vérifia sa température avant de déclarer :

— Ah, il y a du mieux !

Jusque-là, Imogen avait réussi à *l*'éviter. Car *il* était dans la pièce, elle le savait, et se gardait de tourner la tête sur l'oreiller de crainte de se trouver confrontée à *lui*. Elle redoutait ce moment, auquel elle ne se sentait pas du tout prête.

— Com… ment suis-je arrivée ici ? murmura-t-elle.

L'infirmière prit une bouteille d'eau et une paille avant de reporter son attention sur la patiente. Une paille flexible, observa

Imogen, dont elle s'était toujours vu interdire l'usage, parce qu'il s'agissait d'un objet trop ordinaire. Un vulgaire gadget.

Elle avala deux gorgées d'eau et eut l'impression de revivre. Enfin, sa gorge n'était plus aussi sèche !

— Très bien. Je vais prévenir le médecin que vous êtes réveillée. Nous vous redonnerons un peu à boire tout à l'heure et peut-être aussi à manger.

— Depuis quand…

— … Êtes-vous ici ? finit l'infirmière à sa place. Vous êtes arrivée hier.

Elle avait donc passé une journée et demie dans cet établissement ? Alors que son compte en banque était dans un état catastrophique !

L'infirmière quitta la pièce, non sans lancer un bref sourire au spectre qui se tenait de l'autre côté du lit. Imogen baissa de nouveau les paupières, consciente qu'il s'agissait là d'une réaction puérile.

Du coin de l'œil, elle vit une chaussure se rapprocher du lit, puis une autre. Et enfin, elle *le* vit apparaître, se pencher légèrement vers elle. Elle l'entendit aussi soupirer, comme s'il devinait son objectif : retarder le moment où elle devrait lui faire face.

— Pourquoi es-tu venu ? lui demanda-t-elle d'une voix encore éraillée.

Puis elle serra les lèvres. Ce n'était pas ainsi qu'elle avait imaginé des retrouvailles avec cet homme. Dans ses rêves les plus secrets, elles se déroulaient en terrain neutre. À une terrasse de café, peut-être, un endroit jouissant d'une jolie vue. Et elle avait à la main un chèque qu'elle lui remettait. Un chèque correspondant à la somme qui lui avait été allouée lors de leur divorce. Somme que Travis l'accusait de lui avoir dérobée, cela ne faisait aucun doute. Toujours dans ces rêves, elle lui expliquait pourquoi elle avait accepté cet argent. Et s'il ne lui pardonnait pas d'avoir agi ainsi, du moins cessait-il de la mépriser.

Mais peut-être ne la détestait-il pas autant qu'elle le croyait ?

Sinon il ne serait pas là. Qui sait, peut-être se souciait-il de son sort ?

Le bruit d'une fermeture à glissière la fit tressaillir. Oh non !

— Tu... fouilles dans mes affaires ? lança-t-elle, cherchant du regard la pochette rouge qui avait autrefois appartenu à sa mère.

C'était là qu'elle rangeait tous ses objets personnels : son permis de conduire, sa carte de crédit, la clé de sa chambre, la seule photo qu'elle ait d'elle avec sa sœur et sa mère. Ainsi que le certificat de mariage attestant que Travis Sanders était son époux.

— L'infirmière cherchait ton plus proche parent. Voilà donc comment elle est arrivée jusqu'à moi !

Cet homme n'avait pas son pareil pour exprimer le dédain. Sa voix qui tant de fois avait eu des accents chauds, profonds, séducteurs, était à présent empreinte de froideur et d'arrogance. Elle ne connaissait que trop ces airs hautains, ce ton désobligeant, pour y avoir maintes fois été confrontée. Par le biais de ses voisins, de ses professeurs, de son très cher père. Elle aurait donc dû être immunisée, et pourtant les mots de Travis lui faisaient l'effet d'un poignard dans le cœur.

Il se moquait bien de savoir qu'il était la seule personne au monde avec laquelle elle avait des « liens ». Cette association lui était même sans doute insupportable.

Après s'être tournée vers l'appareil à perfusion, elle fixa le plafond, puis Travis. Et elle sentit les battements de son cœur s'accélérer. Rasé de près, bien coiffé, il était encore plus attirant qu'autrefois. Mais il ne ressemblait pas à l'homme à la barbe naissante et aux cheveux en bataille qu'elle avait tenu dans ses bras au cours de quelques longues nuits passionnées.

Cet homme-là avait disparu. Elle avait désormais en face d'elle un individu à l'expression glaciale, vêtu d'un costume trois-pièces gris anthracite dont la couleur semblait en parfaite harmonie avec son humeur.

Était-ce bien Travis ? Travis avec qui...

Elle regrettait tant cette période de sa vie, dont le simple souvenir la remplissait aussi de remords. Pourquoi fallait-il toujours qu'elle se méprenne ? Qu'elle chute, qu'elle peine à se relever ? Pourquoi faisait-elle fuir les gens alors qu'elle était en quête d'amour ? Qu'elle cherchait quelqu'un qui soit prêt à l'aimer, ne serait-ce qu'un peu ? En particulier, parmi ceux qui étaient censés la chérir.

Mais elle n'allait pas se lamenter sur son sort !

Ressaisis-toi, Immy ! Redresse les épaules, et vite !

— Y a-t-il quelqu'un à joindre pour l'informer de la situation ?

Elle avait du mal à reconnaître ce regard qui, le jour de leur première rencontre, était si chaleureux, si espiègle, enjôleur. Le gris de ces prunelles, jadis si lumineux, était aujourd'hui aussi terne qu'un ciel d'hiver. Elle ne représentait rien pour Travis. Absolument rien.

— Tu en as fait assez, déclara-t-elle, convaincue que c'était lui qui était à l'origine de son transfert dans cet établissement haut de gamme.

Elle détourna le regard vers la fenêtre. La neige tombait toujours, couvrant d'un manteau immaculé un paisible jardin.

— Je t'en prie.

La pointe d'ironie qui perçait dans la voix masculine n'échappa guère à Imogen. Qu'attendait-il donc d'elle ? Qu'elle le remercie de lui avoir sauvé la vie tout en l'appauvrissant un peu plus encore ?

— Je ne garde pas le souvenir de t'avoir demandé quoi que ce soit !

Pas de façon directe, mais en gardant sur elle leur certificat de mariage, au lieu de leur acte de divorce. Qu'était-il advenu de ce document, d'ailleurs ? Elle n'en avait pas la moindre idée.

— En effet, cette décision m'appartient et je l'assume, rétorqua-t-il. Il n'en va pas de même de toutes celles que j'ai prises dans ma vie. Notamment, celle de t'épouser. Tu es la seule erreur que j'aie jamais commise, Imogen. Est-ce que tu le sais ?

2

Travis entendit la jeune femme respirer plus fort et remarqua qu'elle le fixait, les yeux écarquillés. Elle n'était certes pas au mieux de sa forme, mais il ne regrettait pas pour autant de lui avoir parlé aussi durement. Après tout, il s'était borné à dire la vérité. Pourquoi cela le gênerait-il ? Elle ne lui manifestait, elle, aucune reconnaissance alors qu'il aurait très bien pu raccrocher le téléphone en entendant son nom !

C'est d'ailleurs ce qu'il aurait dû faire. Imogen Gantry était le portrait type de la princesse new-yorkaise pourrie gâtée : égocentrique, fourbe, résolue à profiter de tout et de tous. Ce n'était cependant pas l'image qu'elle renvoyait à cet instant précis, il en convenait. Comment avait-elle bien pu se retrouver dans un tel état, au service des urgences bondé de cet hôpital ?

— Estime-toi heureuse d'avoir été transférée ici. Sais-tu où on t'a conduite, quand on a ramassé ton corps gelé sur le trottoir ? D'ailleurs, que faisais-tu dans ce quartier ?

— Si je te le disais, tu ne me croirais pas.

Elle se tut et il la vit cligner des paupières, indécise, comme si elle hésitait à lui révéler quelque chose. Puis, toujours murée dans le silence, elle détourna le regard.

Lorsqu'il avait appris où avait été découvert son corps et l'avait vue si maigre, il avait aussitôt pensé qu'elle était sous l'emprise de la drogue. Ce motif lui paraissait le plus vraisemblable. Mais aucune substance de cette nature n'avait été détectée lors des analyses de sang. Pas plus que la moindre trace de produit lié au sevrage.

Imogen avait cependant une forte fièvre et souffrait d'une otite infectieuse qui, par chance, avait bien réagi au traitement antibiotique administré par voie veineuse. D'après le médecin, cette infection aurait dû être prise en charge plus tôt, car elle aurait pu dégénérer et provoquer une perte de l'audition ou même une méningite. Après ce diagnostic, il avait posé sur Travis un regard presque accusateur, comme s'il le rendait responsable des maux de sa patiente. C'est à ce moment-là qu'il avait décidé de la faire transférer dans ce grand hôpital privé, établissement d'une catégorie supérieure au précédent.

Il l'y avait suivie, puis avait entrepris des recherches sur Internet. Sans aucun succès. Imogen Gantry semblait n'exister qu'en chair et en os ! Aucune trace numérique d'elle, nulle part. Il avait fini par retrouver d'anciens messages, ainsi que des photos d'elle à des soirées mondaines qui paraissaient remonter à l'époque de leur mariage. Mais, exception faite de la notice nécrologique de son père, assez brève, sur laquelle était précisé qu'il n'y aurait pas d'office religieux, impossible de trouver la moindre information récente concernant Imogen.

Poursuivant ses recherches, il n'avait pas tardé à découvrir que la maison de W. Gantry avait été vendue. Les démarches pour trouver la nouvelle adresse de la jeune femme restant vaines, il s'était vu obligé d'inscrire la sienne sur les documents. Suite à quoi il s'était comporté comme s'il était son mari : il avait donné son assentiment pour que lui soit administré ce traitement et s'était engagé à régler les frais médicaux. Qu'était-il censé faire de plus ?

L'antalgique qu'on lui avait donné l'avait endormie pendant presque vingt-quatre heures. Vu l'aspect dans lequel il l'avait trouvée, il en avait déduit qu'elle manquait de sommeil. Ces yeux très cernés et ce teint olivâtre ne ressemblaient en rien à l'image qu'il avait gardée de celle qui avait traversé sa vie à la vitesse de l'éclair. Pas plus que ces traits émaciés ni ces mains abîmées.

La voir dans ce triste état faisait naître en lui un sentiment de pitié, mêlé à une colère empreinte de lassitude. En l'épousant, il avait été conscient de commettre une erreur. Pourquoi ne pas avoir fait machine arrière avant de signer l'acte de mariage ?

Quand le médecin arriva, accompagné de l'infirmière, il déclara qu'Imogen devait poursuivre le traitement antibiotique oral et que le bilan sanguin avait révélé une carence en fer.

— Vous êtes épuisée, à bout de forces. Je vais donc vous prescrire un arrêt de travail de quatre semaines ainsi qu'un puissant cocktail de vitamines. Pour retrouver toutes vos forces, il faudra aussi que vous vous nourrissiez convenablement.

— Un arrêt de travail ? répéta Travis, acerbe.

Quel travail ?

Pour autant qu'il sache, Imogen n'avait jamais occupé de véritable emploi.

Ce fut d'une voix crispée qu'elle remercia le médecin avant de plier en deux l'ordonnance qu'il venait de lui remettre et de faire un geste de la main en direction de Travis. Ce dernier lui donna la pochette en soie qui, trente ans plus tôt, était sans doute très élégante, mais qui était à présent passablement défraîchie.

— Je peux donc partir ? demanda-t-elle au médecin tout en désignant du menton l'appareil de perfusion relié à son bras gauche.

— Certainement pas ! Vous allez recevoir sous peu une autre dose d'antibiotiques ainsi qu'une transfusion de fer. Nous reparlerons demain de votre départ, mais je pense qu'il faudrait attendre quelques jours avant de…

— Impossible, l'interrompit-elle. Mes moyens ne me permettent pas de rester plus longtemps dans cet établissement.

Il s'apprêtait à répondre quand elle reprit la parole :

— S'il vous plaît… Et je souhaiterais aussi que vous me débarrassiez au plus vite de cette aiguille plantée dans mon bras. Il se trouve que je suis assez sensible et que cette sensation devient très douloureuse.

— Madame Sanders…

— *Gantry*, rectifia-t-elle aussitôt.

— Nous sommes *divorcés* !

La voix de Travis s'était élevée en même temps que la sienne. Perplexe, l'homme en blouse blanche les regarda tour à tour.

— Ce n'est pas mon ex-mari qui réglera les frais de ce traitement, mais moi.

En entendant ces mots, Travis haussa les sourcils. Ce qui suivit en revanche ne le surprit pas.

— Et comme je ne suis pas en mesure de le faire…

S'adressant cette fois à l'infirmière, elle ajouta :

— … Je tiens à sortir dans les plus brefs délais.

La réponse du médecin ne se fit pas attendre :

— Compte tenu de votre état de santé, ce serait imprudent.

Tourné vers Travis, il insista :

— *Très* imprudent.

Ces deux mots suscitèrent en lui une réaction immédiate qui ne manqua pas de le surprendre. Quel besoin avait-il de se préoccuper du sort d'Imogen Gantry ? Comment était-ce possible qu'il se soucie encore d'elle ?

— Je réglerai les frais, dit-il d'un ton sec.

Imogen voulut changer de position et grimaça. Elle n'arrivait même pas à lever le bras. Sa tête aussi était lourde. Si lourde qu'elle peinait à lui faire quitter l'oreiller où elle était bien calée.

Les mots qu'il prononça ensuite, d'un ton sarcastique, lui firent l'effet d'un coup de poing au creux de l'estomac.

— Tu me rembourseras plus tard !

— Je vais payer pour ce traitement, répliqua-t-elle, glaciale. Mais il faut qu'il prenne fin *tout de suite*. Apportez-moi, s'il vous plaît, les documents que je dois signer et enlevez-moi cette aiguille qui me transperce le bras. Je voudrais aussi récupérer mes vêtements…

— Je les ai jetés.

Ces mots valurent à Travis un regard noir.

— Pardon ? Mais…

Elle ne finit cependant pas sa phrase et se tourna vers l'infirmière.

— Pourriez-vous m'apporter un pyjama, je vous prie ? Ainsi qu'un plat chaud. Tant qu'à faire, autant dépenser sans compter !

— Comme d'habitude, rectifia Travis à voix basse avec une moue éloquente.

Le fusillant du regard, elle fut prompte à rétorquer :

— Je ne voudrais surtout pas te retenir…

Il eut alors l'audace de porter son attention sur le médecin et de l'inviter, d'un geste de la tête, à le suivre dans le couloir.

— Et ne t'avise pas de parler de moi en mon absence ! lança-t-elle, tandis que les deux hommes quittaient la pièce.

Avec un soupir, elle se tourna vers l'infirmière et leva les yeux au ciel.

— Incroyable, n'est-ce pas ?

Résolue à ne surtout pas entrer dans son jeu, celle-ci se borna à pointer du menton l'appareil à perfusion.

— Nous attendrons que la poche d'antibiotiques soit vide avant de retirer l'aiguille. Je vais vous chercher un bol de soupe.

Imogen ne fut pas longue à s'endormir après le départ de l'infirmière. Lorsque celle-ci revint avec un plateau portant un bol de soupe et un verre de jus de fruits, elle se réveilla et mangea. Presque aussitôt, elle éprouva une sensation de réconfort, et elle comprit que le malaise dont elle avait été victime dans la rue était dû en partie à un problème de nutrition. Apparemment, le corps humain était une machine qui fonctionnait avec du carburant et, de toute évidence, les quelques tomates cerise qu'elle mangeait dans le bar où elle faisait le ménage ne suffisaient pas à alimenter le sien.

L'infirmière lui donna des pilules avec un verre d'eau, puis retira doucement de son bras l'aiguille de la perfusion. Ensuite, elle la conduisit à la salle de bains où elle l'aida à se doucher et à s'habiller. Imogen se retrouva vêtue d'un pyjama gris. Malgré l'aide de l'infirmière, elle se sentait épuisée après s'être ainsi activée. Elle demanda donc à celle-ci de lui venir en aide pour rassembler en chignon la masse de ses cheveux mouillés. Après quoi elle redressa les épaules et, faisant mine d'avoir retrouvé toute son énergie, s'efforça de glisser les pieds dans des chaussons à peine plus épais que des chaussettes – qui, sans nul doute, lui coûteraient une fortune.

Pour finir, elle signa les formulaires de l'hôpital où il était stipulé qu'elle seule avait décidé de quitter prématurément l'établissement et en assumait l'entière responsabilité. Elle s'apprêtait à sortir de la pièce quand elle aperçut ses bottines, à demi cachées sous le lit. Par chance, Travis ne les avait pas jetées ! Elle les chaussa et, une fois dans le couloir, prit sur un chariot une couverture et s'y s'enveloppa.

L'épreuve qui l'attendait à présent s'annonçait délicate : traverser ainsi « vêtue » une partie de New York afin de rejoindre son logement. Il neigeait toujours et la nuit ne tarderait pas à tomber, le ciel s'obscurcissant dès 15 heures à cette période de l'année. Et il lui faudrait rentrer « chez elle » à pied, car sa carte bancaire refuserait catégoriquement de financer l'achat d'un ticket de métro.

— Eh bien, au revoir, dit-elle en passant devant le bureau des infirmières.

Elle désigna la couverture qu'elle portait sur les épaules et ajouta :

— Ajoutez ceci à ma facture. Merci.

— Vous ne devriez pas partir, madame Gantry, intervint l'infirmière en chef. Vous avez besoin de repos.

— Ne vous inquiétez pas, je me reposerai dès que je serai chez moi.

Il s'agissait là d'un mensonge. Sur le chemin du retour, elle s'arrêterait chez l'un de ses employeurs pour s'assurer qu'elle faisait toujours partie de l'équipe de nettoyage après son absence imprévue, la nuit précédente.

Arrivée au bout du couloir, elle s'engagea dans la porte tambour. Le froid glacial de l'hiver lui fit l'effet brutal d'une gifle. Elle perdit sur-le-champ le peu d'énergie qu'elle avait réussi à retrouver, au point que mettre un pied devant l'autre prit pour elle l'allure d'une tâche insurmontable. Elle avait l'horrible impression que son sang se glaçait dans ses veines. Au prix d'un effort surhumain, elle parvint à franchir quelques mètres. Après quoi, le souffle court, elle dut s'arrêter. Le portail de l'établissement privé ne se trouvait plus qu'à une courte distance.

Il lâcha un soupir exaspéré.

— À quoi joues-tu au juste ? Autant te prévenir tout de suite, tu n'auras pas cette fois l'occasion de m'arnaquer !

— Tu ne me raccompagnes donc pas chez moi ?

Elle avait la main sur la poignée de la portière, prête à descendre, quand il reprit la parole.

— Si je te conduis là-bas, que va-t-il se passer ? Tu vas aussitôt te glisser dans le lit d'un type louche qui aurait déplu à ton père ?

Travis hésita un instant avant d'ajouter :

— Qui sait, peut-être même t'administre-t-il les corrections dont tu aurais eu besoin dans ta jeunesse ?

— Inutile, tu t'en charges très bien en ce moment ! asséna-t-elle.

Ils échangèrent alors un long regard. Imogen fut la première à détourner le sien. Ils ne s'étaient jamais livrés à des jeux érotiques, mais elle était persuadée que, tout comme elle, Travis venait d'y songer. Comme elle sentait monter en elle une douce chaleur, elle remarqua que le regard gris de son ex-mari virait à l'anthracite. Ses traits aussi s'étaient soudain durcis.

— J'envisage en effet de me mettre au lit. Mais dans *le mien*, *seule*… en espérant m'endormir et ne jamais me réveiller !

Ces mots qu'elle avait lâchés dans un souffle semblèrent n'avoir aucun effet sur Travis, qui réitéra sa question.

— Et maintenant, pourrais-tu s'il te plaît me donner ta véritable adresse ?

— Je viens de le faire.

Elle ne prit pas même la peine de paraître consternée. À quoi bon chercher à se leurrer, ou même à donner d'elle une image éloignée de la réalité ? Sa vie avait sombré dans un gouffre sans fin et il lui était de plus en plus difficile de redresser la tête pour arriver ne serait-ce qu'à respirer. En avait-elle seulement envie ?

Les yeux clos, elle se laissa aller en arrière et, épuisée, ne fut pas longue à sombrer dans un sommeil lourd. Ce fut la voix de Travis qui la tira de sa torpeur.

— Nous sommes arrivés.

Elle sursauta, puis cligna des paupières et regarda autour d'elle.

— Oh… D'accord, merci.

Les traits figés, Travis contourna la voiture et l'aida à mettre pied à terre. D'instinct, elle s'agrippa à la main qu'il lui tendait. Elle aurait tant voulu se lover contre lui, poser la tête sur la douce étoffe de son manteau. Tant aimé le supplier de ne pas la laisser *là*. Elle ressentait dans ce quartier une peur permanente qu'elle s'efforçait de ne pas montrer. Si cet environnement était très différent de celui dans lequel elle avait grandi, l'appréhension qu'elle éprouvait était, elle, identique à celle qui avait hanté son enfance. Mais elle allait, comme toujours, s'efforcer de cacher cette faiblesse.

Or elle ne s'était jamais sentie aussi faible, aussi fragile, et lâcher la main de Travis lui coûta terriblement. Sans le contact de cette paume chaude, la sensation de solitude qui l'habitait prit une ampleur telle qu'elle eut l'impression de partir à la dérive.

Pourquoi faisait-il si froid ? Frissonnant, elle plongea la main dans sa pochette en soie rouge pour y chercher sa clé, et se dirigea d'une démarche mal assurée vers la porte de l'immeuble. Comme d'habitude, celle-ci n'était pas verrouillée. Une forte odeur de choucroute régnait dans le hall d'entrée – rien de très ragoûtant, mais préférable à d'autres effluves qui l'accueillaient parfois dès le seuil franchi.

Travis, qui lui avait emboîté le pas, lâcha un juron. Bien qu'intimidante, sa présence avait aussi quelque chose de rassurant et la tension qui l'habitait s'atténua légèrement. Jusqu'à ce qu'apparaisse en haut de l'escalier une voisine à la chevelure blond platine. Chaussée de cuissardes et vêtue d'un blouson en fausse fourrure porté sur une minijupe en cuir, elle partait dans la rue à la recherche de clients.

— Hé ! lança-t-elle de sa voix éraillée, pas de petits jeux dans les chambres, compris ?

— Ce monsieur me raccompagne chez moi, rien de plus.

— Soyez prudente, insista la blonde, ou vous vous ferez expulser !

Se gardant bien de répondre, Imogen gravit les quelques marches qui menaient au premier étage où se trouvait sa chambre.

Bien que Travis ne soit pas intervenu durant ce bref échange, l'expression de son visage était éloquente.

Les épaules basses, elle glissa la clé dans la serrure et poussa la porte qui ouvrait sur la pièce qu'elle occupait. Ce lieu était si déprimant qu'elle préférait en général travailler plutôt que rester enfermée entre ces quatre murs. La chambre était aussi propre que possible. Quant à ses effets personnels, ils étaient réduits à leur plus simple expression puisqu'elle s'était défaite de la plupart de ses affaires – y compris accessoires et vêtements – pour en tirer quelques dollars. Une petite casserole était posée sur la seule et unique chaise. Elle s'en servait pour faire cuire du riz ou des pâtes dans la cuisine commune.

Sa paie censée arriver ce jour-là lui permettrait de faire quelques courses. Jusqu'ici, elle avait essayé de faire durer au maximum ses dernières provisions – ce qui expliquait qu'elle ait perdu connaissance dans la rue. Elle rejoignit le lit une place qui occupait un coin de la pièce et se laissa tomber sur le matelas aussi épais qu'une galette. En soupirant, elle se défit de la couverture désormais trempée qu'elle portait sur les épaules et la remplaça par celle pliée au pied du lit.

— Il faudrait que tu partes maintenant, Travis, sinon « on » va croire que je… reçois quelqu'un. Or je ne tiens pas à être mise à la porte.

— Tu habites *vraiment* ici ? dit-il en balayant du regard la pièce au confort plus que rudimentaire. Je me demande si tu ne serais pas mieux dans la rue !

— Si j'essayais de m'installer dans la rue, je suppose que les autorités ne tarderaient pas à appeler mon ex, lequel serait ravi de venir me retrouver dans de telles circonstances.

— Très amusant ! lâcha-t-il d'un ton sec. Tu…

Mais il ne put poursuivre, car une voix puissante venait de retentir dans le couloir, accompagnée de coups frappés sur le battant.

— Est-ce que tu pourrais partir, s'il te plaît ? insista Imogen. *Tout de suite !*

La voix masculine – celle du propriétaire des lieux – retentit de nouveau.

— Cette maison n'est pas un bordel et pas non plus un endroit où on se procure de la drogue ! Compris ?

Travis, qui venait d'ouvrir la porte, se trouva nez à nez avec un homme à la mine patibulaire.

— Ne vous inquiétez pas, ce monsieur allait justement partir, assura Imogen d'une voix altérée.

— *Nous* allons partir, rectifia Travis avant de se tourner vers elle et de claquer des doigts pour lui faire signe de se lever.

Comme elle demeurait immobile, il grommela :

— *Imogen*, dépêche-toi !

— Va-t'en !

Il se rapprocha d'elle en trois enjambées et saisit sa pochette rouge.

— Je prends ça.

D'un geste très lent, elle tourna la tête vers lui.

— Non, laisse cette pochette où elle est. Je n'ai pas la force de lutter contre toi, tu le sais.

Elle se sentait exténuée et elle avait du mal à refouler les larmes qui lui brûlaient les paupières.

— Tu aurais dû rester à l'hôpital ! Je vais t'y ramener.

— Fais ce que tu veux, ça m'est égal, chuchota-t-elle. *Tout* m'est égal.

Elle ne souhaitait qu'une chose : fermer les yeux et oublier qu'elle existait.

Les dents serrées, il se pencha vers elle et la souleva dans ses bras avant de se diriger vers la porte. Arrivé devant le propriétaire, il l'invita d'un geste brusque de la tête à lui laisser la voie libre. Sans un mot, celui-ci s'exécuta.

Soudain pleinement consciente de ce qui était en train de se produire, elle rassembla ses forces pour essayer de protester.

— Arrête, Travis. Je vais perdre toutes mes affaires…

— Quelles affaires ? Bon sang, que se passe-t-il au juste, Imogen ? Comment as-tu pu en arriver là ?

3

Les quelques minutes qu'ils venaient de passer dans l'immeuble avaient suffi pour qu'une petite bande de gamins se rassemble autour de la luxueuse voiture noire. Dès qu'il vit Travis sortir, le chauffeur s'empressa de quitter le véhicule pour lui ouvrir la portière.

Comme il installait une fois de plus la jeune femme sur la banquette arrière, Travis se demanda pourquoi il avait pris la peine d'accompagner Imogen jusqu'à « chez elle », lorsque le chauffeur les avait conduits à l'adresse indiquée. Par curiosité, sans doute. Et aussi pour la tester, pour savoir jusqu'où elle était capable d'aller en jouant la comédie. Pas un instant il n'avait imaginé qu'elle le conduirait jusqu'à cette horrible chambre que manifestement elle habitait.

Comment était-ce possible ? Il avait du mal à saisir ce qui avait bien pu se produire pour qu'elle en soit réduite à *cela*.

Après s'être assis à côté d'elle, il lui décocha un regard en coin. Elle semblait totalement éteinte. Fixant un point invisible droit devant elle, elle avait posé les mains sur ses cuisses et restait immobile. Il doutait qu'elle pèse plus de quarante-cinq kilos, ce qui était très insuffisant pour une femme de sa taille.

— Comme je crois te l'avoir déjà dit, je n'ai pas les moyens de m'offrir des soins dans ce genre d'établissement, déclara-t-elle d'une voix empreinte de lassitude. Pourrais-tu expliquer à mon propriétaire que je suis souffrante, pas droguée, et que j'ai juste besoin de dormir ?

— Non !

Sa réponse avait fusé. Sans plus attendre il donna au chauffeur l'ordre de démarrer. Il avait hâte de quitter ce sinistre quartier.

— Est-ce que tu as des dettes de jeu, Imogen ?

— Une chose est sûre, j'ai parié sur le mauvais cheval ! répondit-elle, grimaçant un sourire. Comment s'appelait cette vieille chanson qui disait qu'on peut tout acheter sauf l'amour ? Il se trouve que c'est on ne peut plus vrai.

— Que veux-tu dire par là ?

En guise de réponse, elle baissa les paupières. Puis, la tête penchée en arrière, elle se laissa aller contre le dossier du siège.

— Aucune importance.

— Raconte-moi ce qui s'est passé, insista-t-il. Tu as eu un amant qui a subtilisé tout ton argent ? Et alors, qu'as-tu ressenti ?

Imaginer celle qui avait été *sa* femme dans les bras d'un autre lui procura une étrange sensation de brûlure au creux de l'estomac. S'efforçant d'ignorer cette réaction, il continua de fixer Imogen, attendant sa réponse.

— Tu as l'air obsédé par le nombre d'amants que j'ai eus depuis notre divorce ! lança-t-elle. Tu peux m'accuser de beaucoup de choses, Travis, mais pas d'avoir des mœurs légères. Il me semble que tu es bien placé pour savoir que je ne m'abandonne pas facilement…

La sensation de brûlure s'accentua. Pourquoi réagissait-il ainsi ? Ils étaient désormais divorcés, Imogen et lui. Que lui importait qu'elle ait eu ou pas des dizaines d'amants ? Quel besoin avait-il de l'agacer avec ses questions ?

Au souvenir de leurs étreintes folles, un brusque désir s'empara de lui. S'était-elle montrée aussi passionnée dans d'autres bras que les siens ? Cette fougue extraordinaire qu'il se rappelait ne serait-elle pas d'ailleurs le fruit de son imagination ?

— Exact ! observa-t-il d'un ton cinglant. Tu exiges une bague et un généreux contrat de mariage avant de partager le lit d'un homme, n'est-ce pas ? Et tu n'as pas trouvé preneur, cette fois ? Comme c'est bizarre ! Il faut dire aussi que tu n'étais plus en mesure d'offrir ta virginité…

Il s'en voulait toujours d'avoir agi en cédant à ses pulsions, de ne pas avoir assez réfléchi. L'attirance qu'exerçait sur lui Imogen Gantry l'avait emporté sur la raison. Elle représentait pour lui une sorte de défi, qu'il avait voulu à tout prix relever. Et le prix en question s'était précisément révélé très élevé !

Il l'avait épousée dans la précipitation, et en secret, convaincu que ce mariage ne durerait pas. Un feu d'une telle intensité, aussi prompt à se déclencher, n'était-il pas appelé à s'éteindre aussi vite qu'il était né ? Et en effet, ce désir fou avait vite été balayé par les aléas de la vie, après quoi Imogen était partie en demandant le divorce. Un divorce prononcé selon les clauses stipulées sur leur contrat de mariage qui s'était avéré pour elle plus que lucratif.

Mais c'était aussi bien ainsi, se répétait-il souvent. S'il n'avait pas réussi à effacer la jeune femme de son esprit, cela ne l'avait nullement empêché de faire d'autres rencontres. De plus, cette expérience lui ayant servi de leçon, il s'était depuis lors montré très prudent dans ce domaine.

Ces dernières années s'étaient donc déroulées dans une atmosphère sereine et assez confortable. Jusqu'à ce que, la veille au matin, son assistante de direction vienne le chercher, interrompant la réunion qu'il présidait. Ne s'était-il vraiment écoulé que trente-six heures depuis ? Ce laps de temps lui avait paru interminable. Il reconnaissait bien là la marque d'Imogen, dont la caractéristique était l'excès en toute chose.

Il leva les yeux au ciel et s'étonna soudain du silence qui régnait dans la voiture. Imogen n'avait pas donné suite à son commentaire désobligeant. Un coup d'œil dans sa direction lui permit de constater qu'elle s'était assoupie. Ce fut alors que lui revint en mémoire l'ordonnance remise par le médecin. Il la trouva dans la pochette de la jeune femme et la remit au chauffeur tout en lui demandant de les déposer d'abord chez lui.

Lorsque celui-ci approcha de l'immeuble où il habitait, à Chelsea, Travis remarqua que le gardien tentait de tenir à l'écart les paparazzi rassemblés là. Ce spectacle n'avait rien de surprenant : Travis y était confronté chaque fois que son nom ou celui de l'un de ses célèbres voisins défrayait la chronique. Se pouvait-il que la presse ait déjà eu vent de l'incident survenu à l'hôpital ? Son mariage éclair était-il désormais connu de tous ?

Sentant à son tour la fatigue l'envahir, il demanda au chauffeur de les conduire au parking du sous-sol où ils pourraient prendre un ascenseur sans être dérangés par les photographes.

Imogen avait rouvert les yeux à leur arrivée aux abords de l'immeuble, mais était restée jusque-là murée dans le silence.

— J'imagine que tu ne tiens pas à être photographié aux côtés d'une personne qui a l'air échappée d'un asile ? lança-t-elle, caustique.

Puis elle soupira avant d'ajouter :

— Maintenant, je n'ai plus seulement l'air d'une SDF, *j'en suis une*. Mon propriétaire va faire évacuer de ma chambre mes quelques effets personnels qui seront déposés sur le perron, après quoi il pourra remettre la pièce en location. Merci beaucoup, Travis !

— Je vois que tu n'as rien perdu de ton côté acerbe !

— Ça doit être l'une des dernières choses qu'il me reste d'une certaine époque… Mais bref, pourquoi m'as-tu amenée ici ? Je suppose que tu ne vas pas me proposer de partager ta vie, n'est-ce pas ? Ce que je n'accepterais d'ailleurs pas !

Pourquoi l'avoir amenée chez lui, en effet ? Quel besoin avait-il de se compliquer l'existence ? Il se passa la main sur la nuque. À quoi bon se leurrer ? Il avait suffi qu'Imogen surgisse de nouveau dans sa vie pour que celle-ci prenne une tournure des plus complexe. Comment aurait-il pu la laisser dans ce bouge infâme, l'abandonner à son triste sort ? La solution la plus sage aurait bien sûr été de la reconduire à l'hôpital. Mais elle n'aurait pas été longue à s'en échapper, il en était convaincu. Toutes ces raisons expliquaient qu'il ait choisi de retourner chez lui avec elle.

— Tu vas maintenant avoir tout le loisir de te reposer. À ton réveil, j'aurai sans doute pris une décision.

Elle aurait volontiers ricané en entendant ces mots, mais les forces lui manquaient. Par chance, le chauffeur lui ouvrit la portière et Travis la rejoignit aussitôt pour lui passer un bras autour de la taille et l'aider ainsi à avancer vers l'ascenseur.

Une fois dans la cabine, il appuya sur le bouton le plus haut afin d'atteindre son appartement.

Comme il la tenait toujours par la taille, Imogen ne put s'empêcher de poser la tête sur son épaule, ce qui fit naître de nouveau en elle une merveilleuse sensation de bien-être. L'espace d'un éclair, elle ressentit quelque chose qui ressemblait à de l'espoir. Peut-être ne la détestait-il pas, après tout ? Peut-être était-ce là l'occasion de faire amende honorable ? Elle ne pouvait certes pas changer le passé, mais le futur était un grand tableau vierge.

Son attention se fixa alors sur son reflet dans le miroir et la lueur d'optimisme qui venait de jaillir en elle s'éteignit soudain. Jadis, elle avait l'impression d'être son égale. À l'époque, sa famille avait de l'argent et elle était elle-même le produit d'une certaine éducation propre aux classes dites « supérieures ».

Aujourd'hui, le riche architecte qu'elle avait connu et qui débutait dans le marché de l'immobilier réalisait de prestigieux projets à travers le monde. Travis Sanders était devenu un véritable magnat qui occupait tout le dernier étage de l'un des plus beaux immeubles de New York. Un être hors de portée de la brebis galeuse qu'elle avait toujours été aux yeux de son père, et bien plus encore de la petite fille aux allumettes qu'elle était devenue.

Jusqu'ici, Imogen considérait que mourir dans la rue était la pire des choses qui puisse lui arriver. Mais ce qu'elle était en train de vivre ne valait guère mieux : se montrer à Travis dans un tel dénuement représentait pour elle un vrai supplice. Comment supporter ce tête-à-tête dans cet ascenseur qui les menait à l'appartement qu'ils auraient dû partager si elle avait joué différemment ses cartes ? Comment surmonter cette dernière épreuve que lui imposait le destin : « offrir » à Travis une image aussi dégradée d'elle-même ?

Sa vie n'avait certes jamais été des plus réussie, mais pas une seule fois elle n'avait eu à ce point la désastreuse impression de toucher le fond. Elle avait jusqu'ici gardé le secret espoir de retrouver un jour sur son chemin celui qui avait été son mari, et de lui présenter des excuses. C'était cet espoir-là qui, maintes fois, l'avait aidée à se lever le matin pour exercer des activités aussi ingrates que mal rémunérées. C'en était fini, maintenant. L'espoir en question, aussi minime soit-il, n'avait pas résisté à ces dernières épreuves.

Les portes de l'ascenseur s'ouvrirent sur un vestibule de marbre et d'acajou. Côté droit se trouvait un banc situé sous un escalier. Côté gauche, une table rectangulaire qui occupait tout l'espace. Au-dessus de la table était suspendue une grande toile portant la signature d'un célèbre peintre impressionniste.

Une voix jeune et tout excitée s'éleva alors, provenant du salon.

— Papa !

Comme le bruit saccadé de petits pas se rapprochait d'eux, Imogen crut voir les murs se mettre à tournoyer autour d'elle, de plus en plus vite, jusqu'à devenir un tourbillon qui menaçait de l'engloutir. Elle sombrait dans le vide. Cette fois, aucun doute : elle venait d'atteindre le fond du gouffre.

Travis ravala un juron tandis que la jeune femme s'écartait brusquement de lui. Le regard qu'elle lui lança reflétait un tel sentiment de trahison, une telle douleur, qu'il en fut secoué. Mais il ne perdit pas de temps à analyser cette étonnante réaction. Antonietta, sa nièce, venait d'apparaître et courait vers lui en riant.

— Ah non, c'est pas papa. *Zio !*

Il souleva dans ses bras la fillette de trois ans qui lui couvrit le visage de baisers sonores.

Ce fut alors qu'apparut à son tour Gwen, sa sœur par alliance, portant dans ses bras son fils, Enrico, endormi. Elle marqua une pause, constatant que Travis n'était pas seul.

— Bonjour, Travis.

Elle avança vers Imogen et lui tendit sa main libre.

— Gwen…

Imogen cligna des paupières. Il lui semblait reconnaître cette jeune personne, mais peut-être se méprenait-elle ?

— Je suis Imogen, dit-elle en lui tendant la main à son tour.

— Vous arrivez au bon moment, je viens tout juste de préparer du thé. Je reviens tout de suite, le temps de mettre Enrico au lit !

Imogen commençait lentement à se ressaisir. Travis n'était

donc pas marié et père de famille, comme elle l'avait cru dans un premier temps. Il lui arrivait parfois de faire quelques recherches sur Internet, comme bon nombre de femmes curieuses de savoir ce que devenait leur ex. Elle savait donc qu'il n'avait pas mené une vie de moine depuis leur divorce, mais qu'il n'avait pas non plus commencé une vie de couple. Raison pour laquelle l'apparition de la fillette l'avait à ce point choquée.

Non, cela n'explique rien ! Tu n'as aucune raison d'être choquée. Vous êtes divorcés, Travis et toi. Di-vor-cés !

Gwen avait eu à une époque des ennuis dus à un scandale bancaire. Surprise de voir le nom de Sanders lié à cette affaire, Imogen s'y était intéressée de plus près et avait ainsi appris que Gwen était la sœur par alliance de Travis. Elle l'avait donc « suivie » sur Internet, non par curiosité malsaine, mais parce qu'elle venait de découvrir que Travis avait une famille qu'il avait à peine – voire pas du tout – mentionnée en sa présence.

Pour quelle raison ?

Mais n'avait-elle pas elle aussi des secrets ? Elle n'avait pas informé son père de la relation pour le moins particulière qu'elle avait entretenue avec son mari. Ils vivaient en retrait, Travis et elle, à l'époque où la maison d'édition de W. Gantry connaissait de sérieuses difficultés financières. Puis, quand son mariage s'était brisé, elle avait préféré se taire. Quel besoin avait-elle d'entendre son père lui asséner sur le ton de la dérision certaines « vérités » qu'elle n'avait aucune envie d'entendre ? Lui dire qu'elle n'était pas à la hauteur de cet homme, par exemple. Qu'elle n'avait pas su le retenir. À quoi bon se rendre plus malheureuse encore ? Ne l'était-elle pas assez, en pensant que Travis n'avait finalement jamais eu pour elle de véritables sentiments ? Tout cela avait pris une tournure si humiliante qu'elle avait préféré cacher cette union, tout comme l'avait fait Travis. Elle n'avait évidemment pas voulu exploiter celui qu'elle avait épousé, mais s'était dit que la somme perçue après leur divorce, ajoutée au fonds fiduciaire légué par sa mère, suffirait à redresser en quelques mois la situation désastreuse de son père.

Ce qui l'avait le plus affectée, dans cette affaire, était le fait que Travis n'ait pas cherché à l'empêcher de partir. Elle s'était sentie rejetée.

Imogen en était là de ses réflexions quand elle vit l'objet de ses pensées se diriger vers la salle de séjour. Après une brève hésitation, elle lui emboîta le pas et entra dans la grande pièce joliment décorée de guirlandes. Au fond trônait un sapin, orné de décorations de Noël. Il y avait au pied de l'arbre plusieurs paquets enveloppés de papier cadeau pour enfants.

— Maman a dit que je dois te demander s'ils sont pour moi, dit la fillette, toujours dans les bras de son oncle.

— Pour Enrico et pour toi, en effet.

— Je peux les ouvrir ? *Per favore, Zio !*

— Pas encore.

— Oh…

Imogen sentit ses jambes fléchir et se laissa tomber sur un canapé.

— Tu ne m'as jamais parlé de ta sœur, observa-t-elle d'une voix sourde.

Il s'était borné à lui dire qu'il était proche de son père, lequel vivait à Charleston, et qu'il ne voyait en revanche pas beaucoup sa mère, qui habitait elle aussi cette ville.

— Gwen est ma sœur par alliance. Sa mère a épousé mon père quand j'étais étudiant à l'université. Elle est décédée peu de temps après. Nous n'avons donc pas grandi ensemble, Gwen et moi.

Ils avaient en tout cas l'air assez proches, à présent, pour qu'il la laisse s'installer chez lui en son absence. Il s'était montré bien plus réticent envers sa propre femme – elle, Imogen ! – lorsqu'elle était arrivée à son domicile. Que de fois elle avait surpris son regard désapprobateur quand elle s'apprêtait à apporter un peu de changement aux lieux ! Que de fois il lui avait répété que les objets qu'elle avait apportés se mariaient mal avec le style de l'appartement ! Elle avait associé ces réactions à ses habitudes de célibataire qu'elle venait perturber. Mais elle savait à présent que cette interprétation était erronée. Travis ne s'était pas borné à défendre son territoire, il ne souhaitait tout simplement pas qu'elle partage son quotidien. Après tout ce temps, le simple fait d'y songer lui broyait le cœur.

— Je te présente Antonietta, reprit-il, la fillette toujours dans les bras, que nous appelons Toni.

Antonietta fixa celle qui était pour elle une inconnue.

— Et toi, comment tu t'appelles ?

— Imogen. Ma sœur avait l'habitude de m'appeler Imogen la Magicienne.

Toni écarquilla les yeux.

— Oh ! j'adore ce nom !

À ces mots, Imogen esquissa un sourire. Travis avait une famille à la fois drôle et attachante. Pourquoi la lui avoir cachée ?

— Le goûter est prêt, *topolina* ! lança alors Gwen, qui venait de poser un plateau sur la table du coin salle à manger. Compote de pomme et fromage, qu'en penses-tu ?

— Miam ! s'exclama Toni en battant des mains.

Travis reposa sa nièce à terre et celle-ci se chargea seule d'escalader la chaise qui l'attendait. Imogen se rappelait n'avoir été autorisée à manger à la grande table, avec les adultes, qu'à l'âge de douze ans. Gwen, qui était repartie en cuisine, les rejoignit avec un plateau portant une théière et trois mugs.

— Le concierge nous a laissés entrer parce que tu l'avais prévenu de notre arrivée, précisa-t-elle en s'asseyant en face de Toni afin de pouvoir la surveiller. J'en ai déduit que tu n'avais pas oublié la date de notre venue. J'allais t'envoyer un message, mais j'ai été un peu prise par les enfants… Je ne voudrais surtout pas t'imposer notre présence, Travis. Si tu veux, quand Vito nous aura rejoints, je lui demanderai d'aller à l'hôtel.

— Mais non ! Il s'agit d'une nuit, pas de problème. J'avais juste oublié…

Le regard dépourvu d'aménité qu'il adressa alors à Imogen laissait entendre qu'il la considérait en quelque sorte responsable de cet oubli. Elle lui répondit par un haussement de sourcils, se demandant comment il allait expliquer sa présence à sa famille.

Ce qu'il ne prit pas la peine de faire. Au lieu de cela, il versa le thé dans les mugs et prit le sien avant de s'installer à la table, près de Gwen.

— Vito a des rendez-vous ?

La jeune femme hocha la tête et, souriant, se tourna vers Imogen qui venait de s'asseoir à son tour à la grande table.

— Nous arrivons tout juste d'Italie. Mon mari a souvent des affaires à traiter à New York, donc nous nous arrêtons d'abord ici pour nous adapter un peu au décalage horaire, permettre aux enfants de laisser des traces de doigts sur tous les meubles de *Zio*, et ensuite nous partons pour Charleston.

— Pour rendre visite au père de Travis ?

— Oui, Henry. La banque où travaille Vito a aussi des bureaux là-bas, ce qui lui permet de travailler de temps en temps pendant que nous profitons de la présence de papy. Jusqu'ici, c'était Henry qui se déplaçait pour venir nous voir, mais il va fêter ses soixante-dix ans cette année et veut faire une fête, donc c'est nous qui sommes venus.

— Ce sera sans doute une belle fête, observa Imogen.

— A priori, oui !

Le silence se fit dans la pièce tandis que chacun soufflait sur son thé fumant. Gwen lançait des regards à la dérobée à celle qui était pour elle une inconnue. De toute évidence, elle lui aurait volontiers posé quelques questions, mais elle se taisait par politesse Peut-être savait-elle aussi que Travis parlerait le moment venu, *pas avant*. Imogen elle-même n'avait pas tardé à découvrir cet aspect particulier de sa personnalité. En fait, il ne lui avait jamais rien révélé de sa vie privée. En quelques phrases, Gwen lui en avait dit davantage que Travis pendant toute la durée de leur relation.

Ce fut Toni qui mit un terme au silence embarrassant qui régnait dans la pièce.

— J'aimerais bien aller jouer dehors !

— Il fait un peu froid pour cela, *topolina*, répliqua Gwen. Quand papa reviendra, si Enrico est réveillé, nous irons à la piscine couverte de l'immeuble, à côté de la salle de sport. En attendant, nous allons nous reposer un peu. Allez, termine ton goûter !

— Et Imogen, qu'est-ce qu'elle va faire ? demanda la fillette.

— Je vais me reposer, moi aussi.

— J'ai installé nos affaires dans les deux chambres d'amis, mais les enfants peuvent très bien dormir dans la nôtre, dit Gwen en s'adressant à son frère.

— Ne t'inquiète pas pour nous. Et… Gwen… est-ce que tu aurais une tenue à prêter à Imogen ?

— Bien sûr !

Tandis que la jeune femme montait l'escalier avec sa fille, Travis avala une longue gorgée de thé. En pareilles circonstances, il aurait préféré une boisson plus forte.

Il aurait dû consulter les messages laissés sur son portable, ce qu'il n'avait pas fait depuis que son assistante de direction était venue l'interrompre en réunion. Arriver chez lui et y trouver Gwen et les enfants lui avait rappelé que, dans quelques jours, ils se retrouveraient tous à Charleston pour y fêter l'anniversaire de son père ainsi que Noël. Mais il avait du mal à dévier son attention de celle qui était assise à cette même table, à quelques mètres à peine de lui. Et il en était ainsi depuis qu'elle était entrée dans sa vie.

Quatre ans plus tôt, Imogen Gantry passait le seuil de ses bureaux de New York. Il s'était installé dans la Grosse Pomme pour y développer ses activités et mener à bien de prestigieux projets architecturaux. La jeune femme s'était présentée en tant que journaliste pour l'une des publications phares de la ville et avait commencé son interview.

Il se rappelait avoir été fasciné par les tons cuivrés de sa chevelure qui scintillait chaque fois qu'elle se penchait pour écrire. Il se rappelait aussi qu'elle avait écouté avec une sorte de déférence les réponses à ses questions, lui donnant ainsi l'impression d'être un homme important.

— Si nous poursuivions cette interview ce soir, au restaurant ? avait-il suggéré, après avoir passé une heure à apprécier sa vivacité d'esprit, tout autant que sa jolie silhouette mise en valeur par une minijupe noire et un chemisier de soie écrue.

Au cours de l'entretien, son regard avait été plus d'une fois attiré par les rondeurs de ses seins qui se soulevaient sous l'étoffe légère. À vrai dire, au fur et à mesure que les minutes s'écoulaient, il avait eu l'impression que bon nombre d'aspects lui *correspondaient* chez cette jeune personne.

Et cette impression s'était confirmée durant le dîner. À tel point que, pour conclure la soirée, il l'avait invitée à boire un dernier verre à son ancien appartement. C'était là qu'elle lui avait fait une révélation de taille : elle était vierge !

— À l'âge de vingt ans ? s'était-il exclamé, sceptique. Comment est-ce possible ?

— Sans doute parce que je ne sais pas ce que je rate ! avait-elle ironisé.

Surpris par cette franchise empreinte d'humour, il n'avait pu s'empêcher de rire aux éclats. Ce sens de la repartie et cette franchise absolue confortaient l'image qu'il s'était forgée d'elle : celle d'une jeune étudiante en journalisme issue d'une bonne famille, brillante et n'ayant pas froid aux yeux. Une femme qui, à quoi bon le nier, avait tout pour lui plaire…

Le bruit du mug qu'Imogen venait de reposer sur la table le replongea dans le présent.

— Tu n'as aucune envie que je sois ici, Travis, alors je vais partir.

Il la vit regarder autour d'elle et en déduisit qu'elle cherchait la petite pochette rouge contenant ses rares documents. Il l'avait rangée dans le placard situé à côté de la porte d'entrée. Et pour le moment elle y resterait !

— Pour aller où ? railla-t-il.

— Je vais parler à mon propriétaire et…

— Non !

— Qu'attends-tu au juste de moi, Travis ? lança-t-elle d'une voix vibrante de colère.

— Pour commencer, quelques explications ! Où est passé tout mon argent ?

D'un geste exaspéré, il tendit le bras vers elle, désignant sa tenue : le pyjama de l'hôpital qu'*il* avait dû payer.

— Et *le tien* ? ajouta-t-il.

Elle n'était pas riche quand il l'avait connue, mais pas non plus totalement démunie.

Imogen poussa un long soupir puis quitta la table pour rejoindre le canapé où elle se laissa tomber. Les bras croisés, Travis attendit. Qu'allait-il se produire à présent ? Aurait-elle une fois de plus recours au mensonge, ou opterait-elle pour la vérité ? Et serait-il à même de discerner l'un de l'autre ?

— J'ai tenté… de sauver l'affaire de mon père, lui répondit-elle du bout des lèvres.

— Qui était éditeur ?

— De journaux et magazines, précisa-t-elle avec un sourire dénué de gaieté. En résumé, presse écrite.

Il se souvint alors des paroles qu'elle avait prononcées dans la voiture. Elle avait parlé de « mauvais cheval ».

— Mais rien à faire. Pourtant je me suis battue jusqu'au bout. Tout l'argent y est passé : le tien et celui de mon fonds fiduciaire. Papa a vendu la maison et a liquidé tout ce qui n'était pas déjà investi dans son affaire. Tout y est passé, *tout* ! Ensuite il a commencé à avoir des ennuis de santé et il a fallu payer les soins. Je ne pouvais pas déclarer faillite tant qu'il était en vie : il n'aurait pas supporté une telle humiliation. Nous avons donc fait comme si tout allait bien. J'ai vendu les meubles, les vêtements, et aussi les bijoux de ma mère, pour réussir à garder la tête hors de l'eau. Puis il est décédé et les frais des obsèques ont englouti les tout derniers dollars.

Elle marqua une pause avant de poursuivre :

— N'ayant pas payé mon loyer depuis des mois, je me suis retrouvée à la rue. Je devais de l'argent aux derniers amis qu'il me restait. Je voulais repartir sur de nouvelles bases… et c'est ce que j'ai fait.

— Ce bouge infesté de cafards, voilà ce que tu appelles « de nouvelles bases » ? lança-t-il avec une colère mal contenue. Pourquoi ne pas être venue me trouver ?

— Voyons, Travis, comment aurais-tu réagi ?

Comme il réagissait à cet instant précis, mais il ne l'aurait certainement pas laissée sombrer dans une telle misère !

— À une époque, notre divorce t'a bien arrangée, si je comprends bien.

Si Imogen ne l'avait jamais admis, il en était convaincu. Après quelques instants d'hésitation, elle finit par hocher la tête. Après quoi il la vit baisser les paupières. Était-ce là un signe de la culpabilité qu'elle ressentait pour avoir agi comme elle l'avait fait ? Cherchait-elle plutôt à lui cacher quelque chose ?

— Je voulais venir en aide à mon père.

Elle ponctua ces mots d'un rire narquois, avant d'ajouter :

— Je peux difficilement prétendre avoir l'étoffe d'une femme d'affaires ! Les études que j'ai suivies étaient axées sur l'édition numérique, ce qui, de son point de vue, « ne valait rien ».

Elle haussa les épaules avec lassitude.

— J'ai eu beau essayer de le convaincre du contraire, chercher à lui expliquer que c'était l'avenir de l'édition, rien n'y a fait. J'ai voulu l'inciter à proposer quelques publications en ligne, sans aucun succès. Difficile de changer les habitudes d'un vieil homme ! De toute façon, ça n'aurait pas suffi à redresser la situation, au dernier moment.

— Tu n'as donc plus un cent ?

— Je suis dans un trou si noir que je ne vois plus que les étoiles ! répliqua-t-elle dans une tentative d'humour.

— Tu n'es pas en train de me mentir, Imogen ? S'il s'agit d'une addiction à la drogue ou autre, il faut me le dire, je ferai en sorte que tu reçoives les soins nécessaires.

— Pour être sincère, je préférerais te répondre par l'affirmative. Au moins, je saurais qu'il existe un moyen de mettre fin à cet enfer !

Surpris par cet accès de sincérité pour le moins brutal, il se passa la main sur le visage.

— J'aimerais pouvoir te faire confiance, dit-il néanmoins.

— À ce stade, quelle importance ? Merci d'avoir payé l'hôpital. Je te rembourserai… Quand j'aurai gagné à la loterie ! Pour le moment, je n'ai pas même assez d'argent pour acheter un billet, précisa-t-elle en grimaçant. De toute façon, il est assez peu probable que le destin nous replace de sitôt sur la même route.

Comme elle prononçait ces mots, elle ressentit un étrange pincement au cœur.

— J'ai en effet réglé les factures de l'hôpital. Qu'attends-tu de moi, maintenant ? Tu crois que je vais te mettre à la porte, te laisser dans la rue, alors que nous sommes au plein cœur de l'hiver ? Il s'avère que je suis doté de quelque chose qui s'appelle la conscience, Imogen !

— Moi pas ? C'est ce que tu sous-entends ?

— Comment en être sûr ? La façon dont tu as agi révèle une nature assez calculatrice.

— Permets-moi de te rappeler que c'est toi qui as fixé les clauses de notre contrat de mariage. Je me suis bornée à signer, rien de plus.

— Puisque tu avais un tel besoin d'argent, je suis surpris que tu n'aies pas vendu notre histoire à la presse ! lança-t-il, un sourcil levé.

Il remarqua alors qu'elle détournait le regard et reprit avec un rire sec.

— J'imagine que tu y as songé ? Incroyable ! J'ai du mal à penser que j'aie pu croire à un coup de foudre réciproque…

— Vraiment ? Si tu arrêtais cinq minutes de prendre tes grands airs, Travis ? Voyons, pour quel motif m'as-tu épousée au juste ?

— Tu le sais bien. Tu refusais de coucher avec moi si je ne te passais pas la bague au doigt !

— Et bien sûr, il te tardait tellement d'être *le premier* qu'il a fallu brûler les étapes !

Ils se connaissaient depuis une semaine à peine quand ils s'étaient mariés.

— Et ensuite ? reprit-elle d'un ton sec. Tout fier de ta nouvelle épouse, tu t'es bien sûr empressé de la présenter à ta famille, n'est-ce pas ? Tu ne m'as même pas dit que tu avais une sœur ! J'imagine qu'elle ne sait pas du tout qui je suis. Et ton père, t'est-il arrivé de lui parler de moi ?

À l'expression figée de son visage, elle comprit qu'elle avait vu juste.

— Pas une seule fois tu n'as pensé que nous avions une chance, toi et moi, n'est-ce pas ?

Ces mots lui firent l'effet d'une flèche en plein cœur. Remonter le temps, décrire ce qu'ils avaient vécu ensemble, lui était plus douloureux qu'elle ne l'aurait imaginé.

— Tu étais mortifié à l'idée d'avoir succombé au mariage. Chaque fois que je te proposais de sortir, tu trouvais un prétexte pour rester à la maison. La seule fois où, par le plus pur des hasards, nous avons croisé dans la rue une de tes connaissances, tu t'es bien gardé de me présenter. À croire que j'étais transparente, que je n'existais pas !

Les traits tendus, il détourna le regard sans prendre la peine de lui fournir la moindre explication susceptible de justifier son attitude.

— Tu n'as pas voulu que je change mon statut en ligne. Tu prétendais me vouloir pour toi tout seul. Et puis tu partais tous les jours travailler, me laissant seule dans cet appartement où je n'avais pas le droit de toucher à quoi que ce soit.

— Si mes souvenirs sont bons, tu prétendais à ce moment-là devoir écrire pour ton père. Pourtant, je n'ai jamais eu l'occasion de lire un de ces articles…

Imogen avala sa salive. Elle n'envisageait certainement pas d'évoquer maintenant le manque d'amour paternel dont elle avait souffert. Cette conversation était déjà bien assez éprouvante !

— Sois sincère, Travis. Tu envisageais de divorcer avant même d'avoir prononcé le traditionnel « Oui, je le veux », n'est-ce pas ? Une seule chose t'intéressait : faire en sorte que ta réputation pâtisse le moins possible de ce que tu considérais sans doute comme un écart de conduite. Tu n'as *rien* investi dans cette union, excepté ce que j'ai pris en partant. Ce mariage était, pour toi comme pour moi, une transaction. C'est ton ego que j'ai blessé, pas tes sentiments, en décidant de partir avant que tu me le demandes. Est-ce que je me trompe ?

Réponds par l'affirmative, je t'en supplie ! Dis-moi que tu as souffert de mon départ.

— Non, tu ne te trompes pas, répondit-il. Au moment même où je prononçais ces vœux, j'étais conscient de commettre une erreur.

Imogen lâcha un rire sarcastique.

— Dois-je te remercier de m'avouer ce charmant secret ? Eh bien, sache que j'ai commis pas mal d'erreurs dans ma vie et que notre mariage fait partie de ce lot sans pour autant y occuper une place prépondérante !

— Tu ne sais jamais quand t'arrêter, n'est-ce pas ? observa-t-il d'une voix dangereusement calme. Exception faite du jour où tu es partie, bien sûr.

— C'est toi qui as commencé, Travis. Tu le sais !

— Il me semble qu'un mari est en droit de demander à sa femme pourquoi il doit augmenter, au bout d'un mois seulement, le plafond de sa carte de crédit.

— Je n'oublie pas les mots que tu as prononcés à ce moment-là : « Peu m'importe ce que tu as fait de cet argent » ! Tu ne voulais rien savoir de ma vie, pas plus que tu ne souhaitais me parler de la tienne. J'ai alors compris qu'il était temps d'en finir. De toute évidence, tu regrettais déjà de m'avoir épousée. Je t'ai rendu service en décidant de faire machine arrière.

— Mm… Une façon comme une autre de présenter la situation !

— Et j'essaie de te rendre un nouveau service en quittant les lieux, mais tu cherches à m'en empêcher. Pour quelle raison ?

— Tu m'es redevable de pas mal de choses, Imogen.

— Tu n'es pas mon seul créancier. Il faudra attendre que je puisse m'acquitter de tout ce que je dois !

Le bruit de l'ascenseur résonna soudain et ils échangèrent un regard chargé d'animosité.

Un homme jeune et beau apparut alors, vêtu d'un élégant costume sombre parsemé de flocons de neige. Rasé de près, il affichait un air calme et confiant. Manifestement, la présence d'une jeune femme en pyjama, assise sur le canapé du salon, ne paraissait guère l'étonner. Il avança vers elle, la main tendue.

— Je suppose que vous êtes Imogen, dit-il avec un délicieux accent italien. Non, inutile de vous lever. Vittorio Donatelli. Mais appelez-moi Vito, *per favore*.

— J'imagine que Gwen t'a envoyé un message ? fit Travis.

— Et les photographes qui se trouvent au pied de l'immeuble m'ont dit qu'Imogen était ta femme. *Congratulazioni*, Travis ! Ils m'ont demandé ce que j'en pensais et j'ai bien sûr répondu que j'étais très content pour toi, conclut-il avec un grand sourire.

— Tu… plaisantes ?

Imogen vit Travis, furieux, fermer les yeux et serrer les paupières.

Vito esquissa un sourire gêné et, après s'être excusé, se dirigea vers l'escalier. Imogen attendit qu'il se soit éloigné pour reprendre la parole.

— C'est ta faute si notre mariage a été dévoilé, lança-t-elle alors avec humeur. Un aide-soignant a dû remarquer que tu faisais transférer *ta femme* dans un établissement de prestige. Cette personne a dû aussi constater que tu étais élégamment vêtu et utilisais un téléphone haut de gamme. Si tu m'avais laissée dans le premier hôpital, nous ne serions pas confrontés à ce problème !

L'air surpris, il prit son portable et le fit tourner dans sa main.

— Je ne vois pas ce qu'il a d'extraordinaire, ce téléphone. C'est un modèle de l'an dernier, acheté tout bêtement en magasin.

— Peut-être, mais une chose ajoutée à l'autre… Ils ont dû me considérer comme quelqu'un d'important, et voilà où nous en sommes maintenant.

Elle vit son regard se durcir.

— Il ne reste plus qu'à essayer de limiter les dégâts ! J'imagine que la nouvelle ne va pas tarder à se répandre, jusqu'à occuper une place de choix sur certains sites et dans la presse à scandale. Peut-être même aussi dans certaines revues économiques, vu ma position d'homme d'affaires en vue. Et je suppose que notre date de mariage sera très bientôt divulguée. Tout comme celle de notre divorce, d'ailleurs – ainsi que la somme plus que coquette que t'a rapportée cette séparation !

Bien qu'elle se soit efforcée de justifier son attitude à ses propres yeux, Imogen s'était toujours sentie coupable d'accepter ladite somme. Quant à Travis, il n'avait pas manqué de lui exprimer tout le mépris qu'elle lui inspirait.

Depuis lors, elle avait maintes fois rêvé qu'elle était en mesure de lui rendre cet argent. Et c'était ce qu'elle souhaitait, du fond du cœur. Ne serait-ce que pour atténuer la piètre opinion qu'il avait d'elle. Ne savait-elle donc pas, depuis l'enfance, que ce genre d'attente était une cause perdue ?

— Mon père ne va sans doute pas tarder à m'appeler pour me demander s'il s'agit d'une fausse rumeur… ou pas !

— Que veux-tu que je fasse ? s'exclama-t-elle, levant les bras au ciel en un geste d'impuissance.

— Je vais de ce pas répondre à ta question : éviter de m'humilier une fois de plus, par exemple !

Était-ce bien là ce qu'elle avait fait, *l'humilier* ? Les souvenirs qu'elle gardait de cette fameuse scène étaient très différents. Elle se rappelait s'être tenue debout devant lui, cherchant à lui expliquer les problèmes professionnels auxquels était confronté son père. À lui expliquer aussi les difficultés de sa relation avec lui. Mais Travis ne semblait pas disposé à l'écouter exposer ses propres ennuis, à admettre qu'elle traversait des moments très pénibles, ce qui l'avait profondément blessée. De toute évidence, il avait décidé qu'elle n'était qu'une croqueuse de diamants à laquelle il ne pouvait en aucun cas accorder sa confiance.

— Voici ce que tu vas faire, lui dit-il d'un ton tranchant. Tu vas dire autour de toi que nous nous sommes mariés sur un coup de tête. Une erreur de jeunesse dont nous avons pris conscience assez vite. Tu expliqueras qu'après le décès de ton père tu t'es engagée dans des œuvres caritatives – ce qui explique que tu te sois trouvée dans ce quartier, le jour où tu as perdu connaissance et où tu as été recueillie par les services de secours. Je ferai des dons substantiels pour que cette version-là soit retenue et répandue. Ensuite, nous nous efforcerons de donner de nous l'image d'un couple uni. Celle d'un homme et une femme qui se seraient séparés pour des broutilles et que la vie a remis sur le bon chemin. Tu vas donc rester ici avec moi et jouer le rôle de l'épouse que tu aurais dû être.

— C'est cela… que tu attends de moi ? balbutia-t-elle, sous le choc.

— À moins que tu n'envisages de retourner vivre où tu habitais et d'exercer une activité semblable à celle de ta voisine, tu suivras mes consignes.

Ces mots prononcés d'une voix implacable lui firent l'effet d'une gifle. Elle parvint cependant à se ressaisir, assez pour lancer avec une ironie glaciale :

— Tiens donc ! Maintenant que nous ne sommes plus mariés, tu vas me présenter à ta famille et à tes amis, alors que c'était inenvisageable il y a quatre ans ? Bizarre, non ?

— J'en suis bien conscient et sache que ça ne m'amuse pas du tout. Mais la situation actuelle ne me laisse pas le choix.

— Et si je me plie à ton désir, la dette que j'ai envers toi sera effacée ?

— Disons que ça évitera qu'elle augmente.

Imogen n'en était pas si sûre. Elle eut l'impression que les murs de la pièce se rapprochaient d'elle, l'oppressaient. Cette sensation qu'elle connaissait depuis des mois, des années même, s'accentuait au fil du temps. Les yeux mi-clos, elle serra les poings et prit plusieurs inspirations.

— De toute façon tu n'as aucun endroit où aller, insista-t-il.

Comme si elle ne le savait pas ! Elle s'apprêtait à rétorquer quand il reprit la parole.

— J'aurais l'air de quoi, si je te mettais à la porte ? Hors de question. Nous nous redécouvrons mutuellement. À la veille de Noël ! Joli conte, n'est-ce pas ? railla-t-il. La presse se montrera très clémente envers nous.

— Et combien de temps devra durer cette comédie ?

— Jusqu'à ce que l'attention dont nous faisons l'objet en ce moment retombe et que nous puissions nous séparer de nouveau sans provoquer un tsunami !

— Je continuerai à te devoir les factures de l'hôpital. Quel dommage que notre relation soit appelée à rester platonique, sinon j'aurais utilisé les méthodes de ma voisine pour te rembourser ! lança-t-elle avec un rire sardonique.

Ils se dévisagèrent quelques instants en silence et elle le vit esquisser un sourire en coin.

— Je n'ai jamais dit que notre relation « resterait platonique », pour reprendre ton expression. Mais il faudrait que tu fasses un petit effort pour que cette éventualité soit susceptible de m'intéresser…

À ces mots, elle sentit ses joues s'embraser et un bourdonnement sourd résonna à ses oreilles. Elle voulut attribuer cette réaction à de la colère, mais ne fut pas longue à comprendre qu'il s'agissait plutôt d'une manifestation du malaise que venait de provoquer cette réplique. Un manque de confiance en elle, qu'elle ne connaissait que trop, avait soudain resurgi. Quoi qu'elle dise, quoi qu'elle fasse, cela ne semblait jamais suffisant ! Comment diable agir pour se montrer à la hauteur de ce que l'on attendait d'elle ? Jour après jour, ce sentiment d'humiliation permanent augmentait, la rongeait.

Dans un sursaut de dignité, elle redressa les épaules et darda sur Travis un regard froid.

— Je n'ai eu qu'un seul amant dans ma vie, donc si tu ne me trouves pas très douée dans ce domaine, tu n'as à t'en prendre qu'à toi-même ! Et sache que je préférerais vendre mon corps à des étrangers, comme ma voisine, plutôt que de partager ton lit !

Sur ce, elle se leva. Il l'imita aussitôt et tendit la main dans sa direction, comme s'il cherchait à l'arrêter.

Les bras plaqués le long du corps pour éviter qu'il la touche, elle eleva le menton.

— Où est la salle de bains ?

— Au bout du couloir.

Elle pivota sur ses talons pour s'éloigner dans cette direction. Une fois dans la jolie pièce élégamment aménagée, elle s'aspergea le visage d'eau froide. Et si cette accumulation d'événements n'était qu'un affreux cauchemar dont elle allait bientôt éveiller ?

Hélas, il n'en fut rien.

4

Travis n'éprouvait aucune satisfaction à l'idée d'avoir blessé Imogen. Au contraire, il avait ressenti une pointe de culpabilité en découvrant la douleur peinte sur son visage. Comme après un choc violent, inattendu. À ce moment-là, il avait cru la perdre et son cœur avait manqué un battement. Il s'était même préparé à la retenir de force, si nécessaire.

Pourtant, il aurait peut-être mieux valu la laisser partir, aussi bien pour elle que pour lui. L'un comme l'autre avait frappé en dessous de la ceinture, Imogen en proposant de payer sa dette en nature et lui en rejetant son offre de la pire des manières. Il n'avait pas supporté qu'elle l'accuse d'avoir considéré leur mariage comme une transaction jugée regrettable par la suite.

Avait-il réellement envisagé leur union de cette manière ? Certes, pour lui, le mariage n'avait rien de sacré. Ses parents avaient divorcé, comme bon nombre de couples. Il avait même songé à l'époque que ce serait une issue possible. De ce point de vue-là, elle n'avait pas tort.

C'est ton ego que j'ai blessé, pas tes sentiments, en décidant de partir avant que tu me le demandes.

À cette époque, il n'était pas prêt, en effet, à la laisser s'en aller, parce qu'il la désirait comme un fou. Et ce désir qu'elle lui inspirait s'était ravivé aujourd'hui, quand elle avait évoqué l'idée de s'offrir à lui.

Elle avait déclaré ne pas être une fille facile. D'accord, il voulait bien croire qu'elle ne s'offrait pas aisément, mais de là à imaginer qu'il ait été son seul et unique amant, il y avait de la marge…

Travis ne pouvait pas se permettre d'accorder du crédit à tout ce qu'elle disait. Une chose était sûre cependant : dans leur joute verbale, rien ne l'avait autant atteint que l'idée d'avoir été le seul homme dans sa vie. Si tel était le cas…

Quand son téléphone vibra dans sa main, il sursauta. Il avait oublié qu'il le serrait encore entre ses doigts. Son père cherchait à le joindre. Des rumeurs lui étaient déjà parvenues par l'intermédiaire d'un ami qui avait vu quelque chose sur Internet. Travis lui promit des explications dès son arrivée à Charleston. Impossible d'y échapper.

À l'idée de simuler un retour de flamme avec son ex-femme, il sentit son cœur se serrer dans sa poitrine. Il allait vivre un enfer…

Un seul amant.

Pourquoi cette furieuse envie de la croire ?

L'ascenseur émit une brève sonnerie quand le chauffeur revint avec les médicaments destinés à Imogen. Travis le remercia, puis se dirigea vers la cuisine où il retrouva Gwen à qui il expliqua la situation à laquelle il était confronté avec celle qui avait brièvement partagé sa vie quatre ans plus tôt.

— Ah, d'accord, répliqua sa sœur d'un ton peiné. J'ai déposé une robe pour Imogen dans ta chambre. Où est-elle à présent ?

— Dans la salle de bains, répondit Travis en jetant un coup d'œil dans le hall.

Il reporta son attention sur la boîte de médicaments, en vérifia la posologie, puis déposa la boîte sur table à l'attention d'Imogen.

— Dînera-t-elle avec nous ? demanda Gwen en sortant des légumes du réfrigérateur.

— Oui.

— As-tu parlé à Henry ?

— Oui.

Elle marqua un temps d'arrêt pour lui lancer un regard intimidé.

— Si je peux t'être utile, n'hésite pas à demander…

— Préparer le dîner aide beaucoup.

Gwen se remit à s'affairer dans cette cuisine qu'elle connaissait parfaitement.

C'était l'une des raisons pour lesquelles Travis les invitait à dormir chez lui plutôt qu'à l'hôtel. Il adorait les petits plats que Gwen lui concoctait.

Imogen était un cordon-bleu également. C'est pourquoi ils dînaient souvent chez eux plutôt qu'au restaurant. Et surtout, ils n'avaient jamais envie de se rhabiller après l'amour… Aujourd'hui, c'était la première fois depuis leur mariage qu'ils ne succombaient pas à l'envie de s'étreindre au premier regard échangé.

— Nous pourrions rester un jour de plus, dit Gwen tout en continuant à cisailler du persil. Je pourrais emmener Imogen faire du shopping, si tu veux.

Travis l'observa avec attention. Gwen n'était pas seulement dotée d'un physique éblouissant, c'était aussi une très belle âme. Elle s'était prise d'une affection réelle pour sa famille et tenait à resserrer les liens qui les unissaient. C'est pourquoi elle avait tenu à ce que ses enfants développent un réel attachement à l'égard de leur oncle. Mission réussie, car Travis les adorait.

— Je ne veux pas que tu t'attaches à elle, répliqua-t-il d'un ton très doux. Je cherche à limiter les dégâts. La situation ne s'éternisera pas.

— Vraiment ? J'aimerais tant que tu fondes une famille.

Le visage souriant de Gwen affichait à présent une profonde déception.

— Je ne suis pas fait pour le mariage, tu sais…

— Vito aurait pu dire la même chose il y a quatre ans, objecta Gwen avec un haussement d'épaules. Pour nous aussi, il a été question de *limiter les dégâts* à cette époque.

— Vito ne savait pas encore à qui il avait affaire. Imogen ne possède pas tes qualités.

Gwen rougit puis répondit au compliment par un sourire qui se figea quand Imogen se matérialisa à leurs côtés. Visiblement, la jeune femme avait entendu la dernière remarque de son ex-mari.

Elle ne pouvait pas porter cela, songea Imogen en passant la robe en lainage que Gwen avait mise à sa disposition. Le tissu flottait autour d'elle et elle avait l'impression de ressembler à un sac. Cette tenue soulignait le fossé qui existait entre son monde et celui de Travis.

Toute sa vie, elle avait tenté de se conformer à un environnement qui ne lui correspondait pas. D'abord au sein de sa propre famille, où elle s'était toujours sentie dans la peau d'une intruse. Puis à l'université, où elle avait suivi un cursus décidé par son père, et enfin auprès de son mari, qui avait regretté de l'avoir épousée. Comment, dans ces conditions, descendre dîner avec sa famille et jouer le rôle de l'*épouse parfaite* ?

Découragée par le défi que représentait cette mascarade, elle enleva la robe, la laissa choir sur le sol et se glissa dans le lit. Le lit de Travis. Elle se moquait de ce qu'il penserait en la découvrant ainsi. Recroquevillée en chien de fusil, elle remonta le drap sous son menton tout en refoulant ses larmes. Il fallait qu'elle trouve la force de se relever, de se rhabiller, de quitter ces lieux, mais l'épreuve lui semblait insurmontable.

Elle ne pensait pas être une si mauvaise personne. Elle avait simplement commis d'innombrables erreurs par excès d'optimisme. Elle ne méritait pas d'échouer ainsi, vraiment pas. C'était terriblement injuste. Depuis l'enfance, sa vie était une longue suite d'injustices…

Sur cette pensée, elle sombra dans un sommeil agité peuplé d'images du passé.

Ce ne devrait pas être si difficile de se faufiler dans la chambre de Juliana.

Elle était affamée, mais papa l'avait enfermée dans sa chambre en proférant des jurons, la sommant de rester tranquille. Mais elle voulait sortir. Elle voulait demander à Juliana de lui apporter un peu de pain. Elle était si triste. Si seule. Son unique tort avait été de grimper l'escalier à toute vitesse pour aller récupérer le serre-tête qu'elle avait oublié de mettre pour discipliner ses cheveux. Maman disait des choses en bas qui le faisaient hurler encore plus. Elle parlait d'une voix douce, entrecoupée de sanglots qui décuplaient la colère de papa.

— Je te l'avais dit ! Tu n'aurais jamais dû la mettre au monde !

Elle était la fille reniée, celle qui n'aurait jamais dû naître. Les larmes qu'elle retenait se mirent à couler de ses paupières closes. Elle ne pouvait plus endiguer son chagrin. Elle enfouit son visage dans l'oreiller pour qu'on ne l'entende pas sangloter. S'il venait à la porte de la chambre et l'entendait pleurer, il la garderait enfermée encore plus longtemps. Elle ne sortirait que si elle était sage.

Je t'en prie, Juliana, viens…

Soudain, comme par miracle, le matelas s'enfonça près d'elle. Elle entendit un « chut » réconfortant à son oreille puis sentit des bras l'envelopper. Des bras puissants, musclés, qui n'avaient rien en commun avec ceux, si frêles, de sa sœur.

— Travis, murmura-t-elle dans un demi-sommeil.

Rassurée par la chaleur dont il l'enveloppait, elle se lova dans ses bras, s'enivrant de son odeur si reconnaissable, si sensuelle…

— Non !

Bien réveillée à présent, elle poussa un cri de frayeur. S'écartant vivement de Travis, elle se mit à hoqueter, submergée de honte. Des larmes amères coulaient sur ses joues et elle les essuya rageusement. Elle tremblait de tout son corps. Elle venait d'émerger d'un mauvais rêve pour plonger en plein cauchemar.

Assise au bord du lit, elle tourna le dos à son ex-mari et se prit la tête entre les mains pour calmer les battements effrénés de son cœur. Elle n'était plus la petite fille d'autrefois, mais une femme divorcée, abandonnée, appauvrie.

— Tu as toujours ces affreux rêves ? demanda Travis en posant une main sur son épaule. Tu trembles…

Elle s'écarta pour échapper à ce contact et se servit du drap pour éponger ses larmes. Puis, dans la pénombre de la chambre, elle tâtonna à la recherche de ses vêtements d'hôpital.

— Où vas-tu ?

— J'ai faim, maugréa-t-elle.

C'était vrai, mais elle avait surtout besoin de prendre ses distances pour se ressaisir. Les quelques fois où ses rêves l'avaient ramenée aux jours sombres de son enfance alors qu'elle était mariée à Travis, il avait su la rassurer, la réconforter, en la berçant dans ses bras, en la caressant, en lui faisant l'amour. Mais cette fois, il l'avait repoussée, comme si son contact lui était insupportable.

Leur arrangement risquait de se transformer en enfer.

Elle s'habilla à la hâte, descendit à la cuisine, suivie de près par Travis, vêtu en tout et pour tout d'un jean. Détournant les yeux de ce torse puissant, elle sortit un yoghourt du réfrigérateur et un paquet de céréales du garde-manger. Travis lui apporta un verre d'eau et l'un des cachets qui lui avaient été prescrits.

— Veux-tu un toast ? Je peux t'en préparer un.

— Non merci.

Comme il effleurait sa joue d'une main, elle s'écarta, trop troublée par ce contact.

— Je voulais voir si tu avais de la fièvre, dit Travis pour expliquer son geste.

— Je vais bien, je t'assure.

Il demeura debout tandis qu'elle s'installait à la table de la cuisine.

— Je suppose que tu ne voudras rien me dire à propos de ces mauvais rêves ?

— Oh… Je simulais pour attirer ta sympathie.

Jurant entre ses dents, Travis s'éloigna pour se poster à la fenêtre et se perdit dans la contemplation du paysage couvert de neige. Sans se tourner vers elle, il demanda :

— En as-tu déjà parlé à quelqu'un ?

— Pour quoi faire ?

— Pour t'en débarrasser.

— Je vais dormir au rez-de-chaussée. Ainsi, je ne te réveillerai pas.

— La question n'est pas là, objecta-t-il en se retournant pour la dévisager. On dirait vraiment que tu souffres. Et quand tu te réveilles, ton cœur bat la chamade. Tu ne peux pas continuer comme cela.

Comme elle demeurait silencieuse, il ajouta :

— Peut-être que si tu consultais ça irait mieux.

— C'est juste un souvenir…

Haussant un sourcil, Travis demanda :

— Quel souvenir ?

— On ne m'a jamais agressée, ne t'en fais pas.

Après avoir ajouté une cuiller de céréales à son yoghourt, elle poursuivit :

— Je revois en rêve une sale journée qui remonte très loin dans mon enfance. Parfois, je ne me réveille pas et Juliana me rend visite… Et dans ce cas-là, mon rêve vaut la peine d'être vécu.

— Juliana ? Ta sœur qui est décédée ? Pourquoi ne m'en as-tu jamais parlé ?

— Parce que je ne voulais pas… J'aimais bien que tu me plaignes et que tu me serres dans tes bras pour me consoler. C'était agréable. Et j'avais peur que tu en parles un jour à mon père.

— Pourquoi ?

Imogen posa le comprimé sur sa langue et l'avala avec un grand verre d'eau, tandis que Travis attendait patiemment qu'elle daigne lui apporter des explications. L'heure était-elle venue de lui laisser entrevoir les sombres replis de son âme, de lui livrer les secrets hideux de son enfance ? Il n'y avait plus le moindre soupçon de dignité à préserver en elle. Et son père ne pouvait plus envenimer la situation.

— Rappelle-toi que j'avais vingt ans quand nous nous sommes mariés. J'ai grandi depuis… Les quatre années qui ont suivi m'ont permis de comprendre que je n'avais rien à attendre de mon père. Mais à cette époque, j'avais encore de l'espoir. Je n'étais pas prête à couper le cordon qui me reliait à lui.

— Qu'espérais-tu ? demanda Travis en fronçant les sourcils.

— Qu'il finisse par m'aimer, avoua-t-elle d'une voix étranglée par l'émotion.

C'était la première fois qu'elle exprimait à voix haute la souffrance qu'elle portait en elle depuis si longtemps.

— Mais enfin, Imogen, la plupart des adolescents se disputent avec leurs parents !

— Il me détestait, Travis !

— Pourquoi ?

L'incrédulité se lisait sur ses traits.

— Pose-lui la question, ironisa-t-elle d'un ton rempli d'amertume. Je lui ai demandé un jour si ma mère avait eu une aventure avec un autre homme dont je serais la fille. Il a répondu par la négative. Il ne voulait pas de moi, c'est tout.

— Il t'a dit cela en face ? En ces termes ?

— Eh oui… Le mariage de mes parents était un mariage de convenance. Mon père voulait un héritier, mais il n'était pas question d'avoir d'autres enfants. Ma mère, elle, ne voulait pas que Juliana soit fille unique. Et elle désirait un autre bébé. Comme il se montrait inflexible, elle lui a caché qu'elle ne prenait plus la pilule et est tombée enceinte. Maman espérait qu'il finirait par m'accepter, mais ce ne fut pas le cas. Je crois que me haïr aussi ouvertement a été sa manière de punir ma mère d'être allée contre sa volonté.

— Et c'est pour le tirer d'affaire que tu as dilapidé tout mon argent ?

— Je comprends ton indignation, dit-elle en avalant une grande gorgée d'eau. Je suis sûre que maman la partagerait si elle était encore de ce monde.

— Mais pourquoi, bon sang ?

— Pourquoi avoir cherché l'amour de mon père ? Parce que j'étais sa fille. Il aurait dû éprouver de l'affection pour moi. N'est-ce pas dans la nature des choses ? Cela ne s'est jamais produit. Pourquoi ? Je l'ignore. Et toi, pourquoi ne m'as-tu jamais aimée ? Parce que je suis mauvaise ? Indigne ?

— Imogen…

— Ne te sens pas coupable, le coupa-t-elle. Il se peut que je ne sois pas digne de recevoir de l'amour. Et si tel est le cas, c'est à cause de l'ADN qu'il m'a transmis. J'ai essayé de ressembler à Juliana. Elle était si douce et gentille. Il l'aimait. Tout le monde l'aimait. Tu l'aurais aimée, toi aussi.

Incapable de rester en place, elle chercha quelque chose à manger. Un morceau de fromage reposait dans une assiette, sur le comptoir. Elle se coupa une tranche de pain et apporta le tout sur la table de la cuisine.

— Était-il alcoolique ?

— Non, seulement un monstre de cruauté. Il lui arrivait de me boucler dans ma chambre sans dîner, juste pour que je disparaisse de sa vue. Il suffisait que je parle trop fort, que mes vêtements soient salis par la pluie ou que j'obtienne de meilleures notes que Juliana pour qu'il pointe l'escalier du doigt.

Atterré, Travis serrait les dents. Cette confession l'avait rendu muet de stupeur.

— J'étais plus intelligente que Juliana, poursuivit Imogen. Elle avait du mal avec la lecture et, souvent, je faisais ses devoirs à sa place. Je crois que c'est l'une des raisons pour lesquelles il me détestait autant. Il aimait afficher sa supériorité devant tout le monde. Quand je lui posais des questions auxquelles il ne savait pas répondre, il se mettait dans des rages folles.

— Tu aurais dû m'en parler.

— Pourquoi ? Qu'aurais-tu fait ? Quand Juliana et maman sont mortes, il n'a pas reporté son affection sur moi, et j'ai mis du temps à l'admettre.

La gorge serrée, elle reposa sa tartine sur l'assiette. Les souvenirs qui affluaient à sa mémoire la rendaient presque nauséeuse.

— Veux-tu savoir ce qu'il a dit ce jour-là, quand la police est venue à la maison ?

— Probablement pas…

Les yeux rivés sur le dessus de la table, Imogen prit une profonde inspiration pour se donner le courage de poursuivre son récit. Le souvenir de la scène qu'elle évoquait avait laissé des traces indélébiles dans son cœur. Mais l'heure était venue d'exorciser les démons qui l'habitaient.

— Il était déjà hors de lui parce que, maman étant injoignable, il avait dû venir me chercher à mon cours de danse. Elle était tombée dans la rivière avec Juliana. La police les a retrouvées des heures plus tard. J'étais consignée dans ma chambre bien sûr, mais quand j'ai entendu sonner, je me suis faufilée hors de la pièce. J'étais en haut de l'escalier quand les policiers ont expliqué la situation à mon père. Il les a remerciés, puis a refermé la porte. Et quand il m'a vue, il a dit : « Ce sont les cafards qui devraient se noyer. »

— Quoi ? C'est vrai ?

Les poings serrés, Travis la dévisageait intensément.

— Telle a été sa réaction, dit-elle en hochant la tête. Il ne m'a plus adressé la parole jusqu'aux funérailles. Ma mère et Juliana me manquaient terriblement, mais je n'avais personne à qui en parler, personne pour me consoler. J'avais onze ans à l'époque et je croyais dur comme fer que mon père finirait par m'accepter puisque j'étais tout ce qui lui restait. Je travaillais sérieusement à l'école, me liais d'amitié avec des gosses pourris gâtés avec qui je n'avais rien en commun, mais qui appartenaient à des familles que mon père admirait. J'ai poursuivi des études de journalisme alors que j'étais davantage tentée par la littérature. J'ai tout essayé pour lui plaire. En vain. J'ai écrit des articles pour ses journaux, mais il me confiait des tâches inintéressantes et ne publiait mes écrits qu'en cas de nécessité. Tu as cru que je cherchais à t'appâter quand j'ai sollicité une interview auprès de toi. C'est faux. J'avais compris que tu étais une étoile montante. Mon article était de bonne qualité, mais il l'a rejeté à la dernière minute. J'ai essayé de le vendre, contre sa volonté, à un concurrent. Il est entré dans une rage folle en l'apprenant. Nous nous querellions sans arrêt, je lui disais des choses horribles, mais au bout du compte, il avait toujours gain de cause. Je revenais vers lui…

Elle se tut un instant pour rassembler ses pensées, sous le regard consterné de Travis.

— Quand nous nous sommes mariés, j'ai quitté le domicile familial la tête haute. Je pensais ne plus jamais y remettre les pieds. Je n'avais plus besoin de mon père puisque je t'avais, toi. Puis, je me suis rendu compte que tu ne m'aimais pas. Que tu m'avais épousée pour de mauvaises raisons. Mieux valait que je retourne auprès de mon démon de père. Au moins, je savais à quoi m'attendre avec lui. Et puis, mon argent l'intéressait. J'espérais qu'en sauvant son affaire je gagnerais au moins son respect.

Travis semblait avoir cessé de respirer. Les traits figés, il se tenait parfaitement immobile, aussi rigide qu'une statue. Imogen avait l'impression de se confier à un bloc de marbre.

— À la fin, il me détestait encore plus, parce qu'il était diminué et ne pouvait que s'en remettre à moi. Pendant plus d'un an, je me suis occupée de lui, jusqu'à ce que je n'en puisse plus. Je n'arrivais plus à le soulever pour le mettre dans le bain. Alors, je l'ai placé dans une maison de repos. Il m'a détestée pour cela aussi. Outre le fait que je n'aurais jamais dû naître, je n'ai pas réussi à sauver son affaire et l'ai abandonné entre les mains d'étrangers. Pourtant, je passais des heures chaque jour à son chevet, répondant au moindre de ses désirs. Je ne sais pas pourquoi cet homme était aussi mauvais. J'avais honte de porter ses gènes. C'est la raison pour laquelle je ne t'ai jamais rien dit. Comment avouer que mon père ne m'avait jamais aimée ?

Imogen se mit à émietter le pain sur la table. Sa tête bourdonnait. Elle n'était pas encore arrivée au bout de sa confession.

— Chaque fois que je suis déprimée et que je me couche sans dîner, je rêve que je suis enfermée dans ma chambre. Quand elle le peut, Juliana vient me consoler. Tu es la seule personne à avoir été témoin de mes cauchemars, parce que je n'ai jamais partagé mes nuits avec quelqu'un d'autre que toi.

Autant qu'il s'en souvienne, les pleurs d'Imogen durant son sommeil étaient réels. En plein rêve, elle sanglotait comme un enfant et se réveillait en tremblant. Impossible qu'il ait pu s'agir d'une simulation.

Travis se rappela la première fois que les larmes de sa femme l'avaient réveillé. C'était quelques jours après avoir emménagé dans son ancien appartement. Une dispute les avait opposés plus tôt dans la soirée au sujet de leur mariage et des personnes qui devaient être mises au courant ou non. Puis, au lieu d'aller dîner dehors, ils s'étaient retranchés dans la chambre et avaient fait l'amour des heures durant, jusqu'à l'épuisement. Quand Imogen l'avait réveillé avec ses sanglots, Travis avait pensé que c'était leur dispute qui en était la cause. Puis, avec effarement, il avait constaté qu'elle dormait. Il s'était senti coupable. Doucement, il avait caressé son épaule et elle avait poussé un cri d'effroi. Une fois rassurée, elle s'était lovée dans ses bras et ils s'étaient donnés l'un à l'autre avec fougue.

— C'était juste un mauvais rêve, avait-elle confessé avec un soupir.

Puis, elle s'était levée pour préparer des œufs au bacon en plein milieu de la nuit.

— Tu aurais dû m'expliquer la toute première fois que c'est arrivé, lui dit-il d'un ton bourru, tandis qu'il prenait conscience de sa méprise.

Imogen n'était donc pas l'intrigante qu'il avait imaginée. Lui aussi avait subi une certaine forme de torture auprès de son père, qui le poussait à se surpasser constamment. Mais ce dernier n'avait jamais cherché à le blesser. Bien que de nature peu démonstrative, il avait voué à son fils un amour et une fierté indéfectibles.

— Pourquoi ? demanda-t-elle d'un ton las, entre deux bouchées. Qu'est-ce que cela aurait changé ?

Travis l'ignorait. L'aurait-il tenue éloignée de son père, réduisant leurs contacts au strict minimum ?

La deuxième fois qu'il avait été témoin de ses cauchemars, la scène s'était déroulée quelques jours avant qu'elle le quitte. Elle était rentrée passablement énervée d'une entrevue avec son père. Présumant qu'elle n'aurait pas envie d'en parler, il ne l'avait pas interrogée sur ce qui avait bien pu la mettre dans un tel état.

« Tu ne voulais rien savoir de ma vie, pas plus que tu ne souhaitais me parler de la tienne. »

Comme lui-même n'avait jamais voulu s'ouvrir à elle, il n'avait pas cherché à en savoir davantage à son sujet, préférant la consoler jusqu'à ce qu'elle s'offre à ses caresses. Chaque fois qu'elle avait tenté d'engager une discussion avec lui, il s'était retranché dans sa coquille.

Pourquoi ? Sans doute parce que sa mère avait trompé son père avant de le quitter. Leur divorce l'avait traumatisé, même s'il refusait de le reconnaître. Peut-être son désir de ne jamais s'enticher d'une femme venait-il de là. Il avait été témoin des souffrances endurées par son père et s'était promis de ne jamais vivre pareille expérience. Quoi qu'il en soit, à aucun moment ce passé ne l'avait hanté au point d'en faire des cauchemars.

S'il avait su que les mauvais rêves d'Imogen trouvaient leur origine dans le fait qu'elle se couche sans dîner, il serait venu la réveiller plus tôt pour qu'elle avale quelque chose. Mais quand il l'avait trouvée endormie dans son lit, il s'était senti rassuré. Puisqu'elle ne partagerait pas le repas du soir avec sa famille, il n'aurait pas à surveiller ses propos ou son comportement. Car, qui savait de quoi elle était capable ?

Une fois ses invités couchés, Travis s'était retranché dans son bureau pour rattraper un peu de travail en retard. Puis, il avait rejoint Imogen dans la chambre et s'était couché auprès d'elle. Incapable de trouver le sommeil, il avait simplement fermé les yeux et laissé son esprit vagabonder. Une fois endormi, il avait été réveillé par Imogen et l'avait vue enfouir son visage dans l'oreiller pour étouffer ses sanglots. Comme elle semblait en proie à une souffrance atroce, il l'avait tirée de ce sommeil dévastateur.

Elle s'était aussitôt lovée tout contre lui, comme elle le faisait autrefois. Sentant son sang bouillonner dans ses veines, il avait alors pris conscience du risque qu'il encourait.

Refusant de se laisser manipuler, il avait mis un terme à leur étreinte, après quoi Imogen s'était vivement écartée de lui, comme si elle aussi avait compris le risque qu'elle prenait. Une chose était sûre : l'attirance qu'ils ressentaient l'un pour l'autre n'avait pas faibli…

— Tu vois ? murmura-t-elle en lui jetant un regard furtif, te dire la vérité n'a fait qu'accroître le malaise entre nous.

Les traits tirés et le regard éteint, elle se leva pour rincer son assiette et la déposer dans le lave-vaisselle.

— Cela ne devrait pas se reproduire, ajouta-t-elle, mais au cas où, je dormirai en bas.

— Retourne te coucher.

Serrant les bras contre sa poitrine, elle le dévisagea.

— Je ne veux pas dormir avec toi.

— Non ? Dans ce cas, c'est moi qui dormirai en bas.

— Je ne veux pas te chasser de ta chambre.

Agacé, Travis étouffa un juron et la fusilla du regard.

Une lueur de frayeur passa dans ses yeux et il s'en voulut de se montrer aussi féroce. Avant qu'il puisse dire quoi que ce soit, elle tourna vivement les talons et quitta la cuisine sans même lui souhaiter une bonne nuit.

Après des heures passées à se retourner dans son lit, Imogen avait fini par sombrer dans un sommeil agité. À son réveil, la matinée était déjà bien avancée et la sœur de Travis et sa famille avaient quitté la maison.

— Les enfants ont-ils emporté leurs cadeaux ? demanda-t-elle à Travis une fois qu'elle l'eut rejoint dans la cuisine.

— Oui, ce qui m'évitera de devoir les prendre.

C'est alors qu'elle apprit qu'ils se rendaient tous chez le père de Travis pour célébrer son anniversaire et fêter Noël avec lui.

— Tu ne peux pas me demander de me joindre à vous. Je n'ai pas les moyens d'offrir des cadeaux.

Imogen n'avait plus jamais participé à la moindre fête après la mort de sa mère et de sa sœur.

— Ce sera très simple, répondit Travis. Jusqu'à la naissance des enfants, nous ne nous offrions pas de cadeaux. Nous ne le faisons toujours pas entre adultes. Gwen nous concocte un délicieux dîner, c'est tout…

Il l'entraîna contre son gré dans la Ve Avenue.

— Tu as besoin de vêtements, un point c'est tout.

— Oui… Mais de vêtements normaux !

Pas un jean à deux mille dollars ou une tenue de soirée digne de figurer sur la couverture de *Vogue*…

Renonçant à lutter contre la volonté de Travis, elle accepta d'essayer une robe pour remplacer celle prêtée par Gwen. Elle était en lainage également, mais épousait ses formes à la perfection et lui donnait une belle allure, contrairement à celle qu'elle offrait depuis plusieurs années…

Puis Travis insista pour qu'elle choisisse une tenue de soirée.

— Surtout, ne lui proposez pas des tons pastel, même si c'est tendance, dit-il à la vendeuse d'un ton sévère. Ce serait trop fade pour elle. Optez plutôt pour quelque chose de flamboyant.

Travis avait un regard artistique sur toute chose, même si les affaires étaient le cœur de son métier. Il avait bâti sa fortune dans l'immobilier, comme son père avant lui, mais il se passionnait pour l'architecture, domaine dans lequel il excellait et qui lui avait permis d'atteindre le summum de la célébrité. Il apportait à des bâtisses classiques des touches contemporaines qui séduisaient par leur originalité.

— Désolée, murmura Imogen à la vendeuse quand elle lui apporta une robe couleur saphir dans la cabine d'essayage.

— Je suis habituée aux clients exigeants, lui répondit l'employée avec un sourire. Une journée à se faire gâter, quel bonheur, profitez-en !

Travis la gâtait ? Devrait-elle lui en être reconnaissante ? Au lieu d'apprécier la situation, comme le lui conseillait la vendeuse, elle se sentait sous le joug d'un homme bien décidé à exercer une forme de domination sur elle.

— Il ne reste plus qu'à trouver les chaussures adéquates, dit la vendeuse en quittant le salon d'essayage.

Profitant de son absence, Imogen passa la tête derrière le rideau de la cabine pour s'adresser à Travis qui l'attendait, confortablement installé dans un fauteuil, une coupe de champagne à la main.

— Ne pourrais-tu dire à ton père que je suis atteinte de la peste et te rendre seul à Charleston ?

Comme il la fusillait du regard, elle ajouta :

— Tu n'as jamais voulu que je le rencontre.

— Il souhaite faire ta connaissance.

— Qu'attends-tu de moi ? Quelles sont les consignes ?

— La première consigne, la voici : j'aimerais que tu cesses de me contredire à tout bout de champ.

Plissant les yeux, il demanda :

— Montre-moi à quoi tu ressembles dans cette robe.

— Pas encore. Elle est trop longue… La vendeuse va m'apporter des chaussures.

— Sors ! insista Travis.

Pendant des années, Imogen avait été obligée d'accompagner son père dans de nombreux galas et cérémonies, mais elle n'avait jamais porté de robes longues, seulement des tenues de cocktail. Celle qu'elle avait revêtu aujourd'hui lui donnait une allure de princesse. L'étoffe soyeuse bruissait à chacun de ses mouvements et épousait ses formes à ravir.

Dès que Travis l'avait vue dans la robe prêtée par Gwen, il avait manifesté une vive désapprobation et insisté pour lui procurer d'autres tenues. Comme si la voir attifée ainsi l'insupportait. Il avait validé son choix pour la robe en lainage, le jean et les boots, et devait à présent lui donner son accord pour la tenue de soirée. Visiblement, il vivait cette séance de shopping comme un passage obligé et n'y trouvait aucun plaisir.

Renonçant à aller contre sa volonté, Imogen releva le bas de la robe et sortit de la cabine, espérant secrètement recevoir un compliment.

Travis demeura immobile tandis qu'il inspectait sa tenue d'un regard critique.

— Ça ira, dit-il enfin d'un ton sec avant de reporter son attention sur son téléphone.

Le cœur lourd, Imogen se réfugia dans la cabine où elle fut bientôt rejointe par la vendeuse qui lui apportait une paire de sandales noires à hauts talons.

— Inutile, lui dit-elle en se retournant pour ne pas lui laisser voir les larmes qui perlaient à ses paupières.

— Imogen ! intervint Travis. Essaye les chaussures !

— Pourquoi… Puisque la robe te convient.

— Je veux te voir la porter avec des chaussures.

Consciente du désarroi de sa cliente, la vendeuse lui souffla à l'oreille :

— Faites ce qu'il vous demande. Ainsi, nous verrons si la robe a besoin d'un ourlet.

Docile, Imogen accepta de mettre les chaussures, puis ressortit de la cabine, suivie de la vendeuse.

— C'est parfait ! s'exclama celle-ci. N'est-ce pas, monsieur ?

Imogen se força à affronter le regard critique de Travis. Comme il tardait à donner son verdict, elle sentit la colère monter en elle.

— Ça t'étoufferait de te montrer agréable, pour une fois ?

Pendant un long moment, ils s'affrontèrent en silence. Puis Travis se leva lentement de son fauteuil. Après avoir déposé sa coupe de champagne sur la table, il vint vers elle.

— Laissez-nous, intima-t-il à la vendeuse qui partit sans demander son reste.

Quand ils furent seuls, Travis se posta devant Imogen. D'un doigt, il lui releva le menton pour planter son regard furibond dans le sien.

— J'avais dit, plus de disputes…

— Tu m'obliges à parader devant toi, rétorqua-t-elle en s'efforçant de parler à mi-voix. Les apparences sont-elles si importantes à tes yeux ? N'étais-je pas assez jolie pour être ta femme ? Est-ce pour cela que tu avais honte de moi ? Est-ce la raison pour laquelle tu veux que je porte des tenues de stylistes ? Tu veux que je sois belle et me taise ?

— Si je voulais te faire taire, je saurais comment m'y prendre.

— Oh oui, tu sais comment me blesser ! Et appuyer là où ça fait mal !

Approchant les lèvres des siennes, il murmura :

— Je te fais mal, là, Imogen ? Hier soir, quand tu t'es lovée contre moi, t'es-tu souvenue du plaisir que je savais te donner autrefois ? Avais-tu envie de moi ? Quatre ans sans faire l'amour, c'est long. Désolé, je n'arrive pas à le croire.

Quel ignoble individu ! Elle aurait dû le repousser, lui répondre vertement, mais son corps ne réagissait plus. Captive de ce regard intense, elle était électrisée par la présence si imposante de cet homme qui n'avait jamais quitté ses pensées ces quatre dernières années. Aucun autre ne l'avait jamais troublée de la sorte.

Comme elle gardait le silence, Travis pencha la tête pour déposer un baiser aérien sur ses lèvres. Ce contact lui envoya mille frissons dans le corps, ravivant le désir qu'il avait toujours su lui inspirer.

Instinctivement, elle posa les mains sur son torse, puis noua les bras autour de son cou. Plus rien n'existait excepté cette exaltation des sens, ce désir intense qui pulsait dans ses veines.

— Embrasse-moi, murmura-t-elle d'une voix tremblante.

À ce signal, il happa ses lèvres dans un baiser fougueux auquel elle répondit avec la même ardeur. Le temps s'arrêta. Le passé se mêlait au présent, ravivant des sensations profondément enfouies, mais toujours aussi vivaces. Un sentiment de panique aurait dû la gagner, mais tout ce qu'elle ressentait, c'était du soulagement. Comme si chaque chose reprenait sa place initiale, comme si elle était enfin de retour chez elle. Cet homme était le seul à lui inspirer une passion aussi dévorante. L'odeur de sa peau, son souffle chaud, la pression de son corps contre le sien, la sensualité de ses caresses, tout en lui lui plaisait…

Puis, soudain, elle sentit que Travis la repoussait. Quand elle croisa son regard sombre, elle crut défaillir. Il y avait du désir dans ses yeux, mais aussi une lueur de défi. Comme s'il savourait une secrète victoire.

Rassemblant le peu de dignité qu'il lui restait, elle le toisa.

— Je te déteste, lui jeta-t-elle au visage avant de tourner les talons pour se retrancher dans la cabine d'essayage.

5

— Nous en avons fini pour aujourd'hui, dit Travis à la vendeuse qui se tenait à distance. Emballez nos achats, s'il vous plaît.

Calé dans son fauteuil, il reprit la lecture de ses e-mails, tandis qu'Imogen finissait de se rhabiller dans la cabine. L'envie de l'y rejoindre pour achever ce qu'ils avaient commencé le tenaillait, mais il la contint.

Leurs achats empaquetés, Travis les confia au chauffeur et prit le bras d'Imogen pour la guider vers la voiture où il l'aida à s'installer.

— À quel jeu allons-nous jouer maintenant ? demanda-t-il, une fois assis à ses côtés. Tu vas me faire le coup du silence ?

— Bien sûr que non. De quoi voudrais-tu parler ?

Comme elle regardait droit devant elle, les mains jointes sur ses genoux, il la contempla d'un air songeur. Il la trouvait bien sage, tout à coup.

— Tu es en colère parce que je t'ai embrassée.

— Pas du tout, répliqua-t-elle de ce ton trop raisonnable qu'il peinait à interpréter. Tu as démontré par ton comportement que tu pouvais faire ce que tu voulais de moi.

Comme le chauffeur s'apprêtait à s'installer au volant, Travis lui demanda de les laisser seuls un instant.

— Bien sûr, Monsieur.

Le chauffeur referma la portière puis s'adossa au capot de la voiture.

— Tu n'as pas apprécié ce baiser ? demanda alors Travis. Il s'agissait d'un baiser volé, c'est ce que tu sous-entends ?

— Que je l'aie apprécié ou non n'entre pas en ligne de compte, répliqua-t-elle d'un ton crispé. Ce qui importe c'est l'intention que tu poursuivais : me punir pour ce que je t'ai fait et ce que je continue de te faire aujourd'hui.

Sa voix se brisa et elle exhala un soupir qui en disait long sur la souffrance qui l'étreignait. Ébranlé, Travis la dévisagea intensément.

— Ce n'était pas une punition, Imogen… Je veux vraiment savoir si tu as aimé ce baiser.

— Oui, répondit-elle d'un ton très bas. Si tu avais voulu me prendre dans cette cabine d'essayage, je ne t'aurais pas résisté. Est-ce ce que tu as envie d'entendre ? Cela te rend-il heureux ? As-tu l'intention de m'humilier jusqu'à ce que j'expie le péché d'être un jour entrée dans ta vie ?

Quand elle tourna enfin les yeux vers lui, il ressentit un pincement au cœur. Son regard brillant exprimait une peine insoutenable.

— Je ne voulais pas t'humilier.

— Très bien, lâcha-t-elle avec un soupir. Indique-moi les règles du jeu et je m'y conformerai. Ainsi, tu n'auras plus de raison de me punir.

— Mais… Il n'était pas question de ça !

Comme Travis amorçait le geste de se rapprocher d'elle, elle eut un brusque mouvement de recul.

— Doucement ! protesta Travis, effaré par cette réaction de défense. Je ne vais pas te frapper !

— Je sais, admit-elle d'une voix tremblante.

Mais son regard jetait des étincelles.

Décontenancé, Travis se passa une main nerveuse dans les cheveux. Le comportement d'Imogen le déstabilisait. Il ne savait pas quoi penser des révélations qu'elle lui avait faites sur son père. À aucun moment il n'avait été question de violence. Et il n'imaginait pas son ex-femme l'emporter contre un homme qui l'agresserait physiquement. Il voyait plutôt en ce père endeuillé et pétri d'amertume une personne capable d'effroyables colères, sans toutefois en venir aux mains. Aurait-elle exagéré les choses pour se faire pardonner ?

Quoi qu'il en soit, il ne pouvait pas laisser planer le doute et voulait en avoir le cœur net.

— Est-ce que ton père te frappait ?

Si tel était le cas, il se sentait capable de l'exhumer pour le tuer à nouveau.

— Non.

— Imogen !

— Arrête de dire mon prénom de cette manière.

— Comment veux-tu que je t'appelle ?

— C'est la manière dont tu prononces mon nom qui m'horripile. Comme si j'étais stupide, comme si je t'insupportais. Et, pour répondre à ta question, il est facile de blesser quelqu'un sans pour autant en venir aux mains.

Elle serrait ses bras autour d'elle, comme pour se protéger. Une tension extrême semblait l'habiter tout entière.

Ce sont les cafards qui devraient se noyer.

Il ne voulait pas croire que son père ait pu se montrer aussi cruel, simplement parce que cela le renvoyait à sa propre culpabilité. Celle de l'avoir laissée retourner auprès de Wallace. De l'avoir poussée à prendre cette décision.

— Donne-moi les règles du jeu et je m'y conformerai, répéta-t-elle d'un ton las. J'en connais déjà certaines : ne pas te contredire en public, porter ce que tu m'achètes. Quoi d'autre ?

— Imo…

Comme elle levait les yeux au ciel, agacée par le ton paternaliste qu'il venait à nouveau d'utiliser, Travis s'exhorta au calme.

— Écoute, je ne cherche pas à te tester ni à gagner quoi que ce soit. Mon but n'était pas de marquer des points avec ce baiser.

Ce n'était pas vraiment un mensonge. Il voulait simplement se prouver que la passion qu'elle lui démontrait autrefois n'était pas feinte.

— Quoi que je fasse, tu trouves toujours à redire. Donne-moi une petite chance de temps en temps, parce que je ne supporterai pas d'être sans cesse remise à ma place. Qu'attends-tu de moi ?

Que je fasse semblant d'être amoureuse de toi en public ? Est-ce ainsi que je suis censée me comporter ?

Travis soupira, ce qui eut le don de l'agacer une fois de plus. Elle détourna le regard.

— Imogen, dit-il sur un ton empreint de douceur.

Il tendit la main vers elle puis suspendit son geste, de peur de l'effrayer. Elle paraissait affreusement tendue. Jamais il n'aurait cru pouvoir la blesser. Du moins, pas autant.

— Faudra-t-il que j'accepte de faire l'amour avec toi ?

Sa voix incertaine le toucha profondément.

— Je n'attends pas cela de toi.

Même si j'en ai très envie.

— Parce que… je ne saurais pas comment m'y prendre, avoua-t-elle sans oser le regarder. Ces dernières années, j'ai passé mon temps à essayer d'aider mon père. Prendre soin de lui m'occupait à plein temps. C'est la raison pour laquelle je n'ai rencontré personne… depuis toi. Je suis sortie avec quelques hommes, mais ça s'est arrêté là. Je ne suis pas faite pour… les aventures. Ça me rend mal à l'aise.

— Pourquoi ?

— Parce que l'amour et le sexe vont de pair à mes yeux.

— Si tu penses que je me suis montré un peu trop brutal, je…

— Tais-toi, Travis. Il n'est pas question de cela. Veux-tu que je te rembourse les vêtements ?

— À ton tour de te taire, répliqua-t-il. Tu as besoin de vêtements. Et arrête de me demander ce que j'attends de toi. Je veux que tu me laisses t'aider à reprendre pied pour que tu ne te retrouves plus jamais dans une telle situation. Je veux que tu prennes soin de toi, que tu manges quand tu as faim, que tu dormes suffisamment et que tu prennes tes médicaments. Si je te semble autoritaire, c'est parce que j'éprouve une terrible frustration devant le fait que tu aies pu tomber aussi bas et que tu rechignes à l'idée que je puisse t'aider.

Imogen faisait la moue tout en se tordant les mains d'anxiété. Comme elle gardait obstinément le silence, il ajouta :

— D'ailleurs, il va falloir que tu m'indiques le montant de tes dettes afin que je m'en occupe.

— Non ! s'écria-t-elle en lui jetant un regard effaré.

— Tes créanciers appellent mon bureau, il va donc falloir trouver une solution.

— Tu n'es pas responsable de mes dettes ! Et encore moins de celles accumulées par mon père !

— Peu importe qui s'en acquitte, du moment que les remboursements sont effectués.

Veiller à la bonne marche des affaires de son propre père quand celui-ci avait connu quelques déboires l'avait éclairé sur les méthodes employées par les charognards de la finance, toujours prompts à appliquer des taux d'intérêt outranciers.

— Écoute, Imogen, nous n'avons pas le choix. Il faut que tu me fasses la liste de tes créanciers pour que je puisse assainir ta situation. Plus tu tardes à rembourser, plus les taux d'intérêt s'envolent.

— Non…, gémit-elle en se prenant la tête entre les mains.

— Le compteur tourne. Plus tu attends, plus il s'emballe.

À bout d'arguments, Imogen se tourna vers lui.

— Bon, très bien, capitula-t-elle. Il faudra que je me connecte sur Internet quand nous serons de retour à ton appartement. Mais, pouvons-nous aller quelque part avant ? Je veux te donner quelque chose… Pour apaiser au moins ma conscience.

— De quoi s'agit-il ?

— De tes bagues.

Pendant tout le trajet qui les conduisit jusqu'à une bâtisse modeste située dans le quartier de Brooklyn, Travis garda obstinément le silence. Silence qui était devenu hostile quand elle lui avait précisé qu'elle n'avait jamais pu se séparer des bijoux. Elle avait alors compris que ces mots l'avaient heurté.

Elle descendit de voiture devant l'immeuble de Joli. Si celle-ci ne se trouvait pas à son domicile, Travis risquait de perdre patience. Mais, depuis qu'elle était privée de son vieux téléphone portable et surtout de sa précieuse liste de contacts, elle n'avait plus le numéro de Joli et n'avait donc pas pu la prévenir de sa visite.

Retenant son souffle, elle pressa donc sur l'Interphone.

— C'est Imogen…

— Je me demandais si tu allais réapparaître enfin. Entre !

— Qui est-ce ? demanda Travis en la suivant dans l'escalier.

— L'une des éditrices de mon père. Elle a été journaliste free-lance pendant des années et l'est redevenue quand le navire a sombré. J'ai reçu ses condoléances à la mort de papa, mais nous avons perdu contact.

À leur arrivée au troisième étage, une porte s'ouvrit. Joli était une femme corpulente qui n'accordait aucune importance à son allure. Elle portait des lunettes démodées et se coupait les cheveux à la garçonne sans chercher à masquer ses mèches grises.

— Comment vas-tu, petite ? demanda-t-elle à Imogen.

Joli n'était pas du genre démonstratif, mais avait toujours été son alliée.

— L'architecte…, commenta-t-elle quand Imogen lui présenta Travis. Quand j'ai vu vos noms dans les gros titres de la presse ce matin, j'ai ressorti ton article sur lui pour le relire.

— Ah ? Pourquoi ? s'exclama Imogen.

Il aurait mieux valu demander *comment*, vu l'encombrement du studio de Joli. La pièce était remplie de meubles de classement sur lesquels reposaient, en équilibre précaire, des dizaines de boîtes en carton. La table de la cuisine et celle du salon étaient recouvertes de coupures de presse maculées de taches de café. Quant au bureau, situé dans un angle de la pièce, il croulait sous des piles de journaux. Joli n'avait aucun sens de l'ordre.

— Un peu dithyrambique, mais bien documenté, dit Joli en récupérant quelques pages sur son bureau. Ton père aurait dû publier cet article.

Quand elle voulut les offrir à Imogen, celle-ci eut un mouvement de recul. Ce fut donc Travis qui les récupéra.

— Oh non…, protesta Imogen en tentant de les lui reprendre.

Mais il fut plus rapide qu'elle. D'un geste sûr, il replia les feuillets et les mit dans sa poche.

Agacée, Imogen prit toutefois sur elle et se tourna vers Joli.

— Je suis venue récupérer mes bagues, expliqua-t-elle. Les gardes-tu ici ?

— Oui, bien sûr, dans mon coffre, répliqua-t-elle en se penchant sous son bureau pour accéder audit coffre.

Quand elle l'eut déverrouillé, elle demanda :

— Pour qui travailles-tu en ce moment ?

— Je n'écris pas… J'ai dû vendre mon ordinateur.

Travis lui décocha un regard sévère.

— On me l'aurait volé sinon, précisa-t-elle avec un haussement d'épaules. Il n'y a que l'argent liquide que je pouvais garder à l'abri…

— Est-ce pour cela que tu as confié tes bagues à Joli ? Tu avais peur qu'on te les vole ?

— J'avais pris l'habitude de les lui confier quand je me rendais au bureau, pour que papa ne les voie pas. Il m'aurait dit de les vendre.

Après avoir fouillé dans son coffre, Joli en sortit une enveloppe scellée qu'elle remit à Imogen.

Celle-ci la regarda longuement, la décacheta, en vida le contenu et tendit la main vers Travis. Visiblement réticent, il hésita avant d'accepter de prendre les bagues. L'une, en or massif, représentait une sorte de huit entrelacé, l'autre était sertie de diamants, deux merveilles qu'Imogen adorait. C'était la raison pour laquelle elle ne s'était jamais résolue à les vendre, même dans les pires situations. C'était un crève-cœur pour elle aujourd'hui de les rendre à l'homme qui les lui avait offertes. Il fallait à tout prix qu'elles disparaissent rapidement de sa vue, sinon elle allait fondre en larmes.

Elle n'aimait pas ces bagues pour leur beauté, mais pour ce qu'elles avaient représenté à ses yeux quand elle les avait reçues de Travis. Elle pensait alors vivre un conte de fées. Plus tard, elle s'était demandé si elle n'avait pas commis une erreur en les portant uniquement en présence de Travis. Les cacher à la vue de tous avait peut-être rompu le charme et conduit à la destruction de son mariage…

Se tournant vers Joli, elle lui remit l'enveloppe vide.

— Je serais preneuse de missions en free-lance, si tu as des pistes.

— Envoie-moi un e-mail, proposa Joli.

— Merci.

Travis attendit qu'ils soient tous deux remontés en voiture pour remarquer :

— Tu disais ne pas avoir d'amis sur qui compter.

— Comme tu as pu le constater, Joli n'a pas de gros revenus et pas de chambre d'amis. C'est une personne très indépendante. Jamais elle ne demanderait l'aide de qui que ce soit. Quant à moi, si je lui avais demandé de m'aider financièrement, elle m'aurait conseillé de vendre les bagues, ce que je me refusais à faire.

Songeur, Travis garda un moment le silence avant de demander :

— Explique-moi pourquoi.

Elle haussa les épaules.

— Tant que ces bagues m'appartenaient, j'avais l'impression de posséder quelque chose, de ne pas être complètement démunie. Et puis, les vendre n'aurait jamais comblé mes dettes, alors à quoi bon m'en débarrasser ?

Travis la dévisageait, comme s'il cherchait à lire dans ses pensées les plus intimes. Elle retenait son souffle, cherchant à garder une attitude impassible. Elle ne voulait pas qu'il devine la raison principale qui l'avait empêchée de se séparer de ces bagues. Pour elle, elles représentaient l'unique lien qui la rattachait à son ex-mari.

Déterminée à éluder le sujet, elle se résolut à lui demander une autre faveur.

— Ce serait formidable si… tu pouvais me prêter un ordinateur. J'ai gardé des contacts dans le journalisme et j'aimerais écrire de nouveau.

Après un haussement de sourcils surpris, Travis hocha la tête.

— D'accord, je vais t'acheter un ordinateur portable.

— Je veux juste t'en emprunter un ! S'il te plaît !

Sans prendre la peine de relever cette remarque, il plongea la main dans sa poche. Imogen crut qu'il cherchait son téléphone, mais il en sortit les feuillets remis par Joli.

— Ne lis pas cela !

— Pourquoi ?

— Parce que je ne veux pas être témoin de ta réaction.

— À quelle réaction t'attends-tu de ma part ? Joli dit que c'est un bon article.

Imogen se mordit la lèvre nerveusement, puis haussa les épaules.

— J'ai écrit ces pages à une époque où les choses étaient très différentes entre nous. Je n'ai vraiment pas envie… d'avoir ton avis dessus. Range-les.

— Lors de notre tout premier contact, je t'ai trouvée différente des personnes que j'avais pu rencontrer avant. Je dois dire que je ne te comprends toujours pas.

Avec un soupir, il replia les feuillets et les remit dans sa poche.

— C'est une réaction de défense de ma part. Je crains que tu trouves ridicule l'admiration que je te vouais. Tu te moqueras de la petite sotte que j'étais.

Il écarquilla les yeux, surpris.

— Puis-je te suggérer quelque chose ? Ton père est mort. Tu n'as pas besoin de te dénigrer en son absence.

Il s'agissait là d'un conseil avisé, Imogen ne pouvait le nier. Néanmoins, elle se sentirait humiliée si Travis lisait ces pages. Il se rendrait compte de ce qu'il avait représenté pour elle et devinerait peut-être à quel point elle était vulnérable aujourd'hui encore. Ce qui rendrait leur baiser et le rejet qu'elle avait essuyé encore plus intolérables.

Quelle humiliation d'être encore amoureuse d'un homme aux yeux de qui elle ne comptait pas !

— Est-ce pour cela que ton père a refusé de publier l'article ? Le trouvait-il trop partial ?

— Je ne suis même pas sûre qu'il l'ait lu.

Comme Travis la fixait intensément, elle tourna la tête vers lui. Son regard noir la fit frémir.

— Tu aurais dû me dire la vérité sur tes relations avec ton père et sur ce qu'il t'infligeait.

— Cela n'a plus la moindre importance, marmonna-t-elle en reportant son attention sur le paysage urbain.

Elle se sentait profondément blessée. Sans doute parce qu'elle aurait aimé qu'il s'intéresse à elle bien plus tôt. Sans doute aussi parce qu'elle s'en voulait de ne pas s'être confiée autrefois.

— On ne peut rien y changer, ajouta-t-elle. Je m'en suis remise. C'est ce qui m'a poussée à repartir de zéro. Je sais… Je n'ai pas choisi la voie la plus facile, mais je voulais laisser mon passé derrière moi, afin que plus rien ne me relie à mon père. C'est pour ça que je gardais mon extrait de mariage avec moi. Au moins, je pouvais faire semblant de porter ton nom et non le sien…

Des heures plus tard, retranché dans son bureau, Travis parvenait difficilement à se concentrer sur son travail. Son regard ne cessait de dériver vers la porte vitrée qui donnait sur le séjour.

Ils avaient fait un arrêt sur leur trajet pour acheter un ordinateur portable dont Imogen se servait à présent, confortablement installée sur un canapé, après avoir troqué ses vêtements contre un long pull et enfilé des socquettes blanches en guise de chaussons. De temps à autre, elle croisait et décroisait ses longues jambes fines, jouait avec ses cheveux, le regard rivé sur l'écran du portable. Elle changeait parfois de position en relevant les coussins derrière son dos. Travis observait chacun de ses gestes. L'envie de la rejoindre le tenaillait. De lui retirer l'ordinateur des mains, de s'allonger près d'elle, de presser son corps contre le sien…

Le baiser qu'ils avaient échangé plus tôt lui obscurcissait l'esprit, de même que toutes les révélations qu'elle lui avait faites. Il détenait à présent un article rédigé par elle autrefois et les deux bagues qu'il lui avait offertes. Les souvenirs affluaient à sa mémoire, et parmi eux, l'un des moments les plus torrides qu'il ait vécus avec elle, à l'arrière de sa voiture garée devant chez elle, pendant que leur chauffeur était allé se dégourdir les jambes et fumer une cigarette. C'était la veille de leur mariage. L'obscurité de l'habitacle leur avait permis de s'étreindre avec fougue. Il se rappelait avoir relevé sa jupe et glissé les doigts sous l'étoffe soyeuse de sa culotte. Les caresses qu'il lui avait prodiguées l'avaient comblée au-delà de toute attente. Tremblante, elle avait gémi en atteignant l'orgasme et il l'avait serrée très fort contre lui. Il aurait pu la prendre sur-le-champ, dans cette voiture, mais il avait refréné ses pulsions.

— Montons chez toi, lui avait-il murmuré d'une voix rauque.

Elle tremblait encore, avait le souffle court, une expression égarée dans le regard. Elle s'était mordu la lèvre inférieure, avait baissé les yeux, avant de dire :

— Si c'est ce que tu désires…

— N'est-ce pas ce que tu veux, toi aussi ?

Il se rappelait encore le goût de miel de ses baisers, la texture soyeuse de sa peau, le souffle chaud de ses lèvres contre les siennes.

— Si… Bien sûr, avait-elle répondu d'une voix mal assurée, mais j'aurais aimé garder cela pour mon mari. Pour un homme qui…

Elle avait enfoui les mots suivants dans son cou, ses lèvres humides contre sa peau.

Un homme qui quoi ? Qui l'aimait ? Il avait alors accentué la pression de ses mains sur ce corps si désirable qui, il le pressentait, n'avait jamais appartenu à personne. De simples caresses avaient provoqué chez elle un émoi extraordinaire, de ceux que l'on connaît quand le corps s'éveille au désir pour la toute première fois.

Alors il avait continué de la caresser jusqu'à ce qu'elle rende les armes une fois de plus et se love tout contre lui, la tête sur son épaule. Quand elle avait levé les yeux vers lui, il avait décelé une profonde mélancolie dans le sourire qu'elle lui avait offert. Il aurait pu la faire sienne ce soir-là, elle n'aurait pas résisté. Elle lui aurait offert sa virginité hors mariage, mais il savait qu'elle aurait très vite regretté ce geste. Elle se serait sentie humiliée.

Il se rembrunit soudain en se rappelant ce qu'il avait lui-même ressenti à ce moment-là. La posséder ne lui avait pas suffi, alors il avait prononcé les mots… « Épouse-moi. Demain. »

Il avait passé la nuit à rédiger une première ébauche de contrat de mariage sans imaginer une seconde commettre la pire des imprudences.

Plongé en pleines réminiscences, il sursauta quand Imogen se matérialisa devant lui.

— Voilà, tout est là, lui dit-elle avec un soupir.

Il la contempla longtemps sans comprendre, puis vit que sa messagerie clignotait sur son écran d'ordinateur. Comme promis, elle lui avait transmis tous les dossiers en cours qui la concernaient ainsi que les contacts. À présent, elle observait le décor de ce bureau impersonnel qu'il utilisait rarement. Ses locaux professionnels se trouvaient à peu de distance de son domicile et il préférait s'y rendre pour travailler. Ainsi, une fois chez lui, il pouvait passer à autre chose et se détendre.

Le regard d'Imogen se posa sur les feuillets repliés qui reposaient sur un côté du bureau et elle les reconnut aussitôt.

— As-tu lu l'article ? demanda-t-elle, sur la défensive.

— Non, mentit-il, peu enclin à s'attarder sur la manière dont elle l'avait décrit et dont elle se révélait au travers de ces lignes.

Se ressaisissant, il changea de sujet.

— J'ai pris contact avec mon cabinet d'expertise comptable qui m'a appris la chose suivante : un certain nombre de dettes pourront être réglées par la succession sans que tu sois affectée de quelque manière que ce soit.

Elle eut une grimace.

— Je sais que j'aurais dû faire appel à un comptable, mais les tarifs pratiqués ne vont-ils pas absorber le peu que m'a laissé mon père ?

— Nous verrons bien. Tu devras signer une décharge pour que le cabinet gère l'homologation du testament de ton père.

— Très bien… Veux-tu que je m'occupe du dîner ?

Il n'était pas taraudé par la faim, du moins pas par ce type de faim.

— Nous dînerons dehors, répliqua-t-il d'un ton sec qui lui valut un regard méfiant de la part d'Imogen.

— Pourquoi ?

Il ne pouvait pas lui en vouloir de trouver sa proposition suspecte. Une sortie au restaurant en tête à tête risquait de raviver des souvenirs douloureux. Il aurait aimé qu'ils puissent tous deux envisager l'avenir d'une manière plus sereine.

— Nous sommes censés jouer le jeu de la réconciliation, lui rappela-t-il. Partout, dans la presse, on peut lire que nous prenons un nouveau départ. À nous de leur prouver qu'ils ont vu juste.

Elle haussa les sourcils, l'air de dire : « Bonne chance ! »

Travis posa les coudes sur son bureau et planta son regard dans le sien.

— J'aime offrir une image conforme à ce que je suis. Regarde autour de toi. Je dirige un vaisseau impeccable. Pourquoi crois-tu que nous sommes sortis de bonne heure ce matin ? En partie pour que la femme de ménage ait la possibilité de tout ranger, tout nettoyer. Les enfants salissent tout et je n'ai qu'une hâte, une fois qu'ils sont partis : que tout soit remis en ordre.

— Tu es un maniaque de la propreté ? Moi qui te croyais parfait…

Ce trait d'humour le surprit, mais il décida de jouer le jeu.

— Pas parfait, disons plutôt perfectionniste.

Très vite, le léger sourire qui étirait ses lèvres se figea et elle baissa les yeux. Pourquoi ? Parce qu'elle n'était pas parfaite ? Il ne l'était pas non plus, à son grand regret.

— C'est mon plus gros défaut, mais j'ai des excuses. Quand j'étais petit, ma mère n'arrêtait pas de me nettoyer le visage et les mains, de me brosser les cheveux et d'ajuster ma cravate.

Imogen retint un gloussement.

— Je parie que tu portais plutôt des nœuds papillon !

— J'ai fini par lui ressembler et devenir aussi exigeant qu'elle. Ensuite, quand je suis entré au lycée, mon père m'avait promis un dollar pour chaque point obtenu au-delà de dix-sept sur vingt. Un sacré défi.

— Le mien était plutôt de savoir gérer le manque de ressources. Je suis passée maîtresse en la matière !

Travis la contempla un long moment, songeur. Cette femme imprévisible avait réussi à bousculer toutes ses certitudes.

Il se força à demeurer concentré sur le message qu'il voulait lui transmettre.

— Il fallait que je me surpasse en tout. J'étais le meilleur athlète du lycée, je représentais les élèves dans les commissions, je jouais du saxophone et je me suis même investi dans la réparation d'un établissement pour personnes âgées après une tempête qui l'avait endommagé.

— Je parie que tu sortais avec la pom-pom girl en chef !

Ignorant la raillerie, Travis poursuivit :

— Je travaillais le week-end avec mon père. Deux ans de suite, j'ai été sacré meilleur élève du lycée. J'étais promis à un avenir glorieux…

Il s'interrompit pour se donner le courage de relater la suite.

— Puis ma mère a eu une aventure extraconjugale qui a défrayé la chronique. Les rumeurs allaient bon train et j'étais devenu la risée du lycée. Quant à mon père, il avait le cœur brisé et ne s'en est jamais remis. J'ai dû abandonner toutes mes activités extrascolaires pour m'occuper de lui.

Le sourire d'Imogen s'effaça et son regard s'adoucit.

— Il est tombé malade ?

— Non, il a sombré dans l'alcool.

— Je suis désolée…

Il ne voulait pas de sa pitié, simplement apporter des explications. Il ne s'agissait pas là d'une séance de thérapie.

— Mes notes se sont mises à baisser et j'ai été exclu du lycée deux fois pour m'être bagarré. Je déteste les rumeurs, les commérages et la mauvaise presse, Imogen. Devoir répondre de mes actes équivaudrait à m'abaisser. C'est pourquoi je contrôle ma vie de manière rigoureuse.

— Je m'en étais rendu compte… Tu ne dévoiles jamais tes cartes et tu as toujours un coup d'avance.

— Tu aimes les métaphores, n'est-ce pas ?

Elle leva les yeux au ciel.

Ce genre de comportement l'avait toujours énervé. Avec Imogen, il ne savait jamais sur quel pied danser. Ses railleries le décontenançaient, de même que son imprévisibilité. C'était sans doute l'une des raisons pour lesquelles il ne s'était jamais engagé dans leur mariage. Dans un moment de folie, il avait voulu l'enfermer, la contenir, mais il s'était vite rendu compte qu'il n'obtiendrait rien ainsi.

— Tu as raison sur un point, admit-il, je ne m'attendais pas à ce que notre mariage dure longtemps.

Le demi-sourire d'Imogen se figea. Avait-elle vraiment envie d'entendre la suite ? Affichant une expression impassible, elle demeura immobile comme une statue.

— Après avoir été témoin de la manière dont le mariage de mes parents s'était terminé, je m'étais promis de ne jamais vivre la même chose. Pour moi, l'issue étant inévitable, il valait mieux que je m'y prépare.

— Tu as toujours été très prévoyant…

— Sur ce point-là, nous sommes différents.

— Je ne suis pas parfaite.

— Mais tu es créative, ce qui est une bonne chose.

— Moins que toi !

— Moi, je le suis d'une manière… disciplinée.

— C'est ainsi qu'il convient de l'être.

— Explique-moi pourquoi…, commença-t-elle d'une voix nouée avant de s'interrompre.

Sans mot dire, il attendit qu'elle ose enfin lui poser la question qui lui brûlait les lèvres.

— Pourquoi tiens-tu à afficher la caricature d'épouse que je suis en public ? Ne vaudrait-il pas mieux me cacher à la vue de tous ?

Enfermée à double tour dans sa chambre… L'idée était tentante. La gorge serrée, il déclara :

— Le scandale autour de Gwen a éclaté au pire moment. J'étais en pleine expansion et je venais de m'endetter pour un projet colossal en Amérique du Sud.

— L'Église…

— L'Église catholique, oui. Tu imagines les réactions quand des photos de ma sœur nue ont été publiées dans la presse et quand sa liaison tumultueuse avec un banquier a été divulguée. Gwen et moi avons connu la pire des humiliations. S'il te plaît, ne lui dis jamais à quel point j'ai été affecté par ce scandale. Elle a connu l'enfer à cette époque. Quant à moi, j'ai compris combien mon image avait de l'importance aux yeux de mes clients. Je suis sur le point de remporter un contrat fabuleux à Hawaii. Il sera signé après les vacances de Noël. Je ne veux pas que la confiance qui m'est accordée soit entachée par mes problèmes personnels.

— Je dois donc revêtir mes habits du dimanche, veiller à mes manières et corriger les erreurs que j'ai commises dans le passé.

— J'en ai commis aussi, Imogen, j'en suis parfaitement conscient.

— La pire étant de m'avoir épousée.

Elle détourna les yeux pour ne pas affronter le regard de Travis. Heureusement, ils furent interrompus par la sonnerie du téléphone.

— J'ai réservé une table pour 19 heures, lui dit Travis avant de décrocher.

Comme une ombre, elle quitta la pièce et disparut de son champ de vision.

« Tu es magnifique… »

Ce compliment formulé par Travis juste avant que tous deux quittent l'appartement pour se rendre au restaurant résonnait encore aux oreilles d'Imogen comme une douce musique. Regrettait-il de s'être montré si peu éloquent lors des essayages à la boutique ? S'était-il rendu compte de la vexation qu'il lui avait infligée ? Se pouvait-il qu'il soit sincère ? Avait-elle réellement perçu une certaine émotion dans le regard appréciateur qu'il avait porté sur elle ?

Peut-être s'était-il juste montré poli…

Quoi qu'il en soit, Imogen se sentait à son avantage ce soir, chose qui ne lui était pas arrivée depuis longtemps. Après avoir brossé ses cheveux, elle avait appliqué un maquillage léger sur son visage. Quant à la robe qu'elle portait, elle lui allait à ravir. La soie violette et ivoire épousait sa silhouette à la perfection. Si, à l'instar de son allure, sa vie pouvait changer en un clin d'œil, ce serait fantastique.

— Vos invités sont déjà arrivés, leur dit le maître d'hôtel en les accueillant. Permettez-moi de vous conduire à votre table.

Ils traversèrent la salle à sa suite jusqu'à un espace visiblement réservé aux hôtes de qualité et qui donnait sur Central Park.

— Des invités ? murmura Imogen à l'attention de Travis.

— J'ai invité un ami et son épouse pour soigner notre image aux yeux du public.

Quand ils approchèrent de la table qui leur était réservée, Imogen sentit son sang se glacer dans ses veines en reconnaissant le couple déjà installé. Comme s'il avait perçu son trouble, Travis exerça une pression dans son dos pour l'encourager à avancer, exactement comme sa mère le faisait quand elle l'obligeait à accueillir son père lorsqu'il rentrait d'un voyage d'affaires.

Travis salua le couple puis fit les présentations.

— Nic, Rowan, voici Imogen.

— Gantry, dit-elle, crispée.

Nic Marcussen possédait l'un des plus gros groupes de presse du monde. Quant à sa femme, comédienne, elle était la fille d'une star bien connue de la scène britannique et qui avait fait carrière aussi dans le cinéma.

— Je suis la fille de Wallace Gantry, ajouta Imogen à contrecœur. Travis a peut-être omis de le mentionner.

— Pas du tout, répliqua Nic. Je sais qui vous êtes. Et je ne nourris aucune rancune à l'égard de votre père. Recevez toutes mes condoléances pour votre perte.

Alors qu'il était au bord de la ruine, le père d'Imogen avait écrit un grand nombre d'articles incendiaires sur les nouveaux magnats de la presse et de l'édition qu'il avait qualifiés de rapaces. Ses principaux rivaux, dont Marcussen Média qui appartenait à Nic, avaient largement contribué à l'effondrement de l'édition classique au profit des plates-formes en ligne. Contrairement à son père, Nic avait su évoluer avec son temps et bâti un empire.

Imogen demeura sur ses gardes pendant tout le repas, surveillant chaque mot qu'elle prononçait pour ne pas commettre d'impair. Le couple n'était pourtant pas responsable de la tension qui l'habitait. Ils étaient pleins d'esprit, détendus, et visiblement très épris l'un de l'autre. Ils vouaient une affection sans limites à leurs enfants et le bonheur qu'ils partageaient faisait plaisir à voir. Imogen aurait tout donné pour avoir la chance de connaître une vie aussi parfaite…

Ils en arrivaient au dessert quand Nic se tourna vers elle pour déclarer :

— Au fait, très bel article sur notre ami ici présent !

— Quoi ? s'écria-t-elle en jetant un regard incendiaire à son voisin.

— Tu ne lui as pas dit que tu m'avais envoyé l'article ? s'étonna Nic.

Comme Travis secouait la tête d'un air contrit, Imogen répliqua :

— Non, en effet… Merci pour le compliment.

Plaquant un sourire sur ses lèvres, elle dévia habilement la conversation sur la demeure que Nic et son épouse possédaient en Grèce et parvint au bout de cet interminable repas sans commettre la moindre bévue. La soirée l'avait mise à la torture, aussi, pendant le trajet qui les ramenait, Travis et elle, à son appartement, elle se mura dans le silence. Elle ressentait à l'encontre de son ex-mari une sourde colère qui explosa une fois qu'ils furent seuls dans l'ascenseur.

— Qu'est-ce qui t'a pris ?

— Je lui ai envoyé l'article parce que j'ai pensé qu'il…

— Je me moque de ce que tu as pensé. Tu m'as menti !

— Sur le fait de l'avoir lu ? Ou sur la raison qui a motivé ce dîner ?

— Les deux.

— Écoute, je lui ai envoyé le communiqué de presse sur notre réconciliation en exclusivité. De son côté, il souhaitait qu'on nous voie ensemble. Et pour ce qui concerne ton article, je lui ai demandé s'il pouvait le transférer à l'un de ses directeurs de publication pour voir si ta plume pouvait l'intéresser. Tu as dit que tu serais preneuse de missions en free-lance.

— Ça ne marche pas comme cela, Travis. Les rédacteurs se comptent par centaines et chacun doit mériter ses galons. Tes amis t'envoient-ils des croquis réalisés par leurs femmes pour que tu les fasses travailler sur tes projets ? J'imagine que non. Chacun doit faire ses preuves.

— Tu es une professionnelle ! Pourquoi es-tu en colère ? Il a aimé ton article.

— Super ! Et maintenant, s'il me confie du travail, qui devrai-je remercier ? Toi ? *Encore ?*

— Tout le mérite te revient.

Travis paraissait confus, comme s'il ne comprenait pas ce qui lui valait cette scène.

— J'ai trouvé ton article bien documenté, intelligent et intéressant, ajouta-t-il.

— Je me fiche éperdument de ce que tu en as pensé !

— Bon sang… Pourquoi ?

— Parce que, à l'époque, tu te moquais des sentiments que j'éprouvais pour toi. J'ai toujours été honnête avec toi et je continue de l'être. Et toi, tu m'as menti !

Travis enfonça les mains dans ses poches et détourna le regard.

— Je ne mérite même pas un peu d'honnêteté ? insista Imogen d'une voix vibrante d'indignation.

Elle tremblait de tout son corps et se sentait à l'agonie. Elle vit un muscle tressauter sur la joue de Travis quand il daigna affronter son regard.

— Je me suis senti mis à nu à la lecture de cet article.

— Vraiment ? ironisa-t-elle. C'est moi qui me suis dévoilée dans ces lignes en laissant transparaître mes sentiments.

Il détourna de nouveau les yeux. Visiblement, ce qu'il désirait lui dire le mettait au supplice.

— La lecture de cet article… m'a rappelé à quel point tu

étais enthousiaste lors de notre toute première rencontre. Tes encouragements m'avaient mis du baume au cœur. Je me suis senti flatté. Et tu avais aussi compris ce que je ressentais, la passion qui m'habitait, les ambitions que je nourrissais pour le futur et pour mon entreprise. Lire ces lignes… m'a permis de mesurer combien les choses ont changé. Je suis devenu cynique et préoccupé uniquement par les résultats. J'ai eu l'impression de lire une lettre que j'aurais écrite à mon intention pour me rappeler les raisons pour lesquelles je voulais réussir, mes espoirs pour l'avenir. C'était troublant de constater l'écart entre l'homme idéaliste que j'étais et ce que je suis devenu.

Imogen demeura un moment silencieuse. Visiblement, cette confession coûtait à Travis.

— Tu m'as menti parce que tu ne voulais pas me dire cela ?

— Pour être tout à fait honnête, Imogen, quand j'ai lu ton article, j'ai tout d'abord eu envie de te remercier de m'avoir rappelé cette époque de ma vie, te féliciter pour la qualité de ton analyse. Ensuite, je me suis rendu compte que ces lignes symbolisaient le fossé qui s'était creusé entre mes ambitions de l'époque et la réalité d'aujourd'hui. J'ai compris que le feu qui m'habitait s'était éteint. Alors oui, je t'ai menti, parce que j'avais besoin de faire le point sur ma situation actuelle.

Soudain, Imogen sentit sa gorge se serrer. La franchise de Travis la touchait profondément. C'était la première fois qu'il s'exprimait à cœur ouvert devant elle. Ne sachant trop comment appréhender la situation, elle décida de jouer la carte de l'humour.

— Je ne sais plus ce que je dois faire : te demander des excuses ou te remercier ?

— Me remercier, peut-être… Car, même si je déteste reconnaître mes erreurs, j'ai tout de même envoyé l'article à Nic pour lui montrer de quoi tu étais capable. Je ne supportais pas l'idée que tu refuses de l'utiliser comme preuve de ton talent.

— Oh… C'était gentil de ta part, merci. Mais je t'en prie, ne me mens plus. C'est énervant.

— Ah bon ? Je n'avais pas remarqué.

Imogen répondit à ce trait d'humour par un demi-sourire.

Une fois dans l'appartement, Travis l'accompagna jusqu'à sa chambre.

— J'apprécie tout ce que tu fais pour moi, lui dit-elle avec sincérité. J'ai du mal à accepter ton aide, toutefois. C'est pour cela que je réagis au quart de tour. Je n'aime pas avoir le sentiment d'être… tout juste tolérée.

— Ce n'est pas le cas !

— Tu ne fais pas tout cela par amitié ou par affection, Travis. Tu le fais par obligation, parce que nous étions mari et femme autrefois, voilà tout.

— Je ne t'aiderais pas, Imogen, si j'estimais que tu n'en valais pas la peine.

Décontenancée, elle planta son regard dans le sien.

— Tu le penses vraiment ?

— Oui.

Elle se contenta de hocher la tête, émue. Elle se sentait affreusement faible et la tête lui tournait un peu. Au prix d'un gros effort, elle dit :

— Si ça ne t'ennuie pas, je vais prendre mes médicaments et essayer de dormir. Je suis épuisée.

Travis la contempla longuement avant de hocher la tête à son tour. Puis, il tourna les talons et referma la porte derrière lui.

Une fois seule, Imogen s'assit sur le lit et des larmes intarissables se mirent à couler sur ses joues.

6

Quelques jours plus tard, Travis et Imogen découvraient la suite réservée dans un manoir de Charleston transformé en un magnifique hôtel de caractère. Elle comptait deux gigantesques cheminées de marbre, des vitraux au-dessus des encadrements de porte, des chandeliers italiens, une baignoire à remous dans la salle de bains et un sapin de Noël de deux mètres de haut dans le salon, le tout décoré avec un soin exquis.

— Je séjourne en général chez mon père, expliqua Travis, mais ses frères et leurs épouses sont venus pour la fête, alors je leur cède ma place.

— J'essaierai de faire avec, marmonna Imogen en contemplant le lit king size qui trônait dans la chambre.

Heureusement, un grand sofa convertible offrait un autre couchage dans le salon.

— Tu as rendez-vous au spa, puis au salon d'esthétique. Quant à moi, je dois aller récupérer mon smoking.

— Très bien. La fête de ton père a-t-elle lieu ici ?

Il ébaucha une grimace.

— Une croisière est prévue. Gwen devait réserver un bateau à aubes et m'envoyer la facture, mais comme la banque de Vito a investi dans un yacht destiné aux événements d'entreprise, c'est sur ce bâtiment que se tiendra la fête. Mon beau-frère adore prendre les devants.

— Encore une histoire de rivalité masculine…

— Exact. Mais pour faire plaisir à Gwen, je préfère m'effacer devant Vito.

Imogen esquissa un léger sourire puis reporta son attention sur le décor de la suite. Gwen avait de la chance…

— Ça va ? Je te trouve bien silencieuse.

— Je suis assez nerveuse, avoua-t-elle à contrecœur.

Une fois son ex-mari parti, Imogen se rendit au spa et laissa la magie des massages opérer sur son stress. Elle apprécia les soins qui lui furent dispensés. Jamais on ne l'avait dorlotée de la sorte et elle en ressentit un bien-être fou. Elle repartit les ongles vernis, avec un maquillage subtil appliqué sur son visage et les cheveux enroulés en grosses torsades.

De retour dans la suite, elle trouva une magnifique robe couleur améthyste, à la fois élégante et sensuelle. Le drapé du dos empêchait le port d'un soutien-gorge, mais la coupe mettait en valeur sa poitrine généreuse. La jupe fendue jusqu'à mi-cuisse apportait une touche sexy à l'ensemble.

Elle se contemplait dans le miroir, s'étonnant de sa métamorphose, quand Travis revint dans la suite.

Il était époustouflant dans son smoking taillé sur mesure. Rasé de près et les cheveux bien coiffés, il ressemblait à une gravure de mode. Tout comme elle, d'ailleurs. Pour une fois, elle ne déparerait pas à ses côtés, et cette pensée la combla de joie. C'est pourquoi elle lui offrit un franc sourire dans le miroir.

Enfant, Travis avait frôlé par inadvertance une clôture électrifiée. Le choc l'avait tellement secoué qu'il avait trébuché et était tombé sur les fesses.

Il venait de ressentir le même choc devant le sourire d'Imogen. Comme une décharge d'adrénaline lui faisant bouillonner le sang dans les veines.

— Tu es magnifique, dit-il d'une voix rauque.

Après une brève hésitation, il lui tendit un coffret.

— J'ai pensé que tu aurais besoin de bijoux.

— Les bagues ? demanda Imogen dont le sourire s'était figé. Non…

Cette réaction le désarçonna. Pourquoi ce rejet ? Pourquoi ce refus de porter les bagues qu'il lui avait offertes autrefois ?

— C'est un collier et des boucles d'oreilles.

— Prêtés ? s'enquit-elle avec un soupçon de méfiance.

— Oui.

— D'accord, alors.

Elle prit le coffret et en sortit la parure.

— C'est très joli.

Travis la regarda mettre les boucles d'oreilles tout en songeant à ce qu'elle lui avait dit le soir où ils avaient dîné ensemble. Selon elle, il ne l'aidait que par obligation. Devait-il lui avouer qu'il avait mis une bonne demi-heure à choisir cette parure, non par souci des apparences, mais parce qu'il avait envie de lui faire plaisir ?

Imogen releva ses cheveux, puis, tournant le dos à Travis, demanda :

— Peux-tu m'aider à attacher le collier ?

Ce qu'il fit, humant avec délice la fragrance de son parfum. Il posa une main sur son épaule pour goûter la douceur de sa peau, mais elle s'écarta vivement, comme si ce contact l'avait brûlée.

Ils échangèrent alors un long regard qui en disait long sur le désir interdit qu'ils éprouvaient l'un pour l'autre.

— Tu es si belle, si sensuelle, murmura-t-il. Je n'arrive pas à croire qu'il n'y ait pas eu d'autres hommes dans ta vie.

Il avait beau détester l'idée qu'un autre que lui l'ait tenue dans ses bras, il n'aurait pas pu la blâmer d'avoir cherché l'âme sœur, surtout après avoir vécu un mariage désastreux.

Comme elle levait de grands yeux innocents vers lui, il fut terrassé par la douleur qu'il vit s'inscrire dans son regard.

— Tu ne veux pas de moi. Pourquoi serait-ce différent pour quelqu'un d'autre ?

Il posa une main sur son bras.

— Ce n'est pas vrai, Imogen. J'ai dit certaines choses pour te blesser. Parce que j'étais en colère.

— Je sais… Et ça a marché.

Doucement, elle dégagea son bras de son étreinte et se tourna vers la porte. Dans ses yeux brillaient des larmes retenues.

— Pourrions-nous éviter de nous disputer, s'il te plaît ? Je suis assez stressée par ce qui nous attend ce soir.

— Tout se passera bien.

Elle lui décocha un regard résigné, tandis que, d'un signe de tête, il l'invitait à le suivre hors de la suite.

Il faisait nuit quand le yacht quitta son poste d'amarrage. La lune se reflétait dans les eaux du port et baignait les embarcations d'une douce lumière.

Quand Travis avait présenté Imogen à son père, celui-ci s'était montré ravi. De toute évidence, il mourait d'envie de voir son fils marié et heureux en ménage.

Sur le pont situé à l'avant, un petit groupe de La Nouvelle-Orléans jouait des airs de jazz et de blues – visiblement la musique favorite de Henry. Après le dîner, servi sous forme de buffet, les convives se mirent à danser. La plupart appartenaient à la tranche d'âge de Henry. Malgré la curiosité que tous ressentaient au sujet du mariage secret de Travis, puis de son divorce, ils se contentèrent d'interroger Imogen sur l'endroit où elle avait grandi.

Certains, plus jeunes, connaissaient bien la famille Sanders, parce qu'ils avaient d'abord travaillé auprès de Henry avant de passer au service de Travis. Imogen sentit peser sur elle leurs regards curieux, mais personne ne se permit la moindre question gênante.

La soirée se déroula donc sans encombre… jusqu'à ce qu'Imogen commette une gaffe.

Travis avait décidé de la garder sous son aile, lui indiquant les noms des invités, lui en présentant certains. À un moment donné, Imogen demanda :

— Qui est cette femme élégante habillée en noir et blanc ?

Travis regarda dans la direction indiquée et se figea.

— Ma mère.

Comme celle-ci s'approchait d'eux, Imogen constata à quel point son fils lui ressemblait. Elle faisait très jeune. Ses cheveux bruns, probablement teints, paraissaient naturels. Et elle avait une peau lisse impeccable sublimée par un maquillage tout en nuances et une silhouette presque juvénile.

— Mon chéri, je suis ravie de te voir, dit-elle à son fils.

Travis l'embrassa sur la joue puis fit les présentations.

— Comment se fait-il que tu sois ici ? demanda-t-il ensuite d'un ton sec.

— Ton père m'a invitée. Je suis venue avec Archie.

— Depuis quand cela dure-t-il ?

— Avec Archie ? C'est un ami pour moi, rien de plus. Je voulais te voir et rencontrer Imogen.

Puis, se tournant vers la jeune femme, elle ajouta sur un ton de reproche :

— Mon fils ne me dit jamais rien. J'ai très envie d'apprendre à vous connaître.

— Désolé, maman, mais nous devons recevoir convenablement tous ces gens et passer du temps avec eux, intervint Travis en prenant le bras d'Imogen.

Le sourire d'Eliza se figea un court instant, mais elle reprit vite contenance.

— Venez dîner tous les deux demain ou… un autre soir.

— Nous serons chez papa demain soir et le matin de Noël, après quoi nous repartirons aussitôt pour New York. Nous sommes attendus à Hawaii pour le réveillon de la Saint-Sylvestre. Je ne peux rien changer à ce programme.

Imogen ignorait qu'il était question d'un séjour à Hawaii, mais pour l'heure il y avait plus important à régler. La mère de Travis souhaitait visiblement un rapprochement, aussi elle jugea utile de proposer :

— Pourquoi ne pas venir prendre le petit déjeuner avec nous à l'hôtel, demain matin ?

La main de Travis se resserra sur son bras.

— Volontiers ! acquiesça Eliza avec enthousiasme.

Sur ces mots, elle s'éclipsa, laissant Travis dans un état d'extrême frustration. Furieux, il entraîna Imogen à l'écart de la foule. Il pénétra dans la première cabine qu'il trouva sur son chemin et verrouilla la porte derrière eux.

— Tu n'étais pas à ta place, Imogen.

— Étais-je censée remettre Eliza à la sienne ? s'offusqua-t-elle en fronçant les sourcils. Inutile de me faire des reproches. J'avais pour instruction de bien me tenir et tu t'es montré particulièrement grossier vis-à-vis de ta mère, alors qu'elle souhaite juste passer un peu de temps avec toi.

— C'est ce qu'on appelle fixer des limites.

— Ah oui ? Ça ressemble davantage à un refus de pardonner. Ce n'est pas toi qu'elle a trompé, mais ton père ! Et celui-ci est assez grand pour savoir comment gérer la situation. Puisqu'il a accepté sa présence à la fête, pourquoi ressens-tu une telle colère ? Que se passe-t-il ?

— Tu dépasses les bornes, Imogen !

Elle se tenait droite devant lui, le menton levé et une lueur de défi dans le regard. Elle trouvait l'attitude de Travis injuste et prenait fait et cause pour sa mère dont elle devinait les tourments, pour en avoir elle-même traversé de semblables.

— Très bien, dit-elle enfin. Ne gâche pas ton temps précieux. Je prendrai le café seule avec ta mère, dans ce cas.

— Il n'en est pas question.

— Quel risque y a-t-il à faire connaissance ? Tu ne m'as jamais rien dit sur toi, je ne dévoilerai donc aucun de tes secrets. Je ne pourrai parler que de moi. Ton excellente réputation n'en souffrira pas.

— Je te préviens. Ne te mêle pas de ça.

— Ce besoin de tout contrôler est toujours aussi vivace en toi, à ce que je vois !

Furieuse, elle leva la main pour le repousser, mais il lui agrippa le poignet.

— Il vaut mieux que tu ne saches pas ce qui arrive quand je perds le contrôle.

— Ah oui ? Que vas-tu faire ? M'embrasser à nouveau pour que je me plie à ta volonté ? Prouver ton pouvoir sur moi ? Eh bien, vas-y, Travis !

Elle l'entendit proférer un juron puis se retrouva serrée tout contre lui. Ses lèvres happèrent les siennes dans un baiser furieux auquel elle répondit avec la même ardeur. La colère qu'ils éprouvaient l'un pour l'autre se mua rapidement en passion brûlante. Dans un ballet désordonné, ils se retrouvèrent sur le lit, pressés l'un contre l'autre. Quand les doigts de Travis se frayèrent un chemin sous la jupe fendue, puis sous la soie de sa culotte, elle se cambra instinctivement pour accueillir ses caresses expertes. Prise de frissons exquis, Imogen s'abandonna, ivre de retrouver enfin son odeur, la saveur de ses lèvres, ces sensations exaltantes dont elle avait été privée si longtemps.

Quand elle sentit que Travis lui retirait sa culotte, une chaleur torride l'inonda. Sans opposer la moindre résistance, elle le laissa se glisser entre ses cuisses offertes. Sa langue traçait des sillons de feu entre ses lèvres humides. Des vagues de plaisir la secouaient, elle haletait, gémissait. Elle en voulait plus, beaucoup plus…

Fou de désir, Travis se redressa pour se débarrasser de ses vêtements. Dans un état second, Imogen le vit retirer sa veste et la jeter au loin, puis réserver le même sort à sa chemise, son pantalon et son caleçon. À la vue de cette silhouette masculine tout en muscles, elle frissonna d'excitation. Les bras tendus, elle l'invita à la rejoindre. Il entra alors en elle en un coup de reins puissant qui lui arracha un cri. Puis ils se mirent à onduler à l'unisson sur des vagues de plus en plus fortes, de plus en plus hautes, jusqu'à atteindre un paroxysme de plaisir qui les laissa pantelants pendant de longues minutes.

7

Travis sentait le cœur d'Imogen battre très fort contre le sien. Inutile de le nier, tout comme lui, Imogen venait de vivre un moment inoubliable, d'une intensité rare. Mais l'erreur impardonnable qu'il avait commise en cédant à ses pulsions le remplissait d'effroi.

— Je n'ai pas utilisé de préservatif, souffla-t-il à son oreille avant de se redresser.

— Devrais-je m'inquiéter ?

— D'attraper une maladie ? s'offusqua Travis. Bien sûr que non.

— Je prendrai une pilule du lendemain…

D'instinct, il voulut protester, puis se raisonna. C'était incontestablement la meilleure solution.

Avant qu'il puisse ajouter quoi que ce soit, il la vit se lever à son tour et remettre de l'ordre dans sa tenue. Puis, sans un mot, elle se rendit dans la salle de bains.

À son retour, il constata qu'elle évitait son regard. Elle s'était remaquillée, mais son visage était très pâle.

— Imogen, commença-t-il en tendant une main vers elle.

Il la vit alors se raidir et il suspendit son geste.

— Tout va bien ?

— Oui, répondit-elle en osant cette fois le regarder.

La voir ainsi sur la défensive lui serra le cœur.

— Personne ne doit savoir, ajouta-t-elle d'une voix un peu tremblante. Nous devrions quitter cet endroit.

Sur ces mots, elle ouvrit la porte et sortit sans un regard en arrière.

Travis décida de s'attarder encore un peu dans cette cabine où il s'était laissé aller à la passion que lui inspirait son ex-épouse.

« Tu ne veux pas de moi. Pourquoi serait-ce différent pour quelqu'un d'autre ? »

Ces mots l'avaient étonné, tout comme le fait de découvrir qu'elle était vierge le soir de leur mariage. Sa sensualité à fleur de peau l'avait ébloui. À cette époque, quand elle avait évoqué le peu d'attrait ressenti à l'égard des hommes qui avaient croisé sa route, il n'avait ni relevé ses propos ni posé de questions, préférant ne pas s'appesantir sur ses expériences passées. Les siennes lui paraissaient sordides à présent, surtout depuis qu'il lui avait laissé croire qu'il ne voulait pas d'elle.

Il avait regretté les propos qu'il lui avait tenus, mais l'aiguillon de la jalousie n'avait cessé de le tarauder depuis le début de la soirée. Même Vito, pourtant profondément dévoué à Gwen, l'avait dévorée des yeux. Quiconque croisait Imogen la regardait avec admiration, non parce qu'elle était l'ex-épouse de Travis, mais parce qu'elle était sublime.

Il était fier d'être à ses côtés, mais se sentait menacé. Tout comme lui, les autres hommes la désiraient. Le fait qu'elle lui soit redevable lui donnait l'avantage, mais ce n'était pas satisfaisant.

Toutes ces pensées n'avaient cessé de tourbillonner dans son esprit jusqu'à ce que sa mère surgisse et se comporte en belle-mère modèle. Et quand Imogen l'avait accusé de rejeter sa mère comme il l'avait rejetée elle, son sang n'avait fait qu'un tour. Poussé par le désir de la faire taire et aussi de la faire sienne, il avait écrasé ses lèvres sur les siennes. Ils avaient alors partagé une passion inouïe dont il peinait encore à se remettre. À la seconde où leurs peaux étaient entrées en contact, plus rien n'avait existé.

« Personne ne doit savoir. »

Imogen avait sans doute prononcé ces mots par altruisme. Soucieuse de protéger la réputation de son ex-mari, elle s'était empressée de rejoindre les invités avant qu'on s'interroge sur leur absence prolongée. Et à présent, Travis brûlait d'envie de les rejoindre à son tour et de clamer haut et fort devant toute l'assemblée : « Elle est à moi ! »

Effaré par cette pensée, il prit une profonde inspiration pour se ressaisir. Puis, après s'être aspergé le visage d'eau froide, il partit rejoindre la fête.

Il mit un certain temps avant de repérer Imogen. Elle se tenait sur le pont en compagnie de son père.

À la vue de sa robe froissée à certains endroits, une bouffée de chaleur le saisit…

Comme une ombre, il se glissa au côté de son ex-femme et la prit par la taille.

— Veux-tu danser ?

— Volontiers, répondit-elle gaiement. Vous voulez bien m'excuser, Henry ?

— Mais bien sûr, répondit le père de Travis avec un sourire indulgent. Amusez-vous bien !

Nerveuse, Imogen se laissa entraîner sur la piste de danse.

— Nous n'avons pas parlé de toi, tu sais, lui dit-elle d'un ton inquiet, mais uniquement d'immobilier.

— Oh ! je ne voulais pas vous interrompre, mentit Travis.

En effet, à quoi bon laisser son père faire la connaissance d'Imogen ? Quand il était passé en coup de vent chez lui pour apporter quelques vagues explications sur ses retrouvailles avec son ex-femme, son père avait accueilli ses propos avec une moue désenchantée…

À force de plaquer un sourire de façade sur son visage, Imogen avait des crampes dans les joues. Heureusement, cette soirée interminable tirait à sa fin.

Il était minuit passé quand elle reçut enfin la commande qu'elle avait discrètement passée au concierge de l'hôtel, en rentrant de la soirée. Elle l'avait envoyé dans une pharmacie de garde pour se procurer une pilule du lendemain. Avisant la longue liste des contre-indications du produit, elle poussa un soupir de frustration.

— Bon sang, n'y a-t-il jamais rien de simple dans la vie ?

Elle quitta la salle de bains et trouva Travis dans le séjour, occupé à dénouer sa cravate. Sa veste reposait déjà sur le dossier d'une chaise.

— Que se passe-t-il ? demanda-t-il, surpris.

— Pourrais-tu regarder si les antibiotiques qui m'ont été prescrits sont compatibles avec cette maudite pilule ? demanda-t-elle avant de se retrancher à nouveau dans la salle de bains pour se démaquiller.

Son agacement était tel qu'elle tremblait de tous ses membres. L'élan passionné qui l'avait conduite à s'abandonner dans les bras de son ex-mari produisait encore son effet sur elle. Elle avait provoqué sciemment Travis pour vérifier si leur attirance mutuelle était toujours aussi vivace. Rien n'avait changé sur ce plan-là, inutile de le nier. Hélas, même si leurs étreintes s'étaient révélées explosives, une seule conclusion pouvait en être tirée : cela ne dérangeait pas Travis de faire l'amour à une femme qu'il n'aimait pas.

Quel constat dévastateur !

La porte de la salle de bains s'ouvrit sur Travis, interrompant ses sombres réflexions.

— Il n'y a pas d'incompatibilité entre les produits, lui dit-il en déposant les deux boîtes sur le lavabo.

Quand il la vit ingérer la pilule, Travis sentit une boule se former dans sa gorge. Il prit une profonde inspiration avant de demander d'une voix sourde :

— Pas de discussion, alors ?

— De quoi devrions-nous discuter ? Tu ne veux pas d'enfant avec moi. Tu regrettes même de m'avoir touchée.

Elle s'interrompit pour relever ses cheveux, puis, le dos tourné, demanda :

— Tu veux bien m'aider à dégrafer mon collier ?

Travis défit l'attache du bijou et le déposa sur le lavabo.

Puis, il posa les mains sur les hanches d'Imogen et nicha la tête dans son cou.

— Mon seul regret est de ne pas t'avoir traitée plus gentiment. Tu me rends fou.

Il avait la voix rauque et son souffle brûlant sur sa peau envoyait des ondes de chaleur dans tout le corps d'Imogen.

— Quand nous sommes ainsi, plus rien ne compte, reprit-il. Tu agis sur moi comme une drogue.

— Et tu détestes cela. Tu me détestes. Je le sais.

— Non, et c'est bien là le problème.

Ses doigts tremblaient quand elle voulut enlever ses boucles d'oreilles. La chaleur de Travis tout contre elle et sa bouche sur sa nuque la rendaient fébrile. Renonçant à toute résistance, elle se laissa aller contre lui et contempla l'image de leurs deux corps enlacés que lui renvoyait le miroir au-dessus du lavabo. Les mains masculines posées sur ses hanches imprimaient leur empreinte sur sa peau.

— Tu es si féroce parfois à mon égard que j'en oublie que tu peux aussi te montrer tendre et délicate.

Lentement, il l'obligea à se retourner et la serra contre lui. Pendant un instant, elle se sentit apaisée, sereine, et elle ferma les yeux. La bouche masculine effleurait sa tempe pour y déposer de doux baisers.

— Je suis lasse de me sentir coupable, d'être source de déception, dit-elle dans un soupir.

— Tu ne l'es pas…

Brusquement, elle se dégagea de leur étreinte et planta son regard dans celui de Travis.

— Tu ne veux pas de moi !

Il se crispa et détourna les yeux. Ses lèvres ne formaient plus qu'une ligne sévère.

— Je ne veux pas être à la merci de ce que je ressens pour toi. Cette urgence. Ce sentiment de ne jamais en avoir assez. Je me fais des promesses que je suis incapable de tenir. Je te désire comme un fou.

— Je ne veux pas de… ces pulsions, Travis.

Elle voulait simplement qu'il l'aime, qu'il la garde auprès de lui pour toujours. C'était déjà ce qu'elle désirait au plus profond d'elle-même autrefois, quand elle était jeune et idéaliste. Elle était demeurée vierge, parce qu'elle espérait se donner à un homme qui l'aimerait vraiment et ferait d'elle sa femme.

Aujourd'hui, elle était plus âgée, plus sage, mais…

— J'aimerais au moins que tu m'apprécies, avoua-t-elle d'une voix tremblante. Que nous partagions un peu plus que du plaisir charnel. Je sais que nous aurions dû nous contenter d'une liaison sans lendemain il y a quatre ans. Une aventure entre nous aujourd'hui serait pure folie. Et je ne veux pas de ta charité.

— Il n'est pas question de charité. Je t'offre mon aide parce que je le désire, Imogen. Parce que je tiens à toi. Je ne pourrais pas me le pardonner si je te laissais tomber.

Quand il posa les mains de chaque côté de son visage et sonda son regard, elle sentit son cœur s'emballer.

— Mais la confiance compte beaucoup à mes yeux, poursuivit-il. Ce n'est pas entièrement ta faute. Je n'avais pas confiance en toi quand nous nous sommes mariés et pourtant je n'avais alors aucune raison de douter.

— Et il se trouve que je n'ai pas été à la hauteur de tes attentes, murmura-t-elle.

— Et toi, quel degré de confiance m'accordais-tu à l'époque ?

— Je ne sais pas… Tu ne me l'as jamais demandé.

— Exact. Nous avons agi sans réfléchir. Mais aujourd'hui, nous sommes plus mûrs et devrions vivre cette aventure sans pression d'aucune sorte, pour le plaisir d'être ensemble, sans faire de plans sur la comète.

— Sans aucune attente particulière ? Pas même celle d'un avenir entre nous ?

— Oui.

Ce n'était pas un défi insurmontable. Travis tenait à elle à sa manière. Il voulait que tous deux cessent de s'affronter et s'adonnent à leur passion sans rien attendre de plus. Peut-être elle-même trouverait-elle ainsi la paix qu'elle réclamait de tous ses vœux ?

Elle leva les yeux vers lui et soudain, comme attirées par une force magnétique, leurs lèvres s'unirent en un baiser brûlant. Plus rien n'existait pour Imogen, excepté cette étreinte qui la comblait. Quand Travis l'embrassa dans le cou, elle frissonna de plaisir. Enhardi, il la souleva de terre pour l'emporter dans la chambre. Les yeux fermés pour savourer cet instant magique, elle noua les bras autour de son cou.

Quand Travis la reposa à terre et voulut happer ses lèvres de nouveau, elle recula d'un pas.

— Je veux te regarder, lui dit-elle timidement tout en commençant à défaire les boutons de sa chemise.

Comme il manifestait une certaine impatience devant la lenteur de ses gestes, elle eut un petit rire.

— Nous avons toute la nuit, tu sais !

— Peut-être, mais je n'ai qu'une hâte : te serrer nue dans mes bras.

Quand la chemise ne fut plus qu'un morceau de tissu jeté au sol, Travis se débarrassa de son pantalon et de son caleçon, puis se redressa, offrant au regard émerveillé d'Imogen ce corps sculptural qui l'attirait tant.

À son tour, Travis entreprit de la déshabiller. Avec une douceur extrême, il fit glisser les fines bretelles de la robe sur ses épaules, puis le long de ses bras. Le regard admiratif qu'il porta alors sur ses seins dénudés la fit fondre de plaisir. Immobile, elle le laissa continuer de la déshabiller. La robe tomba souplement au sol. Imogen ne portait plus qu'une culotte de soie et des sandales à talons hauts nouées à la cheville par un ruban noir. Avec une lenteur étudiée, il fit glisser la culotte sur ses cuisses, dénudant son intimité centimètre par centimètre. Le contact des doigts masculins sur sa peau l'électrisait.

— Travis, gémit-elle sous cette exquise torture.

— Je sais… Moi aussi, je te désire… Mais laisse-moi t'admirer.

Quand, enfin, la culotte rejoignit la robe au sol, Imogen pressa son corps contre celui de Travis. Il la serra à l'étouffer et happa ses lèvres dans un baiser fougueux auquel elle répondit passionnément. Elle se sentait humide, brûlante, en proie à une excitation exaltante.

Soudain, elle se retrouva allongée sur le lit, le corps de Travis sur le sien. Mais très vite, il se redressa.

— Cette fois, il vaut mieux ne pas prendre de risque.

— Fais vite…, murmura-t-elle quand elle le vit se munir d'un préservatif.

Lorsque enfin il la rejoignit, il se glissa sous elle, l'invitant à le chevaucher.

— À toi de mener la danse, lui dit-il avec un sourire.

Imogen accueillit alors le sexe dressé de Travis en elle, doucement, lentement. Puis, elle accéléra le rythme. La cadence endiablée de leur étreinte les laissa haletants lorsque l'orgasme les saisit. Le souffle court, ils s'enlacèrent et demeurèrent immobiles un long moment.

Mais Travis sentait déjà l'excitation poindre à nouveau.

— C'était… fantastique, murmura Imogen dans son cou.

— Oh ! mais ce n'est pas fini, ma belle. C'est mon tour à présent de te donner du plaisir.

Se dégageant de son étreinte, il se glissa au pied du lit pour délacer les sandales d'Imogen, puis se mit à caresser son corps abandonné. Son souffle chaud sur sa peau la faisait frissonner. Bientôt, elle se mit à haleter. Quand la langue de Travis effleura son intimité, elle gémit de plaisir. La douce torture qu'il lui infligeait la rendait folle. Quand il la sentit prête à l'accueillir en elle, il la pénétra profondément, lui arrachant un gémissement d'extase. Leurs deux corps fusionnèrent de nouveau en une étreinte torride.

— J'aimerais que ça ne s'arrête jamais…, murmura-t-il contre ses lèvres.

Toujours unis, ils roulèrent sur le lit et leur cadence s'accéléra.

— Regarde-moi, dit soudain Travis en s'immobilisant.

Quand elle croisa son regard de braise, Imogen se sentit galvanisée. Elle l'étreignit avec force puis tous deux s'abandonnèrent à un plaisir fulgurant.

La sonnerie du téléphone tira Imogen d'un sommeil profond dont elle émergea avec difficulté. C'est alors qu'elle se rendit compte qu'elle n'était pas seule dans le lit. Travis la retenait prisonnière de ses bras. À son tour, il ouvrit les yeux et se redressa pour agripper le combiné.

— Sanders, dit-il d'une voix rauque.

Ils avaient passé la nuit à faire l'amour, puis avaient sombré dans le sommeil, épuisés mais heureux. Imogen avait le sentiment d'être à sa place, comme à l'époque de leur mariage. Elle était à nouveau la maîtresse, la femme de Travis.

Prends garde, Imogen.

La voix à l'autre bout du fil était de toute évidence féminine, mais Imogen ne chercha pas à capter ce qu'elle disait. Elle était partagée entre l'envie de dormir encore et celle de presser son corps contre celle de Travis afin de raviver son désir. Bien que fatiguée, elle se sentait prête pour un nouveau festin de sensualité.

— À tout à l'heure, alors, conclut Travis d'une voix un peu sèche avant de raccrocher.

Puis, se tournant vers Imogen, il ajouta :

— Ma mère sera là dans trente minutes.

— J'admets que tu avais raison, soupira-t-elle en tirant le drap sur son visage. Ce petit déjeuner n'était pas une bonne idée.

Écartant le drap, Travis déposa un doux baiser sur ses lèvres.

— À la douche ! Séparément, sinon, nous serons obligés de garder cette chambre au moins une semaine !

Sur ces mots, il quitta le lit et se rendit dans la salle de bains.

Quand Travis retrouva sa mère au restaurant, il remarqua pour la première fois en dix ans qu'elle prenait de l'âge. Son magnifique visage était strié de fines rides. Il se demanda soudain si Imogen n'avait pas raison de lui reprocher de l'avoir tenue à l'écart si longtemps.

C'est pourquoi il confia à son ex-femme le soin de mener la conversation autour de la soirée de la veille. Après avoir parlé de choses et d'autres, Eliza en vint au but réel de sa visite.

— Je n'ai jamais su que Travis s'était marié.

— Tout le monde l'ignorait ! dit Imogen avec un sourire. Nous étions jeunes. Je venais d'avoir vingt ans. Personne ne devrait s'engager dans une relation avant vingt-cinq ans, si vous voulez mon avis.

— Quel âge avez-vous maintenant ?

— Euh… vingt-quatre.

Eliza hocha la tête et laissa échapper un soupir.

— C'est peut-être la raison pour laquelle mon mariage n'a pas fonctionné. Cela et la différence d'âge entre mon mari et moi.

Travis plissa les yeux, soupçonneux. Sa mère tentait-elle de trouver des excuses à son comportement ? Il ne pouvait nier les dix-huit ans d'écart entre ses parents, mais n'avait jamais jusque-là imaginé que cela ait pu affecter leur relation.

— Henry était-il autant porté par ses ambitions que Travis ? demanda Imogen. Pour ma part, je trouvais la situation difficile. J'essayais de percer dans mon domaine sans aucun succès alors qu'il connaissait une ascension fulgurante.

Elle toucha le bras de Travis avant de poursuivre :

— Ne crois pas que j'étais jalouse. Au contraire, j'étais contente pour toi, mais la situation que je vivais avec mon père m'empêchait de m'accomplir dans mon métier.

— Oh ! Henry était très ambitieux ! dit Eliza avec un regard éloquent. Les gens le poussaient à se lancer dans la politique. Nous plaisantions souvent sur le fait que j'étais pour lui une sorte de trophée. D'une certaine manière, ce n'était pas faux. Quand il est devenu père, il n'avait pas de temps à consacrer à son fils, parce que sa carrière l'occupait entièrement. De mon côté, je trouvais mon rôle de mère au foyer difficile. Je faisais mon possible pour soutenir Henry, mais j'avais l'impression de gâcher les meilleures années de ma vie.

Elle décocha un regard anxieux à son fils avant de poursuivre :

— Ce n'est pas que je manquais d'ambition personnelle. Je n'avais simplement pas le loisir de m'y consacrer.

Travis plongea les yeux dans sa tasse de café. Après avoir

quitté son père, sa mère avait ouvert plusieurs boutiques et avait connu un certain succès. Seule. Sans rien demander à personne.

— Je me sentais affreusement isolée, reprit Eliza. Henry me consacrait si peu de temps que je n'arrivais pas à croire à son amour. C'est seulement en le quittant que j'ai compris l'attachement qu'il me portait. Je sais que je l'ai fait souffrir…

— Mais il vous a pardonné, intervint Imogen. Vous avez dansé ensemble hier soir. C'était touchant.

Eliza sourit, mais son regard demeurait rivé sur son fils, comme si elle cherchait à jauger ses réactions.

— L'infidélité est à l'origine de la plupart des ruptures. À cela s'ajoutait mon manque de maturité…

Lorsque le repas toucha à sa fin, Imogen s'excusa pour aller se rafraîchir et surtout pour permettre à Eliza de passer un moment en tête à tête avec son fils.

À son retour, Imogen espérait qu'une sorte de réconciliation se serait opérée entre la mère et le fils, mais dut vite se rendre à l'évidence : ils n'avaient pas enterré la hache de guerre. Ce fut donc dans un silence tendu qu'ils gagnèrent la demeure de Henry pour y fêter Noël.

Heureusement, les enfants leur offrirent une diversion salutaire, du moins jusqu'à ce qu'ils aillent se coucher.

Alors qu'ils étaient tous réunis autour du sapin après un délicieux repas, Gwen demanda à Imogen si elle ne regrettait pas de ne pas avoir passé Noël avec sa famille.

— Je n'ai plus personne, répondit-elle.

Elle expliqua qu'elle avait perdu sa mère et sa sœur très jeune, puis son père cette année.

— Votre premier Noël sans lui, compatit Gwen. Je suis désolée.

— Nous ne le fêtions jamais. Cette soirée a été délicieuse. Merci de m'y avoir conviée.

— Vous ne le fêtiez jamais ? répéta Gwen, interloquée.

— J'ai bien tenté de décorer un sapin de temps à autre, mais…

La gorge nouée, elle se tut et détourna les yeux, gênée par l'attention dont elle faisait l'objet, surtout de la part de Travis.

Au moment de se coucher, peu près, il demanda :

— Ton père ne t'offrait pas de cadeaux, à Noël ?

Imogen, qui commençait à se déshabiller, suspendit son geste.

— Je t'en prie, ne gâche pas cette soirée merveilleuse. Et surtout, ne te sens pas obligé de me surprendre avec un cadeau demain matin. Cela me contrarierait.

— Pourquoi ?

— Cela ressemblerait à un acte de charité.

Travis la rejoignait et la prit dans ses bras.

— Je déteste ton père, tu sais, lui souffla-t-il à l'oreille.

— S'il te plaît, ne gâche pas ton énergie inutilement…

— Tu as raison.

Sur ces mots, il l'aida à se déshabiller, se dénuda à son tour, puis l'entraîna sur le lit où ils s'enlacèrent tendrement.

Le lendemain matin, Travis lui apporta le petit déjeuner au lit.

— Les petits sont réveillés et supplient de pouvoir ouvrir leurs cadeaux. Veux-tu découvrir le tien maintenant ou en bas, avec tout le monde ?

Travis déposa le plateau sur la table de chevet puis sortit un écrin de sa poche.

— Je t'avais dit…

— Cette parure t'allait si bien que je n'ai pas voulu m'en séparer.

Travis faisait référence aux bijoux qu'elle lui avait rendus à regret la veille. C'est pourquoi elle fut profondément émue par ce geste.

— Joyeux Noël…

— Merci, répondit-elle en se redressant pour déposer un baiser sur les lèvres de son ex-mari.

Imogen avait passé quatre longues années à se reprocher l'échec de leur mariage. Travis avait très vite accepté l'idée de divorcer, prouvant ainsi le peu d'amour qu'il lui portait.

Comment, après ce qu'elle avait traversé avec son père, aurait-elle pu croire qu'on puisse l'aimer ?

Ces deux jours magiques passés avec la famille de Travis lui avaient rappelé l'époque où elle était tombée amoureuse de lui. Il n'avait pas changé. Toujours aussi intelligent et charmant. À l'écoute, quand ils discutaient de sujets sérieux. L'affection qu'il portait à son neveu et à sa nièce l'avait également profondément touchée.

Mais elle ne devait pas se voiler la face. Aucun avenir en commun ne les attendait…

Pendant le vol de retour à New York, Travis passa tout son temps sur son ordinateur, puis au téléphone dans le taxi qui les ramenait en ville.

Se sentir ainsi exclue attristait Imogen. Travis ne lui avait rien promis, mais après ces brèves retrouvailles, elle savait que la souffrance serait au rendez-vous.

— Tu m'as entendu ? lui demanda soudain Travis en posant une main sur son bras.

Imogen s'était rendue sur la terrasse de l'appartement sitôt après leur arrivée. Perdue dans ses pensées, elle ne l'avait pas vu approcher.

— Euh… non.

— Il faut que je me rende au bureau, lui dit-il, une lueur amusée dans le regard. Où étais-tu ?

— Eh bien… Je me disais qu'il serait peut-être opportun de consulter un médecin.

Il fronça les sourcils.

— Ton oreille te fait-elle souffrir ? C'est courant après un vol en avion.

— Non, je voudrais me procurer un moyen de contraception.

— Ah… C'est probablement une bonne idée…

Une étrange expression se peignit sur son visage, puis il se ressaisit.

— Dis-moi quand tu as le rendez-vous. Je prévoirai une voiture.

— Merci. Veux-tu que je prépare le dîner pour ce soir ?

— Ce n'est pas nécessaire.

— Fais ce que tu as à faire. Je sais que tu es très occupé. Peut-être même encore plus qu'autrefois. J'aviserai à ton retour. Je suis sûre de pouvoir concocter quelque chose avec ce qui se trouve dans le réfrigérateur.

Alors qu'elle se dressait sur la pointe des pieds pour déposer un baiser sur ses lèvres, il lui releva le menton.

— Nous pourrions dîner dehors, si tu préfères. Je serai absent une heure seulement.

— Fais ce que tu as à faire, répéta-t-elle avec un sourire, et ne t'inquiète pas pour moi. J'ai reçu un e-mail de Rowan me demandant de rédiger un portait de sa mère, dans la même veine que celui que j'avais rédigé sur toi. Une véritable biographie… Je dois lui faire une proposition. Cela m'occupera jusqu'à ton retour.

— Il s'agit là d'un travail d'écrivain !

— Oui, et c'est un peu stressant, mais ça me plairait beaucoup.

Peu décidé à s'en aller, Travis planta son regard dans le sien.

— Tu sais… Il y a quatre ans, j'étais en effet très occupé. Je développais mes affaires, acceptais des projets extrêmement ambitieux. J'ignorais ce qui se tramait avec ton père. Tu as raison, je n'ai jamais cherché à en savoir plus, mais mon but n'était pas de te délaisser au profit de mon travail.

— Je sais, et je n'attends pas aujourd'hui que tu fasses de moi une priorité, répondit-elle avec un sourire. Mais j'ai de la peine pour ta mère. Elle a dû beaucoup souffrir après sa rupture avec ton père. J'aimerais simplement qu'elle et toi vous entendiez mieux.

— Ce n'est pas aussi simple que cela, répliqua Travis en détournant les yeux. Lorsqu'elle est partie, mon père a sombré dans l'alcoolisme. Il est sobre maintenant, mais c'était vraiment grave, à l'époque. Alors que j'étais encore au lycée, je suis devenu le parent, l'adulte responsable. Il fallait que je l'aide au coucher, que je l'aide dans son travail. Je ne pouvais pas l'abandonner pour aller vivre avec ma mère de crainte qu'il commette l'irréparable.

— N'y avait-il personne pour t'aider ? Tes oncles ?

— Papa n'arrivait pas à accepter que ma mère soit partie et encore moins de ne pas s'en sortir. Ses affaires périclitaient. C'est la raison pour laquelle je m'y suis intéressé très tôt. Ma mère n'était pas responsable de son alcoolisme, mais elle et moi ne pouvions plus nous voir comme avant. Nos relations se sont distendues.

— Combien de temps cela a-t-il duré ? L'alcoolisme de ton père ? Il paraissait aller parfaitement bien, l'autre soir…

— Il est sobre depuis des années. Il s'est mis à assister à des réunions d'anciens alcooliques quand je suis entré à l'université. J'ai hésité à le laisser se débrouiller seul à cette époque, mais il m'a promis de tout faire pour s'en sortir. Sa liaison avec la mère de Gwen a beaucoup contribué à sa guérison. Au début, j'étais perplexe et même soupçonneux, c'est pourquoi chaque fois que je le pouvais je venais voir comment il allait. Je n'ai pas vraiment choisi d'être plus proche de mon père que de ma mère. Et je ne nourris aucune rancune à son égard. Si elle était malade ou avait des ennuis, je serais là pour elle.

— La mère de Gwen était-elle une bonne épouse ?

— D'après mon père, oui. Mais elle est tombée malade peu de temps après leur rencontre et mon père l'a accompagnée jusqu'au bout. Sa disparition l'a beaucoup affecté. Heureusement, Gwen était là. Pour elle, il est resté sobre. Grâce à elle, j'ai pu déménager à New York, puisqu'elle s'occupait de lui…

— Du temps de notre mariage, nourrissais-tu des inquiétudes au sujet de ton père ?

— Je m'inquiète toujours pour lui, c'est l'une des raisons pour lesquelles je me suis toujours réfugié dans le travail.

Travis s'interrompit pour lui jeter un regard plein de frustration, comme si cette confession lui coûtait. Mais il n'en avait pas encore terminé…

— Quand nous étions mariés, je ne voulais pas que notre union compromette les buts professionnels que je m'étais fixés. Mais aujourd'hui, la situation a changé… Je m'efforce de régler certaines choses pour que nous puissions profiter de notre séjour à Hawaii.

— Vraiment ? s'étonna Imogen, touchée par cette attention. As-tu prévu de longues promenades sur la plage à la tombée du jour ?

— Entre autres, oui, répliqua-t-il en lui prenant la main pour y déposer un doux baiser du bout des lèvres.

Profondément émue, Imogen sentit les larmes lui monter aux yeux. Elle les refréna et poussa Travis vers la porte.

— Va travailler, alors, et reviens vite !

8

Travis avait menti, songea Imogen à la fin de leur séjour à Hawaii. Il ne lui avait pas offert un simple interlude amoureux, mais la lune de miel dont elle avait toujours rêvé.

Après une journée de rencontres professionnelles à Honolulu, ils s'étaient envolés pour Kauai sur le site d'un complexe immobilier que Travis avait prévu de bâtir.

Il avait réservé un bungalow qui s'avéra être une villa de trois étages pourvue d'une piscine à débordement et d'un accès direct à la plage. Travis travaillait à mi-temps et conviait parfois Imogen à déjeuner avec ses clients.

Le reste du temps, ils le passaient à la piscine, sur le sable blanc du lagon ou dans l'intimité de leur chambre. Ils buvaient de grands crus, dégustaient de délicieux fruits tropicaux et prenaient des repas préparés par des chefs étoilés. C'était le bonheur absolu.

— Je ne veux pas m'en aller, murmura-t-elle à l'attention de Travis la veille de leur départ.

Elle se tenait accoudée au balcon de leur terrasse privée, vêtue en tout et pour tout d'un sarong.

Travis se plaça derrière elle, les mains appuyées sur la rambarde, et Imogen se laissa aller contre lui.

— Pareil pour moi, dit-il d'un ton très bas. As-tu envoyé ta proposition à Rowan ?

Elle tourna la tête pour lui adresser un sourire amusé.

— Tu me demandes si j'ai fait mon travail ? Eh bien, oui.

Non pas que j'en attende grand-chose. C'était gentil de la part de Rowan de me solliciter.

— Je ne pense pas qu'elle agisse par pure gentillesse.

— La biographie qu'elle me demande d'écrire pour elle constituerait une belle carte de visite, mais ça ne suffira pas à payer mes factures. J'ai postulé à des offres d'emploi à New York. Peut-être l'une d'entre elles se concrétisera-t-elle.

— Quel genre d'offres ?

Travis avait glissé les mains sous son sarong et lui caressait les seins, son corps pressé contre le sien. Émoustillée par ce contact, Imogen se sentait parcourue de frissons délicieux.

— Eh bien… Rien de très palpitant, répondit-elle toutefois. Scanner des documents pour un conservateur de musée, par exemple. La principale compétence requise en l'occurrence sera de résister à l'ennui.

Elle voulut échapper à l'étreinte de Travis, mais il l'en empêcha.

— Ne t'enferme pas dans une occupation que tu risques de détester, dit-il en glissant une main entre ses cuisses.

Une vague de chaleur la submergea à ce contact.

— Allons dans la chambre, proposa-t-elle d'une voix tremblante.

— Non. Je veux te faire l'amour ici même.

Sur ces mots, il l'invita à se pencher en avant sur la rambarde, souleva le sarong et glissa son sexe dressé entre ses jambes.

— Quelqu'un… pourrait nous voir.

— Il n'y a personne d'autre que nous ici.

Abandonnant toute résistance, Imogen cambra les reins pour l'accueillir en elle…

Ils firent l'amour toute la nuit… La dernière de leur séjour au paradis.

Travis n'avait jamais souffert de la solitude avant l'arrivée d'Imogen. Mais à présent, la rejoindre chaque soir après le travail le comblait de joie. En janvier, les journées raccourcies signifiaient qu'il rentrait systématiquement à la nuit. De loin, il voyait l'appartement illuminé et, dès qu'il en franchissait la porte, de délicieuses odeurs de cuisine lui chatouillaient les narines. Il retrouvait invariablement Imogen aux fourneaux. Elle l'accueillait avec un sourire et un tendre baiser puis se remettait à l'ouvrage.

Mais ce soir-là, il trouva l'appartement vide, la cuisine immaculée et l'ordinateur d'Imogen éteint. Il savait qu'elle avait déjeuné avec Rowan, mais elle aurait dû être de retour depuis longtemps.

Il lui envoya un texto auquel elle répondit aussitôt.

Je serai là dans 20 minutes.

Il se servit un verre qu'il vida en une seule gorgée. Sans doute parce qu'il était soulagé de savoir Imogen saine et sauve et non pas évanouie dans la rue. Il se sentait rassuré aussi à l'idée qu'elle lui revienne.

Craignait-il qu'un homme soit à l'origine de ce retard ? Sans doute, mais il repoussa cette idée qui le dérangeait étrangement. La jalousie était un sentiment qu'il exécrait. Il en connaissait les ravages pour avoir été témoin du chagrin de son père. C'est pourquoi il s'efforçait de maintenir certaines limites dans sa relation avec Imogen. Leur séjour à Hawaii avait ébranlé ses convictions les plus profondes et il devait demeurer vigilant. Il n'était pas question qu'il devienne dépendant de cette femme qui, une fois déjà, l'avait quitté.

Il se rendit sur la terrasse pour contempler la vue, comme tous deux en avaient l'habitude quand ils se racontaient leur journée. Quand Imogen n'écrivait pas pour un client, elle sortait interviewer des célébrités. Elle prenait aussi des cours d'informatique pour développer des compétences susceptibles de lui être utiles dans son métier.

Il trouvait l'idée menaçante, d'une certaine manière.

Imogen avait rencontré plusieurs fois son comptable pour régler la succession de son père.

— Je devrais être bientôt en mesure de te rembourser, à présent que les dettes de papa sont épongées, lui avait-elle dit un soir.

Il l'avait vue sauter de joie quand le premier revenu de son travail – une mission confiée par Joli – avait été viré sur son compte bancaire. Il s'agissait d'alimenter un blog à une fréquence hebdomadaire pour un concessionnaire automobile. Mission dont elle tirerait un revenu modeste, mais régulier.

— Regarde, lui avait-elle dit en lui montrant le versement sur son téléphone portable, je peux t'inviter à déjeuner !

Travis avait préféré se faire livrer des sandwichs qu'ils avaient dégustés ensemble dans son bureau. Puis, ils avaient fait l'amour sur le canapé. Chacune de leurs retrouvailles donnait lieu à des étreintes torrides qui les comblaient.

Combien de temps encore ? se demandait-il souvent.

L'ascenseur émit un bip et Imogen poussa la porte de l'appartement. Essoufflée et rayonnante, elle portait la robe verte qu'il lui avait achetée au tout début de son séjour. Elle lui allait beaucoup mieux depuis qu'elle avait pris un peu de poids. La fine étoffe moulait ses formes ravissantes et Travis sentit un frisson d'excitation le gagner, comme chaque fois qu'il se retrouvait en sa présence. Son rythme cardiaque s'accéléra quand il la vit se précipiter vers lui, le visage rayonnant. Lorsqu'elle se jeta à son cou et planta un baiser sonore sur sa bouche, une chaleur intense se répandit dans tout son corps. Il la souleva dans ses bras.

— Aurais-tu gagné à la loterie ? Qu'est-ce qui te rend si joyeuse ?

— Je le suis tout le temps ! Mais oui, tu as raison, j'ai en quelque sorte gagné à la loterie.

— Où étais-tu ?

— Avec Rowan. Nous avons déjeuné ensemble, mais comme nous n'avions pas fini notre conversation, je suis allée chez eux et elle m'a proposé un contrat.

— Pour la biographie ?

— Oui ! Je lui ai dit qu'elle était folle, que des personnes plus qualifiées feraient un meilleur travail, mais elle n'a rien voulu savoir. Chaque fois que je tentais de la dissuader, elle m'offrait plus d'argent.

— C'est fantastique ! Fêtons l'événement !

Il la déposa au sol puis sortit une bouteille de champagne du réfrigérateur.

— Je n'ai encore rien signé. Je voulais t'en parler avant.

— À partir du moment où tu es bien rémunérée, il n'y a pas à tergiverser. Arrête de penser que tu n'es pas à la hauteur. Tu l'es, sinon elle ne t'aurait pas confié cette mission.

— Mais je n'ai jamais travaillé sur un projet aussi important. Nic s'est offert les services d'un écrivain pour rédiger l'histoire de son père. Ce type en est déjà à sa septième biographie. J'ai demandé à Rowan si je pouvais lui voler des idées. Elle a ri et dit que c'était pour cela qu'elle me voulait. Nous avons le même sens de l'humour et elle se sent à l'aise pour me confier des pans de son enfance. Je pense que sa relation avec sa mère a connu des hauts et des bas. Elle veut travailler avec une personne digne de confiance pour trouver l'équilibre entre la vérité et la fiction.

Travis fit sauter le bouchon de champagne et servit deux coupes.

— Et elle t'a choisie. Bravo ! Je suis fier de toi.

Imogen marqua un temps d'arrêt avant de trinquer avec lui. Ses yeux étaient brouillés de larmes.

— Vraiment ?

Décontenancé, Travis l'observa attentivement. Se pouvait-il que personne, jamais, n'ait manifesté la moindre fierté à son égard ?

— Oui, très, répliqua-t-il avec conviction.

Ils trinquèrent sans se quitter des yeux, puis Imogen s'éclaircit la gorge avant de dire :

— Il y a un bémol… si j'accepte la mission.

Travis sentit un pincement au cœur.

— De quoi s'agit-il ?

— Je ferai de nombreux séjours en Grèce, surtout au début. Rowan est d'accord pour que je rapporte de la matière ici pour travailler, mais il y a beaucoup d'archives à trier. Des lettres, des photos, une multitude de souvenirs. Mais je serai de retour pour l'ouverture de l'hôtel en Floride… Si tu me veux toujours ici.

— Quand pars-tu ?

— Rowan emmène les enfants en Grèce à la fin de la semaine. Elle espère que je les accompagnerai, ce qui lui permettra de m'accorder un peu de temps pour démarrer le travail. C'est la raison pour laquelle je lui ai dit que je devais d'abord t'en parler.

Aucun engagement ne les liait, songea Travis. Comment aurait-il pu retenir Imogen dans ces conditions ?

— Une fois que j'aurai signé le contrat, je recevrai une avance confortable et je pourrai louer un appartement décent…

— Ce ne sera pas nécessaire, dit-il.

— Tu ne vois pas ma présence ici sous un jour différent, maintenant que j'ai le choix ?

— Non, je te veux près de moi.

— Vraiment ?

— Oui… Viens ici.

Il posa sa coupe et tendit les bras vers Imogen qui se blottit aussitôt contre lui. Ils échangèrent un long baiser, après quoi ils gagnèrent la chambre, main dans la main.

9

Imogen était en Grèce depuis une semaine et tous les matins, elle se réveillait en larmes et attendait vainement un signe de Travis.

« Je te veux près de moi. »

Ces mots l'avaient touchée au cœur. Mais il ne s'agissait pas de mots d'amour. Travis voulait simplement vivre avec elle une passion débridée. Rien de durable ne les attendait.

Se languir de lui ne lui apporterait rien de bon. La mission qu'elle avait acceptée allait sans doute signer la fin de leur relation, alors autant s'y préparer et gagner son indépendance. Elle avait besoin de ce travail pour envisager l'avenir. C'est pourquoi, une fois en Grèce, elle avait signé son contrat et envoyé à Travis une photo du document.

Il l'avait alors appelée pour la féliciter.

— Merci ! Oh… Attends, Rafe me fait signe !

— Qui diable est ce Rafe ? avait demandé Travis d'un ton sec.

— Je t'en ai parlé. C'est l'écrivain auquel Nic a fait appel pour rédiger la biographie de son père. Il part pour Londres.

— Et quand il sera de retour, tu travailleras avec lui ?

— Seulement à distance, Travis, avait-elle répondu avec circonspection, étonnée par ce qui ressemblait à un accès de jalousie. Nous communiquerons par mail pour partager certaines informations, c'est tout.

Travis avait semblé se satisfaire de cette explication et elle avait promis de venir le retrouver en Floride où devait se tenir l'inauguration d'un grand hôtel qu'il avait conçu.

Le soir du gala d'inauguration, Imogen arriva juste à temps pour se changer dans la suite qui leur avait été réservée. Travis lui avait envoyé un texto lui disant qu'il l'attendrait en bas. Sur le lit, il avait déposé une robe à son attention. Confectionnée dans une matière fluide aux motifs tropicaux, elle était constituée d'un haut sans bretelles, sexy et élégant à la fois.

Quand elle pénétra dans la salle de bal, des couples en tenues de soirée virevoltaient déjà sur la piste de danse. Elle jeta un coup d'œil vers l'estrade où elle s'attendait à voir Travis. Quand son regard croisa le sien, son cœur manqua un battement. Il la contemplait avec insistance. Profondément troublée, elle attendit qu'il vienne à sa rencontre. Plus l'échéance de leurs retrouvailles approchait, plus elle tremblait d'excitation.

— Tu m'as manqué, murmura-t-elle pour elle-même. Je t'aime, je t'ai toujours aimé…

Comme si Travis avait lu dans ses pensées, elle le vit se raidir en la rejoignant et manifester une réserve qui lui serra le cœur.

— Tu es magnifique, lui dit-il d'une voix atone tout en lui prenant la main.

Quand il effleura sa joue d'un baiser aérien, toute l'allégresse qui l'avait assaillie en l'apercevant s'évapora, laissant en elle un vide insondable.

— Toi aussi, répondit-elle, la gorge nouée.

Elle se força à sourire pour masquer sa déception.

— Tout se passe comme tu le souhaitais ? demanda-t-elle pour combler le silence.

— À merveille. Le voyage a dû te fatiguer. Je te demande juste de faire une brève apparition. Une fois les présentations faites, tu pourras t'éclipser et aller te reposer.

Sur ces mots, il l'entraîna à sa suite pour rencontrer ses clients. Quelques propos futiles furent échangés, puis le propriétaire de l'hôtel et son épouse encerclèrent Imogen.

— Vous n'avez pas eu l'occasion de visiter les lieux, je présume ? dit l'hôtelier avec un grand sourire. Venez jeter un coup d'œil.

Les deux couples se rendirent sur la mezzanine qui surplombait une terrasse magnifique plantée de palmiers. La visite se poursuivit sous le regard émerveillé d'Imogen. De son côté, Travis commençait à se lasser de ces mondanités.

— C'est fantastique ! murmura Imogen à son oreille. Cet endroit ressemble à un château de conte de fées. Finalement, j'ai percé ton secret. Tu es un romantique qui s'ignore !

— Votre mari est un génie ! intervint l'hôtelier. Il a fait un travail formidable. Je n'aurais jamais pu espérer mieux.

— Vous devriez venir à la fête que nous organisons la semaine prochaine chez nous ! renchérit son épouse. Ainsi, vous découvrirez nos vignes.

Travis devança Imogen qui s'apprêtait à répondre positivement à l'invitation. Sa voix glacée lui fit froid dans le dos.

— Imogen vient tout juste d'arriver de Grèce. Elle écrit une biographie. Comme elle sera très occupée, je ne la verrai pas beaucoup…

Interdite, elle lui adressa un léger froncement de sourcils, puis plaqua un sourire de façade sur son visage pendant le reste de la visite.

Quand Travis l'entraîna sur la piste de danse, elle lui dit :

— Si tu ne veux pas que les gens pensent que nous formons un couple, tu n'aurais pas dû m'inviter à cette inauguration.

— Je n'ai fait que répéter ce que tu m'as écrit dans ton message : que tu repartirais le plus vite possible. Comment va Rafe, au fait ?

Imogen s'immobilisa.

— Que se passe-t-il, Travis ?

— Que veux-tu dire ?

— Tu le sais très bien. Je ne joue pas. Ou peut-être que si, car tu ne me laisses pas le choix.

— De quoi diable parles-tu ?

— Finalement, je préfère m'éclipser, comme tu me l'as suggéré plus tôt.

Il la fixa intensément, puis se raisonna. Imogen avait raison : mieux valait s'en tenir là.

— Je te raccompagne…

Il la suivit dans l'alcôve où se trouvaient les ascenseurs. Une fois entrée dans la cabine, Imogen affronta le regard impénétrable de son ex-mari.

— Pourquoi m'as-tu demandé de venir ? Pour m'humilier de la pire des manières ? Pourquoi ne pas m'avoir dit de rester en Grèce ? Pourquoi avoir prétendu vouloir ma présence à tes côtés ?

— Tu as une relation avec un homme…

— De quel droit oses-tu dire une chose pareille ? le coupa-t-elle d'un ton furieux. Tu peux m'accuser de tous les maux, mais certainement pas de te tromper ! C'est toi qui, ces quatre dernières années, n'as eu de cesse de coucher avec toutes les femmes que tu croisais !

— C'est un peu tard pour me reprocher cela, non ?

— Crois-tu, parce que je ne l'ai jamais mentionné avant, que cela ne me dérange pas ? Je n'ai rien dit parce que c'est moi qui t'ai quitté. Je suis responsable de notre divorce. C'était moi la méchante dans l'histoire.

Travis se rembrunit, mais Imogen n'en avait pas terminé avec son réquisitoire. Une fois parvenue dans la suite, elle se débarrassa de ses chaussures, puis de ses boucles d'oreilles qu'elle jeta sur la coiffeuse.

— Je n'ai pas couché avec le premier venu dès que je me suis trouvée hors de ta vue. Va au diable, Travis, si tu me crois capable de tels agissements ! Et toi, avec combien de femmes as-tu couché depuis mon départ ?

— Aucune. Que tu me trompes avec Rafe ou n'importe quel autre illustre inconnu n'a aucune importance, puisque notre relation n'est pas destinée à durer.

— Vraiment ? Ce doit être vrai, puisque tu le penses.

— Tu fais preuve d'un optimisme illusoire. Nous savions tous les deux, dès le départ, que cette aventure serait temporaire.

— Ah, je comprends mieux ! Tu te sers de Rafe pour mettre un terme à notre relation. Voilà qui est très courageux de ta part.

— Cette accusation est ridicule, mais oui, tu as raison. Désolé si cela te blesse, mais c'est terminé.

— Oh ! tu es désolé ? C'est moi qui le suis, chaque jour que

Dieu fait, d'être encore en vie. Dès qu'il y a confrontation ou conflit, j'en suis toujours la seule coupable. J'ai été habituée à tout porter sur mes épaules. Sais-tu que, une fois de plus, je vais quitter cet endroit en étant convaincue que tout est ma faute ? Ton refus de t'engager, ton incapacité à aimer, ton rejet… j'en suis responsable. Oui, tu m'as blessée, Travis. Aimer sans être aimée en retour me fait terriblement souffrir. Cela te désole-t-il aussi ?

Travis serra les dents, puis répondit :

— Oui, et cela prouve que j'ai raison. Tu ferais mieux de partir et de trouver une personne capable de t'aimer comme tu le mérites.

Imogen demeura un moment sans voix.

— Très bien, je m'en vais, dit-elle enfin. Je passerai récupérer quelques affaires à l'appartement de New York puis repartirai pour la Grèce. Rowan a mis à ma disposition un bungalow pour que je puisse aller et venir comme bon me semble. Et si je finis par te tromper, il ne faudra pas me le reprocher. Ce sera ta faute, cette fois.

Travis retourna se joindre à la fête où il décida de ne boire que de l'eau, même si l'envie de noyer sa fureur dans l'alcool le tentait terriblement. Le lendemain, il rassembla ses affaires de manière méthodique et, comme chaque fois que sa vie prenait un virage inattendu, se mit à réfléchir. Il avait dit la vérité à Imogen et pris la décision qui s'imposait. Car même si elle ne l'avait pas trompé avec Rafe, jamais il ne pourrait l'obliger à lui être fidèle ou à rester près de lui. Un jour ou l'autre, elle le quitterait…

Prolonger leur liaison n'avait donc aucun sens. Mieux valait rompre pendant qu'il en était encore temps, avant de s'infliger des souffrances inutiles. Avec le recul, il se rendait compte qu'il s'était produit la même chose quatre ans auparavant, sauf qu'Imogen avait été jugée seule responsable. Il n'en était pas fier.

Plutôt que de rentrer directement à New York, Travis décida de s'arrêter à Charleston chez son père.

— Comment se fait-il que ce soit déjà terminé entre vous, alors que vous venez tout juste de vous retrouver ? Imogen n'était pas censée s'installer en Grèce, que je sache !

Travis soupira. Il aurait préféré que son père s'abstienne de ce commentaire et accepte la situation telle qu'elle était. Incapable de rester en place, il se leva de son siège et se mit à arpenter la terrasse où tous deux s'étaient installés pour discuter.

— Nous avons très vite su la première fois que notre union était vouée à l'échec. Nous n'avons pas tenu la distance, cette fois non plus.

— Je revois ta mère, tu sais.

— Quoi ?

Surpris, Travis s'était immobilisé.

Son père haussa négligemment les épaules.

— Nous avons pris le thé ensemble quelques fois après la fête et abordé des sujets que nous n'avions jamais évoqués avant. Je ne lui avais pas laissé le loisir de raconter sa version des faits. J'étais bien trop occupé à la blâmer… Je crains d'avoir joué un rôle néfaste auprès de toi, en te donnant une vision déformée du couple…

— Papa…

— Sais-tu que je buvais déjà à l'époque où ta mère m'a trompé ? Je n'ai jamais voulu te l'avouer, mais je pensais que tu l'avais deviné. Et c'est allé de mal en pis. Je ressentais une pression énorme dans le travail. On me poussait à me lancer dans la politique. Même si je ne trompais pas ta mère, je passais tout mon temps ailleurs qu'avec elle. Et je n'étais pas là pour toi non plus.

— Je ne vous en veux pas, ni à elle ni à toi. Si je suis resté proche de toi, c'est parce que tu avais besoin de moi. Nous n'avons pas besoin d'une thérapie familiale.

— Imogen t'a-t-elle trompé ?

— Jamais, avoua Travis.

Il se sentait honteux d'y avoir même songé.

— Nous sommes trop différents, c'est tout, ajouta-t-il en guise de conclusion.

— Très bien.

— Comment ça, très bien ? Je veux pouvoir compter sur quelqu'un, papa. J'ai besoin d'une personne prévisible à mes côtés, pas de…

— Alors prends un chien !

Travis fusilla son père du regard.

— Je ne peux pas croire que nous ayons un avenir ensemble. Ce serait affreux de fonder une famille pour ensuite s'apercevoir que ça ne fonctionne pas.

— Si vous n'êtes pas compatibles, alors d'accord. Mais quelle garantie sur l'avenir désires-tu, Travis ? Sais-tu ce que Gwen m'a dit lors de son dernier séjour ici ? Qu'elle était ravie que sa mère ait vécu deux belles années avec moi. Nous avions des projets, vois-tu. Nous voulions voyager. Tout est allé de travers, mais je n'ai aucun regret. On ne peut compter sur rien, Travis, et encore moins sur le temps. Si tu n'aimes pas Imogen, soit. Va de l'avant. Mais si tu l'aimes, fonce avant qu'il soit trop tard.

Travis rentra à New York dès le lendemain. Les paroles de son père l'obsédaient. Il trouva l'appartement vide, mais encore empreint de la présence d'Imogen. Il ne se sentait plus à sa place dans cet endroit désert. Alors il prit rendez-vous avec un agent immobilier puis pénétra dans le bureau qu'il n'avait que très rarement utilisé. Il avait songé à le mettre à la disposition d'Imogen pour qu'elle puisse s'y installer et écrire la biographie. Il songea à la fois où il l'avait observée sur le canapé, depuis son poste de travail. Et cette envie de la faire sienne revint l'obséder.

Si seulement il l'avait mise *enceinte* ce fameux soir, sur le yacht…

Stupéfait, il s'interrogea sur la pensée absurde qui venait de le traverser. Aurait-il vraiment fallu une grossesse non planifiée pour qu'il se décide à tenter de nouveau sa chance avec Imogen ? En tout cas, il aurait assumé ses responsabilités.

Il se remémora l'époque où son père avait sombré dans la dépression. Malgré la frustration qu'il avait ressentie et la colère qu'il avait éprouvée à l'égard de sa mère, il avait aidé son père à traverser cette épreuve. Il l'avait soigné, soutenu, encouragé à reprendre goût à la vie. Les rares fois où il avait aidé sa mère, c'était pour déplacer des meubles ou effectuer de menues réparations.

Qu'attendait-il à présent ? Que son ex-femme s'évanouisse de nouveau dans la rue pour pouvoir voler à son secours ? S'était-il senti menacé quand elle avait cessé de s'appuyer sur lui ? Était-ce là le vrai problème ? Une chose était sûre cependant : Imogen occupait toutes ses pensées et lui manquait terriblement…

Quand elle était enfant, inventer des histoires avait été la bouée de secours d'Imogen. Puis, à la mort de sa mère et de sa sœur, quand le chagrin l'avait submergée, elle avait rempli des pages de poésie et de paroles de chansons.

Et aujourd'hui, deux semaines après sa rupture avec Travis, elle parvenait à juguler sa peine en s'immergeant dans la biographie qu'on lui avait confiée. Le sujet la fascinait, car elle y retrouvait des similitudes avec son passé. Cassandra O'Brien avait été rejetée par sa famille quand, adolescente, elle s'était tournée vers sa passion, le théâtre. Elle avait connu des moments difficiles, peiné à joindre les deux bouts, souffert de ne pas être aimée comme elle aspirait à l'être.

Par miracle, elle avait toutefois fini par rencontrer l'âme sœur et s'était installée sur une île paradisiaque où elle avait coulé des jours heureux. Le cœur meurtri d'Imogen se nourrissait jour après jour de ce conte de fées, et l'infime espoir de connaître des jours meilleurs commençait à se frayer un chemin dans sa conscience.

Concentrée sur sa tâche, elle sursauta au son de la voix masculine dans son dos.

— Tu n'arrêtes pas de soupirer ! lui dit Travis d'un ton amusé. L'écriture t'épuise ?

Imogen quitta sa chaise si vivement qu'elle la fit basculer en arrière. Le cœur battant la chamade, elle contempla l'homme qui hantait ses jours et ses nuits. Il était magnifique, comme toujours.

— Que fais-tu ici ? lui demanda-t-elle.

— Je veux te parler. Peux-tu faire une pause ?

— Travis…, dit-elle d'un ton de reproche avant de secouer la tête en signe de dénégation.

Il ferma un instant les yeux tout en prenant une profonde inspiration.

— Je mérite que tu me traites de cette manière, dit-il d'un ton grave. Mais j'ai fait tout ce chemin pour te parler. Accorde-moi cinq minutes, s'il te plaît.

Imogen jeta un regard circulaire sur le bungalow qu'elle occupait. Elle ne voulait pas que le souvenir de Travis imprègne les lieux et l'empêche ensuite de travailler sereinement.

— Dehors, alors, proposa-t-elle en le devançant sur le perron. Allons à la plage.

Travis la suivit sans mot dire.

— Pourquoi ne m'as-tu pas appelée ? demanda-t-elle en chemin.

— Parce que tu aurais raccroché.

Peut-être.

— Quelque chose ne va pas ?

— Oui.

Soudain inquiète, elle leva la tête vers lui.

— Ton père ?

— Tu es ici et moi non.

— Travis…

— Je t'aime, Imogen… Seigneur, je savais que ce serait difficile de prononcer ces mots-là, mais je te dois la vérité. Je t'aimais déjà lorsque nous étions mariés. C'est même la raison pour laquelle j'ai voulu t'épouser.

— Mais tu…

— Je t'ai laissée partir, oui, la coupa-t-il avec émotion. J'ai couché avec d'autres femmes. Je sais. Je me déteste pour les souffrances que je t'ai infligées. Pour avoir commis l'irréparable en te laissant t'en aller.

Émue aux larmes, Imogen avait la gorge serrée et ne pouvait pas parler. De toute façon, elle n'aurait guère su quoi dire, alors elle se tut.

— Je n'ai jamais voulu tomber amoureux. Il faut que tu saches pourquoi cela m'effraie autant. Je ne pense pas que tu m'aies trompé avec Rafe, je suis même certain que tu ne l'as pas fait, même si j'aurais mérité le contraire. J'aurais dû être honnête avec toi, comme tu l'as été avec moi. Même si tu avais eu une douzaine d'amants, cela ne changerait rien aux sentiments que j'éprouve pour toi. Si tu me trompais, je continuerais à t'aimer. Comment puis-je survivre en te conférant un tel pouvoir sur moi ?

Il se tourna vers elle et prit ses mains entre les siennes. Puis il planta son regard dans le sien.

— Comment me faire pardonner ? Comment te convaincre, après t'avoir laissée partir deux fois, de me donner une dernière chance ?

Son cœur battait si vite qu'Imogen peinait à respirer.

— Dis-moi encore que tu m'aimes.

— Je voudrais trouver des mots plus forts pour t'exprimer ce que je ressens pour toi. « Je t'aime » n'est pas suffisant. Je n'ai jamais eu besoin de personne, Imogen, mais j'ai autant besoin de toi que de l'air que je respire. J'ai besoin de ton amour.

— Oh ! Travis, murmura-t-elle en ébauchant le geste de nouer les bras autour de son cou.

Mais il la devança en s'agenouillant devant elle. Il tenait ses bagues dans la main.

Bouleversée, elle plaqua une main sur sa bouche. Des larmes de bonheur jaillirent de ses paupières.

— Cette fois, nous ferons les choses comme il se doit. Des fiançailles publiques. Un vrai mariage. Je veux dire au monde entier que tu m'appartiens, que tu m'aimes. Je veux que tu me laisses prendre soin de toi pour toujours.

— Je n'arrive pas à le croire…

— Je suis sincère, Imogen. Tu mérites mon amour. Je ferai tout mon possible pour mériter le tien.

Il lui prit la main et glissa les bagues à son doigt.

— J'attends depuis longtemps de te revoir les porter. Ne les retire plus jamais, promets-le-moi.

Ils échangèrent un long regard, puis Imogen sourit.

— Je te le promets.

Travis se releva puis l'attira dans ses bras. Tendrement enlacés, ils se dévisagèrent avec intensité, laissant le désir s'insinuer dans leurs veines.

— Nous devrions rentrer, maintenant, murmura Imogen en s'écartant légèrement.

Soudain, une angoisse l'étreignit.

— Et… Mon contrat d'édition ?

— Parfois, nous serons séparés, quand nos obligations professionnelles nous y obligeront. Je viendrai te retrouver aussi souvent que possible et j'attends la même chose de toi. Je veux que tu sois mon égale, Imogen, la femme avec qui je veux vivre jusqu'à la fin de mes jours. Je t'aime.

— Je t'aime aussi, Travis. Je t'ai toujours aimé.

Épilogue

Deux ans plus tard, veille de Noël

Quelqu'un se trouvait dans la chambre, se dirigeant vers le lit. Ce n'était pas Imogen, puisque celle-ci, profondément endormie, reposait tout contre lui. Travis aussi dormait, mais il avait conscience d'une présence immatérielle. Une fillette qui ressemblait trait pour trait à Imogen. Elle était jolie dans sa robe bleu marine avec son sourire mutin…

Un jour, sa femme et lui seraient les heureux parents d'une petite fille qui lui ressemblerait, il en était sûr.

Dans quelques mois, si tout allait bien…

Quand il émergea de son sommeil, Travis regarda sa montre. La matinée était déjà bien avancée. Son rêve s'estompa et il revint à la réalité. Un peu plus tôt, Imogen et lui avaient pris leur petit déjeuner, mais la jeune femme s'était plainte de nausées. Travis la trouvait faible ces derniers temps, c'est pourquoi il avait préféré passer Noël chez eux, et non en Italie où avait prévu de se réunir la famille. L'état de santé de sa femme le préoccupait. Il craignait une fausse couche si elle cessait de s'alimenter correctement.

Quand il l'avait accompagnée dans la chambre, il avait songé à appeler le médecin, mais ils s'étaient endormis dans les bras l'un de l'autre.

À présent, il songeait aux heures qui avaient précédé leur sieste matinale. La journée avait commencé sous les meilleurs auspices. Imogen avait reçu des exemplaires de son manuscrit fraîchement sorti des presses de l'imprimeur. Alors qu'elle s'apprêtait à ouvrir le colis, Travis le lui avait arraché des mains pour le déposer sous le sapin de Noël avec les autres cadeaux. Malgré ses protestations, il avait insisté pour qu'elle fasse preuve de patience.

Sans faire de bruit, il se leva et se rendit au rez-de-chaussée, puis se dirigea vers le carton contenant la biographie rédigée par sa femme.

Incapable de résister à la tentation, il en ouvrit le rabat et saisit le premier livre de la pile. En couverture apparaissait le visage souriant d'Imogen, la réplique exacte de la figure enfantine aperçue dans son rêve, mais plus mature, plus accomplie. Elle avait la tête posée sur la main où brillaient les bagues qu'il lui avait offertes autrefois, auxquelles était venue s'ajouter une troisième, en diamants.

Les perspectives de vente s'annonçaient bien et d'ici peu, Imogen figurerait parmi les auteurs à succès. De son côté, Travis avait apporté la touche finale à son projet immobilier hawaiien. Dès qu'Imogen serait en mesure de voyager, ils se rendraient ensemble à l'inauguration.

L'heure du déjeuner approchant, Travis appela le médecin pour fixer un rendez-vous pour sa jeune épouse, puis prépara un repas léger. Il y mettait la touche finale quand Imogen apparut à ses côtés.

— Juliana m'a rendu visite, lui dit-elle d'une voix ensommeillée.

Il l'attira dans ses bras et lui caressa les cheveux.

— Ah oui ? Il y a longtemps que tu n'as pas fait ce rêve. Ce qui est curieux, c'est que moi aussi j'ai eu l'impression de sentir une présence dans la chambre.

— Oh… C'est incroyable. Elle m'a dit qu'elle ne reviendrait plus. Que je n'avais plus besoin d'elle puisque je t'ai à mes côtés.

Elle s'écarta pour lever les yeux vers lui.

— Que dirais-tu de Julian, si c'est un garçon ? demanda-t-elle avec une lueur inquiète dans le regard.

— J'adore ! Et Juliana, si c'est une fille ?

— Oh… J'ai toujours pensé que j'appellerais ma fille Lilith, comme maman.

— J'aime beaucoup aussi.

Il lui adressa un grand sourire et la serra de nouveau dans ses bras.

Puis, ensemble, ils s'attablèrent devant le déjeuner préparé par Travis.

Julian vint au monde en juillet. Travis n'aurait jamais imaginé ressentir une telle joie. Leur fille, Lilith, naquit deux ans plus tard. Elle ressemblait trait pour trait à l'apparition surgie dans ce rêve étrange qu'il avait fait deux ans et demi auparavant…

C'était une enfant douce et affectueuse qui faisait le bonheur de ses parents et de son frère. Son seul défaut était de surgir parfois en pleine nuit au chevet de son père pour le surprendre dans son sommeil…

SHARON KENDRICK

Voluptueux Noël

INTÉGRALE

LE NOËL DE LA SÉDUCTION

Traduction française de
ANNE DE RIVIÈRE-DUGUET

SAGAS

HARLEQUIN

Titre original :
THE ITALIAN'S CHRISTMAS HOUSEKEEPER

Ce roman a déjà été publié en 2019

© 2018, Sharon Kendrick.
© 2019, 2022, HarperCollins France pour la traduction française.

1

Les yeux braqués sur la lueur vacillante des bougies visibles à travers les fenêtres de la vaste demeure ancienne, Salvio De Gennaro contourna en courant le promontoire. Elles lui faisaient penser à Noël, chose qu'il ne voulait pas – pas quand six semaines le séparaient encore de la date fatidique. Et pourtant, ici en Angleterre, les magasins regorgeaient déjà de sapins, de guirlandes et autres décorations festives.

Les dents serrées, il regarda les eaux noires et tumultueuses de l'Atlantique s'écraser sur les rochers, en contrebas.

Noël… Sans aucun doute, le *pire* moment de l'année à ses yeux.

Il ralentit le rythme comme le crépuscule tombait, l'enveloppant d'un rideau de brume. La pluie avait redoublé d'intensité mais il en était à peine conscient, bien que ses jambes nues fussent maculées de boue et ses muscles brûlants après l'effort. Il courait par nécessité et aussi parce qu'on le lui avait appris. Un intense exercice physique qu'il intégrait à sa journée, peu importe l'endroit où il se trouvait. Une discipline qui lui était devenue aussi naturelle que respirer. L'esprit en tumulte, il remarqua à peine que son débardeur et son short mouillés lui collaient à la peau.

Il pensait à la soirée qui l'attendait et, une fois de plus, se demanda pourquoi il avait pris la peine de venir. Il voulait acheter un terrain à son hôte et était convaincu de conclure la transaction plus vite dans un cadre informel, se rappela-t-il. L'homme était difficile à saisir, comme l'avait si bien fait remarquer l'assistante de Salvio lorsqu'elle lui avait demandé s'il souhaitait accepter son invitation à dîner et à passer la nuit chez lui.

Salvio sourit tristement. Peut-être aurait-il dû se montrer reconnaissant d'avoir été invité dans la magnifique propriété cornouaillaise de lord Avery qui surplombait l'océan. Mais la gratitude n'était pas une de ses qualités, malgré son immense fortune et le luxe que celle-ci lui octroyait. Il appréhendait un peu le dîner de ce soir, surtout après la façon dont la maîtresse de maison l'avait regardé à son arrivée. Son attitude n'avait certes rien d'exceptionnel mais il supportait de moins en moins que des femmes mariées tentent de le séduire.

Respirant à pleins poumons l'air marin, il se rapprocha de la maison, notant mentalement de demander à son assistante de rajouter quelques noms à la liste des invités à sa réception de Noël dans les Cotswolds. Il soupira. Cette soirée – qui se tenait tous les ans dans son imposant manoir en pierre – était très courue, mais il l'aurait esquivée avec plaisir s'il en avait eu la possibilité. Hélas ! il avait de nombreuses invitations à rendre et ne pouvait pas éviter Noël, quand bien même il l'aurait souhaité.

Il avait appris à supporter la période des fêtes et à cacher son aversion derrière un grand élan de générosité, offrant de coûteux cadeaux à sa famille et à son personnel et injectant davantage de liquidités dans la branche caritative de son empire. Il rendait visite à sa famille à Naples parce que tout bon Napolitain agissait ainsi, peu importe son âge et son succès en affaires. Il retournait dans sa ville natale qu'il évitait d'ordinaire, car elle lui rappelait ses rêves brisés. L'homme qui avait émergé de ce chaos était quelqu'un de différent, désormais. Dénué de tout sentiment, il n'était fort heureusement plus à la merci de ses émotions.

Il accéléra soudain le rythme et se mit à sprinter en songeant à sa mère et aux inévitables questions qu'elle ne manquerait pas de poser. Pourquoi il n'avait toujours pas ramené une jolie fiancée, ni engendré de bébés potelés qu'elle pourrait gâter. Il devrait alors se retenir de lui répondre qu'il n'avait aucune intention de se marier. *Jamais*. Pourquoi la décevoir ?

Il ralentit le pas lorsqu'il atteignit l'immense demeure,

soulagé d'avoir refusé d'accompagner lady Avery et son mari au village pour assister à un spectacle de Cendrillon. Salvio fit la moue. Assister à un spectacle amateur en compagnie d'une femme mariée qui avait le béguin pour lui ? Jamais de la vie ! Il préférait de loin profiter de sa solitude pour essayer de se détendre. Il allait se verser un verre d'eau qu'il emporterait dans sa chambre, puis il écouterait le son apaisant des vagues se brisant sur les rochers et peut-être même lirait-il un livre. Mais plus probablement, il essayerait de travailler sur le site qu'il aimerait tant développer au Nouveau-Mexique.

Mais d'abord, il devait se sécher.

Mordant à pleines dents dans une grosse part de gâteau au chocolat, Molly poussa un soupir de satisfaction. Elle était affamée, n'ayant rien mangé depuis son bol de porridge très tôt dans la matinée. Malheureusement, celui-ci était un peu brûlé, en grande partie à cause de l'imprévisible gazinière qui avait une fois de plus fait des siennes. De nouveau, elle se demanda pourquoi ses patrons ne pouvaient pas avoir des plaques électriques au lieu de cette espèce de mastodonte capricieux. Elle avait travaillé avec frénésie toute la matinée, briquant la maison avec encore plus de vigueur que d'habitude, car lady Avery était dans tous ses états à propos de leur invité.

— Il est italien, lui avait expliqué son employeur. Et vous savez à quel point ils sont pointilleux sur la propreté.

En fait, Molly l'ignorait. Comme lady Avery lui reprochait de ne pas travailler assez dur, elle avait épousseté les chandeliers avec encore plus d'ardeur que d'habitude et passé l'aspirateur dans tous les recoins. Elle avait même récuré le porche à l'arrière de la maison, comme en témoignaient ses mains rougies. Elle avait garni un vase en cuivre d'eucalyptus et de roses parfumés dans la chambre d'amis et avait passé la matinée à cuire des gâteaux et des biscuits secs qui embaumaient la maison.

Les Avery utilisaient rarement leur maison cornouaillaise – une des raisons pour lesquelles Molly considérait son poste comme idéal. Elle pouvait vivre sur un petit budget et utiliser la plus grande partie de son salaire pour rembourser la dette de son frère et les intérêts qui s'accumulaient. Voilà pourquoi elle supportait ce lieu isolé et l'attitude exigeante de son employeur, au lieu de déployer ses ailes et de chercher un lieu plus animé.

Cependant, l'hiver avait rendu sa solitude plus difficile encore à supporter, et l'approche de Noël rendait Molly mélancolique. Son frère lui manquait beaucoup, et elle faisait de son mieux pour ne pas s'inquiéter pour lui. Elle devait lâcher prise, elle en était consciente. C'était même *impératif*. Pour leur bien à tous les deux. Robbie s'amusait sans doute beaucoup en Australie, et elle aurait dû s'en réjouir.

Pensive, elle prit une autre bouchée de gâteau au chocolat. La plupart des gens auraient été ravis que les Avery – lorsqu'ils étaient présents – reçoivent toutes sortes de personnes intéressantes. Des personnes que Molly avait la chance de rencontrer, même si ce n'était que dans le cadre de son travail. Des politiciens qui travaillaient avec lord Avery au palais de Westminster et des acteurs célèbres qui déclamaient des vers de Shakespeare sur les scènes des théâtres londoniens. Il y avait aussi des hommes d'affaires et parfois même des membres de la famille royale, dont les gardes du corps rôdaient dans la cuisine et lui demandaient des tasses de café.

Mais Molly n'avait jamais vu lady Avery faire autant d'histoires pour un invité – Salvio De Gennaro, un richissime promoteur immobilier vivant à Londres. Un peu plus tôt dans la journée, elle avait été appelée dans le bureau de sa patronne, dont les murs étaient ornés de photos en sépia de lady Avery portant des perles et affichant une expression rêveuse, bien avant qu'elle se décide à recourir à la chirurgie esthétique. Une mauvaise idée, selon Molly – quoiqu'elle se gardât bien de donner son avis. Les lèvres pulpeuses de lady Avery étaient peintes en rose bonbon et ses traits lissés de façon peu naturelle, tandis qu'elle fixait Molly. Seule la lueur dans son regard trahissait son excitation face à la visite imminente du magnat des affaires italien.

— Tout est prêt pour l'arrivée de notre invité ? avait-elle demandé d'un ton sec.

— Oui, lady Avery.

— Assurez-vous que le linge de lit soit parfumé de lavande et prenez les draps monogrammés.

— Oui, lady Avery.

— D'ailleurs... Peut-être feriez-vous mieux d'aller en ville acheter un nouvel édredon.

— Quoi, *maintenant* ?

— Oui, avait confirmé sa patronne d'une voix légèrement tremblante, tandis que d'un ongle écarlate elle traçait un cercle sur la feuille de buvard posée sur son bureau. Il ne faudrait pas que *signore* De Gennaro se plaigne du froid, n'est-ce pas ?

— Surtout pas, lady Avery.

C'est à cause de cet achat de dernière minute que Molly n'avait pas été là pour accueillir l'Italien à son arrivée. Et lorsqu'elle était revenue avec l'édredon en plumes, il s'était absenté. Seule sa valise ouverte et quelques vêtements disséminés dans la pièce indiquaient sa présence. Cela avait permis à Molly de faire son lit. Lorsqu'elle avait ramassé le pull-over tout froissé négligemment jeté sur une chaise, elle avait été frappée par la douceur du cachemire. Elle avait caressé du bout des doigts la fine laine, avant de redescendre à la cuisine pour se faire une tasse de thé et manger une tranche de gâteau. Elle en était à sa troisième bouchée lorsque la porte de la cuisine s'ouvrit et se referma, laissant entrer une bouffée d'air glacial. Molly leva les yeux et, dans l'encadrement de la porte, vit un homme qui ne pouvait être que le milliardaire italien.

En découvrant l'homme le plus beau qu'elle ait jamais vu, elle sentit son cœur bondir dans sa poitrine. Couvert de boue et les cheveux ébouriffés par le vent, il se tenait parfaitement immobile dans son débardeur et son short – un choix de vêtements étonnant par ce temps glacial. Sa peau mate semblait douce comme de la soie, et son corps était...

Molly se retint de secouer la tête d'incrédulité devant tant de perfection. Elle n'était pourtant pas du genre à scruter les corps masculins. De fait, aucun homme n'avait jusqu'à présent suscité son intérêt. Jusqu'à maintenant.

Elle déglutit, oubliant le gâteau qu'elle tenait à la main. Il en fallait pourtant beaucoup à Molly pour ignorer son envie incontrôlable de sucreries, mais ce fut pourtant le cas à cet instant. Avec son torse bien découplé et son débardeur mouillé qui lui collait à la peau, ses hanches étroites et ses cuisses musclées, il était la tentation incarnée.

Son regard remonta jusqu'à ses yeux qui étaient d'un noir aussi profond qu'une nuit sans lune. Quant à sa bouche… Molly déglutit de nouveau. Pleine et sensuelle à la fois, elle affichait pour l'heure une moue… dédaigneuse ? Évidemment. Les hommes au corps parfait étaient peu enclins à apprécier une femme dont les rondeurs débordaient de son uniforme peu flatteur et qui de surcroît s'empiffrait de gâteau.

Rougissant jusqu'à la racine des cheveux, Molly posa la tranche de gâteau et se leva, se demandant pourquoi le sol semblait vaciller sous ses pieds.

— Je… Je suis désolée, bafouilla-t-elle. Je n'attendais personne…

— Apparemment pas, rétorqua-t-il d'un ton sarcastique en jetant un bref coup d'œil sur son assiette.

— Vous devez être… *signor* De Gennaro ?

— En effet. Pardonnez-moi, ajouta-t-il, dénouant le haut de survêtement de sa taille avant de le passer par-dessus sa tête, je vous dérange manifestement durant votre casse-croûte.

Son « casse-croûte » ? L'anglais de cet homme avait beau être parfait, sa voix profonde teintée d'un fort accent était presque aussi déroutante que son corps. Elle ouvrit la bouche pour lui dire qu'il s'agissait en fait d'un déjeuner tardif, puis se ravisa. Comme si un quelqu'un comme Salvio De Gennaro pouvait être intéressé par ses explications ! Lissant son uniforme, elle s'efforça d'afficher une expression professionnelle. Il la fixait toujours.

— Puis-je vous servir quelque chose, *signor* De Gennaro ? demanda-t-elle poliment. Lord et lady Avery sont partis au village voir le spectacle de pantomime et ne seront pas de retour avant un petit moment.

— Je sais, répondit-il. Peut-être un verre d'eau et un café, si vous en avez.

— Bien sûr. Comment prenez-vous votre café ?

Il lui adressa un bref sourire.

— Noir, court et sans sucre. *Grazie*.

Évidemment, se dit Molly. Avec un corps comme le sien, il ne devait pas souvent prendre de sucre. Elle aurait aimé qu'il s'en aille avant qu'il se rende compte de l'effet qu'il avait sur elle – mains moites et tétons qui se dressaient sournoisement sous son chemisier.

— Je vous prépare ça tout de suite et vous l'apporterai dans votre chambre, dit-elle d'une voix enjouée.

— Ce n'est pas nécessaire. Je le prendrai ici.

Elle aurait aimé lui dire qu'il la faisait se sentir mal à l'aise à se tenir debout devant elle à la fixer sans bouger. Comme s'il lisait dans ses pensées, il se dirigea vers la fenêtre en claudiquant légèrement de la jambe droite. S'était-il blessé lorsqu'il était allé courir ce matin ? Devait-elle lui demander s'il voulait un bandage ou autre chose ? Sans doute pas. Quelqu'un avec autant d'assurance que lui n'hésiterait pas à demander s'il voulait quelque chose.

Elle se retint de repousser une mèche de cheveux derrière son oreille. Comme elle regrettait de ne pas avoir eu le temps de se coiffer avant l'arrivée intempestive du bel Italien !

— Je serai aussi rapide que possible, dit-elle en saisissant un verre dans un des placards.

— Je ne suis pas pressé…

Ce qui était vrai, songea Salvio. Pour une raison qu'il ignorait, il prenait plaisir à cette discussion. Peut-être était-ce le fait de se retrouver avec le genre de femme qu'il ne côtoyait pas souvent. En tout cas pas depuis qu'il avait quitté les bas-fonds de Naples et ses femmes aux courbes généreuses, symboles de fertilité. Des femmes qui ne rougissaient pas si on les regardait de trop près, contrairement à celle-ci…

Il avait attendu un peu pour voir si elle le reconnaissait. Si elle savait qui il était – ou plutôt qui il *avait été*. Mais non. Et pourtant, il savait reconnaître les signes qui allaient du ravissement à l'ignorance feinte. Mais il ne vit rien de tout cela sur son visage. Ce qui en soi n'avait rien d'étonnant. Elle était plus jeune que lui et vivait dans un autre pays. Comment aurait-elle pu savoir qu'en Italie il avait été un jour une célébrité ?

Il la regarda s'affairer, et lorsqu'elle se retourna pour allumer la cafetière, il déglutit. *Madonna mia !* En plus de courbes généreuses, elle possédait un décolleté affolant ! Perdu dans ses fantasmes, il s'imaginait déjà à quoi ressembleraient ses magnifiques cheveux auburn s'ils étaient détachés lorsqu'elle le regarda avec des yeux aussi gris qu'un ciel d'hiver.

Leurs regards se croisèrent, et la tension entre eux fut telle que l'air sembla saturé d'électricité. Santo ressentit une curieuse impression. Si le désir lui était familier, l'émoi qui lui faisait battre le cœur lui était étranger.

Il ne lut rien de tel dans le regard de l'employée de maison, ce qui l'étonna, car *aucune* femme ne l'avait jamais regardé de façon désintéressée. Elle se méfiait, réalisa-t-il, amusé, presque comme si elle lui reprochait son regard appréciateur. Et peut-être avait-elle raison. Qu'est-ce qui lui prenait d'étudier ses formes généreuses comme un adolescent qui rencontrait pour la première fois une jolie femme ?

— Vous êtes la cuisinière ? demanda-t-il, s'efforçant de se racheter par une question banale.

Elle hocha la tête.

— Plus ou moins. Officiellement, je suis la gouvernante, mais en réalité je m'occupe de tout. J'accueille les invités et je prépare leurs chambres, ce genre de choses, dit-elle en lui tendant sa tasse de café. Vous fallait-il autre chose, *signor* De Gennaro ?

Il sourit.

— Salvio, la corrigea-t-il. Et vous êtes ?

Elle eut l'air surprise, comme si les gens ne lui demandaient pas souvent son nom.

— Molly, répondit-elle timidement, d'une voix aussi douce que de la soie. Molly Miller.

Molly Miller. Il s'apprêtait à répéter ce nom, mais leur conversation fut interrompue par des phares puissants balayant la cuisine. Au moment où une puissante berline freinait sur le gravier, Salvio vit Molly tressaillir et lisser d'un geste nerveux sa robe informe.

— Les Avery sont de retour. Vous feriez mieux de… Vous feriez mieux de partir, dit-elle d'une voix nerveuse. Je suis censée préparer le dîner, et lady Avery ne sera pas contente de trouver un invité dans la cuisine.

Salvio fut tenté de lui dire qu'il se moquait de ce que pensait lady Avery, mais en voyant la peur briller dans les grands yeux gris de Molly, il s'en abstint. Légèrement agacé, il prit son café et son verre d'eau et se dirigea vers la porte.

— *Grazie mille*, dit-il, avant de quitter la chaleureuse cuisine et de se diriger à la hâte vers l'escalier, peu désireux de rencontrer les Avery.

Mais une fois dans sa chambre, il fut irrité de constater que sa brusque bouffée de désir refusait de le quitter. Donc, au lieu de la douche chaude qu'il s'était promis de prendre, il s'infligea un jet glacial, censé l'aider à refouler l'image des courbes généreuses de la jeune femme et les pensées torrides qui l'assaillaient.

2

— Molly, ces pommes de terre sont effroyables. On ne peut tout de même pas demander au *signor* De Gennaro de les manger. Les avez-vous mises au four, au moins ? Elles sont dures comme le roc !

Sous le regard accusateur de lady Avery, Molly se sentit rougir jusqu'à la racine de ses cheveux. Disait-elle vrai ? Elle les avait pourtant passées au four le temps requis et enduites de matière grasse pour les rendre dorées et craquantes à souhait. Mais à y regarder de plus près, elles avaient en effet l'air passablement pâles.

Rougissant de plus belle, elle tendit le bras et saisit le plat.

— Je suis désolée, lady Avery. Je vais les remettre au…

— Laissez tomber ! Il sera minuit avant qu'elles soient bonnes à manger, et je n'ai pas l'intention de me coucher l'estomac plein. Pas plus que Salvio, j'imagine.

Était-ce son imagination ou lady Avery avait-elle lancé un regard complice à Salvio par-dessus la table ? La façon dont elle avait susurré son nom était sans équivoque, tout comme le regard sensuel qu'elle lui lança. Elle n'envisageait tout de même pas de passer la nuit avec le bel Italien au lieu de son mari ? songea Molly, horrifiée.

Elle avait toutefois trouvé étrange de voir Sarah Avery descendre dîner vêtue d'une robe moulante, dont le décolleté vertigineux laissait entrevoir une peau flétrie sur laquelle les magnifiques diamants de la famille brillaient telles des étoiles. Elle flirtait avec l'homme d'affaires depuis que l'apéritif avait été servi et ne montrait aucune intention d'arrêter. Et pendant ce temps, son mari – deux décennies de plus qu'elle et déjà à sa deuxième bouteille de vin de Bourgogne – semblait insensible à ce qui se passait sous ses yeux.

Le repas avait été un désastre, et Molly ne comprenait pas pourquoi. Elle était bonne cuisinière, pourtant. N'avait-elle pas passé des années à cuisiner des petits plats pour sa mère et son frère avec un budget serré ? Et dans le cadre de son entretien avec lady Avery, n'avait-elle pas dû préparer un somptueux goûter – incluant un délicieux cake aux fruits – en moins de deux heures ? Une prouesse qu'elle avait réussie haut la main. Un repas pour trois personnes aurait dû être une formalité pour elle, mais Molly n'avait pas pris en compte la présence de Salvio De Gennaro et l'effet qu'il avait sur sa patronne. Et, sur elle, devait-elle admettre.

Lorsqu'il avait quitté la cuisine un peu plus tôt, il lui avait fallu un temps fou pour que son cœur s'arrête de battre de façon désordonnée et qu'elle soit capable de se concentrer enfin sur son travail. Elle s'était sentie légèrement étourdie et bêtement… excitée, se remémorant la façon dont il l'avait fixée de son regard perçant et se demandant si elle avait imaginé l'électricité qui avait vibré entre eux. Sûrement. Comment un homme comme lui pourrait-il s'intéresser à une fille comme elle ?

Mais la visite impromptue de Salvio dans sa cuisine l'avait perturbée, et après son départ toute la lumière avait disparu de la pièce. Elle s'était assise à la table, vidée de toute énergie, ce qui ne lui ressemblait pas, car elle était optimiste de nature. Alors pourquoi avait-elle passé le reste de l'après-midi à déambuler d'un air absent dans la cuisine d'une façon qui ne lui ressemblait pas du tout ?

— Molly ? Vous m'écoutez ?

Molly se raidit en voyant la fureur qui luisait dans les yeux de lady Avery – mais pas avant d'avoir remarqué le visage de Salvio De Gennaro, qui s'assombrissait et affichait une expression indéchiffrable. Se demandait-il pourquoi l'épouse d'un homme renommé s'encombrait d'une employée de maison aussi inefficace ?

— Je suis désolée, répéta Molly. J'étais un peu distraite.

— Vous semblez avoir été distraite tout l'après-midi, fit remarquer lady Avery d'un ton brusque. La viande est trop cuite, et les hors-d'œuvre étaient froids !

— Allons, Sarah, intervint Salvio. Ce n'est pas grave.

Molly releva la tête et lorsqu'elle croisa le regard compréhensif de Salvio de Gennaro, elle ressentit un curieux réconfort. Lady Avery parut un instant déconcertée, et Molly se demanda si l'intervention de son invité lui avait fait prendre conscience que réprimander une employée devant témoins n'était pas très flatteur pour *elle*. Était-ce pour cette raison qu'elle lui adressa un sourire hypocrite ?

— Bien sûr. Vous avez parfaitement raison, Salvio. Ce n'est pas grave. Et après tout, ce n'est pas comme si nous manquions de nourriture, n'est-ce pas ? Molly fait toujours attention à ce que nous soyons bien nourris et, comme vous l'avez sans doute constaté, elle aime bien manger ! dit-elle en riant, avant d'incliner la tête vers son mari qui somnolait, le menton posé sur la poitrine. Molly, je vais coucher lord Avery, puis *signor* de Gennaro et moi-même irons boire un verre dans la bibliothèque. Peut-être pourriez-vous apporter un petit en-cas en guise de dîner. Rien de compliqué, bien sûr. Oh ! et apportez-nous une autre bouteille de Château-Lafite, voulez-vous ?

— Oui, lady Avery.

Salvio serra les poings en voyant Molly se précipiter hors de la pièce, mais ne fit pas de commentaires. Lady Avery se leva, fit le tour de la table et réveilla son mari, avant de l'accompagner avec une certaine brusquerie dans sa chambre. Mais il n'arrivait pas à se débarrasser du sentiment d'injustice qu'il avait ressenti en voyant la façon dont son hôtesse traitait la jeune employée de maison, ni de la puissante colère qui l'avait saisi à ce moment-là. Était-ce parce qu'il savait exactement ce qu'elle ressentait ? Il serra les dents à cette pensée. Il savait en effet ce que c'était que d'être en bas de l'échelle sociale et d'être considéré comme une machine et non pas comme une personne à part entière. Poussant un soupir, il posa la main sur sa cuisse. Il boirait un verre de vin en attendant le retour de lady Avery, puis se retirerait dans sa chambre. Il jeta un coup d'œil à sa montre. Il était trop tard pour rentrer à Londres ce soir, mais il partirait à la première heure le lendemain. Au final, ce voyage avait été totalement inutile. Il n'avait pas pu faire affaire avec lord Avery comme il l'avait espéré, pas plus qu'il n'avait travaillé. En effet, la liaison Internet avait été mauvaise, et ses pensées s'étaient égarées dans des directions interdites… Et il avait eu le plus grand mal à les refouler. Il poussa un nouveau soupir. Comment l'employée de maison avait-elle pu mettre ainsi ses sens en émoi, au point qu'il ne pensait plus qu'à elle ?

Lorsqu'il était entré dans l'orangerie, peu avant le dîner, il l'avait vue avec un plateau chargé de coupes de champagne. Elle portait une petite robe noire qui moulait à la perfection ses jolies formes, et avec ses magnifiques cheveux auburn noués en un chignon bas et ses grands yeux gris à demi cachés par de longs cils noirs, il l'avait trouvée très séduisante – surtout lorsqu'elle avait humblement baissé les yeux en lui tendant une coupe. Il n'était pas habitué à ce que les femmes se montrent réticentes à croiser son regard et rosissent à vue d'œil. Il se serait bien contenté de la regarder, mais il avait dû se forcer à discuter avec son hôte – plus obnubilé par la bouteille que par son invité – et avec son épouse, qui arborait une robe beaucoup trop courte pour une femme de son âge.

— Salvio !

Sarah Avery était de retour, une expression déterminée sur le visage, et s'avançait vers lui sur ses hauts talons.

— Je suis désolée. J'ai bien peur que Philip ne tienne pas l'alcool. C'est le cas de certains hommes… avec les effets prévisibles. Allons dans la bibliothèque boire un verre, proposa-t-elle en lui adressant un sourire lumineux.

De nombreuses raisons avaient incité Salvio à quitter Naples pour refaire sa vie en Angleterre, et il avait adopté les coutumes de son pays adoptif avec la ferveur qu'il mettait dans chacun de ses nouveaux projets. Maintenant, il se considérait presque comme un Britannique raffiné, mais en réalité les valeurs traditionnelles de son éducation napolitaine n'étaient jamais loin de la surface. Et dans son monde, une femme ne critiquait jamais son mari devant une autre personne. Surtout un étranger.

— Juste un verre, répondit-il d'une voix plus dure qu'il ne l'avait voulu. J'ai un emploi du temps chargé demain et je dois partir tôt.

— Mais vous venez d'arriver !

— Et j'ai des réunions à Londres dès midi, lui opposa-t-il.

— Oh ! Ne pouvez-vous pas les annuler ? Je sais bien que vous êtes un bourreau de travail, mais même les gens comme vous ont le droit de ralentir un peu le rythme, non ? Et la région est magnifique ! Vous n'avez encore rien vu.

Au prix d'un ultime effort, Salvio afficha un sourire contraint. Il trouvait l'attitude de lady Avery non seulement profondément déplacée, mais aussi exaspérante.

— J'aime respecter mes engagements, répliqua-t-il d'un ton sec en la suivant dans la bibliothèque où Molly disposait une assiette de fromage et du vin sur la table, la raideur de ses épaules montrant à quel point elle était tendue.

Il n'en était pas le moins du monde surpris. Être coincée ici et travailler pour quelqu'un d'aussi impoli et exigeant que Sarah Avery devait être terrible. Il prit place dans un des fauteuils et regarda son hôtesse se poster devant la cheminée dans une pose aguichante. Elle fit ensuite courir le doigt sur le contour d'un vase à l'aspect ancien, et sourit.

— Avez-vous hâte que Noël arrive, Salvio ?

Il fut aussitôt sur ses gardes, terrifié de recevoir une invitation non désirée.

— Je serai absent pendant les fêtes. Je me rends à Naples, expliqua-t-il en acceptant le verre de vin que lui tendait Molly, heureux de croiser son regard avant qu'elle détourne précipitamment la tête. Je suis toujours content de voir ma famille, mais pour être honnête tout aussi content quand les fêtes sont terminées. Le monde entier est paralysé, et les affaires s'en ressentent.

— Oh ! les hommes ! Vous êtes tous les mêmes ! s'esclaffa lady Avery en traversant la pièce pour s'asseoir sur une chaise, ses genoux osseux serrés l'un contre l'autre.

Salvio se retint de faire la grimace et orienta la conversation sur des sujets plus neutres, tout en sirotant son vin. Pourtant, il ne pensait qu'à Molly qui se tenait en retrait, une boucle de cheveux bruns dansant sur son visage.

— Comment vous et votre mari envisagez-vous de passer Noël ? demanda-t-il poliment.

C'était l'occasion que Sarah Avery attendait, et elle s'empressa de lui confier à quel point les enfants de Philip la détestaient et la rendaient responsable du divorce de leurs parents.

— Je n'ai pourtant rien fait pour lui mettre le grappin dessus, mais j'étais sa secrétaire, et ces choses-là arrivent, dit-elle en haussant les épaules. Philip m'a avoué être tombé amoureux de moi et qu'aucune force au monde n'aurait pu l'en empêcher. Comment aurais-je pu deviner que sa femme était enceinte ?

Elle s'interrompit pour boire une gorgée de vin qui laissa une traînée rouge sur son brillant à lèvres.

— À vrai dire, je m'en moque si ces satanés gosses ne veulent pas me voir. C'est Philip qui me préoccupe. Et je pense qu'ils devraient faire attention à leurs propos où il risque fort de les déshériter !

Salvio se força à l'écouter encore quelques minutes, outré de son manque total de pudeur. Finalement, il n'y tint plus et se leva pour prendre congé. Malgré tous ses efforts, Sarah finit par capituler et accepter qu'il aille se coucher. Seul. Elle bouda comme une enfant gâtée, mais il l'ignora, trop heureux de regagner le calme de sa chambre.

Un soupir de soulagement s'échappa de ses lèvres, tandis qu'il balayait la pièce du regard. Une bonne flambée brûlait dans l'âtre, et des flammes rouge et or dansaient sur les murs. Il avait déjà été invité dans ces grandes demeures et les avait le plus souvent trouvées glaciales, mais cette chambre, avec ses hauts plafonds, était délicieusement chaude et douillette. Près de la fenêtre se trouvait une commode ancienne sur laquelle étaient disposées des carafes en cristal emplies d'alcool qui scintillaient au clair de lune. Les murs étaient décorés de tableaux, dont de magnifiques paysages peints par des artistes renommés. Salvio fit la moue. C'était assez ironique. Cette maison contenait des œuvres qui auraient eu la place d'honneur dans un musée des beaux-arts et pourtant la salle de bains se trouvait au bout d'un long couloir glacial, l'idée même d'une salle de bains attenante à la chambre étant un concept étranger à certains membres de l'aristocratie britannique.

Il bâilla, mais préféra faire ses bagages avant d'aller se coucher. Par la fenêtre, il voyait de gros nuages défiler dans le ciel et voiler partiellement la lune, transformant l'océan agité en remous noirs et argentés. C'était à la fois violent et magnifique, mais il était incapable d'en apprécier la beauté, car il se sentait fébrile sans savoir pourquoi.

Après avoir desserré sa cravate et défait le premier bouton de sa chemise, Salvio affronta le couloir glacial pour se rendre à la salle de bains. Il regagnait sa chambre lorsqu'il entendit un son étrange provenant de l'étage supérieur. Il se figea et tendit l'oreille…

Quelqu'un pleurait.

Ce n'était pas son affaire. Il partait tôt le lendemain et ferait mieux d'aller au lit. Mais quelque chose l'en empêcha. Sa conscience ? Car il savait au plus profond de lui-même que la personne qui pleurait était Molly. Sans plus s'interroger, il se mit à marcher en direction des sons, et l'instant d'après il grimpait un étroit escalier en colimaçon.

Quand son pied fit craquer une marche, une voix anxieuse retentit.

— Qui est là ?

— C'est moi. Salvio.

Il entendit des pas précipités, et l'instant d'après la porte s'ouvrit. Molly apparut dans l'embrasure. Elle portait toujours sa petite robe noire, mais avait ôté ses chaussures et dénoué sa magnifique chevelure qui cascadait sur ses épaules et jusqu'à sa taille. Elle avait l'air effrayée, réalisa-t-il, et ses immenses yeux gris étaient cerclés de rouge. Soudain, l'attirance qu'il avait éprouvée pour elle dès l'instant où il l'avait vue se mua en compassion.

— Que s'est-il passé ? Vous êtes blessée ?

— Il ne s'est rien passé, et non, je ne suis pas blessée, dit-elle en s'essuyant les joues du bout des doigts. Vous vouliez quelque chose ? J'espère que… tout dans votre chambre est à votre satisfaction, *signor* De Gennaro.

— Tout est parfait, et je vous ai dit de m'appeler Salvio ! s'écria-t-il d'un ton impatient. Pourquoi pleuriez-vous ?

Elle secoua la tête.

— Je ne pleurais pas.

— Mais si…

— J'ai le droit de pleurer dans l'intimité de ma chambre.

— J'ai le droit d'en connaître la raison si cela m'empêche de dormir, riposta-t-il.

Elle écarquilla les yeux.

— C'était le cas ?

Il eut un bref sourire.

— Non, pas vraiment, admit-il.

— Je suis sincèrement désolée de vous avoir dérangé, mais je vais bien maintenant. Voyez ? ajouta-t-elle, étirant les lèvres en un mince sourire. Cela n'arrivera plus.

Mais l'intérêt de Salvio était piqué, et le fait qu'elle essayait de se débarrasser de lui l'intriguait. Il jeta un coup d'œil dans sa chambre par-dessus son épaule et fut étonné de son exiguïté. Il n'avait pas vu de chambre aussi petite depuis fort longtemps. Il y avait un lit étroit à l'aspect peu confortable et de minces rideaux aux fenêtres, mais pas grand-chose d'autre. Il perçut soudain la température glaciale de la pièce – sentiment renforcé par l'imperceptible frisson de Molly. Il songea à la bonne flambée dans sa propre chambre, sans doute allumé par Molly elle-même.

— Vous avez froid, fit-il remarquer.

— Un peu. J'ai l'habitude. Ces vieilles demeures sont difficiles à chauffer.

— À qui le dites-vous ! Écoutez, pourquoi ne viendriez-vous pas dans ma chambre vous asseoir auprès du feu ? Je pourrais vous offrir un petit remontant.

Elle plissa les yeux.

— Un remontant ?

Il lui jeta un sourire moqueur.

— Vous savez. La petite boisson alcoolisée supposée vous réchauffer.

Il la vit hésiter, puis secouer la tête.

— C'est gentil à vous de me le proposer, mais je ne peux pas accepter.

— Pourquoi ?

— Parce que… Vous savez très bien pourquoi.

— Pas si vous ne me le dites pas, non.

— Parce que lady Avery sautera au plafond si elle me surprend en train de sympathiser avec un de ses invités.

— Et comment l'apprendrait-elle ? Je ne lui dirai rien, et vous non plus. Allons, Molly. Vous tremblez. Quel mal y a-t-il à venir vous réchauffer ?

Molly hésita parce qu'elle était effectivement tentée, plus qu'elle ne l'aurait dû. Peut-être parce qu'elle n'arrivait pas à se débarrasser de la rancœur qui l'avait saisie depuis que lady Avery était entrée, tremblante de rage, dans la cuisine. Elle était maladroite et incompétente, lui avait-elle hurlé. Jamais elle n'avait été aussi humiliée de sa vie, et il n'était pas étonnant que *signor* De Gennaro ait coupé court à la soirée.

Et pourtant, le même homme se tenait maintenant devant elle, l'invitant à boire un verre dans sa chambre. Il avait retiré sa cravate et défait le premier bouton de sa chemise, ce qui lui donnait l'air à la fois détaché et accessible. Qui ne serait pas attiré par sa peau mate et ses beaux yeux noirs ?

Mais en dépit de son apparence sexy, il l'avait regardée avec compréhension durant le dîner. Il était venu à sa rescousse, et elle lisait la même inquiétude dans son regard, en cet instant.

Un courant d'air glacial pénétra dans la pièce par une fente dans le cadre de la fenêtre, et Molly frissonna une fois de plus. Les jours à venir ne la remplissaient pas vraiment de joie, et ses inquiétudes vis-à-vis de Robbie n'étaient jamais loin. Ne pouvait-elle pas se détendre pour une fois dans sa vie et prendre un verre avec le bel Italien ?

Elle haussa les épaules.

— C'est d'accord. Mais un seul verre. Et merci, ajouta-t-elle en glissant les pieds dans les chaussures qu'elle venait de retirer. Merci beaucoup.

Il hocha brièvement la tête, comme s'il s'était attendu qu'elle accepte son invitation, qui ne signifiait rien de spécial, essaya-t-elle de se rassurer. En tout cas pas pour lui. Mais lorsqu'il lui tourna le dos et s'éloigna, son cœur se mit à battre à grands coups désordonnés, et elle ressentit une excitation insolite, tandis qu'elle emboîtait le pas à Salvio De Gennaro.

3

— Tenez.

— Merci.

Molly prit le verre de cognac que lui tendait Salvio, se demandant si elle avait bien fait d'accepter son invitation, car maintenant qu'elle se trouvait dans sa chambre, elle se sentait très mal à l'aise et pas du tout dans son élément. Remarquant sa valise ouverte et à moitié pleine dans un coin de la pièce, elle sentit son cœur se serrer. Il avait manifestement hâte de quitter les lieux. Gênée, elle se balança d'un pied sur l'autre.

— Asseyez-vous auprès du feu, suggéra Salvio.

Prenant place dans le fauteuil qu'il lui indiquait, Molly songea à quel point c'était bizarre pour elle de se retrouver dans le rôle de l'invitée, elle qui avait si souvent nettoyé cette pièce. Le matin même, elle s'était trouvée ici, faisant gonfler le nouvel édredon et vérifiant que les taies d'oreiller monogrammées étaient placées dans le bon sens. Elle vit dans un coin de la pièce la pile bien ordonnée de journaux, conforme aux souhaits de lady Avery, et la carafe d'eau avec son napperon en dentelle. C'était toutefois étrange de voir à quel point elle pouvait aisément passer du statut de servante à celui d'invitée. Le cuir souple du fauteuil était doux contre sa peau, et la chaleur du feu l'enveloppait. Elle but une gorgée de cognac et grimaça légèrement.

— Vous n'êtes pas habituée à l'alcool ? fit remarquer Salvio en se servant à son tour.

— Pas vraiment, confirma-t-elle.

Pourtant, le cognac commençait à faire son effet. Le nœud

dans son ventre se résorbait peu à peu, et une douce chaleur envahissait son corps. Le regard rivé à la fenêtre, Molly vit les nuages traverser la face argentée de la lune. La température extérieure avait chuté, et Molly commençait à se détendre. Que diable dirait lady Avery si elle entrait ? En proie à une soudaine angoisse, elle regarda Salvio reboucher la bouteille.

— Je ne devrais pas être ici, murmura-t-elle.

— C'est ce que vous avez dit, répliqua-t-il d'un ton ennuyé. Mais vous ne m'avez toujours pas dit pourquoi vous pleuriez.

Molly avala une nouvelle gorgée de cognac, puis posa son verre sur la table.

— Je… Il n'y avait pas vraiment de raison.

— Comment se fait-il que je ne vous croie pas, Molly Miller ? Que s'est-il passé ? Vous êtes-vous attirée des ennuis à cause du dîner ?

Son expression étonnée donna raison à Salvio.

— Je le méritais, affirma-t-elle en croisant son regard. Le repas était raté.

Elle se montrait loyale envers son employeur, admira Salvio en l'étudiant pensivement. C'était une femme étrange. Dénuée d'artifice, elle semblait ne pas se soucier de la manière peu flatteuse dont elle était assise. Et pourtant, son abondante chevelure brillait comme de l'or à la lumière du feu, et lorsqu'elle croisa les jambes, il fut surpris de voir à quel point ce simple geste l'érotisait. Mais il ne l'avait pas fait venir dans sa chambre pour la séduire. Il avait seulement endossé pour un soir le rôle du Bon Samaritain.

— Est-ce la seule raison de vos larmes ?

Molly haussa les épaules.

— Je m'apitoyais sur mon sort, admit-elle.

Pas question de lui dire la vraie raison de ses larmes, songea Molly. De toute façon, son frère et sa détestable habitude d'accumuler les dettes ne l'intéresseraient pas. Mais elle avait surtout peur de partager ses soucis, devait-elle reconnaître, comme si cela aurait pu les rendre encore plus réels. Elle ne voulait pas s'appesantir sur la raison pour laquelle Robbie l'avait appelée une heure plus tôt pour lui demander de lui prêter « temporairement » de l'argent – et cela en dépit de ses éternelles promesses de trouver un travail. Pourquoi n'avait-il pas d'argent à lui ? Pourquoi essayait-il de lui en soutirer toujours davantage ? Elle déglutit. Elle ne supportait pas l'idée qu'il soit à nouveau tombé dans cet engrenage infernal – jouer à des jeux de hasard et devoir de l'argent à des hommes qui n'hésiteraient pas une seconde à lui faire mal s'il ne remboursait pas ses dettes…

— Appelez ça de l'auto-apitoiement, ajouta-t-elle en soutenant son regard scrutateur. Quelque chose dont vous avez peu l'expérience, j'imagine.

Salvio sourit sans joie. S'imaginait-elle qu'en raison de sa fortune et de sa réussite en affaires il n'avait jamais connu la souffrance et le désespoir ? Si tel était le cas, elle se trompait lourdement. Il se souvenait fort bien du gouffre profond dans lequel il était tombé lorsque sa vie avait implosé et qu'il avait tout perdu. Et même s'il s'était traîné hors du bourbier et obligé à se reconstruire, il n'oublierait jamais cette terrifiante expérience qui l'avait marqué pour toujours. Elle l'avait changé, transformé en un étranger pour lui et son entourage. C'est pourquoi il avait quitté Naples. Il ne supportait plus qu'on lui rappelle ses échecs.

— Pourquoi restez-vous ici ?

— C'est un travail très bien payé, répondit-elle.

— Même si on vous parle mal ?

— Ce n'est généralement pas à ce point-là, tout de même.

— Votre loyauté est touchante, *signorina*.

— Je suis payée pour ça.

— J'en suis certain, mais même en prenant tout cela en considération, cet endroit est très… isolé. Je ne pense pas que beaucoup de jeunes gens de votre âge habitent ici.

— Peut-être est-ce une des raisons pour lesquelles j'aime cet endroit.

— Vous n'aimez pas rencontrer des gens et faire la fête ?

Molly hésita. Devait-elle lui dire qu'elle ne se sentait pas à l'aise avec les gens de son âge ? Elle avait passé tellement d'années à prendre soin de sa mère, puis à essayer d'empêcher son frère de mal tourner qu'elle avait du mal à se défaire du rôle qu'elle avait endossé.

— Faire la fête coûte cher, et j'essaye d'économiser. Je souhaite payer les études supérieures de mon frère, et ce n'est pas bon marché. Il est en Australie en ce moment, ajouta-t-elle comme Salvio levait un sourcil interrogateur. Une sorte d'année sabbatique.

Il se rembrunit.

— Vous restez ici à travailler dur pendant qu'il s'amuse ? C'est un très beau sacrifice que vous faites là !

— Tout le monde agirait comme moi.

— Absolument pas ! Il a de la chance de vous avoir comme sœur.

Molly prit son verre et but une nouvelle gorgée. Salvio serait-il choqué s'il connaissait la vérité ? En effet, Robbie n'avait pas encore intégré l'université, car il avait besoin de « réfléchir encore », malgré ses nombreuses supplications. Elle s'humecta les lèvres qui avaient le goût du cognac. Elle ne voulait pas penser à Robbie, ce soir. Elle avait bien le droit pour une fois de s'amuser un peu, non ? Le droit de se sentir jeune et insouciante, et de se réjouir de se retrouver seule en compagnie d'un homme séduisant – même s'il ne l'avait invitée que parce qu'il avait pitié d'elle.

Posant son verre, elle le fixa longuement, et son cœur fit un bond dans sa poitrine. Il n'avait pas bougé de sa place près de la fenêtre, et son corps puissant se reflétait dans le clair de lune.

— Et vous ? s'enquit-elle. Qu'est-ce qui vous a amené ici ?

Il haussa les épaules.

— J'étais supposé discuter affaires avec Philip Avery, mais j'ai peur que cela n'arrive pas.

— Il sera bien plus réceptif demain matin, répliqua Molly diplomatiquement.

— Ce sera trop tard. Je compte partir dès qu'il fera jour.

Molly ressentit un profond sentiment de déception. Elle aurait voulu… Elle fixa son verre comme si le liquide ambré pouvait lui fournir une réponse à sa question. Qu'aurait-elle voulu ? Le voir au petit déjeuner – leurs regards se croisant dans un moment de complicité, comme ils se rappelaient leurs instants volés ?

— Oh ! quel dommage ! ne put-elle s'empêcher de dire.

Il sourit, comme si la sincérité dans sa voix l'amusait.

— Vous êtes beaucoup trop jolie pour rester cachée dans un trou pareil, Molly.

— Vraiment ?

Hochant la tête, il s'approcha du bureau et écrivit quelque chose au dos d'une carte de visite, avant de s'approcher d'elle et de la lui tendre.

— Tenez, prenez ceci. Vous tomberez directement sur mon assistante. Si jamais vous décidez de quitter cet endroit, appelez-la. Elle connaît beaucoup de monde, et il y a une pénurie d'employées de maison. Vous trouverez sans doute un travail plus intéressant que celui-ci.

— Merci, c'est très aimable à vous…

Elle s'efforça de garder un ton léger malgré sa déception, car il la congédiait, comprit-elle. Se levant, elle prit la carte qu'il lui tendait et la glissa dans la poche de sa robe.

— Oui, assura-t-il, en suivant du regard le mouvement de sa main.

Lorsque Salvio leva les yeux vers elle, Molly prit conscience d'un subtil changement dans son attitude. Elle s'était demandé si l'attirance qu'elle avait perçue entre eux plus tôt dans la journée avait été une douce illusion, mais peut-être pas, après tout. Peut-être que cela avait été bien réel. Aussi réel que la soudaine raideur de ses seins contre le tissu de sa robe et la douce chaleur qui envahissait son ventre. Elle retint son souffle, certaine qu'il allait la toucher. Et c'est ce qu'il fit. Levant la main, il effleura des doigts ses cheveux.

— *E capelli tuoi so no morbidi come seta*, dit-il, et lorsqu'elle leva les yeux vers lui, confuse, il traduisit : Vos cheveux sont doux comme de la soie.

C'était la plus belle chose qu'on lui ait jamais dite, et l'entendre en italien la fit fondre. Il était temps de partir et de le remercier pour sa gentillesse. Elle filerait ensuite dans sa chambre où elle conserverait ce tendre souvenir dans son cœur pour toujours… Mais elle demeura immobile, se contentant de le fixer dans les yeux et priant pour qu'il l'embrasse, comme dans les contes de fées…

— Ah oui ?

Salvio sourit et, du pouce, traça le contour de sa bouche, la gorge nouée comme il pensait à ce qu'il s'apprêtait à faire. Il l'avait invitée dans sa chambre parce qu'il devinait qu'elle était seule et malheureuse – certainement pas pour la séduire. Il avait des valeurs et ne voulait pas y déroger. Il ne recherchait plus le réconfort dans les bras d'une femme juste parce qu'elle était disponible, d'autant qu'un homme tel que lui pouvait avoir toutes celles qu'il désirait, pas plus qu'il n'utilisait le sexe pour oublier sa souffrance ou sa colère.

Mais Molly avait ravivé des choses en lui qu'il croyait mortes depuis longtemps. Elle avait réveillé sa compassion, tout en enflammant ses sens, et son envie de l'embrasser était irrésistible, plus même que son envie de s'enfouir en elle. Il ferait mieux de résister à cette passion déferlante et de la renvoyer illico dans sa chambre. Il l'aurait peut-être fait si elle n'avait pas soupiré, lui faisant sentir la chaleur de son souffle frémissant contre son pouce…

Comment quelque chose d'aussi insignifiant pouvait-il être aussi érotique ? s'émerveilla Salvio en plongeant son regard dans celui de Molly.

— Je veux t'embrasser, dit-il doucement, mais si cela arrivait, je voudrais ensuite te faire l'amour et je ne pense pas que ce soit une bonne idée. Comprends-tu ce que je suis en train de te dire, Molly ?

Elle acquiesça en silence.

— Et la seule chose qui m'arrêtera, c'est toi, enchaîna-t-il d'une voix douce. Alors, sors de cette chambre tout de suite, Molly, sinon je ne réponds plus de rien.

Il lui donnait l'opportunité de s'en aller, mais Molly savait qu'elle ne la saisirait pas, car jamais elle ne revivrait un instant pareil. Elle n'était pas comme la plupart des jeunes femmes de son âge. Elle n'avait jamais eu de rapports sexuels malgré ses quelques incursions sur les sites de rencontre, qui s'étaient toutes terminées en désastre. Et voilà qu'un homme qu'elle connaissait à peine s'apprêtait à la séduire, et elle se sentait prête à relever le défi, se moquant de savoir si elle agissait mal. N'avait-elle passé toute sa vie à se comporter comme il le fallait ? Et où cela l'avait-il menée ?

Le cœur battant à grands coups désordonnés, elle embrassa du regard ses traits rudes.

— Je me moque que ce soit une mauvaise idée, murmura-t-elle, et peut-être que je veux faire l'amour autant que toi.

Sa réponse le rendit nerveux. Elle vit ses yeux se plisser et l'entendit marmonner, puis, il l'attira presque brutalement dans ses bras. Repoussant ses cheveux derrière ses oreilles, il inclina la tête, et à l'instant même où leurs lèvres s'unirent, elle sut qu'il n'y aurait pas de retour en arrière.

Au début, son baiser fut tendre et lent, comme s'il explorait sa bouche par ce simple contact. Et au moment où elle commençait à s'habituer à cette exquise caresse, il approfondit son baiser qui devint vite brûlant et passionné, exacerbant son désir. Pressée contre lui, elle sentait la force de son érection. Elle aurait dû en être impressionnée, mais ce ne fut pas le cas, tant elle était excitée. La douce et sage Molly avait disparu, laissant place à une jeune femme ivre de désir et de passion.

Et elle aimait ça…

Il posa la main sur un de ses seins, faisant durcir son mamelon.

— Tu es passionnée, murmura-t-il.

Molly poussa un soupir de contentement quand il fit glisser la fermeture de sa robe. Elle avait l'impression d'avoir attendu ce moment toute sa vie.

— Je ne pense pas que tu aies besoin d'être rassurée sur ce point, *bella mia*, ajouta-t-il.

Il se trompait, bien sûr, mais il ne pouvait pas le savoir, et Molly n'allait pas le lui avouer. Confusément, elle sentit qu'il faisait glisser sa robe sur ses bras, et le tissu tomba à ses pieds en un doux bruissement. Il recula ensuite d'un pas et promena son regard sur son corps. C'était étonnant comme le regard admiratif d'un homme pouvait être puissant, assez même pour dissiper les doutes d'une femme. En effet, pour une fois, Molly ne pensait pas à son ventre trop gros, ni à ses seins trop lourds pour la mode actuelle.

Puis, à sa grande surprise, il la souleva. Oui, *la souleva* ! Elle n'en croyait pas ses yeux. Il portait sans le moindre effort son corps potelé et, l'instant d'après, la déposait sur le lit, après avoir retiré d'un geste brusque l'édredon, acheté le matin même par ses soins. Allongée sur le matelas, sous la couette douillette, elle regarda Salvio se déshabiller, le corps brûlant d'excitation. Il se débarrassa en premier de ses chaussures et de ses chaussettes, puis déboutonna sa chemise, révélant un torse bien découplé, avant de porter attention à la fermeture de son jean. Mais lorsqu'il posa la main sur son caleçon, Molly ferma les yeux.

— Non, ouvre les yeux. Regarde-moi, lui intima-t-il.

Gênée, Molly obéit. Elle ne pouvait nier l'aspect intimidant que représentait son sexe tendu, et lorsqu'elle se mordit la lèvre, il sourit.

— *Me fai asci pazzo*, dit-il d'une voix posée.

— Qu'est-ce que… Qu'est-ce que cela veut dire ?

— Cela veut dire que tu me rends fou.

— J'adore quand tu me parles en italien.

— Ce n'est pas de l'italien, corrigea-t-il en se glissant dans le lit à côté d'elle. C'est du napolitain.

Elle cligna des yeux.

— Est-ce différent ?

— C'est un dialecte, précisa-t-il en posant des petits sachets sur la commode ancienne près du lit. Et oui, c'est différent.

La vue des préservatifs brisa un peu le romantisme de l'instant, mais quand Salvio se retrouva nu, Molly découvrit la sensation merveilleuse de sa peau douce et chaude contre la sienne.

— Salvio…

— *Si bella mia ?* Veux-tu que je t'embrasse encore ?

— Oh oui !

Ses baisers étaient lents et sensuels, tout comme ses caresses expertes, éveillant peu à peu son corps à la magie du plaisir. Il caressa la pointe de ses seins jusqu'à ce qu'elle ondule de plaisir et lorsqu'il glissa la main entre ses cuisses et découvrit à quel point elle était humide, il dut réfréner sa passion avec un autre baiser.

Molly entreprit à son tour de le caresser. Au début, elle se montra prudente et se concentra sur son torse, avant de poursuivre son exploration plus bas, sur son ventre dur et musclé. Mais lorsqu'elle enferma entre ses doigts son sexe tendu, il l'arrêta d'un regard sévère.

— Non.

Elle n'osa pas lui demander pourquoi, trop effrayée de faire quoi que ce soit qui pourrait souligner son inexpérience. Ivres de désir, ils se caressèrent et partirent à la découverte de leurs corps, ne s'arrêtant que pour laisser le temps à Salvio de saisir un préservatif.

— Tu veux m'aider à l'enfiler ? demanda-t-il malicieusement. Mes mains tremblent tant que je ne suis pas certain d'y arriver seul.

Molly écarquilla les yeux. Devait-elle lui dire qu'elle ne savait pas comment faire ? Mais si elle lui faisait un tel aveu, ne risquait-il pas de s'écarter d'elle ?

Peut-être lut-il dans ses pensées, car il approcha son visage du sien et l'étudia de son regard sombre.

— Tu sais que je…

— Oui, je sais. Tu pars demain matin. Ce n'est pas grave.

— Tu en es sûre ?

— Tout à fait sûre. Je veux juste…

— Que veux-tu, Molly ? s'enquit-il doucement.

— Je veux juste être avec toi cette nuit, murmura-t-elle. C'est tout.

Perplexe, Salvio enfila un préservatif puis, s'efforçant d'aller le plus lentement possible malgré son impatience grandissante, il s'enfouit dans sa chaude moiteur.

Interloqué, il suspendit son mouvement devant la réaction soudaine de Molly, dont le corps tendu et la brève grimace de douleur étaient plus qu'éloquents. Avec un suprême effort de volonté, il s'apprêtait à se retirer lorsqu'elle serra son sexe autour du sien. Jamais il n'avait ressenti une pression aussi forte et aussi sensuelle… Retenant son souffle, il dut faire appel à toute sa volonté pour ne pas jouir sur-le-champ. Molly était novice, manifestement peu habituée aux jeux d'alcôve, et sa naïveté dans ce domaine l'excitait au plus haut point. Il adorait la façon dont elle remuait ses hanches pleines et rebondies pendant qu'il la pénétrait. La façon dont elle pressait son sein contre ses lèvres pour qu'il puisse titiller son téton avec sa langue, puis avec ses dents. Tout à coup, il la vit fermer les yeux, et le triomphe le submergea lorsqu'elle laissa échapper un petit cri de surprise. Mais il attendit qu'elle cède enfin à un puissant orgasme pour se laisser aller lui aussi à l'extase, dérouté par l'intensité de ses propres sensations. C'était comme s'il faisait l'amour pour la toute première fois…

4

Il faisait encore nuit lorsque Salvio se réveilla le lendemain matin, le cadran lumineux de sa montre indiquant 6 heures. Il attendit quelques instants, le temps que ses yeux s'ajustent à la pénombre. La veille, dans le feu de l'action, il n'avait pas pensé à fermer les rideaux, et dehors il faisait encore nuit.

Il jeta un coup d'œil à Molly endormie à côté de lui, essayant de réaliser ce qu'il s'était passé entre eux, de justifier le fait qu'il avait fait l'amour avec cette jeune femme innocente alors qu'il savait au plus profond de lui-même que sa conduite était inexcusable. Cela dit, elle avait été consentante, se rappela-t-il. Plus que consentante, même.

Ils avaient recommencé plusieurs fois durant la nuit. La douceur de sa peau au contact de sa jambe rugueuse l'avait émoustillé au point de lui faire oublier les questions qu'il avait voulu lui poser, et sa soif d'elle avait été inextinguible. Elle était si facile à contenter, si reconnaissante pour le plaisir qu'il lui donnait ! Il s'était attendu qu'elle aborde des sujets délicats, mais ses attentes ne s'étaient jamais concrétisées. Elle ne lui avait pas demandé s'il avait changé d'avis et décidé de la revoir. Fort heureusement, d'ailleurs, car la réponse était non. Il ne pouvait pas. Elle était trop douce, trop naïve. Elle ne tiendrait pas une minute dans son monde, et sa propre nature cynique détruirait en un instant son naïf enthousiasme.

Se penchant vers elle, il secoua son épaule dénudée, résistant à l'envie de glisser la main sous la couette pour caresser ses seins superbes.

— Molly, murmura-t-il. Réveille-toi. C'est le matin.

Molly ouvrit les yeux et fixa avec étonnement le magnifique lustre suspendu au plafond de la chambre d'invité, qu'elle avait si souvent épousseté. Lorsqu'elle tourna la tête vers Salvio, elle fut parcourue d'un frisson, et son cœur bondit dans sa poitrine quand elle repensa à leur nuit torride. Qu'avait-elle fait ou, plutôt, que n'avait-elle *pas* fait ? Elle l'avait laissé la déshabiller et explorer chaque centimètre carré de son corps, avec sa langue et ses doigts… et même plus. Lorsqu'il avait été enfoui au plus profond d'elle, elle avait crié son nom encore et encore tandis qu'il éveillait en elle un appétit qu'elle ignorait posséder… Elle ferma brièvement les yeux. Combien de fois avaient-ils fait l'amour ? s'interrogea-t-elle, comme elle se rappelait son appétit insatiable et son propre empressement à lui répondre.

— Quelle heure est-il ?

— 6 heures passées. Molly, je…

— Eh bien, tu ferais mieux d'y aller, alors, le coupa-t-elle.

Elle savait ce qu'il s'était apprêté à lui dire – son ton formel l'avertissant qu'il allait la quitter. Mais ce n'était pas nécessaire. Elle savait qu'il devait partir et ne lui en voulait pas. Pourquoi tout gâcher en exigeant de lui plus que ce qu'il pouvait donner ?

— Tu as bien dit que tu voulais partir tôt, ajouta-t-elle en plaquant un sourire sur ses lèvres.

Salvio fronça les sourcils comme si sa réponse n'était pas celle à laquelle il s'attendait, mais Molly savait que la seule façon de gérer au mieux cette situation était d'être raisonnable. Elle devait voir les choses en face. Il ne pouvait y avoir d'avenir entre un magnat des affaires milliardaire et elle. Leurs vies étaient bien trop différentes. Cette nuit, leurs différences avaient été estompées, mais une nuit de pur bonheur ne changeait rien à l'essentiel, n'est-ce pas ? Elle était une simple employée de maison, et le lit d'un invité était bien le dernier lieu où elle devait se trouver.

— Tu es sûre d'aller bien ? demanda-t-il.

Pas vraiment, non. J'aimerais que tu m'emmènes et que tu me fasses l'amour pour toujours, faillit-elle lui dire.

Grace au ciel, son côté pragmatique l'emporta. Comme si Salvio De Gennaro avait l'intention de l'emmener ! Elle essaya de s'imaginer dans sa belle voiture de sport, mais fut peu convaincue par l'image qui se dessina dans son esprit.

— Pourquoi ça n'irait pas ? répondit-elle avec jovialité. C'était formidable. En tout cas, pour moi ça l'était.

Pour la première fois, elle marqua une légère hésitation.

— Oh ! c'était plus que formidable ! affirma Salvio en traçant du bout des doigts le contour de ses lèvres. En fait, c'était tellement bien que j'ai envie de recommencer.

Une fois encore, Molly sentit le désir s'emparer d'elle, et une douce chaleur l'envahit.

— Mais…, souffla-t-elle lorsqu'il se rapprocha.

— Mais quoi, *mia bella* ?

— Nous n'avons… Nous n'avons pas le temps.

— Vraiment ?

Lorsqu'il glissa la main entre ses cuisses, Molly se demanda si elle avait perdu la raison.

— Salvio, gémit-elle, tandis qu'il inclinait la tête pour happer un téton.

Il releva la tête, le regard brûlant de désir.

— Tu veux que j'arrête ?

— Tu sais bien que non, haleta-t-elle.

— Montre-moi alors ce que *toi*, tu veux.

Saisie d'une audace soudaine, Molly captura entre ses mains son long sexe tendu.

— Voilà ce que je veux…

Ses cheveux étaient ébouriffés après leur nuit torride, mais Molly s'en moquait parce que Salvio la touchait comme si elle était une déesse. Ses doigts la caressaient avec art, et elle frissonna lorsqu'il posa la main sur son ventre. Elle eut l'impression de s'envoler quand il noua les cuisses autour de ses hanches, et elle savoura la sensation de son premier coup de reins, puis les poussées plus franches qui suivirent.

Elle adorait la façon dont ils ondulaient à l'unisson, adorait cet avant-goût de paradis qui perdura jusqu'au moment où un nouvel orgasme la saisit. Et par-dessus tout, elle adorait l'expression presque impuissante qui s'afficha sur le visage de Salvio quand il la rejoignit à son tour dans le plaisir, puis la façon dont il s'effondra sur son épaule en marmonnant des mots inintelligibles en napolitain. Son souffle était chaud et régulier mais, de crainte qu'il s'endorme et retarde son départ, elle le secoua.

— Salvio, souffla-t-elle. Ne t'endors pas. Tu ferais mieux de partir avant que quelqu'un se réveille.

— Et toi, tu ferais mieux de regagner ta chambre avant qu'on te découvre ici, répondit-il en repoussant la couette.

Sa repartie la ramena soudain à la réalité. Mais en dépit de l'incertitude qui menaçait de la submerger, Molly afficha un sourire jovial et regarda Salvio prendre ses vêtements et se diriger vers la salle de bains.

Une fois seule, elle se leva à son tour et enfila sa robe chiffonnée. Elle s'occuperait de sa tenue une fois Salvio partie, songea-t-elle. Elle leva les yeux lorsqu'il revint dans la chambre, ses cheveux noirs humides après sa douche.

Il s'habilla en silence, puis boucla sa valise, avant de s'approcher d'elle, une expression sérieuse sur le visage. Il se tint silencieusement devant elle, l'enveloppant du regard.

— Pourquoi m'as-tu choisi, moi ? lui demanda-t-il.

Molly expira lentement. D'une certaine façon, elle s'était attendue à cette question. Il ne la lui avait pas posée la veille, et elle en avait été heureuse, ne voulant pas gâcher la plus belle expérience de son existence. En un sens, elle aurait aimé qu'il n'aborde pas le sujet maintenant, mais il l'avait fait, et elle devait lui répondre en gardant un ton léger, car rien ne devait ternir l'éclat de ces moments magiques. Elle haussa les épaules et parvint même à sourire.

— Je rencontre peu d'hommes dans le cadre de mon travail, admit-elle. Et encore moins des hommes comme toi. Et tu es… tu es un homme très séduisant, Salvio – comme on a dû te le dire souvent, j'imagine.

Il fronça les sourcils, comme si sa franchise le troublait.

— Je veux que tu saches que je ne t'ai pas fait venir dans ma chambre pour te séduire, même si je reconnais que cette pensée m'a traversé l'esprit un peu plus tôt dans la journée.

Elle hocha la tête.

— Je sais. Tu voulais juste te montrer gentil avec moi. Sans doute est-ce pour cette raison que j'ai accepté ton invitation.

Il eut un rire bref.

— Tu m'as fait très forte impression, Molly.

Il y avait une expression dans le regard sombre de Salvio que Molly n'arrivait pas à décrypter, mais peut-être était-ce mieux ainsi. Elle ne voulait pas l'entendre lui dire qu'il avait agi de façon inexplicable, ne voulait pas que le souvenir de ce moment inoubliable lui glisse entre les doigts et se fracasse en mille morceaux.

— J'en suis heureuse, répondit-elle en luttant pour garder son flegme. Mais le temps passe. Tu ferais mieux d'y aller.

Après une brève hésitation, il se dirigea vers la porte sans un mot de plus, et le cœur de Molly se serra lorsqu'il la referma derrière lui. Par la fenêtre, elle le vit sortir de la maison, sa silhouette sombre se découpant contre l'océan en furie. Soudain, il leva les yeux, et leurs regards se croisèrent. Elle attendit qu'il lui sourit ou la salue, et se consola en se disant que c'était pour le mieux lorsqu'il n'en fit rien.

Après avoir jeté son sac dans sa voiture, il se glissa sur le siège du conducteur et ferma la portière, se cachant à sa vue. Sa voiture puissante démarra dans un nuage de poussière et emprunta la route côtière. Molly la suivit des yeux jusqu'à ce qu'il ne soit plus qu'un point noir à l'horizon. Comme le lever du jour nimbait les nuages sombres d'une touche de rouge, elle se demanda si la vie de Salvio n'était qu'une série de conquêtes…

Se tournant avec un soupir, elle s'empressa de retirer le drap du dessous et la housse de la couette. Elle reviendrait plus tard pour prendre le linge sale et nettoyer la chambre. Mais il lui fallait prendre une douche d'abord. Les Avery avaient beaucoup d'événements importants à venir, et la liste des tâches était longue aujourd'hui. Peut-être était-ce une bonne chose. Être occupée l'empêcherait de réfléchir au fait qu'elle ne reverrait plus jamais

Salvio, ne sentirait plus jamais ses lèvres sur les siennes, ni ses bras puissants autour de son corps…

Elle ferma la porte derrière elle et marchait sans faire de bruit dans le couloir lorsqu'elle prit conscience d'être observée. Son cœur bondit quand elle vit la silhouette qui se tenait parfaitement immobile à l'autre bout du couloir.

Lady Avery…

Le cœur battant de façon désordonnée, Molly ralentit le pas et croisa le regard accusateur de son employeuse.

— Alors, Molly, dit lady Avery d'une voix qu'elle ne lui connaissait pas, avez-vous bien dormi ?

La gorge nouée, Molly garda le silence. Qu'aurait-elle pu dire de toute façon ? Elle aurait enfoncé le clou si elle avait inventé une piètre excuse pour expliquer pourquoi elle sortait de la chambre de Salvio à cette heure matinale, tenant une paire de collants roulés en boule à la main. Et maintenant, elle allait être licenciée – juste avant Noël ! Il ne lui restait plus qu'une chose à faire.

— Je suis désolée, lady Avery.

Son employeuse secoua la tête avec incrédulité.

— Je n'y crois pas ! cracha-t-elle avec mépris. Comment quelqu'un comme lui a pu s'intéresser à quelqu'un comme vous, quand il aurait pu avoir…

Elle s'interrompit, et Molly n'osa pas rompre le silence gênant qui s'ensuivit. En effet, comment lady Avery pouvait-elle finir sa phrase sans perdre la face ou sa dignité ? Comment pouvait-elle admettre qu'elle aurait souhaité, elle, passer la nuit dans le lit de Salvio, alors qu'elle était une femme mariée et que son mari dormait dans la chambre voisine ?

Molly baissa la tête, au comble de l'embarras. Lady Avery se comportait comme si le beau Napolitain était une sorte de trophée que toutes les deux avaient cherché à conquérir ! Sa solitude l'avait-elle rendue à ce point désespérée qu'elle s'était jetée dans les bras du premier homme qui lui témoignait un peu d'affection ?

— Je ne peux que m'excuser, répéta-t-elle.

Lady Avery secoua de nouveau la tête.

— Retournez au travail, voulez-vous ? lui intima-t-elle sèchement.

— Au travail ? demanda-t-elle avec prudence.

— Que croyiez-vous faire d'autre ? Nous recevons dix personnes à dîner ce soir, au cas où vous l'auriez oublié. Et puisque vous ne serez pas obsédée par un des invités – du moins, j'ose l'espérer – la viande ne sera peut-être pas brûlée, cette fois ! À moins qu'aucun homme ne soit désormais à l'abri de votre passion. Vous êtes pourtant loin d'être une femme fatale, je dois dire. Retournez au travail, Molly, avant que je change d'avis, conclut lady Avery d'un ton sec.

— Euh… Oui, lady Avery.

Étonnée de ne pas avoir été licenciée sur-le-champ, Molly passa les semaines suivantes à travailler d'arrache-pied, dans l'espoir de se faire pardonner son comportement illicite. Elle s'adonna à d'ambitieuses expériences culinaires – toutes réussies, fort heureusement – à la grande joie du flot continu d'invités qui franchirent l'entrée décorée de gui. Et malgré les quelques remarques acerbes de lady Avery que Molly choisit d'ignorer, tout se passa au mieux. La colère de sa patronne était sans doute justifiée, reconnut-elle, et peut-être aurait-elle réagi comme elle si les rôles avaient été inversés.

Mais sa grosse charge de travail n'empêcha nullement ses pensées de prendre une direction inopportune. Elle pensait malgré elle à Salvio et à toutes les choses qu'il lui avait faites. La façon dont il lui avait caressé le visage, les lèvres et le corps, avant d'entrer en elle… Mais se remémorer ces instants précieux était dangereux. Elle risquait de croire qu'ils étaient importants, ce qui n'était pas le cas. En tout cas, pas pour lui. Il était parti sans un regard en arrière, et Molly lui avait assuré qu'elle ferait de même.

Alors, qu'attendait-elle pour le faire au lieu de songer continuellement à lui et d'espérer l'impossible ?

Quatre jours avant Noël, deux événements d'importance arrivèrent coup sur coup. Molly s'apprêtait à prendre la voiture pour se rendre au village lorsqu'elle croisa lady Avery dans l'entrée, vêtue d'un somptueux manteau de fourrure. Son expression était aussi glaciale que le vent d'hiver qui soufflait dehors, entraînant à sa suite les premiers flocons de neige.

— Ne prenez pas la peine d'aller faire les courses, Molly, dit-elle sans préambule.

Molly cligna les yeux. Elle avait fait le pudding de Noël et les tartelettes aux fruits secs, mais elle devait encore acheter la dinde et les légumes.

— Vous désirez que je fasse autre chose ?

— Effectivement, répliqua lady Avery d'un ton sec. Vous pouvez aller faire vos bagages.

— Faire mes bagages ? répéta Molly, confuse. Je ne comprends pas.

— Vraiment ? C'est pourtant très simple. Nous n'avons plus besoin de vos services.

— Mais…

— Mais quoi, Molly ?

Lady Avery fit un pas vers elle, et toute la fureur qu'elle avait gardée en elle depuis le départ de Salvio explosa.

— J'espère que vous n'allez pas me demander pourquoi je ne vous ai pas accordé un préavis, car je ne pense pas que les règles normales s'appliquent quand vous avez abusé de votre position de façon si éhontée. *Coucher* avec les invités n'était pas dans la description de poste, me semble-t-il !

— Mais Noël est dans quelques jours ! s'écria Molly, désespérée. Et… j'habite ici.

Lady Avery éclata d'un rire strident.

— Plus maintenant. Pourquoi n'iriez-vous pas demander à votre petit ami s'il aimerait vous héberger durant les fêtes ? Parce que *cela n'arrivera pas*. Salvio doit sûrement déjà sortir avec le genre de femmes qu'il côtoie d'ordinaire. La rumeur dit qu'il n'y a pas un topmodel dans le monde avec qui il n'est pas sorti. Le saviez-vous ?

— Mais pourquoi avoir attendu jusqu'à maintenant pour me licencier ? demanda Molly.

— Avec toutes les réceptions prévues et Noël dans quelques jours ? Je n'allais pas me dispenser de vos services et me retrouver sans employée de maison à un moment aussi crucial, tout de même ! Vous verrez que je vous ai réglée jusqu'à la fin du mois, ce qui est fort généreux de ma part. Philip et moi avons décidé de partir demain pour la Barbade pour des vacances de dernière minute et nous sortons pour le reste de la journée. Assurez-vous d'être partie à notre retour.

— Mais où vais-je aller ce soir ?

— Croyez-vous vraiment que je m'en soucie ? Il y a une chambre d'hôtes dans le village. Vous pouvez aller là-bas... S'il y a de la place, précisa lady Avery avec un sourire cruel. Assurez-vous juste de laisser les clés de la voiture et de la maison sur la table de l'entrée avant de partir.

Et ce fut tout. À l'idée de se retrouver une fois de plus dans l'embarras, Molly sentit l'angoisse s'emparer d'elle. Seulement cette fois, elle ne pouvait blâmer son frère, ni les aléas de la vie qui avaient rendu sa mère si malade durant son enfance. Cette fois, elle était la seule responsable de ce qui lui arrivait.

Elle réfléchit à l'endroit où elle pourrait aller et à ce qu'elle pourrait faire, mais aucune idée ne lui vint. Elle n'avait pas de famille et pas d'amis proches pour l'héberger le temps qu'elle trouve une solution. Songeant aux paroles de lady Avery, elle se demanda comment Salvio réagirait s'il apprenait qu'elle avait été licenciée à cause de leur nuit d'amour. Lui offrirait-il un endroit où loger ? En effet, malgré son aversion à se remettre à la merci d'un homme qui lui avait clairement fait comprendre qu'il ne voulait rien d'autre qu'une aventure sans lendemain, il devenait de plus en plus évident qu'elle y serait peut-être obligée... D'autant qu'une autre nouvelle menaçait de bouleverser son existence...

Elle s'efforça de se rassurer en se disant que c'était le stress qui était la cause de son retard de règles et songea à la carte de visite que Salvio lui avait donnée. Que lui avait-il dit ? Que son assistante connaissait beaucoup de monde et l'aiderait à trouver un emploi si jamais elle en avait besoin. Molly hésita, peu désireuse de la contacter, mais avait-elle le choix ? En effet, où trouverait-elle un travail à cette époque de l'année ?

Elle fit rapidement ses bagages, s'efforçant de ne pas laisser libre cours à ses larmes. Elle rangea la photo encadrée de sa mère et de Robbie dans son uniforme d'école, l'adorable visage du garçonnet ne laissant pas présager l'adolescent compliqué qu'il deviendrait. Ce ne fut que lorsqu'elle se tint debout dans l'entrée dans son vieux manteau râpé et son écharpe en laine nouée autour du cou qu'elle composa le numéro indiqué sur la carte.

L'assistante de Salvio s'appelait Gina et lui parut non seulement conviviale, mais *soulagée* lorsque Molly lui donna son nom et lui expliqua la raison de son appel.

— Je n'y crois pas ! s'écria-t-elle. *Vous* êtes la réponse à mes prières, Molly Miller.

— Moi ? s'étonna Molly.

— Oui, vous. Êtes-vous disponible tout de suite ?

— Oui, répondit Molly prudemment. Pourquoi ?

— Parce que Salvio reçoit demain dans sa propriété des Cotswolds à l'occasion de sa fête annuelle de Noël, juste avant de s'envoler pour Naples, et l'employée de maison que nous avions embauchée à cette occasion vient d'appeler pour nous dire que sa mère était tombée dans l'escalier et s'était cassé le poignet. Elle a donc dû annuler. Si vous pouviez la remplacer au pied levé, vous ne le regretterez pas.

— Pauvre femme, se força-t-elle à répondre. Toutefois, je ne pense pas…

Mais l'assistante de Salvio poursuivit :

— Salvio doit avoir une haute estime de vous s'il vous a donné ma ligne directe. On dirait un signe du destin. Je n'aurais même pas besoin de lui parler de ce changement de dernière minute. Il n'aime pas être dérangé pour des broutilles et il est très occupé.

Molly se mordit si fort la lèvre qu'elle eut mal. La situation était en train de virer au cauchemar, mais que pouvait-elle faire d'autre ? Comment refuser cette opportunité à cause d'une simple nuit passée avec l'homme qui allait devenir son employeur ? Elle se fondrait dans le décor en espérant que le beau Napolitain serait trop occupé avec ses invités pour la remarquer. Et dans le cas contraire, elle hausserait les épaules et lui dirait que ce n'était pas important.

Après tout, qu'est-ce qui pourrait mal tourner ?

L'angoisse qui l'étreignait depuis des jours revint soudain en force, sans qu'elle puisse cette fois l'étouffer. Pourquoi ses seins étaient-ils douloureux et son appétit capricieux ?

Fixant son reflet dans le miroir, elle vit la terreur luire dans son regard. Était-elle enceinte de Salvio de Gennaro ?

5

La visibilité était réduite – presque inexistante, en fait. Les doigts de Salvio agrippaient le cuir du volant. Les yeux plissés, il regardait fixement devant lui, mais tout ce qu'il apercevait était une étendue blanche tourbillonnant autour de la voiture. Les essuie-glaces chassaient la neige qui s'était accumulée sur le pare-brise, mais celle-ci revenait aussitôt.

Contrarié, il jeta un coup d'œil sur sa montre, jurant contre l'imprévisibilité du temps. Son périple du centre de Londres à la région des Cotswolds avait été extrêmement long, et s'il l'avait pu, il aurait même annulé sa fête de Noël. Mais c'était impossible, quand bien même il était préoccupé. Et il *l'était*, nul doute là-dessus – même si la raison de cette agitation était assez troublante. L'esprit en tumulte, il poussa un soupir d'impatience en voyant la neige redoubler de vigueur. Pourquoi diable n'arrivait-il pas à oublier la petite employée de maison, avec ses immenses yeux gris, ses seins voluptueux qui avaient si bien rempli sa bouche avide ? Mais surtout, il se rappelait sa pureté, son innocence.

Le souvenir de ce qu'il avait ressenti en la pénétrant lui revint, et il déglutit avec peine en écrasant la pédale de frein. Aurait-il couché avec elle s'il avait su qu'elle était vierge ? Bien sûr que non ! Il n'arrivait toujours pas à comprendre ce qui l'avait poussé vers cette jeune femme, simple employée de maison, lui qui préférait d'habitude des femmes d'un niveau social plus proche du sien.

Il songea à Beatriz, la beauté brésilienne avec qui il flirtait depuis des mois. Il avait été attiré par elle parce qu'elle s'était montrée difficile à séduire et avait cru qu'une femme qui ne se jetait pas tout de suite dans ses bras était exactement ce dont il avait besoin. Mais comme son attitude envers lui s'était peu à peu modifiée, son intérêt pour elle avait faibli, relégué au second plan après sa rencontre avec Molly. Et même si Beatriz lui avait fait comprendre qu'elle serait heureuse désormais de partager son lit, cette perspective l'avait laissé de glace, malgré le fait que la plupart des hommes convoitaient son corps de déesse. Il s'était demandé comment lui annoncer de façon diplomatique son brusque revirement quand elle l'avait appelé pour lui dire que son avion étant retardé à Honolulu elle ne pensait pas pouvoir arriver à temps pour sa fête de Noël. Il avait aussitôt ressenti un énorme soulagement.

— *Non importa*. Ne t'inquiète pas pour ça, avait-il répondu, peut-être un peu trop rapidement.

— J'espère que nous nous reverrons bientôt, avait-elle lâché après une légère pause.

— J'espère aussi, mais je m'envole pour Naples pour Noël et je ne sais pas quand je rentrerai à Londres.

Sa réponse avait été calme et posée.

— Je t'appellerai…

Son hoquet de surprise lui confirma qu'elle avait compris le message, et elle raccrocha après l'avoir froidement salué, sans même lui souhaiter un joyeux Noël. Mais pouvait-il lui en tenir rigueur ?

L'instant d'après, il l'avait oubliée, remplacée par l'image de Molly nue dans ses bras. Il se secoua. Il ferait mieux de ne pas penser à elle, se dit-il, même si cela lui semblait de plus en plus difficile. Était-ce parce qu'elle ne lui avait rien demandé et que cela ne l'avait manifestement pas dérangée qu'il s'en aille sans un regard en arrière ? D'ordinaire les femmes s'accrochaient à lui, mais pas Molly Miller. Cette attitude l'avait intriguée et il avait même songé à la voir dans un autre environnement. Pourquoi ne pas l'inviter à dîner pour voir en combien de temps son attirance pour elle s'estomperait ? Mais il avait renoncé à la contacter de peur de faire naître en elle de faux espoirs. Briser des cœurs n'était pas son genre, et jamais il ne souhaiterait infliger ce genre de souffrance à Molly.

C'était la plus jolie maison que Molly ait jamais vue. Le nez collé à la vitre du taxi, elle observa le magnifique manoir, dont les jardins qui s'étendaient à perte de vue formaient un étonnant mélange d'exubérance et de classicisme. Le ciel avait beau être d'un bleu-gris, la lumière était vive, et tout était recouvert d'une épaisse couche de neige.

Lorsque le taxi remonta lentement l'allée, Molly sentit son estomac se nouer. Elle avait sous-estimé la souffrance qu'elle ressentirait à quitter les Cornouailles, car même si son emploi laissait beaucoup à désirer, la maison de lady Avery avait été la sienne durant deux ans. De plus, elle avait été contrainte de quitter son emploi pour des raisons aussi dramatiques que honteuses. Elle eut soudain l'impression d'être une feuille balayée par le vent et transportée vers l'inconnu…

Mais pire que tout était la confirmation de ses plus grandes craintes. Ce n'était pas l'angoisse ou le stress qui lui avait occasionné un retard de règles. Ses changements d'humeur, ses envies de fondre en larmes ou de s'endormir à tout moment n'étaient pas dus à sa *peur* de tomber enceinte. Non, la raison lui avait été révélée après non pas un mais deux tests de grossesse. Horrifiée, elle avait fixé la petite ligne bleue, preuve incontestable qu'elle attendait un bébé de Salvio

Que faire ?

Mais elle ne pouvait se permettre d'y songer maintenant. Elle devait se concentrer sur son nouveau travail et le faire aussi bien que possible. Elle allait certes devoir annoncer la nouvelle à Salvio, mais pas tout de suite. Pas juste avant la fête et l'arrivée de ses invités de marque.

Après avoir payé le chauffeur, elle descendit de voiture et posa le pied sur un doux manteau de neige. Il n'y avait pas d'autres marques de pneus dans l'allée, et le seul signe de vie était un petit rouge-gorge sautillant non loin de là et qui la regarda se diriger vers la lourde porte en chêne massif tout droit sortie d'un conte de fées. Elle frappa par politesse, mais n'obtenant pas de réponse ouvrit la porte avec les clés que lui avait données l'assistante de Salvio, en même temps qu'une liasse de billets pour ses dépenses.

À l'intérieur, tout était silencieux, à part le tic-tac sonore de l'horloge comtoise qui résonnait dans la spacieuse entrée. L'intérieur de la maison était encore plus somptueux qu'elle ne se l'était imaginé et respirait à la fois l'élégance et le bon goût. Des murs lambrissés, d'immenses cheminées en marbre, des planchers recouverts de tapis de soie et mis en valeur par la lumière vive qui filtrait par la fenêtre. Et pourtant, toute cette splendeur n'eut aucun effet sur Molly qui se sentait comme une étrangère dans cette belle demeure. En proie à un profond sentiment de détresse, elle eut soudain envie de pleurer, mais elle se contint et entreprit de visiter la maison pour vérifier que tout était en ordre.

Elle nota avec satisfaction que les placards de la cuisine et le réfrigérateur étaient remplis à craquer, les lits faits et les cheminées prêtes à l'emploi. Elle alluma les foyers, se lava les mains et se mit au travail. Sauf annulation de dernière minute, vingt-cinq invités étaient prévus pour 19 heures. Gina l'avait informée qu'il y avait assez de chambres pour héberger les invités si le mauvais temps persistait, même si Salvio préférait les voir partir.

— C'est un homme solitaire, lui avait-elle dit.

— Vraiment ? avait répondu Molly nerveusement, tandis que l'image d'un bébé en pleurs lui venait à l'esprit.

Comment réagirait-il à l'annonce de sa future paternité ?

Peut-être qu'il ne voudrait pas de ce bébé. Peut-être lui dirait-il qu'il n'y avait pas de place dans sa vie pour un enfant non désiré. Y avait-elle pensé ?

Un service de traiteur devait fournir un buffet chaud aux alentours de 21 heures, et des serveurs s'occuperaient du vin. La seule chose que Molly devait faire était s'assurer du bon déroulement de la soirée et superviser les serveuses venues du village voisin. Rien de bien difficile.

Elle parcourut une fois de plus sa liste de choses à faire et s'arrêta en bas de la page.

- *Ne pas oublier de décorer le sapin de Noël !*

Molly avait aperçu le sapin dès l'instant où elle était entrée dans la maison – un immense conifère dont la cime touchait presque le plafond et à côté duquel des cartons étaient empilés. Elle en ouvrit un et découvrit des décorations neuves et manifestement très coûteuses. Et soudain, elle se remémora ses fêtes de Noël passées. Le petit pin que Robbie et elle ramenaient tous les ans du jardin et les décorations que leur mère tricotait avant que sa terrible maladie l'en rende incapable. Cela avait été dur pour tout le monde de la voir s'affaiblir peu à peu, mais surtout pour son petit frère qui avait refusé de croire que sa mère adorée allait mourir. Et Molly avait été impuissante à sauver sa mère et à protéger Robbie. Ne ressentait-elle pas désormais le même sentiment d'impuissance en songeant à ce petit être qui grandissait en elle ?

Les doigts tremblants, elle décora le sapin de guirlandes électriques, puis accrocha la première boule, la regardant tournoyer dans la lumière fragmentée que laissait passer la fenêtre à meneau. Si elle n'avait pas été absorbée par sa tâche, elle aurait sûrement entendu la porte d'entrée claquer. Mais elle ne se rendit compte de rien avant qu'un léger picotement sur sa nuque l'alerte. Elle n'était plus seule. Tournant lentement la tête, elle vit Salvio debout devant elle.

Aussitôt, son cœur se mit à battre la chamade. Il portait un pardessus sombre en cachemire, un jean délavé, et ses cheveux noirs étaient couverts de flocons de neige. Il était si grand, si intimidant, si viril ! Mais pour l'heure, il la regardait, une expression incrédule sur le visage.

— *Toi !* s'écria-t-il, la fixant en plissant les yeux.

Molly se demanda si c'était le choc qui lui avait fait oublier son nom ou s'il l'avait oublié avant. Mais dans un cas comme dans l'autre, il fallait le lui rappeler ou cette situation pourrait devenir plus gênante qu'elle ne l'était déjà.

— Oui, c'est moi, dit-elle la gorge nouée. Molly Miller.

— Je connais ton nom, riposta-t-il sèchement. Ce que je veux connaître c'est la raison de ta présence ici.

Son expression s'était durcie, et il la regardait avec suspicion. Ce n'était certainement pas l'accueil enthousiaste que Molly avait espéré – si tant est qu'elle ait espéré quoi que ce soit. Elle n'eut aucun mal à afficher un visage impassible. Seule une rougeur diffuse teintant sa peau révéla à quel point elle était embarrassée. Il devait la trouver bien peu attirante avec son tablier serré autour de sa taille forte et les mèches de cheveux qui sortaient de sa queue-de-cheval !

— Je décore le sapin de Noël…

— Je le vois bien, la coupa Salvio d'une voix impatiente. Ce que je veux savoir c'est *pourquoi*. Que fais-tu ici, Molly ?

Son ton était accusateur, et Molly se raidit. Croyait-il vraiment qu'elle le harcelait, un peu comme ces femmes éconduites et folles de rage dont on entendait parfois parler dans la presse à scandale ? Ces femmes qui contre toute attente avaient rencontré un homme fortuné et se montraient réticentes à le laisser partir, lui et son style de vie luxueux.

— Tu m'as donné la carte de visite de ton assistante en me disant de l'appeler si je voulais un travail, lui rappela-t-elle.

— Mais tu as déjà un travail, objecta Salvio.

Molly secoua la tête. Elle aurait aimé ne pas avoir à lui annoncer qu'elle avait été licenciée juste avant Noël. C'était une situation humiliante pour elle.

— Je n'en ai plus, admit-elle. Lady Avery m'a vue quitter ta chambre.

Il plissa les yeux.

— Et elle t'a *licenciée* à cause de ça ?

Le visage de Molly s'empourpra.

— J'en ai peur.

Submergé de remords, Salvio proféra des jurons qu'il avait appris durant son enfance miséreuse dans les bas-fonds de

Naples. Des mots qu'il n'avait pas prononcés depuis fort longtemps mais qui lui semblaient pour l'heure appropriés. C'était sa faute. Était-ce pour ça qu'elle le regardait avec des yeux de biche affolée ? Le rendait-elle responsable de ce qu'il s'était passé ? Et cela n'aurait *jamais dû* se passer, convint-il. Il n'aurait jamais dû l'inviter dans sa chambre pour boire un verre, en dépit de ses larmes. Il s'était efforcé de justifier ses actes, se répétant à l'envi qu'il avait été motivé par la compassion et non par le désir, mais peut-être s'était-il fourvoyé. Il était un homme, après tout, et l'alchimie entre eux avait été aussi immédiate qu'inattendue. Il n'allait pas le nier.

Il l'observa intensément entre ses paupières mi-closes. Malgré son innocence, s'était-elle rendu compte de l'attirance qu'elle exerçait sur lui ? Ce n'était pas inconcevable. Elle avait très bien pu se faire licencier du fait de son ego. Peut-être avait-elle affiché ce sourire de contentement propre aux femmes comblées et qui les rendait plus belles que ne le feraient les vêtements les plus luxueux, provoquant ainsi lady Avery dont il avait repoussé les avances.

Il sourit en se remémorant le comportement des femmes à l'époque où il était une star du ballon rond. Il n'était certes plus le sportif le plus payé d'Italie, mais en réalité il était encore plus riche. Était-ce pour cette raison que Molly était là aujourd'hui ?

— Pourquoi Gina t'a-t-elle proposé ce travail ?

Molly se mordilla la lèvre.

Parce que la femme qui devait venir a dû partir s'occuper de sa mère. Et je ne lui ai pas dis… que je te connaissais, si c'est cela qui t'inquiète. Gina n'a aucune idée de ce qui s'est passé entre nous. Il y avait un besoin, et j'étais là au bon moment, c'est tout.

Ou au contraire au mauvais endroit, au mauvais moment. Comme la première fois que nous nous sommes rencontrés.

Cette pensée jaillit dans l'esprit de Salvio avant qu'il puisse l'en empêcher, et il fronça les sourcils. Comment gérer au mieux la situation ? Il se trouvait désormais dans une situation délicate. Cette folle nuit d'amour hantait certes son esprit depuis lors, mais il était conscient qu'il avait agi de façon inconsidérée. Croyait-elle que cela allait se reproduire ? S'attendait-elle à partager une nouvelle nuit de passion avec lui, une fois les invités partis ?

Il laissa son regard errer sur elle, incapable malgré ses efforts de refouler le désir qui le submergeait. Non ! Cette nuit-là avait été une erreur qui ne devait en aucun cas se répéter. Malgré tout, le désir croissait en lui avec une intensité d'autant plus étonnante que Molly, avec ses formes voluptueuses, accentuées par la ceinture de son tablier, était l'opposé des femmes sophistiquées qu'il fréquentait d'habitude. Elle avait l'air fraîche, saine et, compte toute attente, incroyablement sexy.

Il ressentit soudain l'envie de la prendre dans ses bras pour l'allonger à côté du sapin et lui ôter sa petite culotte, avant de se perdre dans sa chaude moiteur. Comment réagirait-elle s'il passait à l'acte ? se demanda-t-il. Avec le même empressement que la dernière fois ou le repousserait-elle, cette fois ? Malgré son envie de connaître la réponse à cette question, il se redressa, se demandant s'il avait perdu la raison.

Il était son employeur, pour l'amour du ciel !

Secouant la tête, il s'approcha de la fenêtre et regarda l'épaisse couche de neige qui tapissait les pelouses et scintillait sur les branches dénudées des arbres.

Il serra les dents. Il avait cru que ce soir serait juste une autre soirée à supporter avant de s'envoler pour Naples et de passer Noël en famille. Mais tout avait changé en l'espace d'un instant à cause de cette femme aux joues empourprées qui se tenait devant lui.

— Combien de temps es-tu censée travailler ici ?

— Ce soir seulement. Et demain, je dois superviser le nettoyage après la soirée.

— Et ensuite ?

Elle frotta le bout de son affreuse chaussure sur le tapis persan comme si elle voulait la cirer.

— Je ne sais pas encore. Il faut que je trouve autre chose.

— Un emploi à domicile, j'imagine ?

Elle haussa les épaules d'un air gêné, puis redressa la tête et lui lança un regard de défi.

— Eh bien, oui. Je n'accepte que des emplois à domicile.

Il plissa les yeux.

— Penses-tu trouver facilement ?

Pour la première fois, Salvio vit une lueur d'incertitude dans le regard de Molly.

— Ce ne sera pas facile à cette période de l'année.

En proie à un nouvel assaut de culpabilité, Salvio fronça les sourcils. Il ne pouvait pas l'abandonner à son triste sort. Il avait couché avec elle, et elle avait perdu son travail à cause de lui. Il devait donc assumer une partie des responsabilités.

— Très bien. Demain, j'en parlerai à Gina, promit-il. Nous verrons si nous pouvons te trouver un poste permanent.

Lorsqu'il vit son visage s'éclairer, il se demanda s'il ne lui avait pas donné de faux espoirs.

— Pas avec moi, bien sûr, se hâta-t-il d'ajouter. La nuit que nous avons partagée était bien évidemment merveilleuse, Molly, mais elle n'a sûrement pas posé les fondations appropriées pour une relation de travail entre nous.

Molly se raidit. Elle l'avait trouvé tendre et attentionné pendant leur nuit torride, mais elle s'était trompée. Il lui avait bien fait comprendre qu'elle ne pourrait jamais travailler avec lui maintenant qu'ils avaient été amants. Ne la traitait-il donc pas avec condescendance, comme lady Avery ? Elle avait cru voir dans son regard une certaine considération, mais celle-ci avait été remplacée par une lueur féroce. Salvio De Gennaro pouvait se montrer impitoyable, comprit-elle. Le cœur serré, elle se demanda comment il réagirait en apprenant sa grossesse.

— Comprends-tu ce que je te dis, Molly ?

— Bien sûr. Je ne m'attendais pas à autre chose. Ne t'inquiète pas, Salv… *signor* De Gennaro, corrigea-t-elle, incapable de cacher son sarcasme. Je ne te dérangerai pas. Tu ne sauras même pas que je suis là.

L'expression de son visage indiquait clairement qu'il ne la croyait pas, et malgré son inexpérience Molly comprit pourquoi. En effet, comment pourraient-ils rester indifférents l'un envers l'autre alors que l'atmosphère autour d'eux était encore chargée d'électricité ? Ne se languissait-elle pas de ses caresses ? De sentir ses doigts tracer le contour de ses lèvres, avant qu'il l'embrasse jusqu'à perdre haleine ?

— Je dois prendre une douche et me changer, dit Salvio d'un brusque. Continue ton travail, veux-tu, Molly ?

6

Si seulement il arrêtait de la regarder ! se prit-elle à espérer en posant un verre vide sur son plateau.

Menteuse. Admets que tu aimes quand il te regarde, même si son expression est sombre. Et attends, il n'a pas encore appris la vérité ! songea Molly en frissonnant.

La soirée tirait enfin à sa fin, et seulement quelques invités étaient encore présents. Contrairement aux prévisions, la neige avait cessé de tomber, permettant aux voitures avec chauffeur de ramener sans encombre les invités londoniens dans la capitale. Le champagne avait coulé à flots, de délicieux mets avaient été dégustés, et il n'y avait eu aucune crise dans la cuisine, au grand soulagement de Molly. Un groupe local de chanteurs avait avancé péniblement dans la neige pour offrir aux joyeux fêtards des chants de Noël, avant d'être gratifiés de vin chaud et de tartelettes aux fruits secs, ainsi que d'un généreux don pour reconstruire le toit de la salle communale. Et maintenant, Salvio discutait à l'autre bout de l'immense salon avec un émir en costume sombre, mais chaque fois que Molly levait les yeux, elle voyait le regard noir du Napolitain posé sur elle.

Elle se hâta vers la cuisine où là au moins elle était à l'abri de ses regards et de la question préoccupante de l'annonce de sa grossesse. Lorsqu'elle était affairée, elle ne pensait pas à ses problèmes, même si cela ne durait qu'un temps, elle en était consciente. Mais à minuit vingt, le dernier employé s'en alla, et seul le cheikh qui était resté avec Salvio la majeure partie de la soirée demeura. Les deux hommes poursuivirent leur conversation au coin du feu.

Molly essuyait des verres en cristal lorsqu'elle entendit du vacarme dehors et, regardant par la fenêtre, elle vit un hélicoptère se poser sur la pelouse enneigée. L'instant d'après, le cheikh, vêtu d'un pardessus sombre et la tête et les épaules courbées contre le vent, se mit à courir vers l'appareil. Tandis qu'il commençait son ascension vers le ciel, elle aperçut le reflet d'un cimier royal. Les mains tremblantes, elle comprit soudain qu'elle se trouvait seule dans la maison avec Salvio et se demanda ce qu'elle devait faire. Hésitante, elle posa le verre qu'elle avait dans les mains sur la table. Elle devait se comporter comme elle le ferait normalement dans ces circonstances, décida-t-elle. Même si la situation n'avait rien de normal.

Retirant son tablier et lissant sa robe noire, elle se dirigea vers le salon et vit Salvio toujours assis devant la cheminée, le regard tourné vers les flammes. Il avait les jambes allongées, et son profil aristocratique paraissait presque doré à la lueur du feu. Jamais il n'avait eu l'air à la fois aussi séduisant et distant, et jamais elle ne s'était sentie aussi humble et éloignée de lui. Dire que cet amant d'un soir allait être le père de son bébé…

Molly se racla la gorge.

— Excuse-moi…

Il leva la tête et plissa les yeux, comme s'il ne se souvenait plus vraiment qui elle était et ce qu'elle faisait là.

— *Sì*, qu'est-ce qu'il y a ?

— Excuse-moi de te déranger, mais je voulais savoir si tu désirais autre chose.

Le cœur de Salvio fit un bond dans sa poitrine. Si une de ses anciennes conquêtes lui avait posé cette question, celle-ci aurait été teintée de sous-entendus, mais les propos de Molly n'avaient rien de suggestif ou de provocant. Elle était juste soucieuse de lui plaire, et il se maudit une fois de plus d'avoir séduit cette modeste employée de maison.

Même s'il comprenait pourquoi il avait agi ainsi.

Malgré ses bonnes intentions, il avait passé la soirée à la

regarder. Elle n'était pas pour lui, et il devait se concentrer sur ses invités, n'avait-il cessé de se répéter. Mais le balancement de ses hanches et son visage déterminé lorsqu'elle se hâtait avec des plateaux chargés de boissons et de victuailles avaient captivé son attention toute la soirée. Il se remémorait la rougeur de ses joues et son regard ardent lorsqu'elle s'était abandonnée dans ses bras. Mais son visage était très pâle maintenant, nota-t-il. Exsangue, même.

— Non, je ne crois pas, dit-il lentement, s'obligeant à la traiter comme n'importe quel membre du personnel. Merci pour tout ton travail, Molly. La soirée a été une réussite. Même le cheikh du Razrastan est resté plus longtemps que prévu.

— J'en suis ravie.

— Tu mérites une jolie prime.

— Ce ne sera pas nécessaire, dit-elle d'un ton guindé.

— Laisse-moi en juger, répliqua-t-il en souriant. Et je n'ai pas oublié ma promesse de te trouver un travail. Ou plutôt de demander à Gina de t'aider.

Il la congédiait, mais elle ne bougea pas.

La voyant froncer les sourcils, Salvio lui posa une question qu'il évitait d'habitude comme la peste.

— Tout va bien ?

Elle se mit à chiffonner sa robe d'une main nerveuse.

— Euh… Oui.

— Tu n'en as pas l'air très sûre.

— Je ne comptais pas te le dire avant demain matin, admit-elle en serrant les poings.

D'instinct, Salvio se redressa, le corps en alerte.

— Me dire *quoi* ?

Molly s'humecta les lèvres. Elle avait pensé qu'après une bonne nuit de sommeil et à la clarté du jour son aveu passerait mieux. Mais il lui serait impossible de dormir maintenant, réalisa-t-elle, sachant Salvio dans une chambre non loin d'elle, même si elle était certaine désormais qu'il ne la désirait plus. De plus, elle brûlait d'annoncer la nouvelle à quelqu'un, et à qui d'autre pouvait-elle se confier ?

— Je suis enceinte, annonça-t-elle simplement.

Il y eut un moment de silence. Intense. C'était comme si chaque bruit dans la pièce avait été amplifié à un niveau presque assourdissant. Le crépitement de la cheminée. Les battements désordonnés de son cœur. Sa respiration saccadée. Et soudain, Salvio se leva de sa chaise, sa silhouette intimidante masquant la chaleur du feu.

— Impossible, riposta-t-il. En tout cas, pas de moi.

En voyant son expression implacable, Molly sentit son cœur se serrer. Croyait-il vraiment qu'elle avait perdu sa virginité avec lui, puis s'était empressée de se trouver un autre amant – comme si elle voulait rattraper le temps perdu ? Ou essayait-il juste de fuir ses responsabilités ?

— Comment peux-tu dire ça ? lui reprocha-t-elle.

— J'ai utilisé des préservatifs, s'écria-t-il. Et tu le sais très bien !

Elle s'empourpra.

— Peut-être n'as-tu pas fait…

— Attention ? acheva-t-il avec un rire bref. C'est le moins qu'on puisse dire ! Je me suis montré irresponsable, même. À tous points de vue.

— Ne fais pas ça, dit-elle dans un murmure.

Il haussa les sourcils, comme s'il n'arrivait pas à croire qu'elle ose lui dire ce qu'il devait faire.

— *Comment ?*

— S'il te plaît, ne fais pas ça, insista-t-elle. Ne rends pas les choses plus difficiles qu'elles ne le sont déjà en disant des choses que tu pourrais regretter.

Il plissa les yeux, puis hocha la tête, semblant se rendre compte de la sagesse de ses propos.

— En es-tu certaine ? demanda-t-il. Ou est-ce juste une inquiétude de ta part ?

Elle secoua la tête.

— J'en suis sûre. J'ai fait un test.

— Je vois, dit-il après un instant de silence.

Les lèvres de Molly étaient sèches, et son cœur battait à se rompre.

— Je voudrais juste préciser que si je te le dis, c'est parce que je me sens obligée de le faire.

— Et non pas parce que tu veux une part de ma fortune ?

Blessée, elle le fixa longuement.

— Tu crois vraiment qu'il s'agit de ça ?

Il fit la moue.

— La conclusion est-elle si étrange ? Penses-y, *mia bella.* Je suis riche, et tu es pauvre. Cela ne t'évoque rien ?

Molly voulut s'écarter, mais Salvio fut plus rapide qu'elle. Vif comme l'éclair, il agrippa son bras et l'attira contre lui. Son geste lui coupa le souffle, mais raviva également son désir de lui. Tous ses sens étaient en émoi alors qu'il ne faisait que la toucher. Croisant son regard sombre, elle pria pour trouver la force de lui résister.

— Qu'est-ce que tu fais ?

— Je fais la seule chose qui m'aidera à me sentir mieux, gronda-t-il avant de prendre sa bouche.

Fermant les yeux, elle se laissa envahir par sa langue chaude et hardie jusqu'à ce qu'à bout de souffle elle s'écarte de lui.

— Salvio…

— Ne dis rien, l'avertit-il, avant de la soulever dans ses bras et de l'entraîner hors du salon.

Comme dans ses rêves les plus fous, il l'emporta dans le grand escalier comme si elle était Scarlett O'Hara et lui, Rhett Butler. Et elle le laissa faire.

Elle était incapable de résister, réalisa-t-elle, tandis qu'il ouvrait sans effort apparent la lourde porte en chêne de sa suite. Traversant la pièce d'un pas rapide, il la déposa sans façons sur l'immense lit.

Et même si Molly ne vit aucune tendresse sur les traits fiers du Napolitain, mais seulement un désir brut, cela ne l'empêcha nullement de répondre à ses avances. Était-ce le souvenir des moments exquis passés avec lui qui la poussa à lui ouvrir les bras ? Ou était-ce quelque chose de plus instinctif ? Lorsqu'il lui retira sa robe, ses chaussures et ses sous-vêtements, puis fit de même avec ses propres habits, elle se demanda si elle ne ressentait pas le besoin de s'unir physiquement au futur père de son bébé.

— Salvio, souffla-t-elle lorsque du bout du doigt, il caressa son téton dénudé. Oh !

— Chut !

C'était plus un ordre qu'une requête, mais Molly obéit, terrifiée à l'idée que des mots puissent rompre le charme et permettre à la réalité de reprendre le dessus.

Il détailla son corps nu, la faisant frissonner. Était-ce son imagination ou son regard s'était-il attardé sur son ventre déjà légèrement rebondi ? Mais l'instant d'après, il l'embrassait dans le cou, et elle se laissa aller à ses sensations…

Lorsque la main de Salvio quitta son sein pour caresser sa cuisse, Molly s'enhardit et effleura son ventre d'un doigt aussi léger que les ailes d'un papillon. Elle ne put s'empêcher de ressentir une grande fierté lorsqu'elle l'entendit gémir. Encouragée par cette réaction, elle glissa la main sur ses cuisses musclées et sentit sa peau frémir. L'instant d'après, il était au-dessus d'elle et l'embrassait avec une passion presque *brutale*. Mais Dieu que c'était bon ! Elle sentait la peau rugueuse de son menton frotter sa joue, et ses lèvres paraissaient douces sur les siennes. Le désir l'enflamma tout entière et elle entrouvrit les lèvres pour permettre à sa langue de d'entrer en elle.

Ondulant sous lui, elle laissa échapper un petit cri, tandis qu'il éclatait d'un rire bref, teinté de sarcasme.

— Avec quelle rapidité ma petite colombe innocente est devenue avide, murmura-t-il. Avec quelle rapidité elle a découvert ce qu'elle voulait…

Ses propos sonnaient davantage comme des insultes que comme des observations, mais Molly s'en moquait car pour l'heure il caressait les plis humides de son intimité, la faisant presque défaillir de plaisir. Elle gémit comme les spasmes montaient peu à peu… Au moment où elle basculait, il s'enfonça en elle, l'emplissant tout entière.

C'était comme si son monde implosait. Comme si des millions d'étoiles illuminaient une nuit noire. Comme s'ils étaient tous les deux liés à tout jamais. Agrippée à lui, Molly le sentit momentanément se contracter, puis crier son plaisir en même temps qu'elle.

Il resta en elle encore un long moment, et Molly savoura cet instant d'intimité. Quand enfin il roula à l'autre bout du lit, elle cacha de son mieux sa déception lorsqu'il rabattit la couette sur eux, comme si la vue de sa nudité l'offensait. Par habitude, elle attendit qu'il parle le premier. Non qu'elle attende grand-chose de lui. Elle avait cru pouvoir compter sur sa gentillesse jusqu'à ce qu'elle comprenne qu'elle ne le connaissait pas du tout. Mais maintenant, son cœur battait la chamade, tandis qu'elle se demandait si elle n'avait pas eu tort de s'être donnée si facilement à lui. Pouvait-elle s'attendre à du respect de sa part, dans ses circonstances ?

Croisant son regard dur, elle l'étudia à travers ses paupières mi-closes.

— Et maintenant, qu'est-ce qu'on fait ? demanda-t-il.

— Je dois descendre éteindre les lumières, surtout celles du sapin.

Il la fixa d'un air éberlué.

— Pardon ?

Repoussant les cheveux de son visage, elle s'assit, prenant garde à remonter la couette sur sa poitrine.

— Je n'ai pas éteint les guirlandes électriques du sapin, précisa-t-elle, et je n'ai pas mis le pare-feu devant la cheminée. Je ne peux pas m'endormir avant d'avoir tout remis en place.

— Le pare-feu ? dit-il, l'air déconcerté, avant de hocher la tête. Ne bouge pas, j'y vais !

Il sauta du lit, et Molly ne se sentit pas le courage de se lever. Hypnotisée, elle fixa ses fesses musclées, ses cuisses bronzées… Puis, il se tourna vers elle les sourcils froncés, comme s'il se souvenait soudain de la révélation qu'elle venait de lui faire et ne savait pas comment réagir.

— Est-ce que je peux t'apporter quelque chose ?

Se raclant la gorge, elle acquiesça.

— J'aimerais un verre d'eau, s'il te plaît.

Salvio sorti, Molly se sentit légèrement coupable lorsqu'elle se précipita dans la magnifique salle de bains qui jouxtait la chambre pour s'asperger le visage d'eau et lisser ses cheveux emmêlés, avant de retourner au lit et de se renfoncer sous la couette.

L'instant d'après, il était de retour, et Molly détourna les yeux, car il était beaucoup plus intimidant de face que de dos, d'autant qu'il paraissait de nouveau très excité.

Lut-il quelque chose sur son visage ? Était-ce pour cette raison qu'il eut un rire presque inquiétant en lui tendant son verre d'eau ?

— Ne t'inquiète pas, ironisa-t-il. Je pense pouvoir contrôler ma libido le temps que nous discutions de ce que nous allons faire.

Molly faillit avaler de travers et posa son verre sur la table de chevet d'une main tremblante.

— Il n'y a rien à discuter, riposta-t-elle. J'aurai ce bébé, quoi que tu en dises.

— Crois-tu que je veuille autre chose ?

— Je… Je n'en étais pas sûre.

Salvio se glissa dans le lit, déçu et en même temps soulagé de ne pas voir sa magnifique poitrine. Il allait donc pouvoir se concentrer sur ce qu'il allait dire et non pas imaginer se perdre dans sa chaude moiteur. Il remonta la couette sur son sexe tendu. Molly était-elle vraiment aussi innocente qu'elle le paraissait ? Physiquement, oui – il l'avait constaté lui-même –, mais pouvait-elle ignorer qu'elle avait désormais une chose que beaucoup de femmes s'employaient à obtenir auprès de lui : un père milliardaire pour leur bébé ?

Une position confortable pour le restant de leur vie.

Et il ne pouvait strictement rien y faire. C'était le destin, et il allait devoir faire face à ce nouveau coup du sort.

— Parle-moi de toi, dit-il soudain.

Elle cligna les yeux.

— De moi ?

Il poussa un profond soupir.

— N'exagère pas trop, Molly. Nous avons fait l'amour plusieurs fois, et tu viens de m'informer que tu étais enceinte. Normalement, ton passé ne m'intéresserait pas, mais comme tu peux l'imaginer, il ne s'agit pas d'une situation ordinaire.

Molly sentit son cœur se serrer. Un autre homme n'aurait-il pas au moins fait *semblant* de s'intéresser à elle ? Peut-être après tout devrait-elle lui être reconnaissante de son manque criant d'intérêt pour elle. Il avait beau faire preuve d'une certaine cruauté dans ses propos, il n'était pas hypocrite, au moins. Il ne prétendait pas éprouver de sentiments pour elle, lui donnant de faux espoirs pour ensuite les briser. Au moins elle savait à quoi s'en tenir.

— Je suis née dans une petite maison…

— Épargne-moi les violons, s'il te plaît, la coupa Salvio d'un ton impatient. Essaye de faire court. Tes parents ?

Molly haussa les épaules.

— Mon père a quitté ma mère lorsque les médecins ont découvert qu'elle était atteinte de sclérose en plaques.

Une expression étrange traversa le regard de Salvio.

— Cela a dû être difficile, dit-il d'une voix douce.

— Oui, confirma-t-elle, mais encore plus pour mon petit frère, Robbie. Il… Il adorait ma mère. Moi aussi, bien sûr, mais je devais m'occuper de tout pour que les services sociaux acceptent de me laisser tenir la maison.

— Et ensuite ? s'enquit-il lorsqu'elle se tut.

Molly déglutit.

— Maman est décédée quand Robbie avait douze ans, mais ils nous ont permis de continuer à vivre ensemble, juste lui et moi. Je me suis battue comme une tigresse pour qu'il ne soit pas pris en charge par les services sociaux et j'ai eu gain de cause.

Il fronça les sourcils.

— Et cela s'est-il bien passé ?

Elle crut détecter une note de sympathie dans sa voix, ou était-ce un vœu pieux ? Évidemment. Cet homme était cruel et impitoyable, se rappela-t-elle. Il lui posait ces questions uniquement par *nécessité* et non pas par *envie*. L'espace d'un instant, Molly fut tentée de mentir et de prétendre que Robbie avait bien tourné. Mais que se passerait-il s'il apprenait la vérité et la traitait ensuite de menteuse ? Cela ne rendrait-il pas cette situation plus délicate qu'elle ne l'était déjà ?

— Robbie a eu des soucis comme beaucoup d'adolescents tourmentés, admit-elle. Il a eu de mauvaises fréquentations et des ennuis avec la police. Ensuite, il a commencé à…

Elle se tut à nouveau, consciente de ne pas pouvoir parler de ce sujet au passé. Le thérapeute lui avait bien dit que les addictions ne disparaissaient jamais totalement. Elles se mettaient juste en retrait et attendaient une occasion pour refaire surface. Et n'était-elle pas justement terrifiée à l'idée de ce qui se passait peut-être en ce moment même dans une pièce sombre, quelque part dans l'outback ?

— Il a commencé à quoi, Molly ? l'encouragea Salvio.

— Dilapider son argent au jeu, dit-elle, les yeux baissés sur ses ongles, avant de lever la tête et de croiser son regard. Cela a commencé par les machines à sous, puis il a rencontré quelqu'un qui lui a conseillé de jouer aux cartes. Il lui a dit qu'il pourrait gagner assez d'argent pour s'acheter toutes les choses dont il rêvait. Et c'est là que tout a commencé.

— Quoi donc ?

Molly haussa les épaules.

— Robbie a été très frustré et malheureux de notre pauvreté quand maman était encore en vie. Je ne sais pas si c'est à cause de ça, mais il s'est mis à jouer au poker et il était doué. Il a commencé à gagner de l'argent, mais il le dépensait tout aussi vite. Plus vite même que ce qu'il gagnait. Et le souci avec les cartes est que plus tu veux gagner, moins tu y arrives. Ton adversaire peut apparemment sentir ton désespoir, et Robbie était désespéré. Il s'est endetté. Lourdement. Mais les banques n'ont rien voulu savoir. Il a donc emprunté à des prêteurs sur gage, et ils…

— Ils lui sont tombés dessus.

Molly hocha la tête.

— J'ai dépensé toutes mes économies pour les rembourser, mais c'est sans fin, car leurs taux d'intérêt sont astronomiques. Je voulais que Robbie ait un nouveau départ et s'affranchisse de ses mauvaises fréquentations. Il est donc parti en Australie et a promis de se joindre au groupe des Joueurs Anonymes. C'est pour cette raison que j'ai accepté de travailler chez les Avery. Ils n'étaient presque jamais là, et j'étais hébergée gratuitement. De plus, ils me payaient un bon salaire pour prendre soin de leurs objets de valeur. Leur assurance était moins chère si quelqu'un vivait sur place, m'ont-ils dit.

— Et puis je suis arrivé, susurra-t-il.

Quelque chose dans son ton lui mit la puce à l'oreille, et elle releva brusquement la tête.

— Pardon ?

— Une jeune femme attirante comme toi a dû trouver ça très restrictif d'être enfermée dans cette immense maison au milieu de nulle part, travaillant pour des gens qui ne venaient qu'irrégulièrement. Une véritable prison dorée, en somme.

— J'étais reconnaissante d'avoir un toit au-dessus de ma tête et la possibilité de faire des économies.

— Et l'occasion de rencontrer un homme riche qui pourrait devenir ton amant ?

Molly écarquilla les yeux.

— As-tu perdu la tête ?

— Je ne crois pas, *mia bella*, dit-il d'une voix doucereuse. Mes opinions se fondent sur l'expérience. L'inconvénient d'être riche et célibataire est que toutes les femmes vous convoitent. Tu as dû te rendre compte de l'attirance que j'avais pour toi, et je ne peux m'empêcher de me demander si je n'étais pas la réponse à tes soucis. Les larmes que tu as versées étaient-elles réelles ou pas ? Espérais-tu que tes sanglots titilleraient ma conscience ?

Molly se redressa d'un bond, glacée jusqu'aux os malgré la couette qui recouvrait partiellement son corps nu.

— Tu crois que je faisais *semblant* de pleurer ? Que j'ai fait exprès de tomber enceinte pour que tu effaces les dettes de mon frère ? Que je serais capable de me servir de mon bébé comme outil de négociation ?

— Non, ce n'est pas ce que j'ai dit. Mais je pense que tu as pris ton destin en main, répondit-il lentement. Pas toi ?

— Non, dit-elle d'une voix tremblante en secouant la tête.

Repoussant la couette, elle s'assit sur le bord du lit, et se pencha pour saisir ses vêtements éparpillés au sol. Elle allait se débrouiller. D'une manière ou d'une autre. N'était-ce pas ce qu'elle avait toujours fait ?

Une fois habillée, elle se tourna vers Salvio, s'efforçant de ne pas fondre devant son corps, dont la peau mate tranchait avec la couette blanche.

— Il n'y a plus rien à dire, n'est-ce pas ?

Il eut un rire amer.

— Oh ! Je crois qu'il y a encore beaucoup de choses à dire, mais pas ce soir, alors que nos émotions sont trop à fleur de peau. J'ai besoin de réfléchir avant de prendre une décision.

Molly fut tentée de lui dire qu'il aurait dû y penser avant de lui faire l'amour, mais à quoi cela servait-il d'enflammer une situation qui l'était déjà suffisamment ? Et elle ne pouvait tout de même pas lui en tenir rigueur alors qu'elle avait été elle aussi consentante !

Et le pire, c'est qu'elle le désirait toujours.

Redressant le menton et affichant une posture aussi digne que possible – pas facile au vu des circonstances –, elle sortit de la chambre de Salvio sans ajouter un mot.

7

Une lumière bleue et froide filtrait dans la petite chambre, tirant Molly de son sommeil agité, et hanté d'images de Salvio et de son corps puissant.

Désorientée, elle se redressa, se demandant si elle n'avait pas rêvé sa nuit torride jusqu'à ce que la lourdeur de ses seins et la pulsion dans son bas-ventre lui indiquent le contraire. Son cœur se mit à battre plus vite. Oui, cela s'était vraiment passé. Après son service, elle avait informé Salvio qu'elle était enceinte de lui. Elle lui avait ensuite permis de l'emporter dans la chambre et de lui faire l'amour, malgré toutes les choses horribles dont il l'avait accusée.

Croyait-il vraiment qu'elle était intéressée par sa fortune – alors qu'elle l'aurait trouvé irrésistible, même couvert de boue et de sueur après une journée de labeur dans les champs ?

Molly se leva lentement. Elle ne savait pas ce que voulait Salvio. En revanche, elle savait très bien ce *qu'elle* voulait. Songeuse, elle posa une main protectrice sur son ventre. Elle voulait ce bébé, et rien de ce que dirait ou ferait Salvio ne lui ferait changer d'avis.

Après avoir pris une douche et s'être lavé les cheveux, elle enfila un jean et un pull-over gris avant de descendre à la cuisine. Salvio se versait une tasse d'expresso, et même s'il leva les yeux à son approche, son expression demeura indéchiffrable. Il indiqua seulement d'un geste la cafetière.

— Tu en veux ?

Molly secoua la tête.

— Non, merci. Je prendrai une tisane.

Elle était sûre que la tisane était meilleure pour le bébé que le café, mais cela lui permit surtout d'occuper ses mains. Tout plutôt que d'avoir à affronter la vision de Salvio en jean délavé et pull-over aussi noir que ses cheveux. Elle sentait qu'il la regardait et fit de son mieux pour ne pas paraître maladroite – difficile, avec son regard ardent qui la scrutait comme un oiseau de proie… Mais lorsqu'elle ne put faire tremper son sachet de thé à la menthe plus longtemps, elle pivota et lui fit face. Heureusement, sa silhouette se profilait dans la lumière de la fenêtre, et ses traits demeuraient dans l'ombre.

— Alors, dit-il sans préambule, nous devons discuter de ce que nous allons faire après l'étonnante nouvelle que tu m'as annoncée hier soir. As-tu quelques idées, Molly ?

Molly avait bien réfléchi durant sa longue nuit d'insomnie. Elle devait se montrer pragmatique, s'était-elle exhortée. Ignorer ses sentiments et ne voir que les faits.

— Trouver un emploi me semble primordial, dit-elle avec précaution.

— Et après la naissance du bébé ?

Molly espéra que son haussement d'épaules traduisait plus de confiance qu'elle n'en ressentait réellement.

— Beaucoup de gens permettent à leurs employées d'avoir leur bébé sur leur lieu de travail. Bon, peut-être pas la plupart d'entre eux, mais les familles qui ont déjà des enfants ont tendance à être plus accommodantes. Et qui sait ? Je pourrais devenir nourrice au lieu d'employée de maison.

— Et c'est ce que tu veux ?

Molly réprima sa frustration. Bien sûr que non. Rien de tout cela n'était ce qu'elle *voulait*. Mais comment lui dire sans trahir l'enfant qu'elle portait ? Elle n'avait pas prévu de tomber enceinte, mais elle ferait au mieux. Elle n'avait pas non plus prévu que le père de son enfant serait un milliardaire au cœur dur qui se montrait en ce moment même si distant avec elle qu'il aurait aussi bien pu se trouver sur une autre planète, plutôt qu'en face d'elle. Elle voulait ce que la plupart des femmes voulaient dans ce genre de situation : une vie stable et un homme amoureux d'elle.

— La vie n'est faite que d'ajustements, répondit-elle d'un ton impassible.

À sa vive surprise, Salvio hocha la tête, s'éloigna de la fenêtre et posa sa tasse sur la table avant de s'asseoir.

— Je suis d'accord, renchérit-il. Allons, assieds-toi. Nous devons parler.

— Je ne peux pas, rétorqua-t-elle en secouant la tête.

— Pourquoi donc ?

— Parce que je dois nettoyer la maison.

— Laisse tomber.

— Je ne peux pas. Après tout, tu me payes pour…

— Je t'ai dit de laisser tomber, Molly, dit-il sèchement. Je peux demander à quelqu'un de faire ça plus tard. Assieds-toi.

Molly ouvrit la bouche pour refuser, lui dire qu'elle avait l'impression que les murs se refermaient sur elle et que sa présence la rendait nerveuse. Mais que pouvait-elle faire d'autre ? Se précipiter dehors dans la neige deux jours avant Noël – avec nulle part où aller ? Ignorant la chaise qu'il lui indiquait, elle prit place à l'autre bout de la table et, le visage fermé, lui lança un regard interrogateur.

— J'ai beaucoup réfléchi à ce qui s'est passé, dit-il sans préambule.

Bienvenue au club !

Et en as-tu tiré des conclusions ?

Salvio plissa les yeux devant son regard suspicieux. Elle ne se comportait pas comme prévu. Mais qu'en savait-il au fond ? Il n'avait jamais eu à faire face à ce genre de situation avant, et jamais avec quelqu'un comme elle. Lorsqu'elle avait quitté sa chambre la veille, il s'était attendu qu'elle revienne le rejoindre un peu plus tard – il était habitué à l'incohérence des femmes et, en vérité, il aurait bien aimé lui faire de nouveau l'amour. En effet, renouveler cette éblouissante expérience l'aurait aidé à chasser ses inquiétudes pour l'avenir.

Mais elle n'était pas revenue, et il s'était préparé à des pleurs et à des récriminations lorsqu'il l'avait vue ce matin. Mais non, rien de tout cela. Vêtue d'un pull-over de la même couleur que ses yeux, ses cheveux libres et brillants qui ondulaient sur ses épaules, elle rayonnait malgré ses cernes, suggérant qu'elle avait passé une aussi mauvaise nuit que lui.

Mais le plus surprenant était qu'il ne s'était pas réveillé horrifié, comme il se l'était imaginé. Malgré le choc à l'idée de devenir père, il avait ressenti au plus profond de lui-même une chaleur qu'il aurait pu prendre pour de la joie, s'il n'avait été aussi cynique.

— À chaque problème ses solutions, déclara-t-il, et j'ai une proposition à te faire.

Elle fronça les sourcils.

— Ah bon ?

— Je ne veux pas que tu travailles comme employée de maison ou comme nourrice.

— Et pourquoi donc ?

Salvio se raidit, pressentant le début des négociations. Lançait-elle un ballon d'essai pour savoir combien d'argent il serait prêt à lui donner ?

— N'est-ce pas évident ? Parce que tu es enceinte de mon bébé. Et quand bien même je n'ai jamais voulu avoir un enfant, je suis prêt à accepter les conséquences de mes actes.

— Comment peux-tu te montrer si… froid ?

— Tu veux que j'enrobe les choses ? Tu veux que je te dise qu'avoir un enfant de cette façon était mon souhait le plus cher ou tu préfères la vérité ?

— Je suis réaliste, Salvio, répondit-elle. Je veux la vérité.

— Alors la voici et sans fioritures : je m'envole demain pour Naples pour les vacances.

— Je sais. Ton assistante me l'a dit l'autre jour.

— J'y retourne tous les ans rendre visite à mes parents qui se demandent pourquoi leur fils unique a mal tourné.

Confuse, elle cligna les yeux.

— Je… ne comprends pas.

— Et qui se demandent pourquoi leur séduisant et brillant

fils ne leur a pas encore présenté une épouse qui leur donnera un jour les petits-enfants dont ils rêvent, poursuivit Salvio en ignorant son interruption. Mais voilà que contre toute attente je vais pouvoir combler leur souhait. Quelle joie ce sera pour eux de faire ta connaissance, Molly.

Elle le fixa longuement, éberluée.

— Faire leur connaissance ? Tu n'es tout de même pas en train de suggérer…

— Comme je te l'ai dit hier, il est désormais temps d'arrêter de faire l'innocente. Je crois que tu sais exactement ce que je propose, susurra-t-il. Nous irons t'acheter une bague avec un gros diamant, et je t'amène à Naples comme ma fiancée.

— Tu veux dire que… Tu veux m'épouser ?

— Disons les choses autrement : je suis *prêt* à t'épouser.

— À cause du bébé ?

— Oui, mais pas uniquement. La plupart des femmes sont exigeantes et manipulatrices, mais pas toi. Non seulement tu es très séduisante, mais aussi très *agréable*. Et tu sais rester à ta place au moins, ajouta-t-il en souriant.

Molly le fusilla du regard. Comment osait-il la dénigrer de la sorte ? Mais elle se rendit compte qu'une fois de plus Salvio avait raison. Lorsqu'on travaillait comme domestique, c'était le genre de choses qui arrivait.

— Quels sont les avantages pour moi ?

Il la dévisagea, l'air surpris.

— Cela me paraît évident. Tu obtiens la sécurité financière, et moi une famille toute faite. Je rembourserai la dette de ton frère, étant entendu que ce sera la seule et unique fois. Et si j'étais toi, j'effacerai l'expression horrifiée de mon visage, Molly. Ce n'est pas très flatteur pour une femme qui s'apprête à se fiancer. Et ce n'est pas comme si tu avais le choix.

Molly sentit soudain un frisson glacé courir sur sa nuque. Était-il obligé de se montrer si brutal ? Elle déglutit. Ou peut-être que si. C'était encore une remarque cruelle de sa part, mais tellement vraie. Elle n'avait effectivement pas le choix. Et il n'y avait rien de romantique à devoir lutter pour joindre les deux bouts. Elle en savait quelque chose.

Et il s'agissait de son bébé.

Un être sans défense.

Elle posa la main sur son ventre, consciente que Salvio suivait ses moindres gestes. Lorsqu'il leva enfin les yeux, elle chercha dans son regard une certaine émotion et s'efforça d'ignorer sa douleur lorsqu'elle n'y vit que de la froideur. Il n'était manifestement pas animé des mêmes sentiments qu'elle vis-à-vis de leur enfant, mais quoi de plus normal, après tout. Être ainsi lié à une humble employée de maison n'avait pas de quoi le rendre fou de joie.

— Très bien. Puisque je n'ai pas le choix, comme tu l'as si bien dit, je ne vois pas d'autre solution… Je suis d'accord.

Salvio sentit son ventre se nouer. Il ne méritait pas cela, il le savait. Pas plus que ce regard timide qu'elle lui lançait et qui lui donna envie de la serrer dans ses bras. Il aurait certes pu la demander en mariage d'une façon plus romantique. Il aurait pu mettre un genou à terre et lui dire qu'il n'imaginait pas la vie sans elle. Mais pourquoi susciter en elle des attentes qu'il ne pourrait jamais honorer ? Il devait se montrer franc avec elle et ne pas lui faire de promesses s'il voulait que leur mariage soit une réussite. Mais il savait comment lui faire plaisir – le moyen universel pour atteindre le cœur d'une femme.

— Prépare tes affaires, *tresoro*, dit-il d'une voix douce. Nous allons faire des courses.

Abasourdie, Molly posa le pied sur le trottoir de Bond Street. Qui aurait cru qu'un manteau puisse être aussi chaud ? Songeuse, elle effleura du bout des doigts le cachemire fauve qui allait si bien avec les bottes hautes et les gants en cuir assortis. Elle aperçut son reflet dans une des immenses vitrines du grand magasin haut de gamme et s'arrêta net, se demandant si cette jolie femme était vraiment elle.

— *Sì*, tu es resplendissante, murmura Salvio à côté d'elle.

Elle leva les yeux vers son beau visage.

— Vraiment ?

— Superbe, confirma-t-il, ses beaux yeux noirs luisant d'une lueur ardente.

Molly ressentit un frisson qui n'avait rien à voir avec les températures glaciales.

Après un court trajet jusqu'à Londres, Salvio l'avait amenée dans une des rues les plus réputées de la capitale, aux boutiques de luxe gardées par des agents de sécurité à la mine indéchiffrable. Cependant, le visage des vendeuses à l'intérieur était beaucoup plus avenant, même si Molly savait qu'elle n'avait pas imaginé leur léger mouvement de surprise devant son apparence, avant de papillonner autour de Salvio.

Il demanda – et obtint – l'aide d'une élégante styliste à qui fut confiée la tâche ardue de l'habiller. On lui apporta une collection de vêtements et diverses pièces de lingerie fine, dont la plupart furent rejetées par Salvio d'un geste impatient de la main, tandis que d'autres étaient accueillies par un lent sourire appréciateur.

— Cela me semble ridicule de dépenser autant d'argent pour des vêtements qui ne m'iront plus dans quelque temps, dit-elle, après avoir failli tomber à la renverse en voyant les étiquettes de prix.

— Nous irons t'en acheter d'autres, alors, répondit-il, amusé. Ne t'inquiète pas pour ça, Molly. Tu seras bientôt l'épouse d'un homme très fortuné.

C'était difficile à imaginer, songea Molly, tandis qu'elle enfilait une robe en chiffon, légère comme une plume, par-dessus un soutien-gorge brodé et une minuscule petite culotte assortie. Lorsqu'elle sortit de la cabine d'essayage et affronta le regard attentif de Salvio, elle ne put s'empêcher de se demander s'il n'avait pas déjà procédé à ce genre de métamorphose auparavant. Peut-être devrait-elle montrer un peu de fierté et refuser tous ses cadeaux.

Puis, elle songea à la réalité. Salvio était sans doute issu d'une famille très aisée qui n'approuverait pas une fiancée d'un milieu social inférieur au leur. Ne se sentirait-elle pas encore plus mal à l'aise si elle arrivait vêtue comme une pauvresse ? Elle accepta donc son offre, et il acheta des pull-overs, des jeans, des vestes et des robes, ainsi que les plus belles chaussures qu'elle ait jamais vues. De sublimes escarpins tricolores qui lui permettaient de paraître à la fois plus grande et de marcher avec plus d'élégance.

Lorsqu'ils eurent terminé leurs achats et que les grands sacs furent placés dans la limousine, Salvio l'entraîna dans une bijouterie. Des vitrines abritaient d'énormes diamants, tous plus spectaculaires les uns que les autres.

— Quelle est ta bague idéale ? De quoi rêvais-tu lorsque tu étais petite ? demanda Salvio, les doigts caressant le creux de son dos, tandis qu'une élégante vendeuse approchait. Laisse libre cours à ton imagination.

Était-il obligé de présenter les choses ainsi ? se demanda Molly en s'écartant. Les seules choses dont elle rêvait étant petite étaient de manger un repas chaud tous les soirs et de pouvoir acheter les médicaments de sa mère. Et pourtant, Salvio laissait entendre qu'elle était frivole et que son regard serait rivé sur la plus grosse bague du magasin.

Une brusque rougeur colora ses joues quand elle prit conscience de l'incongruité de la situation. Ils exécutaient tous les gestes des amoureux bientôt fiancés, mais sans la joie et le bonheur associés à ce genre d'événement. Et même si le beau visage de Salvio était indéniablement sensuel, son regard était aussi froid que les bijoux présentés.

Sa décision prise, elle détourna les yeux de la vitrine.

— Je ne veux rien qui ressemble à une bague de fiançailles.

Cachant sa surprise, la vendeuse lui présenta une superbe bague, composée de trois anneaux en platine sertis de trois diamants qui brillaient de mille feux à la lumière du soleil.

— Les diamants sont censés représenter des gouttes de pluie, précisa la jeune femme.

Ou des larmes…

Après avoir quitté la boutique, ils se rendirent à l'appartement de Salvio, situé dans un des quartiers les plus en vogue de Londres. Molly avait entendu parler de Clerkenwell, mais elle n'y était jamais allée, tout comme elle n'avait jamais vu un logement aussi flamboyant et moderne. Abasourdie, elle déambula d'une pièce à l'autre. Tout était brillant, propre et lisse, mais austère. Le style était minimaliste et épuré, mais là n'était pas ce qui inquiétait le plus Molly. Ce n'était pas un endroit pour un bébé.

Le reste de la journée passa à vive allure, tant il y avait de choses à faire. Mais pour une fois, ce n'était pas elle qui s'occupait de tout gérer. En effet, Salvio avait une armada de personnes à sa disposition pour satisfaire ses moindres désirs. Ils dînèrent tôt – un repas livré et servi par le personnel d'un restaurant voisin haut de gamme, qui leur fournit même des bougies et une odorante composition florale pour le centre de table.

— Tu n'as pas de chef cuisinier ou de gouvernante ? demanda Molly en prenant place à la magnifique table en verre.

— Je préfère limiter le personnel résident. J'optimise ainsi ma vie privée, expliqua Salvio, tandis que le serveur posait deux délicats soufflés devant eux. J'espère que tu as faim.

— Oui, confirma-t-elle en dépliant sa serviette.

Elle essaya de ne pas s'appesantir sur ses propos. En effet, sa vie privée allait être chamboulée de façon spectaculaire.

— Tu es propriétaire depuis longtemps ?

— Environ cinq ans.

— Et résides-tu souvent ici ?

— Pas vraiment. J'ai d'autres propriétés à travers le monde. Cet appartement est mon pied-à-terre quand je suis à Londres.

Il la fixa pensivement.

— Pourquoi demandes-tu ça ?

— C'est si bien rangé, répondit-elle en haussant les épaules.

Il éclata de rire.

— Vu ta profession, je me doutais bien que tu apprécierais.

Curieusement, sa remarque la blessa, car elle prenait enfin conscience de la façon dont il la percevait. Elle ne serait jamais son égale, songea-t-elle, prise d'une soudaine lassitude.

— Je suis assez fatiguée, dit-elle. La journée a été longue, et le bébé…

Le bébé.

Salvio repoussa son verre de vin. Ils ne l'avaient pas mentionné de tout l'après-midi, mais le mot ne le choquait plus. Il s'habituait peu à peu à l'idée, même s'il n'exultait pas. Et Molly se montrait une compagne plus agréable que prévu. Elle était peu exigeante et d'un naturel optimiste. Il y avait quelque chose dans sa présence tranquille qui le rendait presque *paisible*. Une vague de remords le submergea à la vue de son visage blême. Pourquoi n'avait-il pas remarqué à quel point elle était fatiguée ?

— Tu devrais aller te coucher, dit-il fermement en repoussant sa chaise.

— Où… Où vais-je dormir ?

— Nous sommes supposés être fiancés, Molly, lui rappela-t-il gentiment. Où pensais-tu dormir ?

— Je… Je ne sais pas.

Il avait pensé qu'elle partagerait son lit, mais sa pâleur et son appréhension le firent réfléchir – pour son bien et celui de Molly. Peut-être qu'une nuit séparée lui permettrait de retrouver son détachement habituel, d'autant que ni l'un ni l'autre n'avait bien dormi la veille.

— Ne sois pas si inquiète, Molly, dit-il en se levant. Je vais te montrer la chambre d'amis. Tu y seras tranquille.

Il lut une légère hésitation sur son visage, puis elle hocha la tête, comme il l'avait vue faire plusieurs fois.

— Cela me paraît une très bonne idée, dit-elle, résignée.

8

Baignant dans le soleil radieux qui illuminait les immenses baies vitrées de leur chambre d'hôtel napolitaine, Molly se tourna vers Salvio. Il avait ôté le jean et la veste en cuir qu'il avait mis pour le voyage et portait désormais une tenue plus formelle.

— Nous n'avons toujours pas parlé de… ce que nous allons dire à tes parents, conclut Molly après une légère hésitation.

Salvio finissait de nouer sa cravate quand la remarque de Molly l'arrêta net, et il se tourna pour regarder sa fiancée. Elle était… sublime, songea-t-il. Avec ses magnifiques cheveux noués sur le dessus de sa tête et ses formes généreuses mises en valeur par une robe printanière, elle était époustouflante. Il n'y avait plus trace de la timide employée de maison mal fagotée.

Ils venaient d'arriver dans sa ville natale – son jet privé fendant l'air au milieu des montagnes qui encerclaient l'illustre Vésuve et son incomparable déchaînement de puissance. C'était une vue emblématique qui coupait le souffle au voyageur le mieux préparé, aussi s'était-il tourné vers Molly pour voir sa réaction. Mais inconsciente de la beauté qui l'entourait, elle semblait perdue dans ses pensées. Même quand la voiture les avait emmenés à vive allure au luxueux hôtel surplombant le Castel dell'Ovo, dans une somptueuse suite que même *lui* ne pouvait critiquer, elle sembla à peine remarquer l'opulence de leur environnement.

S'était-elle rendu compte des regards obliques que lui avaient lancés les autochtones dès qu'ils avaient atterri ? Des regards auxquels il était habitué et qui avaient lieu à chacune de ses visites. Pourtant, Molly les avait tous ignorés.

— Nous leur dirons la vérité, finit-il par répondre. À savoir que tu es enceinte et que nous allons nous marier dès que possible.

Elle fit la grimace.

— Crois-tu que nous devrions nous montrer aussi…

— Aussi quoi, Molly ?

Lorsqu'elle s'humecta les lèvres, Salvio fut terrassé par le désir et regretta de ne pas l'avoir entraînée au lit la veille. Avait-il vraiment cru qu'une nuit d'abstinence l'aiderait à se montrer plus détaché et rationnel alors qu'il avait pensé à elle toute la nuit ?

— … abrupts, conclut-elle les lèvres pincées, comme si elle n'aimait pas utiliser ce terme.

— Abrupts ?

Elle haussa les épaules et se mit à déambuler dans la pièce, s'arrêtant juste pour jeter un coup d'œil à la baignoire en pierre qui trônait à l'extrémité de la suite – touche extravagante, éclipsée seulement par l'immense sapin de Noël encadrant une des baies vitrées.

Elle finit par s'asseoir dans un fauteuil en velours orange.

— Tu m'as dit que ta phobie de l'engagement était connue de tous et que tu refusais de te marier.

Salvio finit d'arranger sa cravate. Ce n'était pas l'entière vérité, mais pourquoi lui dire des choses qu'elle n'avait pas à savoir ?

— Et alors ?

— Ce mariage subit va surprendre tes parents, j'imagine.

— Et ? fit-il sèchement. Où veux-tu en venir ?

Elle garda les yeux rivés sur son annulaire, comme si elle avait dû mal à s'habituer à sa bague de fiançailles.

— Je préfère ne pas parler de ma grossesse. En tout cas, pas tout de suite. C'est un peu tôt. Ce serait mieux pour eux qu'ils ne pensent pas que nous nous marions uniquement à cause des conséquences de cette nuit…

— Tu veux donc feindre la grande histoire d'amour entre nous ? demanda Salvio.

— Bien sûr que non ! riposta-t-elle, le feu aux joues. Je ne pense pas que tu sois assez bon acteur pour ça.

Il inclina la tête en guise d'approbation.

— Ni assez bon menteur ?

— C'est une autre façon de dire les choses, je suppose.

— Je ne veux pas éveiller tes espoirs, dit-il devant son expression déconfite… ni les leurs. Je suis comme ça, c'est tout. Les sentiments, ce n'est pas mon truc.

— Crois-tu que… Crois-tu que tu es né comme ça ?

— Les circonstances m'ont rendu comme ça, plutôt.

— Quel genre de circonstances ?

Salvio fronça les sourcils. Étant d'un naturel réservé, il détestait faire étalage de ses sentiments. Mais avait-il vraiment cru qu'il pourrait épouser une jeune femme innocente et se comporter avec elle de façon aussi froide et distante qu'avec ses nombreuses conquêtes ?

Se dirigeant vers le bar, il ignora les onéreuses bouteilles de vin et remplit deux verres en cristal d'eau minérale, avant de traverser la pièce et de lui en tendre un.

— Tu ne sais pas grand-chose sur moi, n'est-ce pas ?

Elle but une gorgée d'eau et secoua la tête.

— Presque rien. Comment aurais-je pu ? Nous n'avons pas exactement passé notre temps à discuter, n'est-ce pas ?

L'ombre d'un sourire ourla ses lèvres.

— Tu n'as pas été tentée de faire une recherche sur moi sur Internet ?

Le regard rivé au sien, Molly ne répondit pas tout de suite. Bien sûr qu'elle avait été *tentée*, mais elle préférait apprendre à le connaître directement, et non par le biais de sites plus ou moins fiables.

— Je ne voulais pas avoir l'air de t'espionner.

— Très louable de ta part.

— Mais j'apprécierais tout de même d'en savoir plus sur toi, poursuivit-elle avec ténacité, ou tes parents risquent de penser que nous sommes des étrangers l'un pour l'autre.

— Et cela te dérange, Molly ? demanda-t-il en la fixant de son regard ardent. Ce que les autres pensent de toi ?

Molly retint une remarque acerbe. Si elle s'était inquiétée de ce genre de choses, elle n'aurait jamais pu survivre à une enfance comme la sienne. Elle avait appris dès le plus jeune âge qu'il y avait plus grave dans la vie que d'avoir des chaussures trouées ou un manteau élimé. La seule chose importante – que l'argent ne pouvait acheter – était d'avoir une bonne santé.

— Je pense qu'il est préférable de respecter les sentiments des autres. En plus, tes parents risquent d'être blessés s'ils comprennent que nous nous connaissons à peine. Mais la raison principale pour laquelle j'ai besoin d'en savoir plus sur toi est que je vais bientôt avoir ton enfant.

Elle le vit se rembrunir, comme si elle lui rappelait quelque chose qu'il aurait préféré oublier. Mais c'était impossible.

— Je ne sais rien de ton enfance, conclut-elle. Rien du tout.

Il hocha la tête, puis poussa un profond soupir.

— Très bien. Tout d'abord, tu dois comprendre que je suis napolitain dans l'âme, dit-il avec fierté. Et j'adore ma ville natale.

Alors, pourquoi n'y habites-tu pas ? Pourquoi ne t'y rends-tu qu'à Noël ?

— J'ai grandi à Rione Sanità, un quartier magnifique et riche en histoire, mais aussi un des plus pauvres de Naples.

— Toi ? s'écria Molly d'un ton incrédule. Pauvre ?

Il sourit et montra d'un doigt dédaigneux sa veste.

— Tu crois que je suis né avec de beaux vêtements comme ceux-ci, Molly ? Ou que je n'ai jamais connu la faim ?

Oui, c'était exactement ce qu'elle avait pensé, en grande partie parce que Salvio De Gennaro dégageait une prestance naturelle. Il y avait en lui quelque chose d'impérial, et il se comportait comme s'il n'avait jamais connu autre chose que le luxe et le pouvoir.

— Tu as fait un long chemin, commenta-t-elle d'un ton admiratif. Que s'est-il passé ?

— J'ai eu la chance d'être doué au football, expliqua-t-il. Dès l'instant où mon pied a touché un ballon, j'ai senti que j'étais né pour ça. Je jouais tout le temps. Comme il n'y avait pas de lieu adapté près de chez moi, je me rendais dans une cour à l'abandon pour m'adonner à ma passion. J'ai fait une marque sur le mur et je frappais toujours au même endroit encore et encore. Le bruit s'est répandu, et les gens venaient me voir jouer. Ils me mettaient au défi pour voir combien de temps je pouvais garder le ballon en l'air, et parfois j'acceptais leurs paris. Je gagnais à chaque fois, même quand j'avais deux adversaires contre moi. Et un jour, des entraîneurs sont arrivés, et ma vie a changé du jour au lendemain.

— Que s'est-il passé ?

Salvio observa par la fenêtre la magnificence de la baie bleu saphir. Aurait-il l'air prétentieux s'il lui disait qu'il avait été considéré comme le meilleur footballeur de sa génération ? Ou que la vie trépidante de superstar était arrivée bien plus vite qu'il ne l'aurait imaginé ?

— Je m'entraînais tous les jours, déterminé à réussir. J'ai été très vite engagé par un des clubs les plus prestigieux du pays où j'ai marqué un nombre record de buts. J'ai connu le succès et la gloire, et pendant un certain temps j'ai vécu une vie de dingue. Partout où j'allais, les gens m'arrêtaient et me parlaient, et je ne me souviens même plus de la dernière fois où j'ai dû payer ma propre pizza.

— Mais… Quelque chose a mal tourné ?

Il plissa les yeux. Molly lui aurait-elle menti lorsqu'elle lui avait dit qu'elle ne savait rien de sa vie ?

— Qu'est-ce qui te fait dire ça ?

Elle hésita.

— Ton expression amère, ou plutôt déçue.

Il voulait nier, mais en fut incapable. Et soudain, tout son être s'indigna devant la perspicacité de Molly et son regard doux et compréhensif. Il avait accepté de lui parler de sa vie dans les grandes lignes, mais pas de mettre son cœur à nu. Alors pourquoi poursuivit-il son histoire, comme s'il ne pouvait plus s'arrêter ?

— Je vais te dire ce qu'il s'est passé, reprit-il d'un ton brusque, conscient du pouls qui battait furieusement à sa tempe. Ma vie était un conte de fées. Pas seulement en raison de mon succès ou de l'argent que je gagnais, mais aussi et surtout parce que j'adorais jouer au foot. C'était la seule chose que je voulais faire. Et un jour, j'ai fait une mauvaise chute et je me suis déchiré les ligaments croisés. Totalement. Et ce fut la fin du conte de fées. Je n'ai plus jamais touché un ballon.

Un long silence s'ensuivit, puis Molly parla de la voix douce qui la caractérisait.

— Oh ! Salvio, cela a dû être…

— Épargne-moi les platitudes, s'il te plaît !

Il demeura quelques instants silencieux, puis ajouta :

— J'aurais pu accepter les conséquences de ma blessure. Après tout, les sportifs professionnels savent que leur carrière prendra fin tôt ou tard, même quand cela arrive plus tôt que prévu. Mais pire encore fut le jour où j'ai découvert que mon manager m'avait volé toute ma fortune, avant de quitter la ville. Soudain, toute ma vie s'est écroulée. J'avais tout perdu : plus de travail, plus d'argent. Ma chute a été… vertigineuse.

— Qu'as-tu fait, alors ?

Salvio haussa les épaules. Fou de rage pendant plusieurs jours, il avait sérieusement pensé à frapper son manager jusqu'à ce qu'il lui rende son argent. Puis, il s'était rendu compte que la vengeance était une perte de temps qui lui aurait causé plus de mal que de bien. Il ne voulait pas passer le restant de sa vie à poursuivre ses rêves brisés et à regretter son passé prestigieux. Puis, le coup de grâce lui avait été porté. Un coup si violent qu'il s'était juré de ne jamais refaire la même erreur. Résolument, il refoula ses souvenirs.

— J'ai vendu mes voitures et mon luxueux appartement de Rome, poursuivit-il. J'ai ensuite donné presque tout l'argent de la vente à mes parents et avec le peu qu'il me restait j'ai pris un billet d'avion pour les États-Unis.

— Pourquoi si loin ?

— Parce que le pays était assez grand pour me perdre dans son immensité et me permettre de tout recommencer de zéro. Je ne voulais pas être défini par une carrière qui avait tourné court. De plus, j'étais jeune et costaud, et le travail ne me faisait pas peur.

Il avait travaillé dur dans l'attente d'une opportunité et quand la chance lui avait enfin souri, il s'était empressé de la saisir. Suffisamment perspicace pour se rendre compte de l'intérêt des anciens quartiers délabrés, il avait entrepris d'acheter des maisons en mauvais état et de les rénover. Lors de sa première visite annuelle à ses parents, il avait acheté à sa mère comme cadeau de Noël un magnifique manteau du magasin Bloomingdale's. Aujourd'hui, il avait les moyens de lui acheter le magasin tout entier, mais aucune réussite matérielle ne pouvait combler le vide de son cœur.

Il regarda Molly, étonné de tout ce qu'il lui avait confié – plus qu'il n'avait jamais dit à personne, même à Lauren. Il l'enveloppa du regard, songeant à quel point elle avait changé depuis la première fois où il l'avait vue dans la cuisine, dans sa tenue informe. Sa robe verte exsudait l'élégance propre à une tenue de haute couture. Et pourtant c'était la douceur de ses yeux gris qui attirait le plus son attention… et la douceur de sa peau crémeuse. Elle dégageait toujours cette fraîcheur qui l'avait séduit dès le début, et il se demanda pourquoi il perdait son temps à lui parler. Que ferait-il en temps normal avec une femme dont il partageait la chambre – sans parler de celle qui portait sa bague ?

Il sentit son pouls s'accélérer, tandis qu'il baissait les yeux sur sa montre.

— Je ne veux plus parler du passé.

— Très bien, répondit-elle prudemment.

— Et nous n'avons pas besoin d'être chez mes parents avant un moment. Veux-tu que je te fasse visiter la ville ?

— C'est ce que tu voudrais faire ?

— Non. Absolument pas. Je connais un moyen bien plus agréable de passer le temps. Pas toi ?

L'esprit en tumulte, Molly croisa son regard sombre. Bon nombre de choses qu'il lui avait dites ne correspondaient pas à ce qu'elle avait imaginé. La première fois qu'elle l'avait vu, elle avait remarqué son corps d'athlète et le léger boitement qu'il s'était efforcé de cacher. Le seul défaut physique dans cet homme séduisant qui la regardait maintenant d'un regard interrogateur.

Elle était certes relativement novice, mais elle reconnut le désir qui luisait dans son regard. Elle savait ce qu'il voulait. Ce *qu'elle* voulait aussi. En effet, ils n'avaient ni l'un ni l'autre apprécié leur nuit séparée. Même si le lit avait été très confortable, elle n'avait cessé de penser à Salvio dans la chambre à côté. Elle s'était demandé s'il s'intéressait encore à elle. Mis à part l'attirance qu'elle éprouvait pour Salvio, elle se sentait en sécurité dans ses bras, même si elle se doutait que ce sentiment ne durerait pas.

— Plusieurs choses me feraient plaisir, admit-elle.

Elle fut prise au dépourvu lorsqu'il s'approcha d'elle un léger sourire aux lèvres, avant de prendre sa main pour embrasser chacun de ses doigts et l'entraîner vers le grand lit qui surplombait la baie. Elle avait hâte de sentir sa peau nue contre la sienne, mais il prit son temps pour la déshabiller. Après avoir dégrafé l'attache de son soutien-gorge et capturé un téton durci entre ses lèvres, il poussa un soupir de contentement. Molly ondula un peu plus à chacun de ses coups de langue, mais sa frustration grandissante ne le fit pas accélérer le mouvement. Lorsqu'il déposa une multitude de petits baisers sur son ventre, son cœur se mit à battre plus vite.

— Salvio ? murmura-t-elle lorsqu'elle sentit ses lèvres effleurer son nombril.

— Tout va bien se passer, rétorqua-t-il d'une voix rauque.

De quoi parlait-il ? De leur avenir ou de la visite chez ses parents ? Ou des deux ?

Mais l'instant d'après, Molly oublia tout, perdue dans un monde de volupté. Elle poussa un cri lorsqu'il la pénétra et s'accrocha désespérément à lui à chacun de ses coups de reins. Il l'emplissait comme s'il voulait l'engloutir. Leur relation était différente, plus *intime* que les premières fois. Était-ce parce qu'il lui avait fait suffisamment confiance pour lui révéler ses plus anciens secrets, ou cette soudaine intimité était-elle juste le fruit de son imagination ? Mais le plaisir qu'elle ressentait n'avait rien d'imaginaire. Tous ses sens étaient en émoi, et lorsque l'orgasme déferla en elle, Molly eut l'impression d'être emportée par une puissante vague – sensation intensifiée par le cri rauque que poussa Salvio lorsqu'il la rejoignit peu après dans l'extase. Comblée, elle avait l'impression d'être sur un petit nuage. Le souffle de Salvio était chaud et réconfortant contre sa nuque, et elle ressentit un vide quand il se coula hors d'elle et roula sur le côté.

— C'était… parfait, dit-elle d'un ton rêveur.

Mais Salvio ne répondit pas, et bien que sa respiration soit profonde et régulière, Molly se demanda s'il dormait vraiment ou s'il faisait semblant. Alors, posant à son tour la tête contre les oreillers moelleux, elle poussa un long soupir et s'endormit.

9

Inévitablement, ils dormirent plus longtemps que prévu, et Molly se réveilla en sursaut, se demandant où elle était. Dehors, le ciel napolitain était d'un noir d'encre et parsemé d'étoiles. Jetant un coup d'œil sur sa montre, elle s'aperçut, horrifiée, qu'il était déjà 19 heures – or, ils étaient attendus chez les parents de Salvio pour le dîner dans un peu plus d'une heure !

— Réveille-toi ! cria-t-elle en secouant l'épaule de son fiancé. Ou nous allons être en retard.

Se précipitant dans la salle de bains, elle prit une douche rapide, puis étudia l'épineuse question de sa tenue. Que diable devait-elle mettre pour une telle occasion ? Elle n'était pas encore habituée à avoir autant de vêtements et devant une telle abondance, elle se sentait un peu perdue. Après mûre réflexion, elle choisit une jupe mi-longue, un pull-over blanc et de longues bottes noires.

— Crois-tu que ta mère approuvera ma tenue ? demanda-t-elle anxieusement.

Salvio l'enveloppa du regard, puis hocha la tête.

— Sûrement, affirma-t-il. Tu parais très convenable, comme ça.

Un sourire figé aux lèvres, Molly pénétra dans l'ascenseur à la suite de Salvio. Lorsqu'ils atteignirent le hall d'entrée et que le concierge se précipita vers eux pour les saluer, Molly devint consciente de l'intérêt que leur apparition suscitait. Ou plutôt, celle de Salvio. Les hommes âgés le regardaient avec nostalgie, et les femmes de tous âges, tirées à quatre épingles, le dévoraient des yeux. Malgré tout, Molly se sentit fière lorsque Salvio la prit par le bras et l'entraîna vers la voiture qui les attendait dehors. Après tout, c'était à *elle* qu'il venait de faire l'amour et c'était *elle* qui portait son enfant.

La luxueuse voiture fut vite engloutie dans la circulation dense et peu de temps après elle s'arrêta devant une élégante maison proche de leur hôtel. L'angoisse de Molly, qui n'avait cessé de croître durant le trajet, disparut dès l'instant où elle aperçut un petit bout de femme aux yeux noirs vêtue de rouge qui les accueillit avec un grand sourire. Elle serra Molly dans ses bras, puis l'étudia longuement.

— J'ai enfin une fille ! s'exclama-t-elle dans un anglais parfait, mais à l'accent très prononcé.

Puis elle se tourna vers son fils et, se hissant sur la pointe des pieds, l'embrassa sur les joues.

— Et j'aimerais savoir pourquoi tu dors à l'hôtel ce soir au lieu de chez tes parents, Salvatore De Gennaro !

— Parce que tu aurais insisté pour qu'on dorme dans des chambres séparées et que nous sommes au XXIe siècle, au cas où tu ne l'aurais pas remarqué, répondit son fils du tac au tac. Mais ne t'inquiète pas, maman. Nous reviendrons demain.

Légèrement calmée, Rosa De Gennaro les fit entrer dans un magnifique salon cathédrale où les attendait son mari, et Molly s'avança vers lui pour le saluer. Grand et les cheveux grisonnants, Paolo De Gennaro avait des traits séduisants proches de ceux de son fils, et Molly eut un vague aperçu de ce à quoi ressemblerait Salvio à soixante ans.

Le connaîtrait-elle encore à ce moment-là ? se demanda Molly, désemparée devant la soudaine terreur qui l'envahit à cette pensée. Refoulant sa nervosité, elle s'efforça de converser avec ses futurs beaux-parents dont la joie était palpable à l'annonce des fiançailles de leur fils. Comme Rosa admirait sa bague, Molly ressentit un sentiment de culpabilité. S'ils savaient la vérité ! S'ils savaient que la seule raison de sa présence ici la veille de Noël était due à la conséquence malencontreuse d'une nuit torride passée dans les bras de leur fils…

Mais elle chassa bien vite sa culpabilité pour admirer le

magnifique sapin chargé de cadeaux qui scintillait devant une des fenêtres et humer les délicieux arômes provenant de la cuisine.

Elle se remémora la façon dont Salvio avait embrassé son ventre juste avant de lui faire l'amour, et sentit l'espoir naître en elle. Il n'avait jamais agi ainsi avant, et ce geste de tendresse envers elle lui avait semblé aussi important que le sexe torride qui s'en était suivi. Et la tendresse n'était-elle pas un bon début pour bâtir une relation durable ?

Refusant le verre de champagne qu'on lui tendait, elle opta pour un jus de fruits, et elle riait en examinant une photo de Salvio à quatorze ans, tenant à bout de bras une coupe en argent, lorsqu'une brusque douleur dans le bas-ventre la fit grimacer. Était-ce pour cette raison que la mère de Salvio la guida vers une chaise en brocart ?

— *Per piacere*… Asseyez-vous, Molly. Vous devez être fatiguée après votre voyage. Nous allons bientôt dîner. Vous avez faim, j'espère.

Molly prit docilement place sur la chaise que Rosa lui indiquait, se demandant pourquoi les gens lui disaient toujours de s'asseoir. Avait-elle l'air à ce point fatiguée ? Sans doute. En fait, elle *l'était* un peu, reconnut-elle, et quand elle songea à la raison de sa fatigue, son cœur fit un bond dans sa poitrine.

— Très faim, confirma-t-elle.

— Ici en Italie du Sud, nous sommes fiers de nos traditions culinaires, enchaîna Rosa en se tournant en souriant vers son fils, car elles unissent la famille dans les moments importants.

Un peu plus tard, ils s'attablèrent devant un véritable festin. Molly n'avait jamais vu autant de plats de toute sa vie. Il y avait des spaghettis aux palourdes, des crustacés grillés, puis une sorte d'anguille fut placée au centre de la jolie table.

— *Capitone !* annonça Rosa. Vous connaissez ce poisson, Molly ? C'est un plat de Noël traditionnel chez nous. À l'époque, ma mère l'achetait au marché encore vivant et le gardait dans la baignoire jusqu'à ce qu'il soit temps de le cuire. Te souviens-tu de l'année où il s'est échappé et s'est caché sous ton lit, Salvio ? Tu étais le seul à être assez courageux pour l'attraper.

Il y eut un éclat de rire général, et Molly en profita pour jeter un regard en coin à Salvio, essayant de l'imaginer petit garçon en train d'attraper un poisson insaisissable. Tout comme elle essaya de l'imaginer berçant un bébé dans ses bras puissants… Par moments, il était terriblement froid et distant, et ne montrait de réels sentiments qu'une fois au lit. Comment cela se passerait-il lorsqu'elle aurait son bébé ? Son appartement de Londres ne ferait pas l'affaire, car il était trop dangereux pour un enfant, mais où vivraient-ils ? Il avait certes mentionné d'autres habitations dans différents pays, mais aucune ne semblait être un foyer pour lui – à l'exception de sa demeure dans les Costwolds.

Ils terminèrent le repas avec des biscuits durs appelés *rococo*, et après Molly insista pour aider Rosa à débarrasser la table. Elle nettoya les assiettes sales et lava les verres en cristal, avant de les placer délicatement sur l'égouttoir avec la dextérité liée à l'habitude, tout en posant des questions à son hôtesse sur la vie à Naples. Elle s'apprêtait à retirer son tablier lorsqu'elle surprit Rosa la regardant depuis l'entrée de la cuisine, un doux sourire aux lèvres.

— Merci, Molly.

— C'était avec plaisir, *signora* De Gennaro. Merci pour ce délicieux repas et pour votre accueil si chaleureux.

— *Prego*, répondit Rosa en hochant la tête d'un air satisfait. J'ai dû patienter des années pour avoir une belle-fille, mais cela en valait la peine. Vous serez parfaite pour mon fils.

Le cœur battant la chamade, Molly suspendit le tablier à un crochet, priant le ciel pour que Rosa ne demande pas comment Salvio et elle s'étaient rencontrés. La vérité la choquerait, devina-t-elle, mais Molly était incapable de mentir.

Concentre-toi sur ce que tu peux dire, alors, et sur toutes les choses dont tu rêverais…

— Je ferai de mon mieux, répondit-elle d'une voix incertaine. Je veux être une bonne épouse.

Rosa hocha la tête, le regard intense et vigilant.

— Vous n'êtes pas comme ses autres petites amies, dit-elle lentement.

— Ah bon ?

— Vraiment pas… Même s'il n'en a ramené qu'une seule à la maison, ajouta Rosa après une légère hésitation.

Molly se figea, se disant que ce n'était pas une bonne idée d'approfondir la question. Elle courait le risque d'ouvrir la boîte de Pandore et de le regretter par la suite. Malgré tout, la curiosité l'emporta.

— Elle n'était pas faite pour lui, reprit Rosa. *Sì*, elle était très jolie, mais elle ne se souciait que de sa notoriété. Jamais elle ne m'aurait aidé à faire la vaisselle comme vous venez de le faire. Elle voulait passer les fêtes de Noël à New York ou Monaco.

Elle effleura du bout des doigts le petit crucifix en or qu'elle portait autour du cou.

— Dieu merci, il ne l'a jamais épousée.

Épousée ? Salvio avait-il été fiancé ? s'étonna Molly. L'homme qui lui avait dit qu'il était incapable d'éprouver des sentiments ? La douleur qu'elle avait ressentie plus tôt dans la soirée redoubla d'intensité, et elle cacha sa souffrance derrière un sourire contraint. Elle fut toutefois soulagée lorsque Salvio appela son chauffeur pour les ramener à l'hôtel. Une fois installée dans la voiture, elle posa la tête contre le dossier et ferma les yeux.

— Est-ce que ça va ? lui demanda Salvio.

Non, pas du tout ! J'ai découvert ce soir que tu as été fiancé à quelqu'un d'autre et tu ne m'as même pas prévenue. J'ai beau porter ton enfant, tu ne me fais pas assez confiance pour me dire la vérité…

Mais elle ne voulait pas faire de scène dans la voiture, aussi afficha-t-elle un sourire radieux.

— Très bien. Tes parents sont des gens formidables.

— Oui, confirma-t-il. Ils t'ont beaucoup appréciée.

Cependant, le regard rivé sur les décorations de Noël dans les rues de sa ville natale, Salvio semblait plongé dans ses pensées. Pensait-il à son autre fiancée et les comparait-il ? Elle se demanda pourquoi ils avaient rompu et si elle aurait un jour le courage de lui poser la question.

Mais les crampes dans son ventre empiraient, ce qu'elle essaya de mettre sur le compte du stress. Le stress de rencontrer ses parents pour la première fois ou d'apprendre qu'elle n'était pas la première femme qu'il avait demandée en mariage. Elle poussa un soupir de soulagement lorsqu'ils arrivèrent à l'appartement et entreprit de défaire les boutons de son manteau.

— Cela t'ennuie si je vérifie mes mails ? lui demanda Salvio en l'aidant à retirer son manteau. Je veux juste voir si j'ai reçu quelque chose de Los Angeles avant que les bureaux ferment pour les fêtes de fin d'année.

— Non, bien sûr que non, dit-elle faiblement, alors qu'il s'éloignait déjà vers son ordinateur.

Elle venait de s'enfermer dans la salle de bains lorsqu'elle sentit quelque chose de chaud couler entre ses jambes, et à la vue du sang elle se figea. Et se mit à trembler.

Ce n'était pas possible.

Hélas ! si. Elle s'était doutée toute la soirée que cela allait arriver, mais lorsque la réalité la rattrapa, ce fut bien plus dur que prévu. Légèrement nauséeuse, elle agrippa de toutes ses forces le bord de la baignoire. Elle aurait tant aimé être seule et laisser libre cours à ses larmes, mais ce n'était hélas ! pas possible. Elle essuya du revers de la main ses larmes et s'efforça de prendre sur elle. Son « fiancé » se trouvait dans la chambre, tout près… mais la raison pour laquelle il avait glissé cette bague ornée de diamants à son doigt n'avait plus lieu d'être. Il était désormais libre, songea Molly, alors qu'un cri silencieux montait en elle.

Effondrée, elle fouilla dans sa trousse de toilette pour trouver ce dont elle avait besoin. Elle n'avait aucune envie d'affronter Salvio et de lui annoncer la nouvelle qu'il serait probablement soulagé d'entendre. Elle ne supporterait pas de lire la joie dans son regard, alors qu'elle-même avait le cœur brisé.

Se redressant, elle fixa son reflet dans le miroir et nota la pâleur de son visage. Elle ne pouvait pas lui dire maintenant, décida-t-elle. Pas ce soir. Pas quand les cloches des églises de Naples sonnaient pour annoncer la naissance imminente d'un autre bébé.

10

— Alors quand… ? Quand donc comptais-tu me le dire, *bella mia* ?

Les propos de Salvio avaient fusé, et il sut aussitôt qu'il avait fait mouche en voyant Molly se figer au sortir de la salle de bains, enveloppée d'un peignoir blanc.

— Te dire quoi ?

Peut-être que si Molly avait admis aussitôt la vérité, il se serait montré plus tolérant, mais son expression faussement candide le rendit fou de rage.

— Que tu n'es plus enceinte, lâcha-t-il, les dents serrées.

Elle ne le nia pas, se contentant de rester immobile devant lui, le visage si blême que sa peau avait l'air translucide.

— Comment l'as-tu su ? demanda-t-elle, une lueur affolée dans le regard.

Son aveu implicite exacerba sa colère.

— Me crois-tu dénué du sens de l'observation ? Crois-tu que je n'ai pas compris pourquoi tu m'as tourné le dos hier soir, en faisant semblant de dormir ?

— C'est donc parce que nous n'avons pas fait l'amour…

— En plus, tu as filé dans la salle de bains dès notre retour et évité mon regard, répliqua-t-il sèchement. Je ne suis pas stupide, Molly. Ne te rends-tu pas compte qu'un homme sait quand une femme a ses règles ? Elle a l'air différente.

— Comment suis-je censée égaler ta connaissance encyclopédique des femmes, demanda Molly d'un ton amer, quand tu es le premier homme avec qui j'ai couché ?

Salvio sentit son pouls battre à ses tempes. Se servait-elle de son innocence comme bouclier pour se défendre ? Pour dévier son attention d'une possibilité beaucoup plus troublante qu'il n'arrivait pas à s'ôter de l'esprit ?

— À moins que tu n'aies jamais été enceinte, l'accusa-t-il.

Abasourdie par ses accusations, elle eut un léger vertige et se laissa tomber dans le fauteuil le plus proche.

— C'est ce que tu *crois* ? lâcha-t-elle en portant la main à sa gorge comme si elle craignait de s'étrangler.

— Pourquoi ne le croirais-je pas ? Je n'ai après tout jamais eu de preuves de ta grossesse. Est-ce pour cette raison que tu ne voulais pas parler du bébé à mes parents – non pas parce que c'était « trop tôt », mais parce qu'il n'y avait *pas* de bébé ?

Médusée, elle secoua la tête.

— Tu crois vraiment que je te mentirais sur un sujet aussi important ?

— Comment saurais-je ce que tu serais capable de faire si tu étais suffisamment désespérée ? Nous savons tous les deux que tu avais du mal à rembourser les dettes de ton frère, et si tu te mariais avec moi, sa dette serait effacée du jour au lendemain. Et j'ai fait attention ce soir-là, Molly, ajouta-t-il, le regard rivé sur elle. Tu le sais.

Elle le dévisageait comme s'il était le diable incarné.

— Tu es en train de me dire que… j'ai tout *inventé* ?

— Pourquoi pas ? Ce ne serait pas la première fois que ce genre de choses arrive – certes moins souvent qu'à une époque où c'était une technique couramment employée par les femmes pour se marier. La plupart du temps avec un homme riche, ajouta-t-il, sarcastique.

Elle se raidit, et Salvio vit le moment précis où son attitude d'ordinaire calme se mua en rébellion, le moment où l'indignation transforma ses traits en colère dirigée contre lui. Ses joues s'enflammèrent, et des étincelles s'allumèrent dans ses prunelles. Elle se leva d'un bond, ses cheveux humides volant autour de ses épaules.

— *J'étais* enceinte ! s'écria-t-elle, faisant de grands gestes avec les mains. J'ai fait deux tests de grossesse, l'un après l'autre. Mais hier, j'ai perdu ce bébé… Et oui, j'attendais ce matin pour t'annoncer la nouvelle car hier soir je n'avais pas le courage d'affronter une telle discussion. Donc, si tu estimes que garder cette nouvelle pour moi l'espace de quelques heures est un crime, alors oui, je suis coupable. Mais je ne suis pas la seule à avoir des secrets, n'est-ce pas, Salvio ?

Il scrutait son visage, muet de stupeur.

— Quand allais-tu me dire que tu avais été fiancé ? enchaîna-t-elle d'une voix tremblante de rage. Ou n'allais-tu pas prendre la peine de m'en informer ?

— C'est ma mère qui te l'a dit ?

— Évidemment. Comment l'aurais-je su sinon ?

— Que t'a-t-elle dit ?

— Suffisamment de choses. Je sais que la femme que tu allais épouser était riche et pas moi. Je sais qu'elle était belle et pas moi, conclut-elle d'une voix tremblante.

La lassitude dans sa voix le fit se sentir coupable. Son regard s'attarda sur ses yeux cernés, la rougeur diffuse qui teintait sa peau claire, ses cheveux encore humides et ses formes voluptueuses qui l'avaient attiré comme le chant des sirènes.

— Tu es *toi aussi* très belle, lui assura-t-il.

— Arrête, s'il te plaît, répondit-elle en levant la main pour le faire taire. Ne rends pas les choses encore plus difficiles en me débitant des mensonges !

Sa réponse le surprit. S'était-il attendu à de la gratitude de sa part ? L'avait-il, tout comme lady Avery, sous-estimée en la traitant comme un objet, comme une personne née pour servir plutôt que pour être servie ? Croyait-il qu'il pouvait se comporter comme il le souhaitait avec elle et qu'elle l'accepterait ?

— Tu es *superbe*, renchérit-il, en proie à un sentiment de honte. Et oui, j'ai été fiancé. Je ne te l'ai pas dit, car…

— Parce que c'est un souvenir trop douloureux pour toi ?

Salvio soupira. Le sang battait à ses tempes. Dans un sens, c'était effectivement un souvenir douloureux, mais pas dans le sens où l'entendait Molly. Il s'agissait d'un problème de trahison ; or, comme tout bon Napolitain, il détestait la perfidie. Comprendre que Lauren ne l'avait pas aimé pour lui mais pour ce qu'il représentait lui avait causé un choc. Il eut un sourire amer. Peut-être aurait-il dû montrer un peu plus d'empathie envers Molly, car lui aussi avait été traité comme un objet en son temps.

— C'était il y a longtemps, répondit-il lentement. Et il n'y avait aucune raison valable pour t'en parler.

Elle le dévisagea d'un air exaspéré.

— Qui était-elle, Salvio ?

Salvio se rembrunit. Devait-il vraiment lui dire ? Raviver ses mauvais souvenirs et son amertume ? Mais à la vue de l'expression résolue de Molly, il comprit qu'il n'aurait pas le choix.

— Elle s'appelait Lauren Meyer. Je l'ai rencontrée dans une soirée officielle lors de notre tournée d'avant-saison aux États-Unis et je l'ai ramenée avec moi à Naples.

— Et elle était blonde, j'imagine.

— Oui, confirma Salvio, ignorant sa remarque sarcastique. Que veux-tu savoir d'autre, Molly ? Qu'elle était une riche héritière et qu'elle adorait l'argent et la célébrité ?

— C'était le cas ?

— Oui. Elle m'a rencontré lorsque je possédais tout et m'a quitté lorsque j'ai tout perdu, conclut il avec un petit rire.

— Que s'est-il passé ? s'enquit Molly lorsqu'il se tut.

Salvio se rembrunit, car Lauren avait été la raison pour laquelle il s'était forgé une carapace aussi dure. Durant sa carrière, beaucoup de femmes avaient été attirées par son corps d'athlète et son compte en banque bien rempli, mais il avait fait l'erreur de croire que Lauren était différente.

Il balaya du regard la baie, puis reporta son attention sur Molly. Et soudain il lui fut facile de parler de quelque chose dont il ne parlait jamais d'habitude et de mettre son âme à nu.

— Elle est venue tous les jours me rendre visite après mon accident. Elle s'asseyait sur le bord de mon lit, toujours tirée à quatre épingles, toujours prête à sourire pour les photographes qui campaient devant l'hôpital. Elle était là lorsque le médecin m'a annoncé que je ne jouerais plus au football. Je n'oublierai jamais l'expression de son visage. Lorsque j'ai quitté l'hôpital, elle n'est pas venue m'accueillir. Je suis rentré chez moi, m'attendant à une fête surprise parce qu'elle adorait les fêtes, et c'est là que j'ai découvert qu'elle était rentrée aux États-Unis et sortait avec un Américain que ses parents avaient toujours voulu la voir épouser. Je ne l'ai plus jamais revue.

Molly ne dit rien pendant un moment, absorbant la nouvelle.

— Oh Salvio ! c'est terrible ! Quel coup bas !

— Je ne t'ai pas raconté ça pour que tu t'apitoies sur mon sort, Molly. Je te l'ai dit, car tu voulais savoir la vérité.

— Et… Tu l'aimais ?

Une bouffée de colère l'envahit. Pourquoi les femmes réagissaient-elles toujours ainsi ? Pourquoi plaçaient-elles tous leurs espoirs dans ces trois petits mots ? Il savait ce que Molly voulait entendre et allait fatalement la décevoir. Il ne pouvait pas réécrire le passé, n'est-ce pas ? Pas plus qu'il ne pouvait lui mentir.

— Oui, finit-il par dire.

Molly cacha sa peine derrière un masque indéchiffrable – une technique de défense apprise durant ses longues années de service. Rassurée de pouvoir s'abriter derrière ce calme apparent, elle tenta d'appréhender sa nouvelle situation. Parce qu'en moins de douze heures, elle aussi avait tout perdu. Pas seulement son bébé, mais l'espoir d'une vie meilleure, l'espoir d'être une bonne mère et une bonne épouse, et l'espoir qu'un bébé aiderait Salvio à devenir plus humain. Mais tous ses rêves étaient désormais partis en fumée. Elle n'avait plus d'illusions auxquelles s'accrocher. Juste un homme qui avait autrefois aimé une autre femme et qui ne l'aimait pas, elle. Un homme qui l'accusait d'avoir menti au sujet du bébé.

Un bébé qui n'existait plus.

Elle voulait enfouir son visage dans ses mains et pleurer à chaudes larmes, mais réussit tant bien que mal à résister. Au lieu de cela, elle choisit ses mots aussi soigneusement qu'un politicien.

— Je ne veux pas faire de la peine à tes parents, mais je ne pourrai pas affronter un repas avec eux aujourd'hui. En plus, je n'en vois pas l'intérêt. Je ne pense pas être capable de continuer à faire comme si tout allait bien – surtout le jour de Noël. Ta mère risquerait de me percer à jour, et je ne souhaite pas la décevoir. Ce serait peut-être mieux que je disparaisse et que tu leur dises ce que tu penses être le mieux. Pourrais-tu organiser mon retour en Angleterre par avion ?

Salvio la fixa longuement, surpris par les violents sentiments qui l'étreignaient. Était-ce de la *déception* ? Non, c'était beaucoup plus fort que cela.

Il fronça les sourcils. Après son échec avec Lauren, il s'était juré de ne jamais se marier ni d'avoir d'enfants, mais après avoir été mis devant le fait accompli, il avait été disposé à faire ce qui s'imposait. Bien entendu, la nouvelle de la grossesse de Molly l'avait ébranlé, car son cœur avait beau s'être endurci, il n'était tout de même pas dénué de sentiments. Ne s'était-il pas laissé aller à imaginer avoir un fils ? Un fils à qui il aurait appris à jouer au football et à perfectionner *l'elastico* – une passe qui l'avait rendu célèbre.

Seulement maintenant, Molly voulait le quitter. Elle n'était plus enceinte, et ses accusations cruelles l'avaient anéantie. Peut-être le méritait-il car, contrairement à lui, Molly s'était toujours montrée douce et gentille avec lui. Des qualités rares que seul un imbécile pouvait gâcher – et cet imbécile, c'était lui.

— Non, dit il soudain en s'approchant d'elle.

Surprise, elle plissa les yeux.

— Tu ne veux pas que j'utilise ton avion ?

— Mon avion est à ta disposition quand tu en as besoin, répondit-il d'un ton impatient. Ce n'est pas ce que je veux dire. Je ne veux pas que tu partes, Molly.

— Il le faut, pourtant. Je ne peux pas rester ici et prétendre que rien ne s'est passé, seulement parce que tu ne veux pas perdre la face devant tes parents.

— Il ne s'agit pas de ça, argua-t-il en la prenant dans ses bras. Je veux juste m'excuser pour toutes les accusations que je t'ai jetées à la figure. Je suis triste que tu aies perdu ce bébé, mais je commence à comprendre que nous pourrions peut-être réussir notre couple.

Molly secoua la tête, éberluée.

— Nous ne sommes pas un couple, Salvio.

— Mais nous pourrions l'être, insista-t-il.

Elle plissa les yeux.

— Ce que tu dis n'a aucun sens.

— Vraiment ? J'ai l'impression que tu n'étais pas trop malheureuse à l'idée d'avoir mon bébé.

Quand Molly releva la tête, il vit la fierté et la dignité dans son regard, et sentit s'éveiller en lui un sentiment étrange.

— S'il s'agit d'un exercice d'introspection, il me paraît juste que je fasse de même. Je n'ai pas pu m'empêcher de ressentir quelque chose pour ce bébé. Ce n'était évidemment pas une situation idéale, et cela n'aurait jamais dû arriver, mais cette perspective ne me rendait pas malheureuse, admit-elle. Cela m'aurait permis d'avoir…

— Quoi ? demanda Salvio quand elle se tut.

« Avoir quelqu'un à aimer », aurait-elle voulu dire, mais elle n'osa pas. Elle aurait semblé vulnérable, ce qu'elle ne voulait pas, ne voulait plus. Elle aurait aimé que Salvio cesse de lui poser ces questions hors de propos. Pourquoi ne la laissait-il pas juste rentrer en Angleterre, vivre sa vie et surtout l'oublier, au lieu de la regarder avec cet air de compassion qui la faisait se sentir si… faible ?

— J'aurais volontiers accepté ce rôle de mère et j'aurais fait de mon mieux. Dans un sens, je suis profondément déçue, admit-elle, mais je… je dois aller de l'avant, désormais.

Un long silence s'ensuivit – silence durant lequel ils avaient tous les deux pleinement conscience que leur avenir dépendait des propos qu'ils s'apprêtaient à tenir. Toutefois, les paroles de Salvio étaient bien les dernières auxquelles Molly s'attendait.

— Sauf si nous essayons à nouveau, bien sûr.

— De quoi parles-tu ?

— Et si je te disais que la paternité était quelque chose

que j'ai appris à accepter et que j'aurais été heureux d'assumer malgré mes réserves initiales ? Et si je te disais que moi aussi, je suis déçu, précisa-t-il, et que j'ai compris que je désirais vraiment un enfant.

— Alors je te suggère de faire quelque chose à ce propos.

Savait-il à quel point cela la faisait souffrir de dire ces mots, se demanda Molly, ou comme c'était difficile pour elle de refouler les larmes qui perlaient à ses paupières. Des larmes, non seulement pour le petit être qui n'était plus, mais aussi pour l'homme qui avait créé cette vie. Parce que le plus étonnant, dans cette histoire, était que Salvio De Gennaro allait lui manquer. Comment avait-il pu en si peu de temps prendre tant de place dans sa vie ?

— Trouve-toi une femme et fonde une famille ! poursuivit-elle d'un ton sec. C'est ainsi que font les gens.

— C'est ce que je comptais faire. Sauf que je n'ai pas besoin de me trouver une femme. Pourquoi le devrais-je alors qu'il y en a une devant moi ?

— Tu n'y penses pas !

— Ne me dis pas ce que je dois penser, Molly. Je pèse mes mots et je te demande d'être mon épouse.

Confuse, Molly cligna les yeux. Il lui demandait de *l'épouser*, alors qu'elle ne portait plus son bébé ? Elle se souvint de la première fois qu'elle l'avait vu… Elle avait été époustouflée. Mais maintenant, elle ne le regardait plus comme s'il était un demi dieu tombé du ciel. Elle le voyait désormais pour ce qu'il était : une personne imparfaite, comme elle. Il lui avait fait découvrir le sexe et les beaux vêtements. Il lui avait fait l'amour sur un immense lit surplombant la baie de Naples et il avait embrassé son ventre, où grandissait un petit être. Elle avait rencontré ses parents, et ils l'avaient traitée comme si elle faisait déjà partie de la famille. Et d'une certaine manière, toutes ces nouvelles expériences l'avaient changée. Elle n'était plus la même et n'acceptait pas n'importe quoi. Elle n'était plus une simple domestique, mais une femme à part entière.

Et pourtant, au moment même où cette vérité prenait tout

son sens, elle peinait à comprendre pourquoi Salvio lui faisait cette extraordinaire proposition. Il était de nouveau libre. Il aurait dû être ravi, au contraire, de la voir quitter sa vie au lieu de vouloir la retenir.

— Pourquoi veux-tu m'épouser ?

Il laissa son regard errer sur elle, mais différemment cette fois – comme s'il voulait évaluer qui elle était vraiment.

— J'aime ta douceur et ta gentillesse, dit-il, ton attitude et approche de la vie, ainsi que ton éthique de travail. Tu feras une bonne mère, je pense.

— Et… C'est tout ?

Il plissa les yeux.

— C'est suffisant, non ?

Elle n'en était pas certaine. Certes, il s'agissait là d'une liste plutôt flatteuse de ses qualités, mais il manquait l'essentiel : l'amour. Hélas ! Salvio avait aimé une fois et s'était brûlé les ailes. Pouvait-elle accepter son incapacité à l'aimer et tenter malgré tout de faire de leur mariage une réussite ?

Derrière Salvio, Naples se détachait telle une carte postale, tandis qu'il se dirigeait vers elle, sa claudication plus marquée que d'habitude. Le voir si fragile lui serra le cœur.

— Je voulais ce bébé, ajouta Salvio.

Le cœur de Molly battait la chamade. Elle ne voulait pas être affectée par cet aveu. Mais bien entendu elle l'était, car c'était la première fois qu'il mettait son cœur à nu.

— Tu avais une drôle de façon de le montrer.

Il haussa les épaules.

— Il est vrai qu'au départ je me suis senti piégé. Qui ne le serait pas dans ce genre de situation ? Mais quand je me suis fait à l'idée, mes sentiments ont commencé à changer.

Molly sentit l'espoir la gagner. Pouvait-elle le croire ? Oserait-elle le croire ? Elle se souvint de la façon dont il lui avait embrassé le ventre la veille et comme ce geste tendre l'avait émue. Mais cela était dangereux – comme tout, d'ailleurs, dans cette situation.

— Tu ne me demandes pas cette fois de t'épouser par obligation, mais par *choix* ?

— Oui, confirma Salvio. Pour des raisons désuètes plus que pour satisfaire les attentes irréalistes d'un amour romantique. Je veux fonder une famille, Molly. Je ne me rendais pas compte à quel point jusqu'à ce que cette opportunité m'ait été retirée. Je veux un enfant à qui laisser ma fortune, un enfant qui portera mon nom et mes gènes. Un enfant qui sera mon avenir…

Devant ses propos sincères, le cœur de Molly se noua. Elle songea à la douleur qu'il avait ressentie en perdant sa carrière et sa fortune coup sur coup. Elle songea à la femme qui l'avait trahi au pire moment. La femme qu'il avait aimée. Pas étonnant qu'il se soit endurci et juré de ne plus jamais laisser personne toucher son cœur. Elle regarda son beau visage. Pourrait-elle briser pierre par pierre le mur derrière lequel il s'abritait et la laisserait-il s'approcher suffisamment près pour essayer ? C'était un pari hasardeux, elle le savait, mais – malgré les vifs reproches qu'elle avait adressés à son frère – un pari qu'elle voulait prendre, parce qu'elle ne pouvait plus désormais imaginer la vie sans Salvio.

Mais si elle voulait devenir son épouse, elle devait apprendre à être son égale et ne plus se comporter comme une domestique à son égard. À partir de maintenant, les choses allaient changer, décida soudain Molly.

— Oui, j'accepte de devenir ton épouse, répondit-elle d'une voix posée.

— Tu me rends fou, Molly Miller. T'en rends-tu compte ?

— Je ne vois pas pourquoi, répondit-elle, étonnée.

— Justement ! rétorqua-t-il. Allez, viens…

L'instant d'après, il l'attirait dans ses bras. Molly se raidit. Il n'allait tout de même pas… Mais elle fut vite rassérénée lorsqu'il effleura du bout des doigts sa joue et la serra plus fort.

— Je suis désolé pour le bébé, murmura-t-il à son oreille d'une voix si basse qu'elle faillit ne pas l'entendre.

C'était la première fois qu'il la tenait contre lui sans vouloir lui faire l'amour. Les yeux fermés, Molly posa le visage contre son épaule, n'osant bouger ou parler de peur d'éclater en sanglots.

11

Ils se marièrent à Naples dans une magnifique église, proche de la maison des parents de Salvio. L'ancien édifice était rempli à craquer de personnes que Molly connaissait à peine – des amis de la famille, devina-t-elle, et des amis de Salvio, venus du monde entier. Elle avait rencontré la plupart d'entre eux la veille, durant un merveilleux repas, mais malgré tous ses efforts pour les retenir, elle avait oublié la plupart de leurs noms. Elle avait eu l'esprit trop encombré pour se concentrer sur grand-chose d'autre, mais sa principale angoisse concernait Robbie.

En effet, Salvio avait payé le voyage en avion à son frère, et Molly avait senti son cœur cogner dans sa poitrine en voyant Robbie entrer dans le restaurant et esquisser un sourire lumineux à la ronde, éveillant l'intérêt de plusieurs jeunes femmes. Elle s'était levée d'un bond pour le serrer dans ses bras et l'examiner, émue de la délicate attention de Salvio. Robbie avait l'air en pleine forme ; il n'avait même jamais eu l'air aussi bien. Il était bronzé et musclé, ses boucles blondes plus longues que dans son souvenir, et ses vêtements étaient étonnamment bien choisis pour l'occasion. Mais elle avait perçu le regard cupide qu'il avait jeté sur sa bague de fiançailles, ainsi que sur le restaurant coûteux en front de mer où se tenait la réception.

— Tu t'es bien débrouillée, sœurette, avait-il dit, une lueur intéressée dans le regard. Salvio De Gennaro est blindé.

Elle avait voulu protester, lui dire qu'elle n'épousait pas Salvio pour sa fortune, mais Robbie ne l'aurait probablement pas crue, tant l'argent était important pour lui. Elle s'était demandé si le fait qu'il évite son regard voulait dire qu'il n'avait toujours pas vaincu son addiction au jeu. Mais n'était-elle pas en train de transférer ses propres peurs sur son frère ? Elle n'était pas effrayée pourtant, car elle avait décidé d'épouser Salvio en toute connaissance de cause. Elle voulait devenir son épouse et ferait tout pour que cette union soit une réussite, malgré l'étrangeté de leur rencontre. Elle était habituée à se battre contre vents et marées, après tout.

Se tenant bien droite, elle descendit l'allée centrale, vêtue de la robe confectionnée juste pour elle par un des meilleurs créateurs de robes de mariée de Londres. Les séances d'essayage avaient été assez fastidieuses, car une étoffe chatoyante n'avait rien de très flatteur pour ses formes généreuses, mais Salvio voulait la voir vêtue d'une robe de mariée traditionnelle. Et au plus profond de son cœur, elle désirait la même chose.

— Votre poitrine est très… généreuse, avait marmonné la couturière. Nous allons certainement devoir utiliser un bustier spécial…

Molly allait accepter lorsqu'elle se souvint de la résolution qu'elle avait prise le jour où elle avait accepté la demande en mariage de Salvio. Elle resterait fidèle à elle-même et se comporterait comme son égale. En effet, si elle se forçait à être ce qu'elle n'était pas, son mariage était tôt ou tard voué à l'échec.

— Je crois que Salvio aime ma poitrine telle qu'elle est, avait-elle avancé.

L'expression admirative dans le regard de Salvio lorsqu'elle le rejoignit à l'autel lui donna d'ailleurs raison. Lorsqu'ils sortirent de l'église après la cérémonie, ils furent accueillis par une foule de personnes arborant des rubans bleus et blancs qui les acclamèrent et applaudirent à tout rompre, à la grande surprise de Molly.

— Ce sont les supporters de mon ancienne équipe de foot, expliqua Salvio, lui-même l'air assez étonné. Ils viennent me souhaiter *in bocca al lupo*.

— Bonne chance ? hasarda Molly, clignant les yeux sous les flashs des appareils photo.

— *Esattamente*. Tes leçons d'italien commencent à porter leurs fruits, murmura-t-il à son oreille.

Ce simple contact suffit à faire dresser ses tétons sous le fin tissu de sa robe de mariée, et le sourire ironique de Salvio la fit rougir. Levant le bouquet de roses pour cacher son embarras, elle admira la façon dont son mari était attentif à son corps et à ses besoins. Ils s'étaient toujours entendus à merveille sur le plan sexuel ; il ne lui restait plus désormais qu'à tomber enceinte.

Après le mariage, ils s'envolèrent pour la Barbade et s'installèrent dans une magnifique villa au cœur d'un luxueux hôtel. Pour Molly, c'était le paradis. À peine arrivé, Salvio partit nager, mais elle insista pour défaire leurs bagages elle-même. Les vieilles habitudes avaient la vie dure.

Nouant un sarong autour de sa taille, elle sortit rejoindre son tout nouveau mari qui se prélassait sur une chaise longue, portant seulement un chapeau de paille usé. La gorge nouée, elle le regarda, allongé en plein soleil. Le corps luisant de gouttelettes d'eau, il semblait parfaitement à l'aise. L'espace d'un instant, elle eut du mal à croire qu'elle se trouvait là, avec lui. Elle déglutit. Il lui avait même fallu un certain temps pour s'habituer à son nouveau nom : *signora* Molly De Gennaro.

Il tourna la tête vers elle et enveloppa du regard sa silhouette voluptueuse.

— Comment te sens-tu ?

S'efforçant de ne pas se laisser distraire par son évidente excitation, elle hocha la tête.

— Très bien, merci, répondit-elle poliment. J'ai bien dormi dans l'avion.

— Alors, ne reste pas là, lui intima-t-il en tapotant les coussins à côté de lui. Viens ici.

Consciente de la lueur de désir dans le regard de Salvio, elle traversa la terrasse et s'assit à côté de lui. Face à elle miroitait une mer turquoise et translucide, bordée de sable fin. À sa gauche se trouvait leur propre piscine privée et s'ils désiraient « quoi que ce soit », leur avait-on assuré à leur arrivée, ils n'avaient qu'à demander, et leurs moindres désirs seraient comblés.

Elle étendit les jambes et observa ses orteils qui brillaient désormais d'un magnifique ton corail.

— Tu as fait une pédicure, fit remarquer Salvio.

Étonnée, elle cligna les yeux.

— Tu as remarqué ?

— Tu serais étonnée de ce que je remarque, Molly. Est-ce la première fois que tu fais ça ?

— J'en ai peur, admit-elle, avant de redresser la tête d'un air de défi. J'imagine que cela te surprend.

— Non, pas vraiment. Et de toute façon, ajouta-t-il avec un sourire, j'aime bien quand tu me surprends.

Sa main était maintenant sur sa jambe, et elle sentit ses doigts effleurer sa cuisse. Petit à petit, ils remontèrent jusqu'à sa culotte de bikini. Elle déglutit lorsque sa main s'arrêta sur le petit triangle rouge et blanc.

— Salvio, souffla-t-elle.

— *Sì*, Molly ?

— Nous sommes dehors. N'importe qui peut nous voir.

— Mais la raison même d'avoir une villa privée est de ne *pas* être vu. T'es-tu jamais demandé ce que ce serait de faire l'amour en plein air ?

— Peut-être, admit-elle, après une légère hésitation.

— Alors pourquoi ne le ferions-nous pas ?

— Quoi, maintenant ?

— Oui, maintenant.

Elle déglutit.

— Si tu es *vraiment* sûr que personne ne peut nous voir.

— Je suis peut-être aventureux, mais le voyeurisme ne m'attire pas.

— Alors pourquoi pas ? dit-elle timidement.

Salvio sourit, tout en déposant des petits baisers sur la généreuse poitrine de Molly qui sentait la noix de coco et le sable chaud. Sous ses doigts experts, un téton durci se dressa sous le fin tissu, et Salvio fut charmé devant le mélange de timidité et d'impatience qui caractérisait Molly.

Il se mit à défaire son sarong.

— Rien que pour mes yeux, ajouta-t-il d'une voix caressante, tandis qu'elle retenait son souffle.

Une fois le sarong écarté, ses doigts poursuivirent leur progression sous l'étoffe du bikini pour explorer la douceur humide de sa fleur secrète. Il poussa un soupir de satisfaction quand elle répondit à ses caresses en se penchant vers lui et le toucha de façon intime. Il aimait la façon dont elle refermait les doigts autour de son membre et le caressait sur toute sa longueur. Il aimait qu'elle le tourmente et le tienne en haleine, comme il le lui avait si bien appris. Mais aujourd'hui, son impatience était trop grande, et il se sentit incapable d'attendre. Il l'avait laissée dormir dans l'avion, car elle avait semblé exténuée, mais maintenant son désir était exacerbé. Le bas de son bikini rejoignit le sarong sur le sol, et il glissa un doigt dans son intimité. Elle sursauta et agrippa ses épaules lorsqu'il trouva son bouton de plaisir et augmenta peu à peu le rythme de ses caresses.

— Ne… Ne t'arrête pas…

— Je n'ai aucune intention de m'arrêter, *bella mia* ! s'exclama-t-il. Je ne le pourrais pas, même si je le voulais…

Mais peu après, à bout de patience, il la pénétra, l'emplissant tout entière. Il gémit lorsqu'elle ondula sous lui, s'accordant à chacun de ses coups de reins. Était-ce parce qu'il n'avait plus besoin d'un préservatif que le sexe avec Molly était encore plus incroyable qu'avant ? Ou parce qu'il était le seul à lui avoir tout appris ? Fou de désir, il ferma les yeux. Était-il assez primitif pour éprouver une sorte de jouissance à l'idée de faire l'amour sans protection à son épouse, vierge avant lui ?

Les spasmes commencèrent à monter en Molly, et elle poussa un gémissement qui prit peu à peu de l'ampleur, aussi la fit-il taire d'un baiser. Il sentit son souffle chaud et l'excitation la gagner, tandis qu'elle se resserrait autour de lui en spasmes de plus en plus puissants – et sa propre réponse fut comme une marée sauvage qui l'emportait et le tirait vers le fond. Avec un cri rauque, il se laissa aller à l'orgasme, une main sous les fesses de Molly et l'autre dans la soie odorante de ses cheveux. Sous le soleil de la Barbade, il sentit vibrer son corps, tandis que le calme revenait peu à peu en lui.

Pendant un moment, il resta allongé sur elle, à la fois étourdi et comblé, la tête nichée contre son épaule, tandis qu'il sommeillait. Il finit néanmoins par bouger et du bout des doigts lui releva le menton, savourant le sourire extatique qui ourlait les lèvres de Molly.

— Bon, nous avons le choix, dit-il d'une voix chaude. Nous pouvons nous rhabiller et commander à boire ou je peux nous préparer quelque chose – ce que je préférerais, bien sûr.

Elle hésita un instant.

— Cela ne me dérange pas que tu me serves, dit-elle.

Elle le regarda partir. Était-ce la peur d'être perçu comme un raté qui l'avait fait le plus souffrir quand son monde avait implosé ? Était-ce la raison de sa réticence à revenir à Naples ? Pourtant, il était reparti de zéro. Il avait réussi en tout, à l'exception d'une seule chose.

Juste avant d'embarquer dans son jet privé, il lui avait dit à quel point ses parents se réjouissaient à l'idée de l'avoir comme belle-fille, et elle s'était étonnée que la vie puisse parfois être si étrange. Sa mère n'avait pas aimé Lauren Meyer, mais Salvio, de son propre aveu, avait été fou amoureux d'elle. Et pourtant, c'est elle qu'il avait épousée. Elle devrait se résoudre à n'être qu'un second choix.

Mais sa vie avait toujours été ainsi ; ce n'était donc pas comme si elle n'y était pas habituée. En tant que domestique, elle devait toujours se mettre en retrait. Elle était là pour faciliter la vie des autres, se montrer efficace et être invisible, car les gens ne la voyaient pas *elle*, mais seulement le service qu'elle fournissait.

Salvio la voyait-il pour ce qu'elle était ou uniquement comme la future mère de son enfant ? se demanda-t-elle. La femme qu'il avait transformée avec son immense fortune pour qu'elle puisse se dorer au soleil de la Barbade et regarder la mer azur comme si elle avait connu ça toute sa vie ?

Le tintement de glaçons lui fit tourner la tête vers les portes-fenêtres où se tenait Salvio, tenant dans les mains deux grands verres givrés. Lorsqu'il se dirigea vers elle, Molly se demanda comment un homme entièrement nu, hormis un chapeau de paille, pouvait paraître aussi à l'aise.

Lui tendant un verre, il prit place à côté d'elle sur la chaise longue, et pendant un temps ils sirotèrent en silence.

— Salvio, finit-elle par dire en regardant les glaçons fondre dans son cocktail de fruits.

Il tourna la tête vers elle.

— Hum…

— Que vais-je *faire* ? Je veux dire… Quand nous serons rentrés en Angleterre et que tu retourneras au travail ?

Salvio fit lentement tourner les glaçons dans son verre.

— N'avions-nous pas prévu d'avoir un enfant ?

— Oui, concéda-t-elle. Mais cela ne viendra peut-être pas tout de suite, n'est-ce pas ? Et je ne peux pas passer tout mon temps à t'attendre.

— Tu veux que je te trouve quelque chose à faire ? demanda Salvio en l'étudiant de près. Une branche de mon entreprise est consacrée aux œuvres de charité. Aimerais-tu t'impliquer là-dedans ?

Elle hésita, surprise qu'il la croie capable de faire partie de son entreprise. Mais ce ne fut pas tant sa proposition qui lui fit le plus plaisir que l'idée de faire partie intégrante de sa vie. Et n'était-ce pas le but du mariage ?

— J'aimerais beaucoup, dit-elle en souriant.

— Es-tu au courant que ton frère m'a demandé un prêt le jour de notre mariage ?

Surprise, elle faillit lâcher le verre qu'elle tenait à la main et le posa à la hâte sur la table, les joues en feu.

— *Quoi ?*

— Il avait, semble-t-il, une idée pour un nouveau projet d'entreprise et m'a demandé si je voulais investir dedans.

— Tu n'as pas accepté, j'espère ?

— Tu crois que j'ai l'habitude de jeter l'argent par les fenêtres ? Je lui ai demandé combien d'argent il avait déjà récolté et comment… mais il semblait réticent à me répondre, dit-il, le regard soudain glacial. Étais-tu au courant, Molly ?

Elle fut blessée qu'il lui pose cette question, mais à la réflexion comment lui en vouloir ? Salvio avait toujours été une cible durant ses années de gloire, et il était tombé amoureux d'une femme qui ne l'avait vu que comme un trophée. Il ne faisait pas confiance à la gent féminine, il ne l'avait jamais caché.

— Bien sûr que non ! protesta-t-elle. Et s'il m'avait demandé mon avis, je lui aurais dit de ne même pas y songer.

Le regard tourné vers l'horizon, il hocha la tête, et le sujet fut clos. Mais la détermination de Molly à ne pas laisser ses accusations gâcher sa journée avait des limites, et soudain elle ressentit une profonde déception.

12

— Combien de temps pars-tu à Los Angeles ?

Par-dessus les vestiges de leur petit déjeuner matinal, Molly regarda Salvio lire un des journaux italiens qu'il se faisait livrer à son appartement londonien tous les matins.

— Quelques jours seulement, répondit-il en levant la tête pour la dévisager. Je dois assister à plusieurs réunions, puis je reviens aussitôt.

— Cela me paraît un long voyage pour rester si peu de temps, fit-elle remarquer en buvant une gorgée de café noir qu'elle avait appris à aimer et préférait même au cappuccino.

— C'est vrai. Mais pourquoi ne m'accompagnerais-tu pas ? proposa Salvio en posant son journal. Nous pourrions rester quelques jours de plus et aller visiter San Francisco. Cela nous ferait des vacances. Tu n'es encore jamais allée aux États-Unis, n'est-ce pas ?

Elle n'était même jamais allée plus loin que l'île de Wight, et cela plusieurs années auparavant. Très tentée, Molly faillit accepter lorsqu'elle se souvint de ses propres responsabilités.

— Je ne peux pas. J'ai un déjeuner prévu aujourd'hui avec une œuvre de bienfaisance.

— Tu peux toujours annuler.

— Je ne peux pas *annuler*, Salvio. Cela donnerait l'impression que je ne m'implique pas vraiment et que je fais partie du conseil d'administration uniquement parce que je suis ton épouse.

Un sourire jouait sur les lèvres de Salvio lorsqu'il se leva et s'approcha d'elle, ses yeux sombres brillants d'une lueur qu'elle connaissait si bien.

— Tu devras donc être patiente et attendre mon retour, *sposa mia*, même si cela veut dire que tu dormiras sans moi pendant quatre nuits. En fait, le simple fait d'y penser me donne envie de t'embrasser.

Leur baiser se mua rapidement en passion brûlante, et l'instant d'après il la soulevait et l'emportait dans la chambre. Elle adorait la façon dont il retirait à la hâte les vêtements qu'il venait tout juste de revêtir et dont il explorait son corps comme s'il venait de découvrir un trésor. Elle adorait la sensation de son corps nu pressé contre le sien lorsqu'ils roulaient ensemble sur le lit. Elle l'aimait, réalisa-t-elle soudain, tandis qu'il s'enfonçait en elle. Elle ne pouvait s'en empêcher.

Elle se sentait encore légèrement étourdie après ces instants de passion quand Salvio revint de la salle de bains, affichant le sourire satisfait du prédateur comblé. Elle le regarda s'habiller.

— Tu es insatiable, commenta-t-elle.

— Chose que tu détestes, bien évidemment ? ironisa-t-il, s'approchant du miroir pour nouer sa cravate.

— Salvio ?

Il fixa son reflet dans le miroir.

— Hum ?

— Te souviens-tu du jour de notre mariage ?

— Il y a peu de chances que je l'oublie, et même si c'était le cas, ce ne serait pas très diplomatique de ma part de l'admettre après à peine trois mois. Pourquoi ?

— Eh bien…, se força-t-elle à dire malgré la réponse peu encourageante de Salvio, je me demandais si ton organisme de charité ne devrait pas inclure une sorte de partenariat avec le monde du foot – ce qui n'est pas le cas actuellement.

— Un partenariat avec le monde du foot ? répéta Salvio d'une voix hésitante.

— Oui. Tu pourrais proposer une aide financière à un jeune joueur prometteur issu d'un milieu défavorisé… pour aider le genre de garçon que tu étais, ajouta-t-elle après une hésitation.

Il y eut un silence durant lequel Salvio finit de nouer sa cravate, et lorsqu'il parla enfin, sa voix était froide.

— Mais je n'ai plus rien à voir avec ce monde-là, Molly. Tu le sais bien. J'ai tourné le dos à cette vie depuis longtemps.

— Oui, je sais bien, mais les choses ont évolué depuis. Tu as vu comme moi les gens venir te saluer à la sortie de l'église. Ils t'aiment, Salvio. Tu es une légende pour eux, et j'ai pensé que ce serait bien de… leur donner quelque chose en retour.

— Ah ? vraiment ?

S'écartant du miroir, Salvio observa son épouse – assise dans le lit défait, décoiffée et les joues roses. Vu son passé, il avait pensé qu'elle serait une partenaire plus docile et qu'elle lui aurait été reconnaissante de lui avoir permis de faire partie du comité de direction. Il avait pensé qu'elle assisterait régulièrement aux réunions mais se tiendrait en retrait – mais voici qu'elle commençait à donner des conseils. Elle, mieux que quiconque, aurait dû se rendre compte que son comportement était à la fois inapproprié et importun.

— Je crois que ce n'est vraiment pas ton rôle de me dire comment dépenser mon argent, Molly.

Elle se figea.

— Pas mon *rôle* ? répéta-t-elle d'une voix incrédule, le visage soudain blême. Et pourquoi ? L'ancienne domestique que je suis doit-elle se taire et faire ce qu'on lui dit, plutôt que de montrer un peu d'initiative ? Es-tu en train de me dire que nous sommes toujours inégaux, malgré la bague que je porte au doigt ?

— Pas besoin de dramatiser, riposta-t-il d'un ton sec, bien que ce fût *effectivement* ce qu'il pensait. Et je n'ai pas envie de me disputer avec toi juste avant mon départ pour les États-Unis. Nous en reparlerons à mon retour.

Il inclina la tête en lui adressant un sourire irrésistible.

— Allez, embrasse-moi.

Sachant qu'il serait puéril de détourner la tête, Molly répondit à son baiser, mais elle fulminait intérieurement en regardant la porte de l'appartement se refermer derrière son mari. Le petit nuage rose sur lequel elle flottait depuis le jour de son mariage était soudain devenu noir. Était-ce parce que rien n'avait changé, malgré les apparences d'un mariage heureux ? Elle avait beau porter son alliance, en ce moment précis, elle se sentait comme la servante qu'elle avait toujours été. Et elle subissait une autre pression. Une pression qu'elle n'osait avouer – pas même à elle-même, et encore moins à Salvio.

Elle se leva à contrecœur et alla regarder par la fenêtre où tout semblait figé. On était pourtant déjà en avril, mais le printemps tardait à venir. Même les jonquilles dans les pots, sur la terrasse de Salvio, avaient été écrasées par la neige qui immobilisait la ville depuis quelques jours.

Pas de signe de vie en elle non plus.

Les mains posées sur son ventre, elle pria pour que ce mois-ci la chose qu'elle espérait tant se réalise, même si la douleur dans son bas-ventre semblait indiquer le contraire. Elle redoutait tant une nouvelle déception ! Elle s'efforçait de se convaincre que cela finirait bien par arriver, tout en se demandant combien de temps tiendrait ce mariage qui avait eu lieu uniquement parce que Salvio voulait un héritier. Et si elle ne *pouvait pas* concevoir ? Elle était certes tombée enceinte une fois, mais rien ne disait que cela se reproduirait. La vie n'offrait pas de garantie.

Se secouant, elle prit une douche et revêtit une robe qu'elle n'aurait jamais osé porter quelques mois plus tôt, même si elle avait pu se le permettre financièrement. Mais sa silhouette avait changé depuis qu'elle vivait avec Salvio – et pas seulement parce qu'elle utilisait et appréciait la salle de gym, installée au sous-sol de son luxueux appartement. Elle mangeait des repas équilibrés maintenant, car son mari n'était pas friand des en-cas, et par conséquent elle n'avait jamais été en aussi bonne forme.

Elle prit un taxi pour se rendre à son déjeuner de bienfaisance qui avait lieu dans la salle de bal d'un des plus prestigieux hôtels de la capitale et durant lequel des récompenses seraient décernées aux personnes qui avaient sauvé des animaux. Elle apprécia beaucoup l'histoire du chaton récupéré sur le toit d'un immeuble par un étudiant de dix-neuf ans terrifié par les hauteurs. Lorsqu'elle apprit ensuite qu'il voulait reprendre ses études pour devenir vétérinaire, elle en fut heureuse pour lui.

Elle coupait des légumes pour son dîner lorsque Salvio l'appela de Los Angeles. Elle lui manquait, lui avoua-t-il, et même si elle voulait le croire, elle avait des doutes après leur altercation du matin même.

Il était peut-être temps de regarder la réalité en face, décida Molly. À son retour, ils auraient une conversation sérieuse, car même si la vérité pouvait blesser, c'était toujours préférable de savoir à quoi s'en tenir. Elle lui demanderait s'il voulait persévérer dans ce mariage, et c'était peut-être mieux d'aborder le sujet *avant* d'avoir un bébé.

Puis, un événement survint qui changea complètement la donne.

Elle reçut un mail de son frère le jour même où Salvio devait rentrer des États-Unis. Robbie donnait rarement de ses nouvelles et il n'avait pas été en contact avec sa sœur depuis le mariage, bien qu'elle lui ait envoyé plusieurs magnifiques photos de lui prises lors de la réception où il dansait avec une des cousines éloignées de Salvio. Elle n'avait même pas mentionné le prêt qu'il avait demandé à son mari, décidant que cela ne la regardait pas.

Elle fut donc très heureuse de voir le mail de son frère, dans sa boîte de réception et dont l'objet était :

As-tu vu ceci ?

En pièce jointe, elle trouva un article d'un journal américain dans lequel apparaissait une photographie de son mari, assis à la terrasse d'un restaurant devant une mer bleu saphir en compagnie d'une très jolie blonde.

Les doigts agrippés à la souris, elle fit défiler la page vers le bas, même si elle savait déjà au plus profond d'elle-même qui était la compagne de Salvio. Était-ce l'assurance de la jeune femme qui lui mit la puce à l'oreille ou simplement la façon intime dont elle se penchait vers Salvio ? Le cœur serré, Molly parcourut l'article.

Le magnat de l'immobilier et play-boy notoire, Salvio De Gennaro, a été aperçu aujourd'hui à Malibu en galante compagnie.

Tout juste marié à son ancienne employée de maison, Molly Miller, lors d'une cérémonie grandiose dans sa ville natale de Naples, le milliardaire italien a toutefois pris le temps de renouer avec son ex-fiancée, Lauren Meyer.

Son divorce à peine prononcé, la riche héritière mettait-elle Salvio en garde contre les dangers du mariage ?

À moins qu'il lui soit trop difficile de résister à l'attrait du bon vin californien…

Les mains tremblantes, Molly fixa l'écran, puis ferma les yeux dans l'espoir de réprimer la brusque bouffée de jalousie qui la transperçait comme une lame chauffée à blanc. En vain. Lorsqu'elle les rouvrit quelques instants plus tard, son regard se posa sur l'anneau à son doigt dont les diamants brillaient de mille feux – diamants qu'elle avait comparés à des larmes, se souvint-elle. Mais de vraies larmes roulaient maintenant sur ses joues et brouillaient sa vision. Repoussant sa chaise, elle se précipita dans sa chambre. Pourtant, elle n'avait aucune raison de ressentir du chagrin et de la jalousie. Son mari ne l'avait jamais aimée, et leur union était un simple mariage de convenance qui permettait à chacun d'eux de satisfaire ses besoins.

Ou plutôt, ce qu'elle *avait cru* être ses besoins : la sécurité et la passion dans les bras d'un homme qu'elle avait appris à aimer et ensuite une famille bien à elle. Mais la réalité venait de la rattraper, et elle s'obligea à réfléchir à ce qu'elle voulait *vraiment*. Ce n'était pas le magnifique appartement ou les différentes propriétés situées aux quatre coins du monde, pas plus que la carte bancaire sans plafond de dépenses.

Elle voulait l'amour de Salvio, réalisa-t-elle. Un souhait irréalisable, car il était incapable d'aimer – en tout cas, pas elle. Pourtant, il *avait* aimé Lauren. Et malgré tous ses efforts elle n'arrivait pas à voir d'un bon œil ses retrouvailles avec son ex-fiancée dans le cadre idyllique de Malibu. Pour la première fois de sa vie, elle était à court d'options.

Ses larmes s'étaient taries lorsqu'elle traversa la chambre, et elle était remplie d'un étrange sentiment de calme quand elle ouvrit sa penderie et en sortit sa vieille valise usagée.

Elle ferait ce qu'elle avait à faire.

La seule chose à faire.

— Molly ?

Les sourcils froncés, Salvio entra dans l'appartement, et devina aussitôt qu'il était vide. Pourtant, il avait envoyé un texto à Molly pour lui dire qu'il était sur le chemin du retour et s'était attendu à la voir l'accueillir avec son doux sourire.

— Molly ? répéta-t-il, mais son appel résonna dans le salon vide.

Il trouva son petit mot rapidement, ce qui avait sans doute été intentionnel de la part de Molly. Un de ces petits mots brefs, qui disait à la fois peu et beaucoup de choses. Et posé par-dessus, son alliance.

Salvio,

J'ai vu l'article dans le journal sur Lauren et toi, et les choses étant ce qu'elles sont, je préfère m'installer à l'hôtel le temps que je trouve un travail.

Je t'enverrai mon adresse lorsque j'en aurai une pour que tu puisses prévenir tes avocats.

J'ai connu avec toi une expérience éblouissante et je te remercie pour tout. Et… in bocca al lupo.

Écrasant dans son poing le petit mot, il se dirigea d'un pas rageur vers l'ordinateur et vit aussitôt l'article dont parlait Molly. Il le lut avec un sentiment d'incrédulité, avant de jurer à haute voix. Pourquoi personne dans son entourage ne l'avait-il prévenu ? Sans doute parce qu'il avait toujours conseillé à son assistante de traiter les articles à sensation avec le mépris qu'ils méritaient en les ignorant. Il fixa longuement la photo. Celui qui avait dit que la caméra ne mentait jamais se trompait, songea-t-il.

Il vit le délicat profil de Lauren et ses longs cheveux blonds qui s'agitaient doucement dans la brise. Elle était penchée vers lui, une expression sérieuse sur le visage. La photo avait dû être prise juste avant qu'elle écarquille les yeux et que son visage se décompose, après la réponse qu'il lui avait donnée.

Tirant son portable de sa poche, il appela Molly et ne fut pas étonné lorsqu'il tomba sur sa messagerie. Les dents serrées, il poussa un soupir. Croyait-elle qu'elle pouvait le quitter sans un mot, mis à part ce banal petit message ?

Il fit défiler ses contacts et s'arrêta sur un numéro qu'il utilisait rarement. Baissant la voix, il se mit à parler dans un rapide dialecte, donnant des ordres concis, avant de couper la communication.

13

Molly regarda les murs richement décorés de l'hôtel Vinoly et les lis rouges qui emplissaient le vase argenté. Elle avait choisi cet établissement cinq étoiles, car elle avait entendu Salvio le mentionner, mais dès le lendemain elle cherchait un logement moins cher. Pas question de s'accrocher à la belle vie dont elle jouissait en étant son épouse. Cette vie-là était terminée, et elle devait s'y résoudre.

Son téléphone portable sonna, mais elle n'avait pas besoin de regarder pour savoir qui l'appelait. Salvio. Encore. Elle choisit de l'ignorer, tout comme elle avait ignoré ses nombreux textos. En effet, quel était l'intérêt d'écouter ce qu'il avait à dire, au risque de se laisser amadouer par ses mots doux et d'avoir ensuite le cœur brisé ? Elle ne voulait pas entendre d'excuses ou de demi-vérités. Elle voulait se préserver.

Mais tout d'abord, elle devait chercher un travail. Un emploi qu'elle pourrait presque faire les yeux fermés. Elle s'inscrirait dans une agence dans la matinée et leur dirait qu'elle voulait aller là où elle n'était encore jamais allée, comme en Écosse ou au Pays de Galles. Un endroit où elle pourrait panser ses plaies et essayer d'oublier qu'elle avait été pendant un bref moment l'épouse d'un homme…

Elle se mordit la lèvre.

Un homme dont elle était tombée amoureuse, malgré tous ses efforts pour ne pas céder à son charme.

Mais Salvio n'avait pas voulu de son amour, préférant celui de Lauren. La belle héritière était-elle prête à accorder à Salvio une deuxième chance ? Était-ce la raison de ce rendez-vous secret sous le soleil californien ?

Molly n'avait pas faim, mais comme elle n'avait rien mangé depuis le petit déjeuner, elle commanda une omelette au service de chambre et songea à son frère. Elle n'avait pas encore répondu à son mail parce qu'elle ne savait pas quoi lui dire. Avait-il agi par gentillesse en lui envoyant la preuve du rendez-vous secret de Salvio ? se demanda-t-elle. Ou le geste de Robbie avait-il été motivé par la malveillance, parce que son beau-frère fortuné lui avait refusé le prêt qu'il sollicitait ?

En proie à une nervosité croissante, elle marcha de long en large dans la pièce, incapable de refouler l'image de son mari. Arriverait-elle un jour à fermer la parenthèse et à…

Un coup frappé à la porte interrompit ses pensées.

— Qui est-ce ? demanda Molly.

— Service de chambre.

Elle ouvrit la porte en entendant une voix de femme et se figea lorsqu'elle vit Salvio, tenant dans ses mains un plateau surmonté d'une cloche en argent. Au loin, elle vit une employée s'éloigner.

— Écarte-toi de la porte, Molly, lui intima-t-il.

— Tu ne peux pas entrer, objecta-t-elle.

— Essaye de m'en empêcher !

Elle n'osa pas. Elle ne l'avait jamais vu aussi déterminé, tandis qu'il entrait d'un pas furieux dans sa chambre. Il y eut un fracas lorsqu'il posa brutalement le plateau sur la table, et Molly frémit à la pensée des dégâts causés à son omelette. Même si elle n'en voulait plus. Comment aurait-elle pu manger quoi que ce soit alors qu'elle peinait à respirer ?

Lorsqu'il lui fit face, elle fut frappée par la fureur qui assombrissait ses traits.

— Alors, Molly ? gronda-t-il.

— Alors quoi ? Comment m'as-tu trouvée ?

— Tu as réservé cette chambre avec notre carte de crédit conjointe.

— Et… ?

— Tu étais donc facilement repérable. J'ai demandé à un de mes contacts de chercher les informations.

Elle fronça les sourcils.

— Ce n'est pas… illégal ?

Il haussa les épaules.

— Lorsqu'un homme souhaite retrouver sa femme en fuite, il utilise tous les moyens disponibles.

— Eh bien, tu as perdu ton temps, car nous n'avons plus rien à nous dire !

— Détrompe-toi. Nous avons au contraire beaucoup de choses à nous dire, et nous allons commencer maintenant.

Soudain, Molly sut qu'elle ne pouvait pas le laisser dominer cette situation par la seule force de son caractère indomptable. Oui, il était riche, puissant et avait réussi dans la vie, mais elle était son épouse. Son *égale*… C'était ce qu'elle s'était engagée à devenir lorsqu'elle avait accepté de l'épouser, mais quelque part en chemin sa détermination avait faibli. Était-ce parce que plus elle tombait amoureuse de Salvio plus elle avait du mal à s'affirmer ?

Eh bien, ç'en était fini. Elle devait lui faire comprendre que même si elle ne possédait rien de valeur, elle avait de l'estime pour elle-même, et elle ne permettrait pas à Salvio De Gennaro de la ridiculiser et de lui briser le cœur.

— J'ai vu l'article du journal américain, expliqua-t-elle.

— Je sais. Ton frère te l'a envoyé.

— As-tu découvert ça de façon illégale aussi ? ironisa-t-elle.

— Non, Molly. Tu as laissé ton ordinateur allumé.

— Si tu avais regardé un peu plus attentivement, tu aurais vu que j'avais fait une recherche sur l'hôtel Vinoly, déclara-t-elle triomphalement, et tu n'aurais pas été obligé de recourir à des méthodes douteuses pour me trouver.

Contre toute attente, il soupira, le regard soudain empreint d'une certaine lassitude.

— Que crois-tu que je suis allé faire à Los Angeles, Molly ? Renouer avec Lauren ?

Une indicible douleur submergea Molly.

— Et c'était le cas ?

Il se passa une main dans les cheveux et grimaça.

— Non, lui assura-t-il. Elle a appris que j'étais en ville et a pris contact avec moi. Nous sommes ensuite convenus de nous retrouver pour déjeuner.

— Pourquoi ?

— Pourquoi ? répéta-t-il avec un sourire étonné. Je pensais que ce serait une bonne chose d'enterrer le passé.

— Sauf qu'elle a soudain réalisé l'erreur stupide qu'elle avait faite en te laissant partir ? ironisa Molly.

Il haussa les épaules.

— À peu de choses près. Elle vient juste de divorcer. Elle m'a demandé de lui accorder une deuxième chance.

— Et tu lui as répondu quoi ?

Il y eut un moment de silence durant lequel Molly crut entendre battre son cœur… Jusqu'à ce qu'elle se rende compte qu'il s'agissait de l'horloge qui sonnait l'heure.

— Je lui ai dit que j'étais amoureux de ma femme, répondit-il, mais que j'avais été trop stupide pour le lui montrer.

Elle secoua la tête, refusant de croire qu'il pourrait un jour avouer son amour pour elle.

— Je ne te crois pas, lâcha-t-elle.

— Je sais et peut-être que je mérite ta méfiance… J'admets volontiers m'être parfois montré froid et difficile, ajouta-t-il d'une voix hésitante.

— Le problème n'est pas là, Salvio ! C'est plus le fait que tu fais machine arrière sur tout ce que tu as toujours clamé haut et fort. Tu m'as dit que tu étais incapable d'avoir des sentiments pour qui que ce soit. Tu t'en souviens ? Que tu avais été amoureux de Lauren et qu'après ta rupture tu avais fermé ton cœur. Et si *c'était* vrai – si tu l'as *vraiment* aimée comme tu le prétends – alors comment se fait-il que ce sentiment soit mort en toi ? L'amour n'est-il que provisoire, Salvio ?

Admiratif de sa logique imparable, Salvio prit une profonde inspiration. Il avait l'impression d'être sur une estrade devant mille personnes, prêt à faire le discours le plus important de sa vie. Et c'était le cas, mais il n'avait qu'une seule personne à convaincre, la seule qui eût vraiment de l'importance à ses yeux : Molly…

Et tout son avenir en dépendait.

— Je croyais être amoureux de Lauren, car c'est ce que je ressentais à l'époque, expliqua-t-il, et à mon sens, c'est une sorte de trahison que de nier les sentiments que j'éprouvais à cette époque. Je ne souhaite pas réécrire l'histoire… Cela dit, je vois maintenant qu'il ne s'agissait pas vraiment d'amour, mais plus d'un mélange complexe d'autres choses que j'étais trop immature pour comprendre.

— Quoi donc ? demanda-t-elle lorsqu'il se tut.

— Il était plus question d'un jeune homme qui voulait conquérir l'insaisissable, admit-il. Un homme qui durant un certain temps est devenu quelqu'un qui ne lui ressemblait pas. Un être aveuglé par un idéal, plutôt que par une personne authentique, et Lauren *représentait* cet idéal. Puis, je t'ai rencontrée, Molly. Toi, la personne la plus authentique qui soit. Tu m'as séduit. Désarmé. Tu as brisé mes défenses avant même que je réalise ce qu'il se passait. Tu m'as fait me sentir bien – tu continues, d'ailleurs. Tu fais ressortir le meilleur en moi. Tu me fais croire que je peux tout réussir, même si mon instinct me dicte de lutter contre toi de toutes mes forces, car quelque part en moi je pense que je ne mérite pas le bonheur.

— Salvio…

— Non, laisse-moi finir, s'il te plaît, poursuivit-il d'une voix tremblante. Tu dois comprendre que tout ce que je te dis est vrai, car je n'ai aucun intérêt à te mentir. Tu me *crois*, Molly, quand je te dis que je marcherais jusqu'au bout du monde pour toi, si tu me le demandais ? Et que je t'aime comme je n'ai jamais aimé quiconque auparavant ?

Molly se noya dans son regard de braise et son sourire plein de tendresse, mais elle n'eut pas à réfléchir très longtemps. Même s'il n'avait pas prononcé ces mots si fervents, elle l'aurait cru. Pour autant, s'ils mettaient l'accent sur la qualité de leur relation, elle ne pouvait accepter de nouvelles zones d'ombre et devait avoir le courage d'affronter ce qui la perturbait encore.

— Mais qu'en est-il du bébé ? murmura-t-elle.

— Quel bébé ? Es-tu en train de me dire que tu es enceinte ?

— Je ne sais pas. Je ne crois pas, mais c'est là toute la question. Si jamais… Si pour une raison quelconque, je ne pouvais pas te donner l'enfant que tu désires tant ?

— Alors nous irions voir les meilleurs médecins pour en connaître la raison ou bien nous adopterions. Un enfant n'est pas – n'est plus – une condition sine qua non, Molly. Je te veux, *toi*. C'est tout.

C'est tout ?

Molly cligna les yeux. Salvio était véritablement captivé par elle, réalisa-t-elle, bouleversée. *Elle !* Submergée de bonheur, elle se sentit rougir. Elle aurait pu tirer une certaine fierté de la toute nouvelle puissance dont elle jouissait, mais il n'était pas question ici de pouvoir. Il était question d'amour et d'égalité, de considération et de respect. De fidélité et de vérité. Il était question d'eux.

Elle sourit, gagnée par une joie si forte que son cœur faillit exploser de bonheur.

— Je te crois, murmura-t-elle. Et je t'aime aussi. Je crois que je t'ai toujours aimé, Salvio De Gennaro, et je t'aimerai toujours.

— Tu ferais alors mieux de venir ici et de m'embrasser, dit-il d'une voix rauque, et de me convaincre que tu dis la vérité.

Épilogue

Satisfait, Salvio se renfonça dans l'immense canapé et fixa d'un air absent les guirlandes qui ornaient le sapin de Noël et se bousculaient pour trouver une place au milieu des boules scintillantes. Il était allongé nu sur le canapé – acheté à cet effet – dans l'immense salon de leur nouvel appartement napolitain à côté de sa jolie femme, Molly.

— Heureuse ? murmura-t-il, tandis qu'il titillait un téton de sa main et effleurait de ses lèvres la douceur soyeuse de ses cheveux.

— Heureuse ? répéta-t-elle en enfouissant sa tête dans son cou. Je suis si heureuse que je n'arrive pas à l'exprimer avec des mots.

— Essaye, l'encouragea-t-il.

Molly fit courir les doigts sur la poitrine de son mari, à l'endroit où son cœur battait fort. Dans la pièce d'à côté, leur fils de dix mois, Marco, se reposait avant la joie et l'excitation de son premier Noël. Et cette année, tout le monde venait chez *eux*. Les parents de Salvio avaient prévu d'arriver dans la soirée pour le traditionnel festin du réveillon. Robbie venait aussi, accompagné de la cousine de Salvio avec qui il sortait depuis peu. Molly espérait qu'il ne décevrait personne – et encore moins lui-même –, mais elle avait bon espoir que son frère puisse bientôt résoudre ses problèmes, grâce en partie à Salvio et à ses conseils fermes et bien intentionnés. Il lui avait dit qu'il payerait ses études, mais seulement s'il arrêtait pour de bon les jeux de hasard.

Et il semblait l'avoir écouté. Molly n'avait jamais vu son frère si *radieux*. C'était comme si un lourd fardeau lui avait été ôté des épaules. Était-ce la présence d'un puissant modèle masculin qui l'avait ainsi transformé ?

Dans les tout premiers jours de sa grossesse, elle avait réussi à persuader Salvio que son luxueux appartement de Londres n'était pas adapté à la sécurité d'un bébé, et curieusement il s'était montré d'accord avec elle. Ils avaient alors déménagé dans son vaste manoir des Costwolds où Molly s'était amusée à imaginer Marco et ses futurs frères et sœurs jouant dans les magnifiques jardins de la propriété. Salvio avait également acheté ce superbe appartement en front de mer à Naples où ils passaient le plus de temps possible.

Se blottissant contre lui, Molly soupira.

— Tu me rends si heureuse ! murmura-t-elle. Jamais je n'aurais pensé ressentir un tel bonheur.

Salvio glissa les doigts dans sa chevelure soyeuse.

— C'est parce que je t'aime, Molly. Tu es si facile à aimer.

— Toi aussi. En tout cas, tu l'es *maintenant*, précisa-t-elle.

Il éclata de rire.

— Étais-je si horrible que ça ?

— Oui, horrible, affirma-t-elle d'un ton faussement sérieux. Mais très sexy aussi.

— Es-tu en train de me solliciter, *signora* De Gennaro ?

— Nous n'avons pas le temps, mon chéri. Je dois superviser les derniers préparatifs pour le dîner de ce soir, car tout doit être parfait pour la visite de tes parents… Et j'ai peur de ne pas réussir le *capitone*, ajouta-t-elle en fronçant les sourcils.

— Tu n'iras nulle part tant que tu ne m'auras pas dit que tu m'aimes, dit-il en effleurant son ventre des doigts.

— Je t'aime. Je t'aime plus que tout. Tu es un mari et un père extraordinaire, en plus d'être un merveilleux beau-frère et fils. Je suis fière de toi, fière que tu aies ouvert une école de football ici à Naples qui donne une chance aux jeunes garçons pauvres de vivre leur rêve. Qu'en dis-tu ? Est-ce suffisant ?

— Curieusement, je reste un peu sur ma faim, se plaignit-il. Mais avec toi, c'est toujours comme ça.

— Que veux-tu… de plus ? balbutia-t-elle lorsqu'il insinua une main entre ses cuisses.

— Rien…

Il sourit lorsqu'il trouva l'endroit où palpitait son désir et se mit à le caresser, savourant ses gémissements de plaisir.

— Mais, Salvio, nous n'avons pas le temps, protesta-t-elle le regard chaviré, tandis qu'il poursuivait sa délicieuse torture. Qui va s'occuper du *capitone* ?

Salvio lui répondit alors quelque chose qu'il n'aurait jamais imaginé répondre, en bon napolitain qu'il était. Mais vu les circonstances, son attitude était peut-être normale.

L'attirant à lui, il effleura ses lèvres des siennes.

— Le *capitone* attendra ! gronda-t-il.

RACHAEL THOMAS

Le chantage de Noël

INTÉGRALE

LE NOËL DE LA SÉDUCTION

SAGAS

HARLEQUIN

Titre original :
VALDEZ'S BARTERED BRIDE

Ce roman a déjà été publié en 2018

© 2017, Rachael Thomas.
© 2018, 2022, HarperCollins France pour la traduction française.

Prologue

Mi-septembre

— Tu crois vraiment que je vais accepter une chose pareille ? tonna Raul.

— Il faut que cette dette soit remboursée, affirma Carlos. Que cela te plaise ou non, le contrat que ton père a signé avant de mourir avec Henry Carter-Wilson est toujours valide. En tant que membre du conseil d'administration, j'insiste sur ce point.

— Allons, Carlos, la machination ourdie par mon père remonte à beaucoup plus loin !

— En ma qualité de vieil ami de la famille, je te conseille d'épouser la fille de Carter-Wilson, ainsi que le souhaitait ton père.

Raul secoua la tête. Tout cela était absurde. Un cauchemar dont il allait bientôt se réveiller.

— Au bout de deux ans, tu pourras divorcer, ajouta Carlos.

— Comme si c'était aussi facile !

Aux prises avec une rage sourde et impuissante, Raul prit une profonde inspiration et alla se planter devant la grande baie vitrée qui donnait sur Madrid, illuminée par une belle lumière de fin d'été. En dépit d'efforts incessants, il n'était jamais parvenu à gagner la reconnaissance de son père du vivant de celui-ci. Maintenant, ce dernier coup qu'il lui portait depuis l'au-delà l'accablait. Il avait toujours eu conscience d'être un enfant non désiré, mais ce mariage qu'on lui imposait dépassait les bornes. La seule idée le révulsait.

— Je ne vois pas ce qu'il y a de compliqué, répliqua Carlos

d'un ton neutre. Il te suffit de vivre pendant deux ans avec une femme, qui, tu dois bien en convenir, est une vraie beauté. Ensuite, tu demanderas le divorce.

— Je n'ai pas l'intention d'épouser qui que ce soit. Jamais !

Raul se mit à faire les cent pas dans le bureau, comme un lion en cage. À la colère se mêlait la peur d'être dominé contre sa volonté.

Il s'immobilisa pour essayer de recouvrer son calme, en tournant résolument le dos à Carlos Cardozo, l'homme qui avait tenu plus de place dans sa vie que son propre père…

La mort subite de ce dernier lui apportait des révélations fracassantes. D'abord, il n'avait pas soupçonné une telle haine de sa part. Ensuite, il ne s'était jamais douté que son père avait une autre famille, un autre fils.

— La seule alternative, ce serait de retrouver ton demi-frère.

La voix calme de Carlos fit irruption dans ses sombres pensées et le ramena au présent.

— Ce qui t'obligerait à partager ton héritage, que tu as fait fructifier de ton vivant avec tant de soin et d'énergie.

Raul sursauta. Comment Carlos avait-il connaissance de ce détail très confidentiel ? Normalement, le notaire n'en avait parlé à personne en dehors de lui.

— Tu es au courant ?

— Oui, répondit Carlos en soutenant son regard.

— Depuis quand ?

— Assez longtemps pour craindre les conséquences que cela aurait pour toi, dit Carlos avec plus d'empathie, en s'approchant.

Raul ignorait tout de l'existence de son demi-frère avant la lecture du testament, deux mois plus tôt. Manifestement, Carlos était mieux renseigné que lui sur la double vie de son père…

— Et tu n'as pas jugé bon de m'en parler ? lui reprocha-t-il avec un mélange de déception et d'amertume.

— J'étais loin de me douter que ton père mentionnerait l'existence de son autre fils dans ses dernières volontés, ni qu'il attacherait tant de prix à ce que tu le retrouves. Au point d'en faire la condition sine qua non pour que tu puisses hériter. Il s'agit d'une énorme incitation financière.

Une énorme incitation financière ? Quel euphémisme ! Un chantage, oui !

— C'est soit cela, soit épouser une femme que je connais à peine, résuma Raul, les poings serrés.

— Le mariage serait la solution la plus simple.

— Vraiment ?

Raul en doutait. D'autant que l'existence de son frère continuerait longtemps à le perturber.

— Absolument. Ce sera plus facile que de partager ce qui est en grande partie le fruit de ton travail.

L'univers de Raul menaçait de s'écrouler. S'il voulait hériter de l'entreprise familiale, à laquelle il avait donné une stature internationale, il devait récupérer de l'argent prêté par son père. Pour ce faire, il devait soit épouser la fille de son débiteur, soit accepter de s'associer à parts égales avec un demi-frère qu'il ne connaissait pas encore. L'une ou l'autre solution débloquerait les fonds nécessaires à la liquidation de l'emprunt. Si la dette n'était pas réglée, la Banco de Torrez serait vendue au plus offrant.

Le fait même que son père ait dissimulé une telle masse d'argent en disait long sur son esprit calculateur. Il n'avait pas hésité à mettre en danger l'existence même de sa société, ainsi que l'avenir de tous les employés de la Banco de Torrez. Pour quelle raison avait-il consenti un prêt aussi énorme, et pourquoi Carlos avait-il été le seul à être dans le secret ?

— Je me serais méfié davantage si j'avais été au courant de la double vie de mon père. Et je t'aurais mis en garde, lança Raul, ulcéré.

— Il reste ton père malgré tout. Cela compte tout de même, non ?

Carlos tendit la main, mais Raul repoussa son geste. Cet homme n'était finalement pas l'ami qu'il avait cru.

— J'en ai terminé avec mon père. Nous n'avons jamais eu de bonnes relations, et je me moque éperdument de son héritage. Je n'en ai pas besoin. Je me contenterai de la société que j'ai montée moi-même pendant que je travaillais à développer et valoriser la sienne.

Raul se dirigea vers la porte à grandes enjambées. Pour lui, la discussion était close.

— Et ta mère ? Tu penses à elle ?

La question de Carlos l'obligea à s'arrêter, les mâchoires crispées. S'il avait passé les deux mois précédents à essayer de retrouver son demi-frère, c'était justement par égard pour sa mère. Il ne voulait surtout pas que la presse — ou quiconque d'autre — révèle à celle-ci la vie cachée qu'avait menée son mari. Cela l'achèverait.

— Tu ne peux pas courir le risque qu'elle apprenne la vérité dans les journaux à scandales, poursuivit Carlos, habile dans l'art de la manipulation.

Raul lui fit face.

— Effectivement. Il y a aussi tous ces gens qui se retrouveront au chômage si je ne fais rien. Bon sang ! Je n'éprouve que du mépris pour mon père.

— Choisis la solution de facilité. Épouse cette Lydia Carter-Wilson.

— Il n'en est pas question.

Avec l'exemple désastreux du mariage de ses parents, il préférait encore accueillir un parfait étranger, dans sa vie et au sein de la Banco de Torrez. Il était même prêt à la lui céder entièrement, pourvu que personne ne perde son emploi et que sa mère ne sache jamais rien.

— Le conseil d'administration s'inquiète, Raul. Surtout après l'échec des négociations avec Lopez.

Carlos touchait encore un point sensible. Piqué au vif, Raul réagit avec humeur.

— Je n'ai pas dit mon dernier mot.

— D'une façon ou d'une autre, il faudra régler cette histoire de dette, insista Carlos. D'ici la fin de l'année. Avant si possible.

— Il reste un peu plus de trois mois. Cela me laisse largement le temps de retrouver mon demi-frère. Ce maudit prêt sera remboursé et j'aurai évité le scandale à ma mère.

— Sinon, tu devras rencontrer Lydia Carter-Wilson, dit Carlos avec précaution.

— Si elle n'a pas changé depuis dix ans, j'aimerais encore mieux perdre la société de mon père, maugréa Raul.

Il se souvenait d'une adolescente de seize ans, tout en minauderies, qui lui jetait des regards éperdus et enamourés. Était-ce à ce moment-là que son père avait manigancé ces tractations financières ?

— Et licencier combien de gens ? rétorqua Carlos. Cela ne te ressemble pas. Tu es un patron attentif et responsable.

Il avait raison, mais Raul était trop en colère pour le reconnaître.

— J'ai besoin de temps.

— Si tu n'as pas de nouvelles pistes d'ici fin novembre, il faudra te résoudre à annoncer tes fiançailles avec la fille de Henry Carter-Wilson.

— Et si elle n'est pas d'accord ?

Le rire de Carlos désamorça légèrement la tension.

— Tu sauras la convaincre, Raul. Ton charme est infaillible auprès des femmes.

1

Deux mois plus tard, fin novembre

Lydia se préparait à livrer bataille, et elle n'avait pas l'intention de perdre. Au cours des vingt-six années de son existence, elle était passée maîtresse dans l'art de dissimuler ses émotions et comptait bien se servir de cet atout. Raul Perez Valdez ne comprendrait même pas ce qu'il lui arrivait.

Dix ans plus tôt, il l'avait ridiculisée en la renvoyant à son insignifiance de petite fille riche et capricieuse. Dieu sait pourtant qu'elle avait tout fait pour se débarrasser de cette étiquette depuis qu'elle vivait avec sa grand-mère. Depuis, elle détestait l'arrogant Espagnol.

Il ne tarderait plus à arriver. D'une minute à l'autre, il s'avancerait jusqu'à la table qu'il avait réservée dans l'un des meilleurs restaurants de Londres. Dans son mail laconique, il avait parlé d'un endroit neutre pour leur rencontre, ce qui était loin d'être le cas. En homme habitué à séduire, il fréquentait les lieux à la mode, alors qu'elle les évitait plutôt. Sa vie sentimentale avait tourné court et elle sortait peu.

Son irritation grandit au fur et à mesure que les minutes s'égrenaient. Raul était en retard. Était-ce délibéré ? Cherchait-il à la rendre nerveuse ? Ou avait-il finalement renoncé à honorer la transaction grotesque que leurs pères respectifs avaient conclue ? Dans ce cas, elle serait libérée des obligations humiliantes qu'on lui imposait. Son père avait touché le fond de l'ignominie avec les clauses de ce contrat dont elle faisait les frais.

Mais elle en avait plus qu'assez. Elle ne devait rien à son père, surtout après toutes ces années où il l'avait complètement ignorée, sauf quand cela l'arrangeait. Comme la fois où il l'avait exhibée, à seize ans, tel un appât. Le plan n'avait pas marché — c'était du moins ce qu'elle avait cru.

Avec un soupir exaspéré, Lydia ramassa sa pochette et se leva. Elle ne perdrait pas davantage son temps à attendre Raul Valdez. S'il voulait régler cette histoire de dette, il faudrait qu'il fasse preuve de meilleure volonté.

— Vous partez déjà ? fit derrière elle une voix masculine aux accents sensuels.

Elle se retourna.

Raul Perez Valdez avait beaucoup changé, mais Lydia reconnut ses yeux, d'un noir de jais : ce beau ténébreux était sans doute aucun le P-DG de la banque d'investissement espagnole avec laquelle son père était en litige.

Son visage sculptural, avec ses pommettes hautes, son nez rectiligne et son front large, la mit aussitôt en émoi. En même temps, un souvenir adolescent se mêlait à son trouble. Elle frissonna imperceptiblement. Son pouls s'accéléra, mais elle maîtrisa très vite les battements précipités de son cœur. Elle n'allait tout de même pas se laisser décontenancer par une banale attirance physique !

— Nous avions rendez-vous il y a dix minutes, déclara-t-elle sèchement.

Il haussa un sourcil mi-surpris, mi-amusé qui ne l'impressionna pas. Déterminée à résister à son charme viril, elle lui opposa une froideur glaciale.

— Désolé d'être en retard, répliqua-t-il en tenant la chaise qu'elle venait de quitter pour l'inviter à se rasseoir.

Troublée malgré elle par cet homme qui la détaillait de pied en cap, Lydia s'efforça de ne rien trahir. Il la déshabillait littéralement du regard. Pourtant, elle avait choisi à dessein des vêtements stricts — une jupe noire et un chemisier blanc —, pour tenter de se donner l'allure d'une femme d'affaires rigide et rébarbative. Hélas, en dépit de ses résolutions, chaque seconde qui passait accroissait sa vulnérabilité.

Dans un sursaut, elle s'obligea à lui rendre son regard. Puis elle l'examina avec une lenteur mesurée, d'abord les joues rasées de près, les cheveux très noirs, puis le cou. La blancheur immaculée de sa chemise contrastait avec sa peau mate et bronzée. Ses larges épaules semblaient assez fortes pour supporter tous les problèmes, même les plus lourds. Il se tenait légèrement penché vers elle, et Lydia devinait la puissante musculature de ses bras. Qu'éprouverait-elle au creux de leur étreinte ? Elle réprima bien vite cette pensée déplacée. Ce n'était pas le moment de s'abandonner à de stupides fantasmes romanesques, surtout pas avec un individu qui lui avait clairement signifié son dédain par le passé !

— Si vous attachiez autant d'importance à ce rendez-vous que vous me l'avez laissé entendre, vous ne seriez pas en retard, monsieur Valdez, dit-elle d'une voix qui tremblait de colère.

Elle était davantage fâchée contre elle-même que contre lui, à cause de l'attirance qu'elle éprouvait sans parvenir à y résister.

— La situation dans laquelle nous sommes nous déplaît autant à l'un qu'à l'autre, mademoiselle Carter-Wilson, déclara-t-il les dents serrées, sans dissimuler un mouvement d'impatience. Mais comme je détiens la solution, je vous suggère de vous rasseoir.

La sensation d'impuissance contre laquelle Lydia luttait depuis plusieurs semaines l'assaillait de nouveau et son débit se précipita :

— De quoi parlez-vous exactement ? Des conditions pour le moins étranges que votre père a imposées au mien lors de leurs transactions ?

— Précisément, acquiesça-t-il avec un calme inquiétant.

— On ne peut en aucun cas me contraindre à m'y plier, protesta-t-elle.

Elle résistait de toutes ses forces à la panique qui montait en elle. Il lui fallait paraître aussi tranquille et déterminée que lui. Raul Valdez devait la considérer comme un adversaire à sa mesure, son égale.

— Si vous consentiez au moins à vous asseoir, nous pourrions discuter raisonnablement, proposa-t-il avec une moue ironique.

Elle obtempéra avec un soupir de mécontentement. Sur la table, une bougie et une rose rouge créaient une atmosphère faussement intime qui la dérangeait au plus haut point. Anxieuse de maîtriser une situation qui commençait à lui échapper, elle reprit très vite la parole pendant qu'il prenait place en face d'elle :

— Il faudrait en préambule m'expliquer comment votre père a pu extorquer la signature du mien au bas de ce contrat ridicule. Il est inconcevable qu'au XXIe siècle on oblige des gens à se marier par des stratagèmes aussi perfides !

Incapable de comprendre les raisons d'un tel cauchemar, elle inspira profondément.

— Je vous ai invitée pour en discuter…

— Que ce soit bien clair, monsieur Valdez, coupa-t-elle. Peu m'importent les clauses de cet arrangement. Il n'est pas question pour moi de me marier avec vous. Jamais.

Face à son intransigeance, il esquissa un sourire amusé qui la troubla une fois de plus.

— Au moins, nous sommes d'accord sur ce point. Croyez bien que je n'ai moi non plus aucune intention d'épouser une jeune fille de bonne famille trop gâtée.

Ainsi, il n'avait pas changé d'avis à son sujet…, songea-t-elle avec une pointe d'aigreur.

— Cette définition ne me correspond pas du tout ! se récria-t-elle.

Elle résista à l'envie de se lever pour le planter là. Mais son avocat l'avait mise en garde : les termes du contrat que son père avait signé avec la Banco de Torrez étaient parfaitement légaux, et elle perdrait son procès si elle essayait de les contester.

Raul Valdez croisa tranquillement les bras.

— Vous possédez des titres de propriété qui valent des millions, titres que votre père a habilement mis à votre nom pendant qu'il se soustrayait néanmoins à ses échéances de remboursement mois après mois.

— Je vais les vendre. Cela me permettra d'assainir la situation.

La découverte des agissements de son père, quelques semaines plus tôt, avait profondément déçu Lydia. Une fois de plus, Henry Carter-Wilson n'avait songé qu'à lui et n'avait pas hésité à compromettre l'avenir et le bonheur de sa fille.

Raul avait l'air sceptique. Pourquoi ? Il avait la réputation d'être impitoyable en affaires. La bonne nouvelle, c'était que ce séducteur qui collectionnait les conquêtes féminines n'avait pas plus envie qu'elle de ce mariage.

— Votre offre me donnerait pleinement satisfaction…

— Parfait, alors ! l'interrompit-elle. Prenez contact avec mon avocat. Il réglera le problème.

Ravie de mettre un terme à cette conversation absurde, Lydia ramassa son sac et se leva.

— Vous coupez toujours la parole aux gens, au lieu de les écouter ?

Alors qu'elle s'apprêtait pour la deuxième fois à partir, ce sarcasme l'arrêta net dans son élan. Elle pressentit qu'elle ne contrôlait plus rien. Depuis le premier instant où elle avait croisé le regard de cet homme…

Avant Lydia Carter-Wilson, Raul n'avait jamais rencontré une femme qui alliait à ce point l'insolence et la beauté. Elle ne voulait même pas entendre ce qu'il avait à dire tant elle était égocentrique. En dix ans, elle n'avait pas du tout changé sur ce point. Même si elle était devenue infiniment plus sexy et séduisante, elle était toujours la même petite fille riche et trop gâtée. La princesse à son papa, doublée d'une fieffée menteuse.

Il ravala la bouffée de colère qui l'envahissait chaque fois qu'il pensait à ce que son père lui avait infligé. Cette ultime et inacceptable ingérence dans la vie d'un fils qu'il n'avait jamais désiré l'emplissait d'une amère fureur. En se découvrant gravement malade, le perfide vieillard avait modifié son testament pour le brimer une dernière fois. Depuis sa mort cinq mois plus tôt, Raul se débattait, partagé entre la rage et le mépris.

— Il n'y a qu'avec vous que j'oublie mes bonnes manières, lui lança Lydia Carter-Wilson en se rasseyant.

Il ne put s'empêcher de sourire. Les yeux de la belle Anglaise jetaient des étincelles et elle redressa le menton d'un air rebelle tandis que sa poitrine se soulevait rapidement. Un désir étrange et totalement inopportun envahit Raul.

Elle l'attirait malgré lui, avec ses courbes parfaites, divinement proportionnées. Mais il n'était pas comme son père et ne céderait pas à la tentation. Il méritait certainement sa réputation de play-boy, qui n'était cependant qu'une armure, une manière de se défendre contre les émotions et les sentiments, en célibataire endurci.

— Et pourquoi vous fais-je cet effet-là ? lui retourna-t-il avec calme.

Il nota avec satisfaction une lueur d'irritation dans son beau regard — elle avait des yeux d'un vert très tendre, comme les arbres au printemps dans le parc du Retiro de Madrid, sa ville natale.

— Parce que vous vous croyez irrésistible, répliqua-t-elle avec un hochement de tête excédé.

Il éclata de rire.

— Ne vous moquez pas de moi ! protesta-t-elle, visiblement indignée.

— Un peu d'humour ne nous fera pas de mal. Allons, reposez votre sac et réinstallez-vous : la pauvre serveuse se demande si nous allons rester ou partir.

Quand la jeune femme jeta un coup d'œil par-dessus son épaule, ses jolies boucles lui balayèrent le visage. D'un geste gracieux, elle rejeta une mèche derrière son oreille. Par instants, elle paraissait presque fragile, mais il ne se leurrait pas : pleine de fougue et d'énergie, elle n'avait rien de vulnérable. C'était une battante.

— Cette histoire de mariage n'a rien de comique, déclara-t-elle avec une moue qui lui donna envie de lui embrasser les lèvres.

Il repoussa violemment l'idée. Ce n'était pas le moment de se laisser distraire. Alors il appela la serveuse, qui leur apporta la carte.

Pendant que Lydia choisissait ses plats, il l'observa discrètement. Son teint diaphane contrastait avec ses cheveux bruns ; ses mains tremblaient légèrement, de colère sans doute plus que de nervosité.

Elle commanda d'une voix douce, avec une gentillesse qui contrastait étrangement avec le ton qu'elle utilisait avec lui. Quelle différence ! Se montrerait-elle un jour aussi aimable avec lui ?

Alarmé par la pente que suivaient ses pensées, Raul réagit vivement et recentra son attention. Son père avait donc choisi cette femme en raison des substantiels titres de propriété qu'elle détenait et qui permettraient à coup sûr de rembourser la dette de son père.

— Très bien, reprenons, déclara-t-elle en retrouvant son intonation sèche et coupante. Ce n'est pas si compliqué : il me suffit de vendre mes biens pour me tirer d'affaire.

— Si c'était possible, ce serait en effet la solution la plus raisonnable. Malheureusement, mon père a prévenu cette éventualité : son testament l'interdit.

— Son testament ? répéta-t-elle, les yeux écarquillés. Désolée, je ne savais pas. Toutes mes condoléances.

— Ne vous sentez pas obligée de compatir. Nous n'étions pas proches.

C'était peu de le dire ! Raul refoula les souvenirs douloureux qui affleuraient à sa mémoire. Son père n'était jamais satisfait de lui. De toute manière, il avait perdu toute estime pour son géniteur depuis plus de dix ans, quand les liaisons extra-conjugales de celui-ci avaient pris une importance démesurée — il fréquentait des actrices et des mannequins avides de profiter de son nom et de sa fortune.

Très vite, tout le monde l'avait comparé à son père ; cela l'avait d'abord irrité, jusqu'à ce qu'il apprenne à se protéger émotionnellement derrière un comportement de jouisseur.

Le sommelier arriva pour lui faire goûter le vin. Raul se plia au cérémonial. Lydia l'observait.

— Parfait, merci, dit-il au sommelier, qui se retira après les avoir servis.

— Vous avez raison, je suis idiote. Pourquoi compatir alors que vous n'avez que faire de ma sympathie, en effet, railla-t-elle.

Son ironie le blessa un peu, mais Raul se cacha derrière un détachement plein de froideur.

— Bien, il est temps d'envisager les solutions qui s'offrent à nous, commença-t-il. Tout d'abord, je n'ai aucune envie de me marier, et encore moins avec vous. Cependant, les dernières volontés de mon père sont très claires : notre mariage serait la seule manière de régler notre contentieux. À moins que vous ne disposiez d'une somme d'argent suffisante… ?

— Expliquez-moi pourquoi je ne peux pas vendre mes biens immobiliers, demanda-t-elle en tapotant ses lèvres du bout du doigt.

Un instant distrait par sa bouche délicieusement pulpeuse, il se ressaisit. Peut-être ressemblait-il davantage à son père qu'il ne croyait… Cette idée le dégoûtait.

— C'est un peu compliqué, mais vous ne pouvez pas vous en défaire avant de vous marier, ce qui les mettra de toute façon au nom de votre mari.

Elle plissa le front.

— Pardon ?

— C'est difficile à imaginer, mais c'est ainsi. Mon père a complètement verrouillé le dispositif juridique. Croyez-moi, je ne suis pas ravi d'hériter de cette créance, surtout dans ces conditions qui m'obligent à vous épouser.

Il se remémora les paroles du notaire : « J'ai vraiment essayé de le dissuader, mais il s'est montré inflexible. »

Cela en disait long sur l'animosité du vieil homme à l'égard de son fils…

— Dans quel siècle vivons-nous, à la fin ? s'écria Lydia en levant les bras au ciel. À quoi jouaient-ils, tous les deux ?

— Manifestement, nous n'étions que des pions sur un échiquier. Il est grand temps de réagir. Il faut trouver un moyen pour contrecarrer leurs desseins malveillants.

— Au moins, nous sommes sur la même longueur d'onde. Moi non plus, je n'ai pas l'intention d'épouser quelqu'un qui s'intéresse uniquement à ce que je possède. Ce genre d'histoire m'est déjà arrivé. Il n'est pas question de revivre cela.

Sa vivacité intriguait Raul.

— Vous croyez à l'amour, Lydia ?

C'était la première fois qu'il prononçait son prénom : ces deux syllabes résonnèrent agréablement dans sa bouche. Dans d'autres circonstances, il aurait volontiers écarté les mèches qui retombaient sur son front et dissimulaient son beau visage. Mais il ne fallait pas s'aventurer sur ce terrain-là. Il valait mieux se cacher sous un masque d'homme d'affaires intransigeant.

Le pouls de Lydia s'accéléra. *L'amour…* Un frémissement la parcourut. Jusqu'au moment précis où il avait prononcé ce mot, elle avait éprouvé une conscience aiguë de sa présence, de son corps et du moindre de ses gestes. Brusquement, elle avait l'impression de s'écraser contre un mur.

— L'amour ? Non, je n'ai pas de temps à perdre pour des chimères, répondit-elle d'une voix coupante.

Le souvenir de l'homme qu'elle avait cru aimer, et à l'amour duquel elle avait cru, ne s'était pas encore complètement estompé. Daniel était un être volage et infidèle. Malheureusement, ils étaient déjà fiancés lorsqu'elle s'en était rendu compte. Anxieuse de s'affirmer face à son père, elle n'avait pas voulu rompre et avait accepté ses excuses, ce qu'elle avait profondément regretté par la suite. Car Daniel avait fini par la quitter lorsqu'il avait compris qu'il n'avait pas grand-chose à gagner sur le plan matériel.

À l'époque, ce point était resté obscur. Maintenant tout s'éclairait : le contrat était alors sans doute déjà signé avec le père de Raul Valdez. On s'était servi d'elle comme garantie, et la fortune de la riche héritière était en réalité sous haute surveillance.

— Quel cynisme, Lydia ! Vous n'espérez donc pas rencontrer le prince charmant ?

Elle s'empourpra. De quel droit se permettait-il de se moquer ainsi ? Elle but une gorgée de vin pour masquer son embarras.

— Chat échaudé craint l'eau froide, comme on dit. Mais nous ne sommes pas ici pour nous épancher, monsieur Valdez, n'est-ce pas ?

— Non, en effet. Nous avons un gros problème d'argent à régler puisque votre père a négligé de rembourser ses dettes.

— Et que le vôtre en a profité pour suggérer une solution perfide et malhonnête, ajouta-t-elle aussitôt.

— Je suis tout à fait d'accord, répliqua-t-il en se penchant vers elle. Nous devons donc trouver le moyen de nous sortir de ce mauvais pas.

— Je ne vois toujours pas pourquoi il ne me serait pas possible de vous céder des biens immobiliers. Cela arrangerait tout.

Elle regrettait maintenant de ne pas avoir demandé plus de détails à son avocat.

— Je vous l'ai expliqué, Lydia. Vous ne les possédez pas en propre, même si votre nom figure sur ces titres de propriété. Ils sont hypothéqués jusqu'à votre mariage, date à laquelle ils reviendront légalement à votre mari.

Lydia se remémora une des rares discussions d'affaires qu'elle avait eues avec son père, un an plus tôt. Il s'était félicité d'avoir imaginé un stratagème pour préserver l'équilibre financier de son entreprise. Il avait voulu l'obliger à se marier et s'était targué de lui avoir trouvé l'homme idéal. Elle s'était ouvertement rebellée en se fiançant avec Daniel. Cela n'avait pas empêché son père de mettre son ignoble plan à exécution.

— Quand vous parlez de mon futur mari, vous parlez de vous-même ! précisa-t-elle en le foudroyant du regard. On a rédigé cette clause pour me piéger.

— Pour que l'argent prêté à votre père soit restitué à notre banque, plus exactement.

— Il n'en reste pas moins que ces méthodes datent d'un autre âge.

— Elles ont malgré tout le mérite de rassurer le conseil d'administration. Il nous suffit de rester ensemble pendant deux ans pour garantir un règlement définitif.

— Vous n'envisagez tout de même pas d'en passer par là ? s'offusqua-t-elle. Tout à l'heure, vous prétendiez être aussi opposé que moi à cette idée.

— À vous de voir jusqu'où vous voulez aller pour aider votre père.

Lydia se souciait fort peu de lui, mais elle voulait protéger sa mère et sa grand-mère. Cette dernière surtout, qui s'était si bien occupée d'elle.

— Le mariage est pour moi hors de question, je vous le répète.

— Dans ce cas, mon idée va vous intéresser.

— Je vous écoute.

— Faisons un mariage blanc. Nous habiterons au même endroit, mais mènerons des existences séparées. Nous divorcerons au bout de deux ans et tout sera réglé.

Son air satisfait la mit hors d'elle.

— Vous plaisantez ?

Elle était terriblement en colère contre son père. Lâchement, il ne lui avait jamais parlé de ses difficultés financières.

— Pas du tout. Je suis arrivé à cette conclusion après avoir essayé de résoudre le problème d'une autre manière. Retrouver un membre de la famille dont j'ai seulement découvert l'existence à la lecture du testament et m'associer à lui me permettrait de ne pas avoir à me marier avec vous. Malheureusement, je n'ai pas pu mettre la main sur lui.

— Vous ne m'obligerez pas à vous épouser, énonça Lydia avec une fermeté inébranlable.

Ils se trouvaient dans une impasse, ce qui la rendait furieuse.

— Je n'ai pas pour autant abandonné mes recherches concernant cette personne, reprit son interlocuteur. Mais le temps passe vite. Je n'ai plus guère le choix. Les actionnaires, à bout de patience, me pressent de récupérer l'argent et votre père refuse de se montrer conciliant. Il faudrait annoncer nos fiançailles.

Il se renfonça contre son dossier en buvant une gorgée de vin.

— Engagez un détective, suggéra-t-elle.

— Non. Je ne veux pas ébruiter l'affaire.

— Comment pouvez-vous chercher quelqu'un en gardant le secret sur son existence ? C'est absurde !

En même temps, cette histoire intriguait Lydia. De qui s'agissait-il ?

— Cela m'ennuierait beaucoup que les journalistes soient au courant, maugréa-t-il.

Une idée émergea dans son esprit. Passionnée de généalogie, elle avait déjà aidé quelques amis à retrouver leurs racines en remontant plusieurs générations en arrière. Peut-être pouvait-elle proposer ses services à Raul Valdez ?

— Le sujet est si délicat ? demanda-t-elle.

— Oui. Mais cela nous éloigne de notre discussion.

Il avait une belle voix, très grave, et son accent espagnol lorsqu'il parlait anglais était charmant.

— Et si je vous aidais à retrouver cette personne ? Discrètement, bien sûr.

— Vous ? s'écria-t-il, l'air surpris.

— Oui, moi. Cela résoudrait tout et nous dispenserait de l'obligation de nous marier.

De plus, elle serait rassurée sur l'avenir. Car Raul Valdez ne se contenterait peut-être pas de rentrer dans ses fonds. Qui sait s'il ne la dépouillerait pas de tout ce qu'elle possédait ? Elle tenait comme à la prunelle de ses yeux à l'entreprise qu'elle avait créée et qu'elle dirigeait en toute indépendance.

— La généalogie me passionne, expliqua-t-elle.

— Continuez, vous m'intéressez.

Le rouge lui monta aux joues, comme si ces mots avaient un double sens — ce qui était parfaitement ridicule. Elle se comportait comme une adolescente émotive. Son expérience avec Daniel lui avait pourtant servi de leçon, non ?

— Je vous propose un marché, monsieur Valdez. Si je retrouve cette personne, nous serons quittes.

— C'est très cher payé. Beaucoup plus que si je passais par une agence.

— Mais vous n'auriez aucune garantie de confidentialité.

Elle attendit en retenant son souffle. Avait-elle réussi à sortir de l'ornière où son père l'avait enfoncée ?

— Le coût reste très élevé, mademoiselle Carter-Wilson. Êtes-vous certaine de réussir ?

— Oui, répondit-elle avec aplomb, en croisant les doigts sous la table.

— En combien de temps ?

— Cela dépend. Quelques mois.

— Nous n'avons pas autant de temps devant nous.

— Quelques semaines, alors.

— Je vous en donne quatre, pas davantage.

Elle acquiesça de la tête. Elle se demandait si Raul percevait son anxiété.

— Marché conclu, dans ce cas, déclara-t-il. Mais attention, si vous échouez ou si l'affaire s'ébruite sans mon consentement, j'exigerai le paiement de la dette. C'est-à-dire que vous serez obligée de m'épouser.

— Inutile de me menacer, monsieur Valdez. Revoyons-nous le plus tôt possible avant que vous ne repartiez pour l'Espagne. J'aurai besoin d'un dossier complet avec tous les renseignements.

— Si je vous confie des recherches sur ma famille, je tiens à les suivre de près. Par conséquent, mademoiselle Carter-Wilson, vous allez venir en Espagne avec moi.

2

Raul avait de la peine à croire qu'il venait de conclure un aussi étrange marché avec cette femme. Même si sa beauté l'avait immédiatement fasciné, il ne pouvait imaginer se soumettre aux dernières volontés que son père avait consignées dans son testament. D'ailleurs, pour lui, le mariage était impensable, avec qui que ce soit.

Non, il ne tomberait pas dans le piège paternel !

Malgré tout, il serait difficile de vivre au quotidien avec Lydia Carter-Wilson sans céder à la tentation physique. Dès la première minute, il avait éprouvé une très vive attirance, qu'il avait beaucoup de mal à réprimer.

Pourtant, il ne saurait être question d'envisager la moindre relation. À quoi songeait son père en échafaudant cette ruse diabolique ? Il imaginait sans doute que son fils était un casanova, comme lui, incapable de résister à ses pulsions. S'était-il souvenu de sa première rencontre avec Lydia, dix ans plus tôt ? Le plan avait-il jamais germé dans sa tête à ce moment-là ? Mais pourquoi lui imposer deux années de mariage ? Qu'avait-il à y gagner, sinon pourrir l'existence d'un fils qu'il n'avait jamais aimé ? Il n'y comprenait rien…

En venant dans ce restaurant londonien, il n'avait pas prévu que Lydia aurait des cartes dans son jeu, ni qu'elle les abattrait si vite.

Avait-elle perçu son impatience à retrouver les traces de Max ? Avait-elle réellement les moyens de l'aider ? Son hobby n'était peut-être qu'une distraction de petite fille riche, sans véritable efficacité. Malgré tout, il n'avait plus guère le choix maintenant, et était bien obligé de lui faire confiance — même s'il craignait d'avoir pris des risques inconsidérés. Il ne faudrait pas qu'elle ébruite ce secret de famille qu'il venait à peine de découvrir. Il lui faudrait trouver un stratagème pour assurer ses arrières…

Incapable pendant longtemps de travailler avec son père, Raul avait mené ses propres affaires de son côté : il rachetait des entreprises en difficulté pour les remettre sur pied avant de les revendre ou de les faire fructifier. Il ne cherchait pas uniquement le profit, mais avait conscience de créer des emplois dans un monde économique en crise. En ce moment, le rachat de la société Lopez le préoccupait. Il s'agissait d'un énorme pari, son plus gros coup, le plus audacieux.

— Vous voulez m'emmener à Madrid ? fit la voix choquée de Lydia, qui le sortit de ses pensées. Je ne peux pas tout abandonner à cette période de l'année.

N'était-elle pas prête à tout pour régler les dettes de son père ? se demanda Raul, irrité par son attitude.

— Qu'est-ce qui vous occupe tant, Lydia ? Le shopping ? Les soirées ? Il y a aussi des boutiques à Madrid, des bons restaurants, et toutes sortes de fêtes.

Elle le dévisagea avec colère.

— Vous ne savez rien de moi !

— L'essentiel. Vous avez une dette à honorer. À moins que vous ne préfériez vous marier avant Noël.

— Je n'irai pas à Madrid pour obéir à votre caprice.

Ses yeux verts lançaient des éclairs et il réprima un sourire sarcastique. Curieusement, il eut envie de l'embrasser, pour lire du désir dans son regard à la place de la colère.

— Dans ce cas, je ne vois qu'une alternative, déclara-t-il tranquillement.

Malgré son calme apparent, son cœur battait très fort et résonnait sourdement à ses oreilles, couvrant le brouhaha des conversations autour d'eux. Il ne pouvait pas laisser Lydia Carter-Wilson repartir maintenant. Il fallait retrouver Max le plus discrètement possible — et rapidement.

— C'est-à-dire ? questionna-t-elle sèchement.

Raul reprit conscience de l'endroit où il était. La jeune femme le fixait de ses grands yeux verts enfiévrés. Finalement, ce ne serait peut-être pas si épouvantable d'épouser cette tentatrice au tempérament de feu !

— Vous-même ou votre père devrez rembourser la totalité avant la fin de l'année.

— Il reste à peine plus d'un mois.

— Oui. Le remboursement intégral ou le mariage, Lydia.

— Croyez-moi, monsieur Valdez, si j'avais suffisamment d'argent, la question serait déjà résolue.

Avec une satisfaction perverse, Raul constata qu'elle tremblait de rage.

— Vous êtes donc obligée de m'accompagner à Madrid. Ensuite, de deux choses l'une : soit vous trouvez la personne que je recherche, soit nous annonçons nos fiançailles.

Quand elle secoua la tête avec une expression incrédule, Raul eut envie de toucher les cheveux bruns qui lui caressaient le cou.

— Non, je ne peux pas quitter Londres en ce moment.

— À cause d'un amant ?

— Cela ne vous regarde pas, mais non, ce n'est pas cela.

— Alors vous venez avec moi.

Il ne lui disait pas tout de suite, mais ils seraient obligés de jouer la comédie des fiançailles. Carlos avait insisté : il fallait rassurer les membres du conseil d'administration.

— Pourquoi vous suivrais-je alors que je n'ai nullement l'intention de respecter le contrat douteux négocié par nos pères ?

Elle pinça les lèvres avec une moue rageuse. De nouveau, il chassa l'image qui se présentait à son esprit. Il s'interdisait absolument de fantasmer sur un baiser. Inutile de compliquer une situation déjà horriblement confuse… Le plus urgent était de rassurer les actionnaires afin d'avoir les coudées franches. Et si Lydia Carter-Wilson ne mentait pas en mettant en avant ses qualités d'investigatrice, un pan de son histoire familiale s'éclairerait bientôt et il connaîtrait son demi-frère Max. Mais avait-elle réellement les moyens de démêler les relations embrouillées que son père avait entretenues dans le secret et la tromperie ?

Et surtout, pouvait-il lui faire confiance ? Si des rumeurs le rattrapaient, tous les efforts qu'il avait déployés pour se faire une place respectable dans le monde des affaires seraient réduits à néant. Sa réputation et sa moralité étaient en jeu.

— Je suis en droit d'exiger un remboursement immédiat, déclara-t-il sur un ton menaçant.

— Vous n'oseriez pas ! protesta-t-elle avec une fureur mal contenue.

Comment aurait-elle réagi s'ils n'avaient été dans un lieu public ? Il aurait peut-être été contraint de la maîtriser physiquement. Elle semblait prête à le frapper.

— Ne me sous-estimez pas, Lydia.

Il avait besoin d'exagérer dans la menace et la méchanceté afin de tenir à distance le désir sourd qui le taraudait. Ce serait encore plus difficile s'il était contraint d'aller jusqu'au mariage, même temporaire.

— C'est vous qui me sous-estimez, monsieur Valdez.

Mais Raul avait noté que l'appréhension perçait sous la colère. Elle avait peur.

— Pas du tout, répliqua-t-il. En affaires, je traite toujours mes partenaires d'égal à égal, en toute objectivité.

— Là, il s'agit peut-être de mariage. Ce n'est pas tout à fait pareil.

— Pour moi, c'est la même chose. Ce serait de toute façon un mariage blanc, pour deux ans, conformément aux clauses d'un contrat préétabli.

— Vous n'y attachez pas plus d'importance ?

— Non. Ce serait une transaction comme une autre. Pas davantage.

— Avant de m'engager définitivement, j'aimerais savoir qui est cette personne dont vous avez perdu la trace.

L'apparente désinvolture de Lydia n'arrivait pas à dissimuler son agitation intérieure. En fait, Raul lisait clair en elle et avait perçu son trouble tout à l'heure, sous l'irritation qu'elle affichait.

Il comprenait que l'attirance physique qu'elle avait ressentie lors de leur première rencontre avait resurgi. Et elle en avait autant conscience que lui…

— Je ne suis pas encore certain de pouvoir vous faire confiance, déclara-t-il prudemment.

Une fois en possession de son secret, elle pourrait très bien le vendre au plus offrant à un magazine people, ce qui nuirait grandement à ses affaires. Le cours de l'action de la Banco de Torrez, qui avait beaucoup chuté à la mort de son père, commençait juste à remonter. Raul hésitait encore. Tout bien considéré, il valait peut-être mieux renoncer à son statut de célibataire. Provisoirement, bien sûr.

— Dans ce cas, nous perdons tous les deux notre temps, lança-t-elle sèchement.

Il essaya d'analyser rapidement le problème. Manifestement, Lydia Carter-Wilson n'avait pas plus envie que lui de se laisser manipuler. Elle ferait donc tout pour réussir sa mission. Mais saurait-elle agir avec la discrétion qui s'imposait ?

Raul ne s'expliquait pas l'intention finale de son père : voulait-il l'obliger à épouser Lydia ou à s'associer en affaires avec un demi-frère dont il ignorait tout ?

— Vous m'êtes redevable de la dette de votre père, Lydia, résuma-t-il. Si vous retrouvez la personne que je recherche, vous ne me devrez plus rien. Vous ne serez bien évidemment plus obligée de m'épouser non plus.

— Si vous êtes tellement opposé à cette idée de mariage, pourquoi ne pas tout simplement effacer maintenant cette dette ?

Raul avait posé exactement la même question à Carlos. La réponse lui faisait encore froid dans le dos : « Cela invaliderait le testament. Tu ne pourrais plus hériter. Tout serait vendu. »

Il n'accepterait jamais qu'un inconnu mette le grappin sur une société pour laquelle il avait déployé tant d'efforts et d'énergie. Non, de quelque manière qu'il retourne le problème, il ne voyait qu'une solution : il fallait convaincre Lydia.

— Seul le fait de retrouver cette personne débloquera les fonds nécessaires.

— Il s'agit encore d'argent. Naïvement, j'imaginais des raisons sentimentales…

Raul se moquait éperdument de ce qu'elle pensait. De toute façon, une fois le mystère élucidé, il ne la reverrait jamais.

— En effet, c'est uniquement une question d'argent. Je suis d'abord et avant tout un homme d'affaires.

— Qui donc est cette personne ? Un enfant de l'amour que vous avez des remords d'avoir abandonné ?

Si elle avait pris des renseignements sur lui, elle l'avait certainement catalogué comme un don Juan, à l'image de son père. Tant mieux. Malgré ses dénégations, un peu plus tôt, elle était sûrement exigeante et rêvait probablement du prince charmant. Une aventure sans lendemain ne l'intéresserait pas. Elle ne lui tomberait pas dans les bras.

— Un enfant de l'amour, en effet, ironisa-t-il.

— Je hais les hommes comme vous !

Raul s'autorisa une pause et un sourire nonchalant.

— Et moi je déteste les femmes qui tirent des conclusions trop hâtives, répliqua-t-il. Il ne s'agit pas de *mon* enfant.

Cela ne risquait pas de lui arriver. Il était toujours extrêmement prudent en matière de sexualité.

Elle haussa un sourcil sarcastique. Manifestement, elle ne le croyait pas.

— De qui est-il, alors ?

Raul hésitait encore à lui livrer un secret qui était resté caché pendant tant d'années. Malgré ses efforts pour plaire à son père, il avait toujours échoué lamentablement. Depuis qu'il connaissait l'existence de Max, il comprenait pourquoi…

— Vous serez bien obligé de me le dire, remarqua-t-elle avec un petit sourire de dédain.

Elle croyait sans doute remporter une petite victoire. Il choisit de ne pas la détromper. Pour le moment.

— C'est le fils de mon père que je souhaite retrouver.

Lydia sursauta. Elle avait poussé Raul Valdez dans ses retranchements pour l'obliger à dévoiler sa vraie nature, mais la situation s'était renversée à son désavantage. Elle était allée trop loin et il était furieux. Qu'allait-il se passer, maintenant ? Il voudrait peut-être se venger, soit en exigeant l'argent tout de suite, soit en la contraignant au mariage — ce qui serait bien pire.

Brusquement, elle se retrouva dans la peau de l'adolescente de seize ans que son père présentait à Raul. Ravie de rencontrer quelqu'un de plus jeune au milieu de tous les adultes qui assistaient au dîner, elle lui avait adressé son plus beau sourire. Mais Raul l'avait totalement ignorée.

Cela n'avait en rien diminué la vive attirance qu'elle éprouvait. Il lui avait plu instantanément et elle s'était en secret réjouie d'avoir choisi cette petite robe noire qui la vieillissait un peu. Elle avait bu les moindres paroles que Raul avait prononcées ce soir-là. Victime d'un véritable coup de foudre, elle rêvait de connaître avec lui l'expérience de son premier baiser.

Assise à côté de lui pendant le repas, elle avait tout tenté pour attirer son attention, jusqu'à essayer de pratiquer son espagnol scolaire et hésitant. Il l'avait rabrouée sans vergogne en se moquant de ses fautes.

— Je n'ai guère l'occasion de parler cette langue, avait-elle répondu en rougissant.

— Si vous n'êtes pas douée pour les langues étrangères, il vaut mieux ne pas insister.

Quel mufle ! Comment pouvait-elle éprouver le moindre attrait ? Un instant, elle s'était demandé s'il la taquinait parce qu'elle lui plaisait. La suite avait malheureusement levé toute ambiguïté.

— Mais ce n'est pas grave ! Ne vous inquiétez pas, on parle anglais dans le monde entier. La petite princesse à son papa se fera toujours comprendre dans les boutiques de luxe.

Sidérée par son mépris et sa grossièreté, Lydia s'était juré de maîtriser un jour assez l'espagnol pour lui livrer le fond de sa pensée dans sa langue natale. L'incident était resté profondément ancré en elle, renforçant hélas le manque de confiance en soi que son propre père instillait déjà sournoisement.

À présent, dix ans plus tard, elle observait Raul avec un mélange de colère et de commisération. Elle avait elle aussi beaucoup souffert à cause de Henry Carter-Wilson, dont la froideur et l'indifférence avaient détruit sa mère à petit feu. Cette dernière avait fini par le quitter. Il ne s'intéressait qu'à l'argent, ce qui semblait relativement bénin en comparaison du secret que Raul venait de lui livrer.

— Désolée, murmura-t-elle.

Raul demeura impénétrable. Il n'était pas homme à manifester ses émotions.

— Je découvre seulement maintenant l'existence de ce demi-frère. Nous devrions lui et moi hériter à parts égales.

— Je ne comprends pas, répliqua-t-elle, perplexe.

— Connaissant mon opposition au mariage, surtout avec la fille de son débiteur, mon père a sans doute voulu me mettre devant un dilemme insoluble. Juste pour m'embarrasser.

— En fait, nous sommes tous les deux des victimes, réalisa Lydia, qui comprenait enfin les implications de l'odieux stratagème.

Quelle cruauté, de la part de ces deux hommes ! Ils étaient aussi insensibles et machiavéliques l'un que l'autre.

— Oui, acquiesça Raul. Mon père savait aussi que je serais davantage motivé par l'argent que par le mariage.

Lydia essaya de ne pas se sentir insultée. Finalement, il y avait un moyen de sortir de ce guêpier. Dès que l'affaire serait réglée, elle insisterait pour revendre les propriétés à son nom et reverserait l'argent à Raul. Elle ne voulait rien devoir à personne.

— J'ai besoin de retrouver mon frère le plus discrètement possible, sans attirer l'attention des médias, dit Raul. Je ne veux surtout pas déclencher un scandale qui nuirait à mes affaires, sans parler du mal que cela ferait à ma mère.

Son regard noir recelait de bien sombres pensées. Haïssait-il déjà ce frère qu'il n'avait jamais rencontré ?

Parmi toutes les questions qui se pressaient dans son esprit, il en était une que Lydia se força à formuler.

— Pourquoi me faire confiance en partageant un secret aussi lourd, alors que vous me connaissez à peine ?

— Parce que vous êtes autant opposée que moi à l'idée du mariage, et donc également partie prenante. En plus, votre père compte sur vous. Si vous échouez à solder sa dette, il sera assigné en justice. Pour lui, ce sera la faillite. Son nom sera sali à jamais. Cela devrait suffire à m'assurer votre coopération.

Il avait raison. S'il avait existé la moindre possibilité de régler le problème autrement, elle n'aurait pas accepté son rendez-vous. Même si ses relations avec son père étaient extrêmement tendues, elle ne voulait pas que son nom soit traîné dans la boue. Car sa grand-mère aurait le cœur brisé. Or elle ne voulait pas faire souffrir la seule personne au monde qui lui avait témoigné de l'amour et de l'affection.

— Il n'y a vraiment pas d'autre solution ?

Il s'absorba dans ses réflexions, et elle éprouva un brusque élan de sympathie. Que ressentirait-elle à sa place, en découvrant qu'elle avait une sœur ou un frère caché ?

— Non. Soit je retrouve mon demi-frère, soit nous nous marions.

Elle hocha la tête avec lenteur. Heureusement, s'ils étaient obligés d'en venir là, le mariage serait de pure forme. Elle n'aurait ensuite aucun mal à divorcer.

Alors d'où venait l'étrange déception qui s'insinuait en elle ? Elle avait surmonté depuis longtemps son stupide coup de foudre d'adolescente. Même si elle reconnaissait à Raul Valdez un charme ravageur, jamais elle ne s'abaisserait à y succomber. Elle ne lui donnerait pas cette satisfaction.

La serveuse arriva à ce moment-là, mais Lydia n'avait plus faim.

— Je ne veux pas aller à Madrid. Je peux très bien mener mes recherches depuis Londres.

Elle avait sa propre entreprise à gérer, et les semaines avant Noël étaient toujours très chargées. De plus, elle préférait garder ses distances avec cet homme.

— Votre enthousiasme me fait chaud au cœur, railla-t-il. Néanmoins, vous m'accompagnerez. Ce n'est pas négociable.

Raul observa les yeux expressifs de la jeune femme qui lui faisait face. Ils reflétaient tour à tour ses doutes, ses hésitations et ses réticences.

— Nous n'avons le choix ni l'un ni l'autre, ajouta-t-il quand elle ferma à demi les paupières, comme pour l'empêcher de lire en elle.

— Avant de me décider, j'aurai besoin d'un contrat en bonne et due forme, monsieur Valdez. Vous stipulerez clairement que je ne vous devrai plus rien dans le cas où je retrouverais votre frère.

Elle marqua une pause.

— Et si le pire se produisait, c'est-à-dire si nous devions nous marier, ce serait une pure convention, n'est-ce pas ? Il faudra le marquer aussi.

Ainsi, elle ne lui faisait pas confiance non plus… Raul admirait son courage et sa présence d'esprit.

— Vous aurez tout noir sur blanc dès que nous serons à Madrid.

Il avait déjà pris sa décision. Ils partiraient dès le lendemain matin pour ne pas trop lui laisser le temps de réfléchir. Il tenait à garder le contrôle de la situation. Ce serait terrible d'infliger à sa mère et à sa grand-mère une humiliation publique si jamais Lydia Carter-Wilson le trahissait.

Son père avait trompé sa famille d'une manière éhontée en menant une double vie pendant huit ans. Raul se souvenait encore du jour où sa mère avait découvert sa liaison. Effondrée, elle avait aussitôt tiré un trait sur sa vie de couple, laissant son mari libre de partir s'il le voulait, mais déterminée à rester avec son fils dans la maison familiale. À partir de ce moment-là, Raul avait eu sous les yeux un exemple abominable de cohabitation forcée. Serait-il condamné à revivre la même chose ?

Depuis qu'il avait découvert la traîtrise de son père, Raul avait décidé de faire face. Son demi-frère avait dû beaucoup souffrir, lui aussi. Il se sentait vaguement coupable et avait envie de réparer les erreurs du passé. Si seulement il avait pu déverser sa bile devant le responsable, celui qui avait fait tant de mal autour de lui !

Il repoussa ses émotions négatives. Ce n'était pas le moment de se laisser happer par les souvenirs. En tout cas, devant l'alternative qui s'offrait à lui, il n'y avait pas à hésiter : il préférait affronter l'existence de Max, ce fils que son père avait de son vivant rejeté dans l'oubli.

— Et si je ne retrouve pas votre frère ? risqua Lydia d'une voix inquiète.

Une nouvelle fois, Raul se demanda quel goût avaient ses lèvres. Pourquoi était-il obsédé par une question qui demeurerait sans réponse ?

— Demi-frère, corrigea-t-il.

— Frère, demi-frère, peu importe. Répondez-moi.

— Ce n'est pas du tout la même chose. Vous êtes fille unique, vous aussi. Comment réagiriez-vous à ma place ?

— Ce n'est pas le sujet, rétorqua-t-elle.

— Je vous l'ai déjà dit. Si vous n'avez découvert aucun élément d'ici quatre semaines, vous deviendrez ma femme.

— Pour deux ans, précisa-t-elle.

— *Sí*. Ensuite, nous pourrons divorcer.

— L'échéance est très rapprochée. Ce sera Noël dans un mois…

— Raison de plus pour réussir. Vous n'aurez pas un jour de plus, Lydia. Si vous échouez, je vous épouserai la veille de Noël, le 24 décembre.

3

Madrid était le dernier endroit au monde où Lydia aurait pensé aller, et la présence écrasante de Raul rendait ce voyage encore plus irréel, comme dans un rêve — ou un cauchemar.

Le vol dans son jet privé avait été éprouvant. Heureusement, il avait passé son temps à travailler et à lire la presse, ce qui l'avait dispensée de trouver des sujets de conversation. Elle s'efforçait de paraître calme et détendue, mais intérieurement toutes sortes de questions l'assaillaient, exacerbaient sa nervosité.

Le chauffeur de Raul Valdez les avait accueillis à l'aéroport. Ils roulaient à présent dans les rues animées de la capitale espagnole, éclairée par une douce lumière de fin d'après-midi.

— À votre avis, combien de temps vous faudra-t-il pour retrouver mon frère ?

C'était la première fois qu'il disait « frère » et non « demi-frère ». Ce séducteur à l'existence dissolue avait très mal vécu les révélations de la vie cachée de son père. Mais tant de familles d'apparence heureuse dissimulaient des mensonges ou des secrets honteux… Lydia était bien placée pour le savoir.

— Pour le moment, je n'en ai pas la moindre idée, répondit-elle. Je n'ai pas assez d'éléments en ma possession pour en juger. D'ailleurs, la recherche généalogique n'est pas ma profession, juste un hobby. Je ne prétends pas être une experte.

Quand il plissa les yeux d'un air irrité, une bouffée de panique l'envahit. Et si elle échouait ?

Non, tu dois *réussir !*

— Vous avez un métier ? demanda-t-il avec dédain, comme s'il avait du mal à formuler cette idée totalement saugrenue.

À ses yeux, la petite fille riche, l'héritière de papa ne pouvait évidemment pas travailler. Il serait surpris d'apprendre qu'elle avait brillamment terminé ses études universitaires en décrochant la mention « très bien » à sa licence d'espagnol. Lui dirait-elle qu'elle faisait carrière dans la mode et avait ouvert deux boutiques de luxe ? Une à Paris et une à Londres, sous un nom d'emprunt pour ne devoir son succès qu'à elle-même. Sa griffe plaisait beaucoup dans les milieux huppés.

Malgré son envie d'en remontrer à cet homme qui se croyait tellement supérieur, Lydia se ravisa. Cela ne le regardait pas. De toute façon, elle n'aurait pas à le supporter très longtemps, quelques semaines tout au plus. Avec un peu de chance…

— La mode m'occupe à temps complet. C'est ma spécialité, plaisanta-t-elle en éludant la question.

Qu'il pense ce qu'il voudrait, elle s'en moquait éperdument. Dès que la dette serait réglée, elle n'entendrait plus parler de Raul Valdez. Elle reprendrait le fil de son existence pour aller de l'avant, en laissant le plus loin derrière son enfance troublée. Elle avait toujours été une gêne pour sa mère, qui ne l'avait jamais vraiment aimée et ne la contactait plus que très rarement. Quant à son père, il figurait comme une ombre en arrière-plan. C'était sa grand-mère qui l'avait élevée.

— Madrid regorge de jolies boutiques, vous serez contente, commenta Raul sans cacher son mépris. Surtout à cette période de l'année.

Elle réprima un sourire.

— Dommage que d'autres activités m'accaparent dans les prochains jours.

Elle s'interrompit brièvement avant de demander :

— Quel hôtel me conseillez-vous ?

Elle n'avait pas pris de vacances depuis longtemps. Finalement, ce petit séjour madrilène lui ferait du bien. Et puis, elle avait recruté récemment un directeur des ventes en qui elle avait toute confiance : il saurait faire face si des problèmes surgissaient. De toute manière, elle repartirait le plus tôt possible, dégagée de toute obligation, de tout engagement. Avec un peu de chance, elle serait même rentrée à Londres avant Noël.

— Vous logerez chez moi.

La voix de Raul Valdez fit une irruption fracassante dans ses pensées.

— Pardon ? bredouilla-t-elle, abasourdie.

Elle se sentit soudain prise au piège. Il était impensable d'accepter cette proposition. Le trouble physique qu'elle éprouvait en présence de Raul l'affectait beaucoup trop. Il lui faudrait se surveiller constamment, elle n'arriverait pas à contrôler ses réactions. De toute façon, elle ne voulait pas d'un homme dans sa vie, n'en avait pas besoin. Daniel avait définitivement détruit ses rêves de bonheur, que le couple raté de ses parents avait déjà bien entamés.

Elle détourna les yeux. D'où lui venait la sensation désagréable que Raul Valdez lisait en elle comme dans un livre ouvert ? Que lui arrivait-il ? Il la mettait horriblement mal à l'aise.

— Il y a une chambre d'ami indépendante dans mon appartement, déclara-t-il avec un petit sourire.

Elle se creusa la tête pour chercher une objection valable.

— Ce n'est peut-être pas très judicieux si vous tenez à garder un minimum de discrétion autour de vos recherches, finit-elle par avancer. Si on nous voit ensemble, on risque de tirer des conclusions un peu hâtives, non ?

— Notre histoire d'amour entraînera les journalistes sur une fausse piste.

Elle rit nerveusement pour cacher son embarras, mais la rougeur de ses pommettes n'échappait sans doute pas à son compagnon. Comme elle s'en voulait de réagir comme une adolescente ! Elle se vengerait et lui ferait payer chèrement son rictus dédaigneux.

— Notre *histoire d'amour ?* s'esclaffa-t-elle.

— Une couverture parfaite pour votre enquête, non ?

La voiture se gara à ce moment-là et l'expression charmeuse de Raul s'évanouit.

— N'oubliez pas qui de nous deux a une dette à régler, Lydia. Ce n'est pas moi. Vous n'êtes pas dans une situation qui vous autorise à poser des exigences ou à remettre en question mes décisions. Nous ferons semblant d'être un couple, comme si nous acceptions le contrat passé par nos pères.

Sans lui laisser le temps de répliquer, il descendit de voiture. Quelques secondes plus tard, son chauffeur ouvrit la portière du côté de Lydia. Elle s'était elle-même fourrée dans ce guêpier et s'en mordait les doigts, déconfite. Raul Valdez avait habilement retourné la situation à son avantage.

Elle écouta les accents de sa belle voix grave pendant qu'il s'entretenait avec le concierge. Il ignorait encore qu'elle connaissait l'espagnol et qu'elle aimait cette langue. Pour l'instant, elle gardait cette information pour elle.

— Par ici, *querida*, dit-il en posant une main dans son dos pour la guider.

Décontenancée, gênée par ce contact pourtant léger, elle le suivit docilement jusqu'au fond du hall dallé de marbre. Derrière la double porte refermée, on n'entendait plus aucun bruit de circulation.

— Je ne suis pas convaincue que ce soit une très bonne idée d'habiter chez vous, dit elle comme ils arrivaient devant l'ascenseur.

Il appuya sur le bouton et la précéda à l'intérieur.

— Que vous soyez convaincue ou non ne changera rien. Nous avons conclu un marché, mademoiselle Carter-Wilson, n'est-ce pas ?

Elle était coincée et il le savait. Elle ne disposait d'aucune marge de manœuvre pour se tirer de la panade où son père l'avait mise. Non sans appréhension, elle lui emboîta le pas.

— Je vous rappelle qu'il s'agit d'un contrat d'affaires, monsieur Valdez. Rien d'autre.

— Vous avez peur que je vous séduise ? railla-t-il en la dévisageant.

— Vous avez cette réputation, en effet.

Elle regretta aussitôt de s'être engagée sur cette pente, car il la toisa avec aplomb.

— Vous craignez de ne pas pouvoir me résister ?

Quelle audace ! Comment osait-il ?

— Certainement pas, rétorqua-t-elle, vexée et cramoisie.

Elle passa devant lui sans un regard quand la porte s'ouvrit, et son rire narquois résonna désagréablement à ses oreilles. Cet homme était infernal. Il avait vraiment le don de l'exaspérer. Elle se retrouvait au milieu de l'appartement de Raul Valdez ; et dans sa vie…

Raul détailla la silhouette de Lydia tandis qu'elle pénétrait chez lui. Sa petite jupe noire mettait en valeur la courbe de ses hanches, et ses longues bottes accentuaient son allure très sexy. Elle produisait sur lui un effet extrêmement curieux. D'ordinaire, il tenait à distance ses émotions. Aucune femme n'avait jamais provoqué en lui une telle réaction.

Qu'avait donc Lydia de si extraordinaire ? Elle en savait déjà davantage sur lui que n'importe qui d'autre. D'habitude, les heureuses élues qui franchissaient le seuil de son appartement couchaient dans son lit. Cette idée suffit à déclencher en lui un désir violent, presque irrépressible.

— L'endroit vous plaît ? lança-t-il avec ironie alors qu'elle observait le décor.

Elle le gratifia d'un regard noir. Continuerait-elle à le foudroyer ainsi s'il l'embrassait sur la bouche ? Répondrait-elle avec passion, avec une impétuosité égale à la sienne ? Il avait de plus en plus de mal à résister au désir qui le taraudait. Pourtant, il le fallait. Pour l'instant en tout cas.

— Dites-moi, monsieur Valdez, pourquoi tenez-vous tellement à récupérer une créance si problématique ? Manifestement, vous n'êtes pas dans le besoin. Votre fortune vous dispenserait aisément de tous ces efforts. À côté, les quelques villas de vacances que mon père a mises à mon nom semblent bien peu de chose.

Pourquoi le provoquait-elle ? se demanda Raul. Il s'avança à grands pas, furieux.

— « Quelques villas de vacances » ? répéta-t-il avec colère. Vous plaisantez !

Visiblement, Lydia n'avait aucune notion de la réalité. Il allait lui ouvrir les yeux. Plus tôt elle prendrait la mesure de la situation, mieux cela vaudrait.

— Je me pose juste la question, dit-elle. Rien ne vous obligeait à m'imposer votre odieux chantage. Quel dilemme ! Retrouver votre frère ou vous épouser…

— Que préférez-vous, *querida* ?

— Ne m'appelez pas ainsi !

Son intonation outrée rappela à Raul un certain dîner, dix ans plus tôt, lorsqu'elle avait essayé sur lui les quelques mots d'espagnol qu'elle connaissait, d'une manière tout à fait désastreuse. Ses yeux vert émeraude lançaient des éclairs de colère, comme aujourd'hui.

— Je vous emmène tout de suite à mon bureau, mademoiselle Carter-Wilson. Pour vous montrer le montant exact de ce que votre père me doit.

Il en avait vraiment assez de ses insinuations ! Pour qui se prenait-elle, avec ses airs supérieurs ? Et pourquoi fallait-il qu'il la trouve aussi sexy ?

— Cela me paraît l'option la plus raisonnable, rétorqua-t-elle avec une expression de défi. En chemin, j'en profiterai pour trouver un hôtel.

— Vous avez vraiment de la suite dans les idées !

— Bien sûr. Mais vous devriez être content de vous débarrasser de moi. Rassurez-vous, je mettrai tout en œuvre pour que d'ici quelques jours nous soyons l'un et l'autre délivrés de cette curieuse injonction que votre père a certainement extorquée au mien.

— Dans ce cas, *querida*…

Même si cela paraissait un peu ridicule, il prit un malin plaisir à utiliser ce mot d'un ton condescendant pour affirmer sa supériorité.

— … allons-y de ce pas.

Elle le toisa avec mépris.

— Je vous suis.

Ils reprirent l'ascenseur pour sortir dans la rue. Malgré ses bottines à talons, Lydia marchait vite. Raul ralentit l'allure pour traverser une *plaza* bordée de terrasses de café. Ce serait tellement agréable d'oublier le stress des circonstances pour boire un verre dans une atmosphère détendue…

Désemparé par le cours de ses pensées, Raul tâcha de se ressaisir. Lydia Carter-Wilson, qui le considérait comme un vil séducteur, ne se laisserait jamais aller avec lui. Et lui n'avait que faire d'une femme idéaliste qui attendait le prince charmant.

Quand il s'arrêta devant l'immeuble qui abritait les bureaux de la Banco de Torrez, Lydia lui jeta un regard inquiet — qu'il ignora. N'étant pas responsable des agissements de leurs pères respectifs, il n'avait ni remords, ni scrupules. Sans un mot, il pénétra à l'intérieur, en repensant malgré tout à sa suggestion faite un peu plus tôt : pourquoi ne pas effacer cette dette, purement et simplement ? Cela comportait trop de risques pour sa compagnie. Combien d'emplois seraient sacrifiés ? Non, il était bien plus sage de confier à Lydia le soin de retrouver discrètement Maximiliano.

— Pendant que nous sommes ici, je vais vous montrer l'endroit où vous pourrez travailler en toute tranquillité, dit-il en appelant l'ascenseur.

Lydia emboîta le pas à Raul. Tandis qu'ils traversaient un vaste *open space*, plusieurs personnes la dévisagèrent avec curiosité. On la prenait sans doute pour la nouvelle maîtresse du boss… Elle afficha une expression faussement indifférente.

Ils parvinrent dans le luxueux bureau personnel de Raul, qui comportait une pièce attenante plus petite.

— Vous vous installerez là, lui dit-il.

Elle s'approcha d'une baie vitrée qui donnait sur la rue. Comme elle aurait aimé explorer cette ville magnifique !

Malheureusement, elle n'était pas là pour son plaisir, mais pour se libérer des obligations contractées par son père envers Raul Valdez.

— Parfait. J'espère n'en avoir que pour quelques jours, répondit-elle avec raideur.

Il haussa les épaules d'un air désinvolte, comme si cela l'indifférait. Il y avait pourtant une fortune à la clé !

— Vous deviez me préciser quelle somme mon père vous doit exactement, lui rappela-t-elle.

Il sortit un dossier d'un tiroir et l'ouvrit tranquillement, avant de le pousser vers elle sur la surface lisse de son bureau en bois exotique. Lydia se crispa devant sa mine sévère.

— Le montant excède cinq cents millions d'euros, l'avertit-il, impitoyable.

Elle écarquilla des yeux stupéfaits. Comment pouvait-il énoncer une somme pareille avec un tel calme ?

— Combien valent mes villas ? demanda-t-elle en tremblant un peu.

— Bien davantage.

Elle n'en croyait pas ses oreilles. Combien de propriétés son père avait-il mises à son nom ? C'était invraisemblable ! Il ne fallait surtout pas que sa grand-mère apprenne ces manigances. Elle en tomberait malade.

— Donc, si nous devions nous marier, vous y gagnerez un bénéfice très substantiel ?

Il se contenta de hocher la tête.

— Alors pourquoi avoir accepté ma proposition ?

— Je veux retrouver mon frère. Je préfère toucher l'argent bloqué sur les comptes en banque de mon père plutôt que l'obtenir de vous par des procédés que je réprouve. Comme vous, il me semble.

— Je suis d'autant plus d'accord que je ne souhaite pas me marier. Ni avec vous ni avec un autre.

— Alors, il ne vous reste plus qu'à signer notre contrat, avec la clause de confidentialité.

Une suspicion s'insinua dans l'esprit de Lydia.

— Vous ne me cachez rien, j'espère, monsieur Valdez ?

Sa question l'irrita, c'était manifeste, mais il recouvra vite son air dédaigneux.

— Vous êtes très vigilante, *querida.* Vous feriez une excellente femme d'affaires.

Sa remarque, quoique très sèche, la flatta. Il ne la considérait plus tout à fait comme une tête de linotte, une fille à papa…

— J'en suis peut-être une, lança-t-elle d'un ton léger.

Craignant de trop en dire, elle poursuivit d'un ton décidé :

— Avant de signer, je veux tout savoir dans les détails.

— Très bien.

Elle regretta d'avoir insisté lorsqu'il s'approcha, jusqu'à la frôler. Son odeur, mélangée à son parfum viril, l'excitait et lui faisait peur en même temps.

— Avant tout, il y a un point important à préciser, déclara-t-il.

— Lequel ?

Le cœur battant, elle leva les yeux vers lui. Il était si près qu'il aurait pu l'embrasser. Elle tressaillit. D'où lui venait une idée pareille ?

— Nous devons nous fiancer officiellement.

— Non, rétorqua-t-elle sans hésiter.

— Le conseil d'administration exige des garanties pour le recouvrement de cette dette ancienne et considérable. Comme je ne suis pas prêt à révéler l'existence de mon frère, la perspective de notre mariage rassurera tout le monde, y compris les actionnaires.

Elle se mordit la lèvre. Elle devait absolument se maîtriser, lui cacher son trouble. Sinon, il en profiterait. Elle avait conscience d'un danger diffus.

— Pourquoi partagerais-je vos préoccupations ?

— On m'a donné jusqu'à fin décembre pour régler le problème. Si je n'y parviens pas, la société sera vendue. Il y aura forcément des licenciements, des gens au chômage. Vous ne pouvez pas rester indifférente.

Lydia soupira. Après tout, de fausses fiançailles ne l'engageaient en rien. Et si cela pouvait garantir le bien-être de quelques centaines de familles…

— Dans le cas où vous ne retrouveriez pas mon frère, le mariage aura lieu, ajouta Raul.

Une peur panique s'empara de Lydia. Elle était farouchement opposée à tout projet de mariage. Ses rêves d'amour et de bonheur s'étaient effondrés avec Daniel ; le cynisme de Raul soulignait encore davantage leur absurdité.

L'espace de quelques secondes, elle faillit partir en claquant la porte. Après tout, elle n'était pas responsable des agissements de son père, qui n'avait qu'à se tirer d'affaire tout seul. Mais cela n'aurait servi à rien. Tout irait de mal en pis, elle le savait d'avance. Tôt ou tard, Raul reviendrait à la charge pour réclamer son dû ; et si jamais à ce moment-là son frère avait resurgi, elle n'aurait plus aucun atout dans son jeu. Sa grand-mère lui aurait certainement conseillé d'être forte, comme au temps de son adolescence.

Elle releva le menton.

— Pourquoi votre père a-t-il imaginé cet odieux stratagème ?

— Pour m'obliger à accepter son autre fils ; ou à me marier, ce que je m'étais juré d'éviter.

— Par pure malveillance, alors ?

— Oui. Il était ainsi, avec moi. Eh bien, Lydia, que décidez-vous ?

Elle ramassa le stylo pour apposer sa signature au bas du contrat qu'il avait rédigé.

— Très bien, monsieur Valdez. Je jouerai la comédie des fiançailles. Mais seulement pendant un mois.

4

Assise à son bureau, Lydia contemplait les reflets du soleil de décembre qui se couchait sur les toits de Madrid. Le scintillement du gros diamant à son doigt attira son regard. Elle le portait depuis plus d'une semaine, sans parvenir toutefois à s'y habituer.

Cela faisait exactement dix jours que Raul et elle avaient annoncé leurs fiançailles. Inéluctablement la date de ce mariage qu'elle ne voulait à aucun prix se rapprochait. Si elle n'arrivait pas à découvrir la plus petite information sur Maximiliano Valdez, il lui faudrait pourtant en passer par là. Pour le moment, toutes les pistes l'avaient menée à des impasses. Le frère de Raul utilisait certainement un autre nom.

Elle poussa un soupir de découragement. Tôt ou tard, il faudrait bien rendre des comptes…

— Un problème, Lydia ?

La voix grave de Raul fit irruption dans ses pensées. Elle pivota sur sa chaise.

Appuyé avec nonchalance contre le chambranle de la porte, il la regardait d'un air interrogateur, les bras croisés. Comment pouvait-on être si autoritaire et beau à la fois ?

— Je réfléchissais, dit-elle en chassant cette pensée dérangeante.

— Du nouveau ?

Le cœur de Lydia se mit à battre follement. À cause de la présence toute proche de Raul ou parce qu'elle n'avait pas avancé dans ses recherches ?

Comme elle ne répondait pas, il la fixa durement.

— Rien ?

— Non.

Elle n'avait pas envie de donner des détails. Ils étaient à quinze jours de la date fatidique ; elle avait beau se creuser la tête, il n'y aurait pas d'autre solution que d'en passer par le mariage pour régler cette maudite dette. Ses boutiques de mode n'en étaient qu'à leurs balbutiements, il ne fallait pas songer à les vendre. Cela ne servirait à rien.

Raul inspira profondément, comme pour réprimer une remarque, puis alla se planter devant la fenêtre en lui tournant le dos. Plusieurs secondes s'écoulèrent tandis qu'elle contemplait, fascinée, sa carrure imposante. On devait se sentir en sécurité entre ses bras.

Choquée par le cours de ses pensées, elle sursauta et fit semblant de ranger des papiers pour se donner une contenance.

— Dans ce cas, il faut aller de l'avant, affirma-t-il.

Son ton cassant, sans appel, la glaça.

— C'est-à-dire ? murmura-t-elle.

Elle perdit pied quand il lui fit face. Usait-il délibérément de sa séduction ou réagissait-elle en adolescente timorée ?

— Nous lancer dans les préparatifs du mariage, expliqua-t-il, déterminé.

— Il reste encore trois semaines, bredouilla-t-elle d'une voix altérée.

Seigneur… Elle était en panique. Elle devait absolument se ressaisir, cacher à Raul cette peur qui lui faisait perdre tous ses moyens en face de lui.

— *Sí*, c'est vrai. N'oublie pas, cependant, que nous devons paraître convaincants.

— Aux yeux de qui ?

Il s'approcha et se pencha vers elle en posant les paumes sur son bureau.

— Du conseil d'administration et des actionnaires, de tous ceux qui sont en droit d'exiger l'exécution du contrat et le paiement de la dette. À partir du moment où nous serons mariés, je serai propriétaire de toutes ces villas dont tu prétends ignorer l'existence et je pourrai les vendre pour apurer les comptes.

Les éclats de sa colère résonnaient entre les murs de la petite pièce. Comme Lydia avait téléphoné à son avocat, elle savait que son père avait agi en connaissance de cause. Il se souciait davantage de ses intérêts financiers que de l'avenir de sa fille. Elle n'avait aucun recours. Malgré tout, quelque chose la poussait à défier l'homme puissant et orgueilleux qui se tenait devant elle.

— Tu obéis toujours docilement quand on te dicte la conduite à tenir ? dit-elle.

Elle avait fait mouche, il semblait furieux. Cependant, elle refusa de se laisser impressionner par son air menaçant.

— Tu crois vraiment que je t'épouserais, toi ou une autre d'ailleurs, simplement parce qu'on me l'ordonne ?

En sentant son souffle sur son visage, elle retint sa respiration. En fait, elle s'était plus d'une fois demandé pourquoi un homme aussi puissant et intransigeant acceptait de se plier aux volontés de son père.

Elle soutint fermement son regard d'acier.

— Non, pas du tout. Il serait peut-être d'ailleurs grand temps de m'expliquer les raisons de toute cette hâte. Pourquoi nous précipiter alors que nous avons trois semaines devant nous ? Et que la perspective de vivre ensemble pendant deux ans ne nous enthousiasme pas plus l'un que l'autre ?

Il ne répondit rien et la scruta longuement. Tout à coup, un frémissement irrépressible parcourut Lydia, et ses lèvres la picotèrent, comme s'il les avait effleurées d'un baiser.

Elle s'agita nerveusement sur sa chaise.

— Qu'y a-t-il, Raul ?

Il esquissa un sourire satisfait et elle devint aussitôt écarlate. Le plus calmement possible, elle se leva et s'écarta pour mettre de la distance entre eux deux.

— Tu le sais très bien.

— Je rentre à la maison, annonça-t-elle sèchement.

Il haussa un sourcil ironique.

— Chez moi, tu veux dire ? railla-t-il avec un accent sensuel qui ajouta à son trouble.

— C'est une façon de parler, bredouilla-t-elle.

Elle prit rageusement son sac et son manteau au passage.

— Je rentre avec toi, et je t'invite à prendre un verre sur le chemin, proposa-t-il de sa voix la plus charmeuse.

Elle se retourna. Lydia se doutait qu'il s'attendait à un refus. Il la croyait sans doute trop lâche pour affronter le petit incident qui venait de se produire, et cette force mystérieuse qui les poussait l'un vers l'autre en menaçant le fragile équilibre de leur relation. Eh bien, il la connaissait mal. Elle lui montrerait qu'il ne lui faisait pas peur. Elle pouvait résister à cette attirance — et à lui.

Elle lui adressa un sourire éclatant.

— C'est une excellente idée.

La flamme qui brillait au fond des yeux de Lydia donnait à Raul une folle envie de passer une soirée avec elle. Une *longue* soirée. L'alchimie étrange qui avait brusquement surgi entre eux le tenaillait. Mais oserait-il relever le défi ?

Il conduisit Lydia dans un établissement huppé et très fréquenté où la bonne société madrilène ne manquerait pas de les remarquer. Carlos serait content.

Autour d'eux, les conversations allaient bon train, dans une joyeuse animation. Il commanda du vin et des tapas. Dans cette atmosphère détendue, il serait plus facile de discuter avec Lydia. À l'évidence, son « hobby » n'avait pas amené les résultats qu'elle escomptait.

— J'ai fait publier les bans, annonça-t-il. Ce sera une cérémonie civile, la veille de Noël.

Elle pâlit.

— Je pensais que nous n'aurions pas besoin d'aller jusqu'à cette extrémité…

Ses longs doigts élégants se refermèrent sur son verre à pied. Raul considéra pensivement ses ongles au vernis impeccable. Lydia était une femme du monde raffinée, dont la réserve dissimulait sans doute une nature sensuelle et passionnée. Elle était très différente de celles qu'il avait l'habitude de fréquenter. Il ne s'expliquait pas pourquoi elle l'attirait autant.

— Il ne tient qu'à toi de changer le cours des événements, déclara-t-il. Si tu échoues dans ta mission, nous serons obligés d'en arriver là.

— Je réussis toujours ce que j'entreprends. Tu ne devrais pas t'embarrasser de toutes ces tracasseries inutiles.

Son expression déterminée, pleine de défi, toucha une fibre sensible au fond de lui dont il ne soupçonnait même pas l'existence. Il réagit avec agacement, conscient qu'il valait mieux trouver cette femme antipathique que désirable.

— Disons que ces démarches constituent une sorte d'assurance pour garantir ta collaboration.

— Plutôt du chantage !

— À mon avis, ce terme s'applique mieux à ton père.

Par moments, convaincu de son innocence, Raul croyait qu'elle ignorait tout des agissements de Henry Carter-Wilson. Mais quand elle le défiait ainsi, avec l'orgueil d'une riche héritière qui avait tout et le savait, il avait des doutes. Elle émettait des messages très contradictoires.

À cette minute précise, elle lui parut très vulnérable. Elle avait beaucoup à perdre dans la partie qui s'était engagée. Comme lui, elle risquait sa liberté dans un mariage arrangé dont elle ne voulait pas. Mais pourquoi ? Elle n'était certainement pas solidaire de son père, qui s'était servi d'elle dans de sombres manigances. Qu'est-ce qui la retenait ici à Madrid, avec lui ?

— Ton père ne vaut pas mieux ! rétorqua-t-elle en se ressaisissant. Je refuse de devenir une victime. Je me battrai pour retrouver ton frère.

— C'est une résolution qui t'honore.

— L'honneur n'a rien à voir là-dedans. Il s'agit plutôt d'un instinct de conservation, et d'une profonde aversion pour les hommes comme toi.

Il encaissa le coup en partant d'un grand éclat de rire.

— Le chaton s'est transformé en tigresse !

Elle fronça les sourcils.

— Tu étais moins vindicative tout à l'heure dans ton bureau, expliqua-t-il. Tu avais même envie de m'embrasser.

— Certainement pas !

Rouge d'indignation, elle se leva. Pourtant Raul était certain qu'il ne se trompait pas.

— Assieds-toi, Lydia. Les gens vont croire que nous nous détestons si tu continues à me regarder de manière aussi féroce.

— C'est l'exacte vérité, répliqua-t-elle, en lui obéissant néanmoins.

— Nous devons donner l'illusion du contraire. Nous sommes censés être heureux. Nous allons faire un mariage d'amour.

Elle s'esclaffa.

— Comme si cela existait !

— Tu es sans doute comme moi, alors. Le couple de tes parents a dû être aussi désastreux que celui des miens pour dire une chose pareille.

Raul se demanda pourquoi il lui faisait cette confidence. Il n'évoquait jamais son enfance avec personne. Il n'avait jamais parlé de la froideur de la maison dans laquelle il avait grandi, des disputes constantes de ses parents, des infidélités de son père.

— Tu n'en sais rien, protesta-t-elle. Ce n'est pas moi qui suis à la recherche d'un demi-frère caché.

— C'est vrai. Mais il y a peut-être des choses que tu ignores, surtout en ayant passé la plus grande partie de ton enfance chez ta grand-mère avant de partir en pension.

— Où as-tu appris tout cela ?

— Tu ne penses tout de même pas que j'envisagerais de t'épouser sans m'être renseigné un minimum !

Elle lui jeta un regard suspicieux.

— Qu'as-tu découvert ?

— Que tu ne corresponds peut-être pas tout à fait à ta réputation de petite fille riche et trop gâtée.

Elle l'écoutait attentivement, maintenant.

— C'est-à-dire ?

Raul n'avait pas assez d'éléments, aussi resta-t-il dans le vague, guidé par son intuition.

— Tu n'as pas le choix, en réalité. Tu es pieds et poings liés dans cette histoire, exactement comme moi. Faisons au moins comme si notre bonne entente était acquise une fois pour toutes.

Elle secoua la tête avec une expression incrédule.

— Tout cela pour sauver ta banque…

— Et épargner la faillite à ton père.

Il leva son verre pour porter un toast.

— À notre statut de célibataire auquel nous tenons tant tous les deux !

— Tu te moques de moi ?

— Non, *querida*, pas du tout.

En son for intérieur, Raul se débattait confusément. Tout s'embrouillait…

Lydia dévisageait Raul avec curiosité. Ils avaient cessé de se disputer, mais l'atmosphère restait électrique. Côtoyer cet homme au quotidien devenait de plus en plus difficile. Il fallait absolument trouver le moyen de sortir de l'impasse.

— J'aurais besoin de parler à ta mère, déclara-t-elle tout à coup. Elle doit bien savoir quelque chose.

Un muscle tressauta sur la joue de Raul. Un instant, il se perdit dans la contemplation des lumières de Noël sur la *plaza*. Elle observa ses mâchoires serrées, son profil sévère, avec l'impression d'avoir touché un point sensible.

— Je ne tiens pas à l'impliquer dans cette histoire, répondit-il enfin en lui jetant un regard glacial. Elle n'est au courant de rien pour les clauses du testament, et je veux que cela reste ainsi.

— Elle me fournirait peut-être une information qui me servirait de fil conducteur. En tant qu'épouse, elle a forcément connaissance de certains éléments.

— Pourquoi dis-tu cela ?

Malgré son ton méprisant, Lydia décida de passer outre. En tout cas, elle ne risquait pas d'épouser cet individu arrogant dans trois semaines… Elle serait de retour à Londres avant Noël. Et tant pis si elle devait contrarier ou indisposer Raul et sa mère pour parvenir à ses fins.

— Les femmes ont généralement une intuition infaillible, remarqua-t-elle. D'après ce que j'ai compris, il n'y a que quelques mois d'écart entre ton frère et toi.

La mine furieuse et rébarbative de Raul ne réussit pas à la décourager. Sa propre liberté et son indépendance étaient en jeu.

— Raison de plus pour ne pas réveiller des souvenirs douloureux, dit-il. Mets-toi à sa place : cela a dû être terrible de découvrir que son mari l'avait trompée alors qu'elle venait de mettre leur fils au monde !

Elle faillit compatir. Raul avait dû beaucoup souffrir lui aussi. Peut-être était-ce ce qui l'avait rendu aussi dur, fermé et inaccessible… Elle réprima son élan de pitié.

— Je ne vois pas d'autre solution, Raul. Fais-moi signe quand tu seras décidé.

Sans attendre sa réponse, elle se leva brusquement et sortit sur la *plaza*. Son compagnon l'y rejoignit quelques instants plus tard.

— Je n'ai pas l'habitude que les femmes me traitent de cette façon, maugréa-t-il.

S'il croyait qu'elle allait se plier docilement à ses volontés, il se leurrait. Elle ne suivrait pas l'exemple de sa mère, qui avait supporté l'intolérable pendant trop longtemps. Quand celle-ci s'était enfin résolue à partir, elle ne s'était même pas souciée du sort de sa fille. Heureusement que sa grand-mère était là.

Pour la première fois de sa vie, Lydia se demandait si ses parents n'avaient pas été déçus d'avoir une fille. Peut-être avaient-ils espéré un garçon Une amertume douloureuse l'envahit et elle se vengea sur Raul :

— Eh bien il va falloir t'habituer ! Tu dois y mettre du tien, si tu as vraiment envie de retrouver ton frère. J'ai parfois l'impression que tu préférerais te marier. De quoi as-tu peur ? De partager ton héritage ?

Il l'attrapa par le poignet pour l'attirer contre lui. Dans ses yeux brillait un désir intense, mêlé de colère. Le cœur de Lydia se mit à battre violemment dans sa poitrine. Au même moment, de grosses gouttes commencèrent à tomber.

Raul demeura immobile, indifférent à la pluie, le souffle

court. Il semblait lui aussi lutter contre la force mystérieuse qui les poussait l'un vers l'autre.

— Lâche-moi ! commanda-t-elle farouchement.

En dépit de tous ses efforts, ses yeux restaient rivés aux siens. Elle était comme paralysée, alors qu'autour d'eux les gens couraient pour se mettre à l'abri. Incapable de bouger, elle avait l'impression qu'on lui avait jeté un sort.

Il desserra les doigts, mais sans s'écarter, et elle resta devant lui, sans même essayer de se détourner. La *plaza* s'était vidée. Malgré la pluie et le froid, elle sentait la chaleur du corps tout proche de Raul, son odeur.

Ses cheveux dégoulinaient, maintenant, et son manteau était trempé. Elle frissonna, mais pas de froid. Des sensations infiniment plus violentes la secouaient. Sans la quitter des yeux, Raul ôta son pardessus pour le poser sur ses épaules. Stupidement, ce geste la bouleversa.

Lydia ne parvenait plus à cacher son trouble. Envahie par un désir irrépressible, elle se serra sans réfléchir contre Raul. Aussitôt, il referma les bras et elle l'enlaça par le cou pendant qu'il l'embrassait avidement.

Seigneur…

Ils étaient tout à coup seuls au monde. Malgré la pluie et le froid, ils goûtèrent un instant de sensualité sauvage.

D'une voix rauque, altérée, Raul chuchota quelques mots en espagnol qui électrisèrent Lydia. Incapable de s'en empêcher, elle se frotta contre son corps d'homme, comme pour en apprendre les contours.

Puis, tout à coup, la raison reprit le dessus. Qu'était-elle en train de faire ? Cet homme n'était-il pas son ennemi ? Que lui arrivait-il ?

Elle s'arracha brutalement à son étreinte.

— Cela ne faisait pas partie du contrat, souffla-t-elle.

— Mais tu en as envie, *querida* ! Tu ne vas pas prétendre le contraire, si ?

Elle secoua la tête.

— D'ailleurs, c'est toi qui as commencé, continua-t-il. Et je ne suis pas de marbre.

— Je ne suis pas ta « *querida* », s'écria-t-elle. Et je ne veux rien de toi, Raul ! Tout ce que je te demande, c'est de te renseigner auprès de ta mère pour savoir si elle connaît le nom de la maîtresse de ton père.

Avec une rage mal contenue, elle se débarrassa du manteau de Raul.

— Cela risque de ne pas être très facile, répondit-il.

Il paraissait lui aussi ébranlé par le baiser qu'ils venaient d'échanger. Pourtant, il avait la réputation d'être impitoyable, en amour comme en affaires.

— Ce ne sera pas facile non plus de se résoudre au mariage, lança-t-elle.

C'était la pure vérité. Mais les mots avaient changé de sens, avec ce baiser. Elle risquait tout simplement de succomber au désir…

Raul avait toujours les yeux rivés aux siens. Lydia lutta contre l'envie de tendre la main pour repousser une mèche sur son front.

— Très bien. Je vais téléphoner à ma mère, dit-il. Et maintenant, rentrons nous sécher. Chacun dans sa chambre.

— Évidemment. Cette scène ne se reproduira pas, je peux te l'assurer.

5

Lydia fut très surprise d'apprendre qu'ils partaient en week-end, dans une villa de campagne que Raul possédait dans les environs de Madrid. Elle n'osa pas poser de questions. Depuis qu'ils s'étaient embrassés, la veille au soir, elle gardait prudemment ses distances.

Le trajet se déroula dans un silence pesant. Au bout de ce qui lui sembla une éternité, la voiture de sport s'engagea enfin sur un petit chemin de terre, qui menait à une maison typiquement espagnole, de taille modeste en comparaison du luxueux appartement madrilène.

— C'est charmant, observa-t-elle d'un ton léger, pour tâcher de dissiper la tension électrique.

— Oui. Je viens souvent me reposer ici, au calme.

Elle l'observa à la dérobée tandis qu'il dépliait ses longues jambes pour mettre pied à terre, puis ouvrit sa portière. Après une mauvaise nuit, elle était encore plus sensible que d'habitude au magnétisme de Raul. L'air vif la fouetta au visage, l'obligeant à se secouer.

Il n'était pas question de céder au charme qui émanait de cet homme, même si ses yeux noirs, intenses, l'attiraient comme des aimants.

— Tu n'as rien à craindre, Lydia. Tu as été très claire, hier soir. Je te laisserai tranquille.

Au lieu de la rassurer, ces paroles, curieusement, lui infligèrent une déception inexplicable. Qu'espérait-elle… ?

Elle se gratta la gorge.

— C'est une propriété familiale ?

— Presque. Ma mère habite à une demi-heure de route, derrière les collines.

— Nous allons la voir ?

— *Sí.* Qu'avais-tu imaginé ? Un week-end en amoureux ?

Elle se réfugia derrière une moue dédaigneuse.

— J'ai vraiment hâte de résoudre les problèmes en suspens, Lydia, reprit-il fermement. Pour l'instant, ma vie est au point mort. Mes affaires aussi. Quand tout sera réglé, je pourrai enfin aller de l'avant.

Sans lui donner le temps de réagir, il alla ouvrir la porte. *Quel culot !* songea Lydia en tremblant. Raul Valdez ne valait pas mieux que son père. La même cupidité l'animait. Seul l'argent l'intéressait.

Il s'effaça pour la laisser passer ; elle pénétra dans un intérieur accueillant et confortable, une vraie maison où l'on se sentait bien.

Les parents de Lydia avaient souvent déménagé. Ballottée de droite et de gauche pendant son enfance, elle n'avait jamais eu le temps de s'enraciner quelque part, de se faire des amis. Ensuite, sa mère était partie en les abandonnant, son père et elle. Alors, sa grand-mère avait pris le relais et l'avait entourée d'affection.

Refoulant la nostalgie qui l'étreignait toujours en pensant à elle, Lydia se concentra sur le présent.

— Ta mère me fournira peut-être quelques indications précieuses, dit-elle le plus calmement possible.

— Je t'interdis de lui poser des questions trop directes.

Vêtu comme à l'ordinaire d'un costume d'homme d'affaires, Raul semblait déplacé dans ce décor campagnard.

Elle haussa les épaules.

— Il faudra pourtant bien que je l'interroge !

Avait-il des secrets honteux à cacher… ?

— Mes parents ont fait un mariage forcé, arrangé par leurs familles. J'ai toujours senti une hostilité sourde entre eux. Ils se supportaient à peine.

Il s'exprimait sans émotion, d'un ton détaché. Elle-même aurait été incapable de parler de son enfance avec une telle indifférence. Ses blessures ne s'étaient jamais complètement refermées. Raul souffrait-il, ou se dissimulait-il derrière une façade protectrice ?

— C'est un scénario qui m'est familier, admit-elle avec une fausse désinvolture.

L'intérieur douillet de la maison lui plaisait de plus en plus. Raul ouvrit les portes-fenêtres, qui donnaient sur une terrasse. Un air frais, vivifiant, pénétra dans le salon. Puis il se tourna vers elle.

— Mon père a mené une double vie. Pendant huit ans, il a eu deux femmes, deux foyers.

Il marqua une pause.

— On m'a mis très jeune en pension et je n'ai jamais eu véritablement de vie de famille. Quand je rentrais, je devais affronter les hostilités ouvertes et les scènes de ménage. Et puis un jour, mon père n'a plus été là. En plus de cette femme qui lui a donné un fils, il a eu d'innombrables maîtresses. Je n'aimerais pas raviver les mauvais souvenirs de ma mère. Elle a beaucoup souffert.

— Je comprends. Je ferai attention.

— Il faut lui faire croire que nous sommes amants. Je ne veux pas qu'elle sache ce que mon père a fait.

— Pourquoi a-t-il agi ainsi, en rédigeant son testament ?

— Pour me nuire. Il pensait sans doute que j'étais comme lui, que je ne supporterais pas de partager mes affaires florissantes avec quelqu'un, que je préférerais encore me marier.

Manifestement, l'amertume le rongeait. Il lui lança un regard indéchiffrable, puis s'avança sur la terrasse. La piscine était recouverte pour l'hiver. Au-delà, un magnifique paysage s'offrait à la vue.

Raul se tenait debout, très raide, la nuque rigide. Un élan d'empathie envahit Lydia. Elle aussi avait grandi dans une maison sans amour, avec des parents pour qui le mariage était une institution vide de sens. L'immense besoin d'amour et de bonheur qu'elle en avait conçu l'avait précipitée dans une première relation désastreuse. À présent, cette comédie de fiançailles la déstabilisait. Trouverait-elle jamais l'amour ? Existait-il réellement ?

Elle rejoignit Raul en frissonnant. Était-ce à cause de la température hivernale, ou de la froideur de cet homme qui l'avait si passionnément embrassée la veille ?

— Ta mère ne sera-t-elle pas encore plus déçue quand elle apprendra l'annulation de notre mariage ? demanda-t-elle.

Il se retourna.

— Je suis prêt à courir le risque.

— Comme tu voudras.

— Naturellement, quoi que tu apprennes, tu ne devras en aucun cas le divulguer. C'est clairement stipulé dans notre contrat.

Des rides soucieuses barraient son front.

— Tu ne me fais vraiment pas confiance…

— Je me méfie de tout le monde, Lydia, pas seulement de toi. La confiance, c'est comme l'amour : les gens font semblant d'y croire, mais c'est une idée creuse.

— Tu le penses vraiment ? lança-t-elle, choquée.

— Oui, mais je n'ai pas envie d'en discuter.

Le sujet était clos. Les relations avec Raul devenaient de plus en plus pénibles. Elle espérait seulement que la mère de celui-ci se montrerait plus abordable. Avec un peu de chance, elle obtiendrait des éléments qui ouvriraient de nouvelles pistes.

Le soir même, ils dînèrent chez sa mère. À la fin du repas, Raul s'autorisa enfin à se détendre. Lydia était tout à fait à la hauteur et tenait son rôle de fiancée à la perfection. Elle avait l'air totalement épanouie et s'extasiait à tout moment sur la bague qui étincelait à son doigt.

— Je désespérais de voir un jour mon fils amoureux, confia sa mère, qui s'exprimait parfaitement en anglais malgré un accent prononcé.

Sa joie lui donna des remords de conscience. Malgré ce qu'il avait dit à Lydia un peu plus tôt, il n'était plus certain d'avoir raison.

— À quand est fixé le mariage ?

— Le 24 décembre, annonça-t-il avec le plus grand calme.

Sa mère haussa un sourcil étonné.

— Pourquoi si vite ?

Il prit la main de Lydia.

— J'ai rencontré la femme que j'aime. Pourquoi attendre ?

Lydia soutint son regard en rougissant d'une façon très convaincante. Devant ses yeux brillants, il se remémora furtivement leur baiser sous la pluie.

— Comme nous voulons une cérémonie intime, la date nous a paru parfaite, expliqua-t-il.

— Un instant, j'ai cru…

— Non, pas du tout ! intervint Lydia en riant. Il n'y a aucune obligation. D'aucune sorte.

Sa mère soupçonnait-elle quelque chose ? se demanda Raul. Pire, était-elle au courant du testament ?

Il lui répondit en espagnol, avant de traduire pour Lydia :

— Nous voulons juste nous marier le plus rapidement possible sans trop de cérémonial.

— Et nous serons ravis de votre présence, ajouta Lydia avec enthousiasme.

— Comptez sur moi.

Sa mère les serra tous les deux dans ses bras. Spontanément, Lydia l'embrassa sur la joue. L'amour maternel avait dû beaucoup lui manquer, se dit Raul.

— Il y a une autre personne que nous aimerions beaucoup inviter, reprit Lydia.

Il devina aussitôt où elle voulait en venir. Elle était vraiment très habile…

— Je crois deviner, dit sa mère.

Raul eut subitement la sensation désagréable que tout lui échappait, qu'il était complètement à la merci des autres. Il s'était pourtant juré que cela ne lui arriverait plus jamais.

— Il s'appelle Maximiliano, comme son père, poursuivit sa mère.

Il encaissa le choc. Dès sa naissance, il n'avait pas été le fils que son père désirait. L'honneur de porter son prénom avait été conféré à quelqu'un d'autre…

— Sauriez-vous comment nous pourrions le joindre ? demanda Lydia.

Avait-elle conscience de la colère qui l'étouffait ? En ce moment précis, il détestait sans le connaître ce frère que son père lui avait préféré.

Sa mère secoua simplement la tête et changea de sujet pour parler de la vie du village. Quand Lydia l'interrogea du regard, Raul lui fit signe de ne pas insister. Quelle veuve souhaiterait faire la connaissance d'un enfant adultérin de son défunt mari à l'occasion du mariage de son fils ? Non, ce n'était pas la bonne façon de procéder. Il n'allait pas mettre la vie de sa mère sens dessus dessous.

— Nous devons rentrer, maintenant, annonça-t-il en ignorant la mine déçue de Lydia.

Ils étaient déjà tous deux sous le porche, fleuri en été par un magnifique bougainvillier cramoisi, quand sa mère rappela sa prétendue fiancée. Las de jouer la comédie, il préféra rester dehors à l'attendre.

Lorsque Lydia réapparut quelques minutes plus tard avec une expression gênée, il se retint de la questionner. Ce n'était pas la peine d'envenimer la situation.

Pendant tout le trajet du retour, Lydia serra son sac sur ses genoux. Ce sac qui contenait la clé de sa liberté…

Quand la mère de Raul lui avait placé entre les mains une vieille enveloppe jaunie, en cherchant ses mots en anglais, elle s'en était voulu de ne pas la mettre à l'aise en parlant espagnol. Mais Raul ne savait pas qu'elle connaissait la langue : ce n'était pas le moment de le détromper.

Toutes sortes de questions se pressaient dans son esprit. Elle attendrait d'être seule pour ouvrir l'enveloppe.

Le regard implorant, la vieille dame avait prononcé des paroles choisies avec soin : « J'ai gardé le secret pendant très longtemps sans jamais le révéler à mon fils. Je le confie maintenant à la femme qu'il aime. Partagez-le avec lui si vous voulez. Vous êtes seule juge. »

À peine la porte de sa maison refermée derrière lui, Raul la questionna :

— Que t'a dit ma mère ?

Elle sursauta, le cœur battant, puis gagna le salon. Aujourd'hui, il lui avait montré une facette très différente de lui-même, loin de l'homme d'affaires qu'elle avait rencontré à Londres le mois précédent. Petit à petit, le jugement de Lydia évoluait. Comme elle, Raul avait de bonnes raisons de se protéger en présentant au monde une façade sévère, inaccessible. Mais elle n'avait pas pour autant envie de se laisser attendrir. Elle deviendrait trop vulnérable si ses défenses s'effondraient.

— Elle t'a reparlé de mon frère ? insista-t-il, l'air de rien.

Son regard trahissait son appréhension.

— Non, mentit Lydia.

Elle n'aimait pas tricher, mais les circonstances l'exigeaient. Il y avait certainement de bonnes raisons pour que la mère de Raul garde un secret aussi longtemps. Elle voulait d'abord en avoir le cœur net.

— Elle t'a forcément dit quelque chose, reprit-il d'un air soupçonneux.

— Elle croit que nous sommes amoureux, répondit-elle évasivement.

Elle s'écarta pour mettre un peu de distance.

— Elle m'a souhaité d'être heureuse. Elle est aussi très contente que son fils ait trouvé une femme qu'il aime.

— Bon sang, elle croit que je t'aime…, marmonna-t-il en espagnol, comme pour lui-même.

Sans comprendre pourquoi son ton sarcastique la blessait autant, Lydia crut bon de le rassurer :

— Ne t'inquiète pas, je l'ai confortée dans ses illusions.

Il se passa une main dans les cheveux.

— Elle sera très malheureuse quand nous décommanderons la cérémonie, dit-il. Ce n'était pas mon intention.

— Dans ce cas, il vaudrait mieux lui dire toute la vérité et lui demander carrément si elle connaît l'identité de la mère de Maximiliano.

Il la foudroya du regard.

— Mon père lui a caché sa liaison pendant huit ans ! Il nous a trahis tous les deux, de la pire manière.

— Et si ce testament était une façon de réparer ses torts, de se racheter ? suggéra Lydia en se raccrochant à un espoir fragile. En vous obligeant à vous rencontrer, il veut peut-être vous réconcilier avec le passé.

— Non. C'est un dernier coup de poignard dans le dos d'un fils qu'il n'a jamais voulu.

Lydia comprenait le mélange de douleur et de colère qui perçait dans la voix de Raul. Elle non plus n'avait pas été une enfant désirée. Elle faillit s'attendrir et lui parler de l'enveloppe qui se trouvait dans son sac. Elle se ressaisit au dernier moment.

— Quoi qu'il en soit, il faut trouver une solution, déclara-t-elle avec détermination.

— Et vite, acquiesça-t-il.

Il sembla réfléchir un instant.

— Dans cinq jours, nous sommes invités à une soirée d'anniversaire, où sera présente toute la bonne société madrilène. Cela va te permettre de t'adonner à ton passe-temps favori et de découvrir les boutiques de Madrid.

— Tu vas m'exhiber comme ta dernière conquête ?

— Non. Comme ma future femme. Ce qui est très différent.

Sa suffisance exaspéra Lydia.

— Je jouerai la comédie, ne t'inquiète pas !

— C'est tout ce que j'attends de toi.

— Vraiment ? ironisa-t-elle.

Elle se souvint soudain malgré elle de leur baiser passionné. Si elle n'avait pas tout arrêté à temps, ils seraient peut-être allés beaucoup plus loin, jusqu'au bout d'un désir interdit. Cette grotesque comédie de fiançailles faussait totalement leurs relations.

Raul se rapprocha d'elle, dangereusement.

— *Sí*, Lydia. Rien de plus.

Résolument, elle s'écarta.

— Bonsoir !

Un instant, elle crut qu'il allait ajouter quelque chose, mais il se contenta de lui adresser son sourire le plus charmeur, le même que la veille, dans son bureau…

— Bonne nuit, Lydia.

Avant de changer d'avis, elle attrapa son sac sur la table et se retira dans sa chambre.

Assise sur son lit, Lydia sortit l'enveloppe jaunie et la contempla longuement.

Quand elle se décida enfin à l'ouvrir, elle déplia avec précaution une lettre rédigée en espagnol. La mère de Raul avait loué autrefois les services d'un détective privé. Les rapports circonstanciés fournissaient tous les éléments nécessaires pour retrouver Max.

Elle était libre. Raul aussi.

Elle eut aussitôt envie de le prévenir et se dirigea vers la porte. Malgré tout, quelque chose l'arrêta et elle s'immobilisa. Qu'imaginerait-il si elle le rejoignait ? Il y avait eu trop de sous-entendus, tout à l'heure. Il ne fallait pas entretenir l'ambiguïté et se jeter dans la gueule du loup. Elle s'empourpra en repensant à son attitude de la veille, quand elle s'était frottée contre lui d'une manière presque indécente.

Elle ne voulait pas recréer une situation embarrassante. Surtout maintenant qu'elle avait les moyens de recouvrer sa liberté. Et tant pis si le monde de Raul Valdez se brisait en éclats…

6

Cinq jours plus tard, grâce au précieux document qu'elle avait obtenu, Lydia avait terminé ses recherches et devait en informer Raul. Néanmoins, le moment semblait mal choisi : ils s'apprêtaient à se rendre à la fête d'anniversaire dont il lui avait parlé. De plus, elle avait des impressions très partagées.

Elle aurait dû se réjouir d'échapper enfin à cette comédie de fiançailles, avec l'horrible perspective de devoir se marier pour une durée de deux ans. Mais des scrupules la taraudaient. Il ne lui paraissait pas très correct de communiquer froidement les renseignements à Raul en disparaissant aussitôt.

Que se passait-il ? Deux semaines plus tôt, exaspérée par l'arrogance et le mépris de Raul Valdez, elle aurait sauté de joie. Elle voulait se venger depuis si longtemps de l'humiliation qu'il lui avait infligée dix ans plus tôt… Le souvenir de cette soirée avait laissé des traces indélébiles, une gêne profondément ancrée.

Or quelque chose avait changé. Sous l'armure de dureté et d'intransigeance, elle avait aperçu, même fugacement, un homme différent, capable de l'émouvoir. Séduisant, même. Et elle était certaine qu'il n'était plus indifférent comme autrefois. Leur baiser fou sous la pluie en témoignait.

— Il est temps de partir.

Elle sursauta au son de sa voix autoritaire. Ne se berçait-elle pas d'illusions ?

En tout cas, il était suprêmement beau dans ce smoking noir à la coupe impeccable, qui soulignait sa grande taille et sa carrure imposante. Le blanc immaculé de sa chemise faisait ressortir son teint. Elle frissonna légèrement quand il la détailla de pied en cap, avec un sourire d'approbation. Pour la circonstance, elle avait choisi un fourreau en lamé argent avec des chaussures à lanières à hauts talons assorties.

— J'ai quelque chose à te dire, commença-t-elle.

Elle essaya de se concentrer. Pourquoi était-elle aussi nerveuse ? Ce n'était pas comme s'ils étaient réellement fiancés. Pourtant, tout était différent depuis qu'ils s'étaient embrassés. Même si elle faisait semblant de rien, elle ne pourrait pas le nier longtemps.

— Pas maintenant, trancha-t-il, inflexible.

Il fallait pourtant bien qu'elle en finisse avec tous ces mystères, ces secrets étouffants.

— Mais…

— Plus tard !

Le ton, sans appel, faillit la réduire au silence. Néanmoins, elle s'obstina. Elle ne pouvait plus se taire. Pas seulement parce qu'elle ne voulait plus jouer cette comédie de fiançailles. Il s'agissait d'autre chose, d'infiniment plus profond, qui s'imposait tout à coup, à son plus grand étonnement.

Elle rejeta cette pensée importune et embarrassante. Il ne fallait pas divaguer. Entre cet homme et elle, il n'y avait rien de plus qu'une forte attirance sexuelle. Rien d'autre.

— Non, je dois vraiment te parler avant d'aller à la soirée.

Le son de sa voix implorante résonna désagréablement à ses propres oreilles. Maintenant qu'elle savait pour son frère, elle voulait absolument lui dire. Cela changerait beaucoup de choses.

— Lydia, nous sommes déjà en retard.

— Euh… mais…, bredouilla-t-elle.

— Cela attendra, coupa-t-il.

Il ne fléchirait pas. Elle capitula.

— Très bien. Allons-y.

Elle prit sa pochette en strass et le suivit avec une moue boudeuse.

Son insistance avait manifestement irrité Raul, qui ne desserra pas les dents pendant tout le trajet jusqu'à l'un des palaces les plus prestigieux de Madrid.

Raul avait certainement minuté leur arrivée avec le plus grand soin pour créer l'événement. Quand ils pénétrèrent dans le salon d'apparat, il changea complètement d'attitude. Le sourire aux lèvres, attentionné, il posa une main dans son dos, au creux de son décolleté.

Un frémissement parcourut Lydia, le long de sa colonne vertébrale. En glissant un regard en direction de son compagnon, elle crut lire du désir au fond de ses yeux noirs ; alors, ses joues s'enflammèrent.

— Tu joues ton rôle à la perfection, *querida*, murmura-t-il de sa belle voix grave et sexy. Continue ainsi.

Il la guida parmi la foule des invités, qui les dévisageaient avec curiosité. Avec la réputation de don Juan dont jouissait Raul, tout le monde avait envie de connaître la femme qui avait réussi à le conquérir…

Lydia figea un sourire sur ses lèvres lorsque Raul la présenta à leurs hôtes, un couple d'âge mûr, à l'évidence encore très amoureux. La femme, Estela, grande et élégante, lui sourit en prononçant quelques paroles dans sa langue.

— Elle dit que tu es très belle, traduisit Raul. Une délicate rose anglaise.

Lydia choisit cet instant pour écraser enfin Raul d'une vengeance bien méritée.

— Merci et félicitations, dit-elle en espagnol, avant d'ajouter quelques phrases dans une syntaxe parfaite.

— Votre espagnol est excellent, commenta Estela, pour la plus grande satisfaction de Lydia.

À côté d'elle, Raul accusa le coup. Elle lui avait enfin rendu la monnaie de sa pièce. Il était furieux.

— Vous formez un très beau couple, ajouta le mari d'Estela en prenant tendrement sa femme par les épaules. Ton père savait ce qu'il faisait, Raul.

Lydia observa Raul, qui restait stoïque, sans manifester la moindre trace d'émotion. Si les membres du conseil d'administration étaient au courant, pourquoi avaient-ils besoin de jouer cette comédie ?

Percevant sans doute son agacement, Raul appela un serveur en livrée, prit une flûte de champagne sur un plateau et la lui tendit. Puis il servit leurs hôtes, ainsi que lui-même, et porta un toast.

— À l'amour ! Puisse-t-il durer toujours.

Lydia but une gorgée et faillit s'étouffer quand il ajouta quelques mots :

— Et à la rose anglaise qui sera bientôt ma femme.

Il haussa les sourcils comme pour la mettre au défi de protester.

— Je suis ravie pour vous deux, dit Estrela. Vous paraissez faits l'un pour l'autre.

Lydia tressaillit. Donnaient-ils réellement cette impression ? Alors que tant de secrets, tant de colère, les séparaient…

Raul était très en colère. Ainsi, Lydia parlait espagnol couramment ! Elle vivait sous son toit depuis plus de quinze jours et n'avait pas encore prononcé un seul mot dans sa langue. Que dissimulait-elle encore ? Sa duplicité le stupéfiait.

Une heure durant, il se félicita avec orgueil de parader avec cette femme superbe pendue à son bras. À la voir aussi souriante et épanouie, personne ne doutait que ce mariage — qui avait commencé par une tractation d'affaires — serait une réussite absolue.

Il ne l'aurait avoué pour rien au monde, mais cela éveillait en lui une émotion qui dépassait infiniment le simple désir physique. Une force mystérieuse les poussait l'un vers l'autre. Se trompait-il ? Il avait peur de se montrer irrationnel, de poursuivre un rêve chimérique.

Il détailla sa compagne pendant qu'elle bavardait et riait avec d'autres invités, et recula un peu pour admirer cette robe qui lui allait divinement. On aurait dit une cascade argentée qui étincelait sous les lustres. Tous les hommes la regardaient. Le décolleté vertigineux, dans son dos, exposait sa peau satinée, qu'il aurait voulu embrasser pour la goûter. Bien d'autres envies le tourmentaient…

— Quand allais-tu me dire que tu parlais espagnol ? demanda-t-il d'un ton hostile en l'emmenant à l'écart.

— Tu ne m'as pas posé la question, répondit-elle en anglais.

— C'est ridicule, maugréa-t-il.

Elle lui rendit son regard mauvais.

— Dansons, ordonna-t-il d'un ton sec. Montrons à la bonne société de Madrid que notre mariage n'est pas uniquement motivé par le gain financier.

— Donnons-nous en spectacle, tu veux dire, rectifia-t-elle avec une expression provocante.

— Ce n'est pas du théâtre. Je veux que tout le monde remarque l'attirance que nous éprouvons, *querida*, et qui est bien réelle.

Quand il la prit dans ses bras, une sensation voluptueuse, irrésistible, s'insinua en lui. Cette femme lui faisait un effet d'une rare intensité. Son parfum aux fragrances florales l'enivrait littéralement.

— Que voulais-tu me dire tout à l'heure avec tant d'insistance ?

Cette diversion l'empêcherait de sombrer dans les affres du désir. Lydia se mouvait avec une grâce et une élégance confondantes. Chacun de ses mouvements ajoutait à l'exquise torture qu'il éprouvait. S'il ne parlait pas, il ne répondrait plus de ses réactions…

— Ce n'est ni le lieu ni le moment d'évoquer le sujet, répondit-elle, avec une anxiété tangible qui le mit mal à l'aise.

— Je ne suis pas d'accord.

Elle se crispa et une lueur brilla au fond de ses yeux verts.

— Non, pas ici, pas ainsi.

Il la serra contre lui.

— Pourquoi ? Tu es troublée ?

À ce moment précis, l'issue de la soirée lui parut presque inévitable. En même temps, il voulait garder sa lucidité.

Quand Raul se mit à caresser sa cavalière au creux des reins, elle devint écarlate et réagit avec un sursaut, comme si elle engageait le combat contre une sensualité trop envahissante.

— Je voulais te parler de ton frère, déclara-t-elle brutalement.

Il dressa aussitôt l'oreille.

— Je t'écoute.

— Le jour où nous sommes allés la voir, ta mère m'a donné une enveloppe.

Elle avait une voix délicieuse, envoûtante, mais le sujet réclamait toute son attention. Il se doutait bien qu'il s'était passé quelque chose ce soir-là. Mais il s'était voilé la face, parce qu'il n'était pas prêt à affronter le passé. Maintenant, il ne pouvait plus reculer.

— Eh bien ?

— Elle contenait l'information dont j'avais besoin pour retrouver ton frère : le rapport d'un détective privé dont ta mère avait loué les services.

— Ah bon ? Elle était au courant ? lança Raul, choqué.

— Oui. Tu avais tort de vouloir la préserver. C'est elle qui te protégeait.

— Et alors ?

Le moment était enfin venu de connaître la vérité. Il l'attendait impatiemment depuis qu'il avait signé son étrange contrat avec la délectable Miss Carter-Wilson. Leurs relations touchaient donc à leur terme. Le passé exigeait son dû.

Lydia hésitait.

— Où est-il ? À Madrid ?

— Je pense qu'il vit à Londres.

— Donc nous irons à Londres.

— Tu iras seul. Je ne veux plus rien avoir à faire dans cette histoire.

— *Sí, querida*. Notre arrangement reste valide tant que je n'aurai pas rencontré mon frère.

— Ce n'est pas juste, Raul ! protesta-t-elle.

— Il n'y a rien de changé. Les fonds qui permettront de solder la dette de ton père ne seront pas débloqués avant.

— Tu es implacable.

— Tu t'en rends compte seulement maintenant ?

La spontanéité de Lydia l'amusait. Personne d'autre n'osait lui parler sur ce ton.

— Oui, malheureusement..., soupira-t-elle. Je risque de le payer cher.

— Nous partirons ensemble à Londres. Dès que j'aurai rencontré mon frère, tu seras libre.

— Et s'il refuse de te voir ?

— C'était clair dès le départ. Dans ce cas, il ne te restera plus qu'à m'épouser pour régler le problème.

Lydia lança un regard meurtrier à l'homme qui la faisait danser. Comment Raul Valdez avait-il pu l'attendrir ? Elle avait sottement baissé la garde et son charme l'avait désarmée.

— Tu ne savais rien de ton frère ? demanda-t-elle en essayant de reprendre le contrôle de la situation.

— Non. À part qu'il porte le même prénom que notre géniteur commun.

Il semblait désemparé. Le sujet était sensible.

— Mais pas le patronyme, remarqua-t-elle.

— Quand est-il né exactement ?

— Cela va te surprendre... Un peu avant toi.

Raul pâlit. Visiblement, il avait du mal à assimiler l'information. Sa mère avait dû être bouleversée, elle aussi. Sur les papiers, elle avait d'ailleurs souligné en rouge la date de naissance de Max.

— Légalement, c'est lui qui doit hériter, reprit Lydia. C'est probablement la raison pour laquelle ton père a rédigé ainsi ses dernières volontés.

— Nous avons combien de différence ? articula-t-il d'une voix blanche.

— Quatre mois.

Lydia avait tout vérifié et revérifié par peur d'une erreur. À présent elle n'avait plus aucun doute sur l'histoire de Maximiliano Martinez, un footballeur à la renommée internationale devenu entrepreneur à la suite d'un terrible accident de voiture. Les deux hommes, aussi riches et puissants l'un que l'autre, étaient bien frères par leur père.

Soudain, Raul la serra contre lui, arrachant à Lydia une

exclamation de surprise. Mais l'attirance était si forte qu'elle ne chercha même pas à s'écarter.

— Que fais-tu ? murmura-t-elle lorsque sa main s'aventura un peu trop loin.

— Je danse avec toi.

La flamme qui luisait dans les yeux noirs de son cavalier la fascinait et l'effrayait tout à la fois. Elle désirait plus que tout au monde cette intimité. Mais elle n'avait pas confiance ; ni en elle-même ni en lui.

Il se pencha pour chuchoter à son oreille :

— Je t'ai parlé de Carlos Cardozo, le vieil ami de mon père. Il est en train de nous observer. Je veux qu'il perçoive du désir entre nous, qu'il sache que l'étrange testament de mon père n'a pas eu raison de moi, ni de toi non plus d'ailleurs.

— Du *désir ?* répéta-t-elle très doucement, le cœur battant.

Le visage de Raul se rapprocha encore du sien, jusqu'à l'effleurer.

— Oui, Lydia, du désir. Cela ne devrait pas être trop difficile, si ? Ensuite nous partirons, loin de toute cette comédie.

— Tu ne veux pas profiter de la fête ? dit-elle avec une pointe de moquerie, dans un souffle à peine audible.

Une vague de sensualité l'emportait, la métamorphosant totalement. Elle se reconnaissait à peine dans l'étrangère qui émergeait.

— Je serai content de leur faire envie. Ce sera ma victoire.

Sans doute avait-il besoin aussi de quitter la foule pour réfléchir à ce qu'il venait d'apprendre. Qu'éprouvait-on en découvrant qu'on occupait une place illégitime ? En attachant cette clause bizarre à son testament, le père de Raul avait en fait cherché à redonner ses droits à son fils aîné. Tout s'expliquait, à présent.

Dans un élan d'empathie, pour le réconforter, Lydia posa les paumes sur ses joues. Tout s'embrouillait. Elle ne savait même plus ce qu'elle ressentait. Son regard se fixa sur sa bouche et elle se rappela leur baiser passionné, sous la pluie battante. Étaient-ce les circonstances qui le rendaient si mémorable, ou Raul lui-même ?

Trop de questions sans réponses se pressaient dans son esprit. Tandis qu'elle luttait pour ne pas s'abandonner aux bras qui l'enlaçaient, Raul prit tout à coup ses lèvres, avec fièvre, brisant toutes ses résistances.

Son cœur se mit à battre follement et ses jambes faillirent se dérober sous elle. Elle dut se raccrocher aux épaules de Raul pour ne pas chanceler. Les gens voyaient-ils ce qui arrivait ? Elle avait honte. Un feu brûlant coulait dans ses veines. Elle avait envie de s'enfuir en courant, mais avec Raul, pour se retrouver seule avec lui et aller jusqu'au bout de la passion.

Il s'écarta, les yeux plus sombres que jamais.

— Allons-nous-en. Tout de suite. J'ai envie de te faire l'amour.

Non !

Pendant quelques secondes, ce mot qu'elle voulait prononcer lui resta dans la gorge.

— Je… Cela ne fait pas partie du contrat, bredouilla-t-elle enfin.

— Je m'en moque.

— Raul, implora-t-elle, même si son corps, ce traître, réclamait l'assouvissement.

Il l'embrassa de nouveau, mais cette fois-ci en effleurant à peine ses lèvres, ce qui lui arracha un soupir de plaisir.

— Ce soir, tu seras mienne, Lydia.

Devait-elle se raccrocher à leurs conventions ? Cela n'avait plus vraiment d'importance. N'avait-elle pas rempli sa mission ? Elle ne devait plus rien à personne, ni à son père ni à lui.

Tout était si confus… Cet homme s'était insinué en elle, jusqu'au plus profond. Elle avait envie d'être à lui, de lui appartenir corps et âme.

Elle ne contrôlait plus ses émotions.

— Oui. Emmène-moi à la maison, Raul.

7

Le cœur de Lydia battait follement. Tout son corps vibrait d'impatience et d'excitation quand la voiture se gara devant son immeuble. Le regard éloquent de Raul ne laissait aucun doute sur ce qui allait se passer. Le feu qui brûlait en elle non plus… Elle n'en revenait pas de son audace, qui lui montait à la tête et l'étourdissait. Si elle voulait vraiment être honnête avec elle-même, il fallait bien reconnaître qu'elle attendait ce moment depuis très longtemps.

Raul descendit de voiture et fit le tour pour lui ouvrir sa portière. Dès qu'elle mit pied à terre, il lui prit la main en la dévorant des yeux. La tension était à son comble, mais elle ne pouvait s'empêcher d'avoir des appréhensions. La nuit qui s'annonçait répondrait-elle à ses attentes ?

Sans un mot, il la conduisit à l'intérieur et appela l'ascenseur. Elle s'interrogeait sur son silence. Sa colère était-elle retombée ? Songeait-il encore à son frère ou avait-elle pris la première place dans ses préoccupations ? Elle n'osait trop l'espérer…

— Raul ?

Elle scruta anxieusement son profil fermé. Mais, lorsqu'il se tourna vers elle, le désir qui brillait au fond de ses yeux balaya ses craintes. Ils allaient commettre l'irréparable. D'ici quelques instants, plus rien ne serait jamais pareil entre eux. Il n'était plus possible de reculer.

— Maintenant que tu as retrouvé Max, tu n'as plus aucune obligation envers moi.

La sécheresse de sa remarque, en contradiction totale avec son attitude, décontenança Lydia.

— Ah…, murmura-t-elle, désemparée.

— Tu as tenu ta promesse et rempli ta mission, Lydia. Tu es libre.

— Et si je n'ai pas envie de recouvrer ma liberté tout de suite ? lança-t-elle avec un aplomb qui la stupéfia elle-même.

Elle n'avait même pas honte de cet élan qui surgissait du plus profond, bien au-delà du simple désir physique. Elle avait envie de rester un peu avec cet homme, d'apprendre à le connaître, pour comprendre ce qui l'attirait avec autant de force et qu'elle avait combattu jusqu'ici. Mais pourquoi… ? Cela allait à l'encontre de tous ses principes. Qu'était devenu son mépris pour cet individu qui l'avait humiliée à seize ans ?

Tout a changé depuis qu'il t'a laissée entrevoir sa vraie nature, derrière la façade de rudesse et d'intransigeance.

Il lui lança un regard de défi, d'une intensité inouïe.

— Attention, Lydia. Si je t'embrasse, je ne pourrai plus m'arrêter.

La porte de l'ascenseur s'ouvrit et ils franchirent ensemble le seuil de son appartement.

— Je sais, dit-elle simplement. J'en ai autant envie que toi, Raul. Embrasse moi, comme l'autre soir sous la pluie.

Il lui prit le menton entre le pouce et l'index, et plongea les yeux dans les siens. À son contact, la gorge de Lydia se contracta nerveusement. Elle était en train de perdre pied, complètement.

Elle ferma à demi les paupières. Au même moment, elle sentit son souffle chaud sur son visage, tout près.

— Je renouvelle ma mise en garde, insista-t-il. Je n'en resterai pas à un baiser innocent. Je veux emmener dans mon lit la femme passionnée qui sommeille au fond de toi, pas la Lydia réservée que tu m'as trop souvent montrée.

Elle inspira profondément pour réprimer son affolement. Même si elle n'était pas vierge, elle avait très peu d'expérience et n'avait connu qu'un autre homme, son ex-fiancé.

— Je veux me donner à toi, Raul. Sans retenue, répliqua-t-elle en rougissant.

Elle s'efforça de maîtriser son trouble. Si elle voulait lui plaire, il fallait se débarrasser de ses hésitations et d'un reste de timidité.

— La nuit est à nous, ajouta-t-elle d'une voix rauque.

Pour toute réponse, il lui effleura les lèvres, puis les mordilla.

Son geste provocant embrasa littéralement Lydia. Anxieuse de dissimuler son manque d'expérience, elle lui jeta les bras autour du cou en se pressant fébrilement contre lui. Puis, lui enfouissant les doigts dans les cheveux, elle l'attira plus près et glissa la langue dans sa bouche, avec une hardiesse dont elle ne se savait pas capable. Raul Valdez la métamorphosait. Elle ne se reconnaissait plus.

Réagissant aussitôt, avec une rapidité confondante, il l'entraîna au fond de l'appartement, jusqu'à sa chambre, sans se rendre compte qu'elle avait du mal à le suivre sur ses talons aiguilles.

Dès que la porte se referma, il donna libre cours à une passion sauvage, débridée. Chez Lydia, la petite voix de la conscience et de la raison se réveillait : *Qu'es-tu en train de faire ?* La précipitation de Raul l'effrayait et l'intimidait. Elle pressa les paumes contre son torse pour le repousser timidement, mais il ne céda pas. Au contraire, il durcit son baiser. Impitoyable, il l'accula contre le mur. S'il ne l'avait pas soutenue, ses jambes se seraient dérobées sous elle.

Comment aurait-elle résisté à ce baiser dominateur ? Lydia abandonna toute retenue lorsque les mains de Raul remontèrent de sa taille jusqu'à sa poitrine. La femme qu'elle avait été avant de le rencontrer n'existait plus. De toute façon, elle n'avait aucune envie de redevenir cette personne-là.

Lorsqu'il prit les seins de Lydia dans ses paumes, Raul perdit tout self-control. Que lui arrivait-il ? Le bon sens l'avait-il abandonné ? Comment pouvait-on désirer à ce point ? De toute façon, il était trop tard. La femme froide et hautaine qui l'avait sèchement rabroué à Londres avait disparu, tout comme l'ingénue rencontrée dix ans plus tôt. Il avait maintenant devant lui une étrangère, sexy, insolente, aussi fougueuse et impatiente que lui.

Elle l'avait encouragé ouvertement. La soudaineté de sa transformation le sidérait. Se sentait-elle libérée maintenant que la menace d'un mariage forcé s'était définitivement éloignée ?

Quoi qu'il en soit, incapable d'aucune pensée rationnelle, il avait bien l'intention de prendre ce qu'elle lui offrait — et davantage encore. Il allait se perdre dans la passion sensuelle, plonger dans les eaux tumultueuses du désir. En ce moment précis, il n'avait envie de rien d'autre. C'était même la seule manière qu'il connaissait de repousser les ombres inquiétantes qui le hantaient depuis toujours, du plus loin qu'il se souvienne, et qu'il n'avait jamais réussi à dompter autrement.

— Enlève cela, ordonna-t-il en tirant sur la bretelle de sa robe, qui ne céda pas.

— Quelle impatience, murmura Lydia avec un brin de coquetterie.

Elle se tortilla en glissant les mains vers l'arrière pour atteindre la fermeture Éclair.

— Laisse-moi t'aider.

Au prix d'un effort surhumain, il se calma, suffisamment pour la prendre par les épaules et la tourner contre le mur.

Fasciné par son grain de peau et la ligne délicate de sa colonne vertébrale, il ne comprenait pas le système compliqué qui tenait en place le haut du fourreau. En même temps, il se félicitait de ce contretemps qui l'obligeait à se maîtriser.

— Sur le côté, chuchota-t-elle.

Il suivit les indications et elle demeura immobile en retenant son souffle. L'atmosphère se chargea d'électricité, comme avant un orage.

Raul esquissa un sourire de satisfaction et caressa doucement sa peau, du bout d'un doigt. Agitée par un frémissement, Lydia courba la tête et ses cheveux retombèrent en avant, dégageant sa jolie nuque.

Résistant à l'envie de la couvrir de baisers, Raul concentra son attention sur le problème qui le préoccupait : la débarrasser de cette robe fabuleuse qui l'avait ébloui toute la soirée. Lentement, elle tomba à terre comme au ralenti, révélant la nudité de cette femme dans toute sa splendeur.

Les mains appuyées contre le mur, la respiration haletante, Lydia était à sa merci. Mais depuis quand cédait-il à l'urgence de ses pulsions ? Pourquoi le mettait-elle dans cet état ?

Il la prit par la taille et l'attira contre lui en pressant les paumes contre son ventre, pour lui faire sentir la force de son désir mâle. Son parfum, un mélange de rose et de jasmin, acheva de l'enivrer.

Il enfouit le visage au creux de son cou et elle poussa un long soupir, qui se transforma bientôt en sons inarticulés lorsqu'il caressa la pointe de ses seins tendus. Elle arqua les reins à sa rencontre, dans une posture qui exacerba son désir.

La tension sexuelle était à son comble. Il émit un grognement sourd et elle se retourna à demi vers lui. Le vert de ses yeux avait viré à l'émeraude, comme une forêt profonde cachée aux rayons du soleil.

Comme si elle n'y tenait plus, elle lui fit face.

— Viens, *querida*.

Il lui tendit la main pour la conduire vers le lit. Elle enjamba le tas de tissu lamé qui formait comme une flaque argentée et le suivit, toujours chaussée de ses hauts talons.

La hâte excessive de Raul s'était muée en certitude tranquille. Il voulait savourer chaque instant de cette nuit, oublier le reste du monde et toutes les intrigues qui avaient mené Lydia jusqu'à lui. Peu importaient maintenant les manigances et la perfidie de son père. Il se moquait éperdument des moyens détournés qui lui avaient permis de la rencontrer. La fatalité les avait réunis. Cela lui suffisait.

Lydia était une femme qu'il aurait sans doute pu aimer si son passé n'en avait décidé autrement. Malheureusement, il ne s'autoriserait jamais à éprouver de l'amour, pour quiconque. C'était une faiblesse à bannir.

Lydia se tenait debout devant Raul, totalement consentante. Il lui avait fourni plusieurs occasions de battre en retraite. Elle n'en avait saisi aucune. Elle aspirait autant que lui à vivre la nuit qui s'annonçait.

— Tourne-toi, commanda-t-il d'une voix altérée.

Elle reprit la position qu'elle avait quelques secondes plus tôt et lui offrit son dos. Immédiatement, son souffle chaud la rasséréna, tout comme le contact de son corps musclé. Dans l'ivresse de cette sensation, elle s'abandonna à une douce illusion. Elle vivait peut-être un moment spécial, extraordinaire, et pas une simple aventure sans lendemain.

Un frisson la secoua lorsque les doigts de Raul tracèrent une ligne de feu de la pointe de ses omoplates jusqu'à la chute de ses reins. Il s'arrêta à la fine bordure en dentelle de son string.

— Très sexy, murmura-t-il de sa voix la plus charmeuse.

C'était un séducteur qui savait parler aux femmes. Avec Daniel, elle ne s'était jamais sentie aussi désirable.

Enhardie, grisée par ces accents sensuels, elle pivota pour se retrouver face à lui et tira d'un air mutin sur son nœud papillon.

— Je me sens un peu trop nue, par rapport à toi.

— Très excitante, en tout cas, en sous-vêtements et talons aiguilles…

Il l'étreignit avec force. Le tissu de sa veste frottait contre sa poitrine. Au bout de ce qui sembla une éternité insupportable, il s'empara enfin de ses lèvres et elle poussa un long soupir de plaisir. Tandis que son baiser se faisait plus avide, plus profond, elle se pendit à son cou, dans un élan de désir éperdu.

Avec une lenteur délibérée, il la poussa vers le grand lit, où elle bascula avec lui à la renverse. Son corps pesait sur elle de tout son poids et elle sentait son sexe érigé sur son ventre.

— J'ai envie de toi, Raul.

Des paillettes brillaient dans ses yeux noirs qui semblaient de velours, comme un ciel nocturne constellé d'étoiles. Comment ne se serait-elle pas bercée d'un espoir trompeur, sous ce regard de braise ?

Il s'appuya sur les coudes pour se soulever un peu. Il était si beau… Elle se demanda même si elle n'était pas en train de rêver.

— Cet aveu me comble de plaisir, souffla-t-il.

Un sourire nonchalant sur les lèvres, il ôta sa veste, l'air sûr de lui, puis déboutonna sa chemise lentement, comme pour attiser le désir de Lydia. Vibrant d'impatience, elle se mordit la lèvre.

Elle respirait de plus en plus difficilement.

Quand il fut enfin nu, contre toute attente, il se leva brusquement et traversa la pièce jusqu'à une commode, dont il ouvrit le tiroir du haut. Il rapporta une boîte de préservatifs qu'il plaça sur la table de nuit.

— Pour nous protéger, *querida*.

Dans son insouciance, elle n'y songeait même pas… Aveuglée, elle en oubliait la prudence la plus élémentaire. Les pommettes roses, elle hocha la tête.

Il s'allongea de nouveau sur elle. Leurs peaux s'accordaient parfaitement, d'une manière incroyable. Elle n'avait jamais ressenti pareille harmonie.

— Cette nuit, tu es à moi, chuchota-t-il au creux de son cou.

Il lui ôta son string qui se déchira dans un bruissement délicieusement érotique. Serait-elle à la hauteur des attentes de son amant ? Lydia, soudain, eut peur de le décevoir.

Il ne lui laissa pas le temps de s'interroger davantage. Avec un art consommé, il lui caressait le clitoris, provoquant des sensations qu'elle n'avait encore jamais ressenties. Tout en poursuivant son exquise torture, il lui parlait en espagnol. Mais elle ne comprenait plus rien. Son esprit avait cessé de fonctionner.

La tête lui tournait. Elle avait l'impression d'être ivre, de ne plus rien maîtriser.

Au moment où un spasme violent l'emportait dans une autre dimension, elle eut vaguement conscience que Raul roulait sur le côté pour tendre la main vers la table de nuit.

Elle entrouvrit les paupières. Que penserait-il si elle lui avouait qu'elle n'avait jamais éprouvé un plaisir aussi intense ?

Tout en mettant le préservatif en place, il la fixait droit dans les yeux, avec un haussement de sourcils suggestif. Puis, juste comme elle commençait à rougir, il se positionna entre ses jambes. Elle les souleva aussitôt et les noua autour des reins de Raul, avec un mélange d'avidité et d'impatience incontrôlables. Elle avait juste envie de le sentir en elle, très vite.

Il s'enfonça d'un seul coup, avec un torrent incompréhensible de propos en espagnol. Il parlait trop vite, d'une manière gutturale et précipitée. Elle se mit à gémir en enfonçant les ongles dans la chair de ses épaules. Bientôt, ils bougèrent à l'unisson, dans un accord parfait, de plus en plus vite, de plus en plus fort.

Le plaisir explosa de nouveau, avec une sauvagerie inouïe, merveilleuse.

— Je n'aurais jamais cru…

Elle dut s'interrompre pour retrouver sa respiration. Les mots lui manquaient.

— … que cela pouvait être… ainsi.

Il la réduisit au silence par une pluie de baisers fous sur les lèvres. Elle flottait à présent dans une sorte d'inconscience cotonneuse.

— Ne dis plus rien, implora-t-il. Ne cherche pas à formuler tes pensées. Contente-toi de vivre cette passion qui nous éblouit tous les deux.

— Oui, acquiesça-t-elle d'une voix tremblante, bouleversée.

Elle frissonna quand il se retira.

Heureusement, ses caresses la réchauffèrent. Quand il recommença à l'embrasser, elle ferma les paupières. Elle aurait voulu que cet instant ne s'arrête jamais. Son désir renaissait, insatiable.

— Ne t'inquiète pas, *querida*, nous avons toute la nuit devant nous.

— Toute la nuit, répéta-t-elle en espagnol, avec un soupir de soulagement.

8

Les lueurs d'une aube nouvelle filtraient dans la pièce quand Lydia ouvrit les yeux dans une chambre inconnue, avec un sentiment d'irréalité. À côté d'elle, dans le lit, la chaleur du corps de Raul dissipa ses doutes : elle n'avait pas rêvé cette nuit d'exquise passion qui avait comblé ses désirs les plus insensés.

Malgré tout, elle était aux prises avec une confusion extrême. Repoussant précautionneusement les couvertures, elle regarda l'heure sur la table de nuit. Il était encore très tôt. Tout en fixant l'aiguille qui égrenait lentement les secondes, elle écouta le martèlement sourd de son cœur qui résonnait dans sa poitrine.

— Où vas-tu, *querida* ?

Elle sursauta au son de la voix ensommeillée de Raul, qui l'enlaça par la taille pour la retenir.

— La nuit n'est pas encore finie, ajouta-t-il avec un sourire irrésistible.

Flattée par l'évidence de son désir viril, elle s'efforça néanmoins de cacher son trouble, comme si elle était rompue à ce genre de situation. Elle ne voulait pas paraître innocente et sans expérience à ses yeux. Elle ignorait toutefois si elle avait donné le change…

Les doigts de Raul descendirent vers ses hanches et son ventre, avec des caresses qui ne pouvaient pas la laisser insensible.

Elle eut un rire charmeur, cristallin.

— Le jour se lève ! lança-t-elle en fanfaronnant.

— Mais tu joues les tentatrices.

Sa voix grave l'ensorcelait. Et ses mots, en espagnol, sonnaient bien trop agréablement à ses oreilles. Quand il embrassa ses paupières closes, elle imagina que c'était un baiser d'amour, qu'ils n'étaient pas seulement des amants d'une nuit…

Elle appuya les paumes contre le torse de Raul et le repoussa avec une moue de coquetterie malicieuse. Pourtant, intérieurement, une immense tristesse l'envahissait.

— Tu racontes des bêtises ! le taquina-t-elle.

— Pas du tout. Tu es incroyablement sexy, envoûtante…

— Vraiment ?

Elle ne se reconnaissait pas dans cette femme qui flirtait avec autant d'aisance. Sans doute pour prolonger le plus longtemps possible cette nuit merveilleuse, chasser la réalité que la lumière du jour allait imposer. Car il ne fallait pas se bercer d'illusions : pour Raul, elle n'était qu'une conquête de plus sur une liste déjà longue.

Déterminé à ne pas en rester là, il l'étreignit dans ses bras. Le cœur de Lydia battait la chamade. Elle avait tellement envie de cet homme, tellement envie de lui appartenir… Elle mit dans son baiser toute la force de conviction dont elle était capable, pour exprimer des émotions qu'elle n'avouerait jamais.

— *Sí, querida*. Tu me plais beaucoup, chuchota-t-il contre ses lèvres, avec des accents très érotiques. Maintenant, je ne peux plus te laisser partir.

— Ah ?

Avec une hardiesse qui la surprit elle-même, elle se frotta voluptueusement contre lui. Les paroles de Raul lui procuraient une joie intense. Même si elle avait parfaitement conscience de ne pas avoir un réel pouvoir sur lui. Dans l'art de la séduction, Raul Valdez n'avait pas son égal.

D'un mouvement si rapide qu'il lui arracha une exclamation de surprise, il roula sur elle, l'empêcha de s'échapper en pesant de tout son poids pour la retenir prisonnière. Il riait aux éclats. Elle aurait voulu prolonger ce moment à jamais, le figer dans l'éternité. On aurait dit qu'ils s'aimaient vraiment.

— Tu ne t'en iras pas d'ici pour l'instant, pas avant d'avoir fait l'amour avec moi encore et encore.

Sa voix grave et rauque décuplait le désir de Lydia.

— Mais le jour se lève déjà…

— Peu importe. Nous allons passer la journée ensemble, tout le week-end même.

— Tout le week-end ? répéta-t-elle, un peu choquée et étourdie.

Il la prenait au mot. N'était-ce pas elle, la veille, qui s'était jetée à son cou ?

— Oui. Un week-end de passion dont je ne veux pas perdre une seule minute.

Et, sans lui laisser le temps de réagir ou de se défendre, il prit ses lèvres dans un baiser ardent qui lui ôta toute pensée cohérente. De toute manière, pourquoi aurait-elle résisté ? Elle était prête à tout pour vivre pleinement ce qu'il lui offrait.

Raul avait eu du mal à laisser Lydia au lit. Il avait néanmoins fini par s'y résoudre en fin de matinée, quand elle s'était endormie d'épuisement. À présent, elle était assise en face de lui à la table du petit déjeuner, avec cette expression distante et lointaine derrière laquelle elle se cachait parfois.

— Tu ne voulais pas partir à Londres aujourd'hui ? demanda-t-elle d'un ton hésitant.

Il avala d'un trait sa tasse de café noir. Après les révélations de toutes sortes qui s'étaient abattues sur lui depuis la veille, il n'avait pas la moindre envie de mettre un terme à cet interlude érotique pour envisager l'avenir. La suite attendrait. Il voulait juste profiter de Lydia. La passion qui les égarait constituait une défense parfaite pour le protéger des vérités dérangeantes.

Lydia l'émouvait et l'intriguait tout à la fois, avec ce mélange étonnant d'innocence et de hardiesse. Peut-être voulait-il aussi la punir d'avoir modifié à tout jamais le cours de son existence. Quoi qu'il en soit, il était résolu à prolonger de vingt-quatre heures leur petite aventure. Il serait bien assez tôt lundi matin pour revenir à la réalité et s'envoler pour Londres afin de rencontrer son frère. Ensuite, Lydia serait libre — et lui aussi. Leurs vies reprendraient leur cours normal.

Enfin... pas la tienne, justement, rectifia-t-il avec une grimace. Pour lui, rien ne serait plus jamais pareil. Il avait un frère qu'il avait très envie de connaître. Et pas pour des raisons financières, ainsi que le croyait Lydia.

Maximiliano et lui-même partageaient le malheur d'avoir le même père, ce qui revêtait une certaine importance. Pourquoi Carlos avait-il tant insisté pour qu'il épouse Lydia au lieu de rechercher son frère ? Se souciait-il sincèrement et avant toute autre chose du remboursement de la dette, ou son comportement cachait-il des pensées moins avouables ? Il avait peut-être peur d'avoir deux frères Valdez à la tête de la banque familiale.

— Tu voudrais que je t'abandonne aussi vite ? lança-t-il avec une pointe d'irritation, en revenant brusquement au présent.

N'avait-elle pas autant envie que lui de poursuivre ce délicieux intermède ?

— Je répète seulement ce que tu m'as dit hier soir.

— Nous n'en étions pas là. Nous ne nous étions même pas embrassés.

Radouci par le rouge qui montait aux joues de Lydia, il lui sourit.

— Il n'est pas dans mes habitudes de disparaître au petit matin après l'amour. Passons le week-end ensemble. Nous partirons lundi.

— Tu tiens toujours à ce que je vienne avec toi ?

Les pans de son peignoir en soie s'étaient entrouverts sur sa nudité. Brutalement, l'aiguillon du désir frappa de nouveau Raul. Il reposa lentement sa tasse, se leva et lui tendit la main. Puis il tira sur le nœud de sa ceinture, et le corps magnifique de sa maîtresse fut exposé à sa vue.

— Pour l'instant, je ne veux rien d'autre que te faire l'amour. Le week-end est à nous. L'avenir peut attendre.

Il ne voulait plus penser à rien, surtout pas aux raisons qui l'avaient rendu si malheureux pendant son enfance. Il n'avait jamais trouvé grâce aux yeux de son père parce qu'il n'était pas un enfant désiré. Un autre que lui avait eu cet honneur,

Max, celui qui avait hérité du prénom qu'il aurait dû porter, à quelques mois près…

La femme qui était devant lui avait résolu le mystère. Il lui en savait gré et lui en tenait rigueur en même temps, sans savoir ce qui dominait.

— Nous pourrions sortir, aller nous promener au parc, par exemple ? suggéra-t-elle timidement.

Elle avait un peu peur de lui, de son expérience. Il le sentait et le comprenait.

— Si tu veux.

Il la serra contre lui.

— Mais seulement quand j'aurai exploré chaque centimètre de ton corps de rêve, quand je t'aurai embrassée partout et que tu auras crié mon prénom en t'abîmant dans le plaisir, comme ce matin.

Elle s'empourpra en s'abandonnant entre ses bras. Quoi qu'il advienne par la suite, pour l'instant, elle était sienne.

Cela ne durerait pas bien sûr. Il n'avait jamais voulu s'embarrasser de sentiments et émotions. En dépit de l'attirance qu'il éprouvait pour elle, cette sublime et enchanteresse créature n'y changerait rien.

Lydia reposait langoureusement entre les draps, dans l'obscurité qui tombait sur Madrid. Quelques lampes éclairaient la chambre d'une lumière douce. Ils étaient sortis dans l'après-midi pour flâner dans les rues, mais étaient rentrés très vite au chaud, dans le confort douillet de l'appartement.

Ils ne se lassaient pas l'un de l'autre…

Elle n'avait jamais soupçonné l'existence d'un plaisir aussi étourdissant. Cependant, elle ne pouvait rien attendre de Raul. Pour lui, c'était banal.

Elle rêvassait pendant qu'il était sous la douche. Pour elle qui n'avait jamais autant fait l'amour dans sa vie, il s'agissait d'une expérience bouleversante. Était-elle en train de tomber amoureuse ? Ou simplement attendrie ? Lui, si fier, si intransigeant, était manifestement très ému à l'idée de rencontrer son frère. Dans un élan d'empathie, elle avait eu envie de le réconforter.

En tout cas, il la rendait folle de désir. Tantôt tendre et délicat, tantôt dominateur et déterminé, il la subjuguait. Elle en oubliait toute prudence et baissait dangereusement la garde.

— Si nous sortions, ce soir ? suggéra-t-elle quand il revint dans la chambre.

Les cheveux humides, une simple serviette blanche nouée autour des reins, il était beau comme un dieu.

— Pour aller où ? Au restaurant ?

— Oui, pourquoi pas ? J'aimerais bavarder un peu, apprendre à te connaître, répliqua-t-elle en souriant, comme si c'était la chose la plus naturelle du monde.

Quand il se crispa, elle se leva et enfila un peignoir, en prenant garde de ne pas manifester sa déception.

— Mangeons plutôt ici, dit-il. Nous discuterons autour d'un verre de vin.

— D'accord.

Pendant qu'il s'habillait, Lydia se décida à lui poser quelques questions.

— Qu'as-tu l'intention de faire, pour Max ?

Il fronça les sourcils.

— Lui faire une place dans ma vie et dans les affaires.

— Par loyauté envers ton père ?

— Non.

Tout en boutonnant sa chemise, il lui lança un regard étrange, indéchiffrable.

— Par nécessité, ajouta-t-il.

Cet homme qui avait brièvement été son fiancé par obligation avait brusquement retrouvé sa froideur dédaigneuse. Leurs chemins allaient bientôt se séparer, ce qui n'avait rien de surprenant. Son cœur se serra néanmoins.

— C'est un moindre mal, par rapport au mariage, j'imagine ? lança-t-elle, cynique. Tu avais à choisir entre un frère ou une épouse.

— *Sí, querida*. Finalement, je ne suis pas aussi insensible que le pensait mon père.

Elle frissonna. Comme elle se sentait vulnérable, tout à coup… Raul s'ouvrait aux sentiments, mais pas pour elle, pour quelqu'un de sa famille. Même si elle s'était interdit tout espoir, cette pensée la ravageait.

— Je pourrais partir tout de suite, risqua-t-elle en jouant le tout pour le tout.

Ne valait-il pas mieux précipiter la fin ? Elle souffrirait peut-être moins…

Raul s'approcha à grandes enjambées. Contre toute attente, il tendit la main pour lui caresser la joue, d'un geste si doux, si inattendu, qu'elle cilla pour ne pas se mettre à pleurer.

— Tu n'en penses pas un mot, j'espère ? Il y a encore trop de passion entre nous à assouvir. Dis-moi plutôt que tu as envie d'être auprès de moi, de dormir dans mon lit et d'être la femme que je désire.

Une nouvelle fois, il avait ranimé la flamme vacillante, sur le point de s'éteindre. Elle était perdue et ne pourrait pas tenir les vaines promesses qu'elle s'était faites.

Elle s'obligea à sourire.

— Tu me connais bien ! Évidemment, j'ai envie de rester.

Il effleura ses lèvres d'un baiser si tendre qu'elle aurait presque pu y croire.

— Mon adorable séductrice…, chuchota-t-il.

9

La passion qui avait explosé à la soirée, pendant qu'ils dansaient, ne s'émoussait pas. Depuis deux nuits. Le dimanche après-midi, Raul suggéra néanmoins une promenade.

Lydia paraissait totalement à sa place dans la capitale espagnole, comme si elle habitait là depuis toujours. Avec son jean blanc et ses bottes cavalières noires assorties à son blouson de cuir, elle se distinguait dans la foule des élégantes Madrilènes.

Malheureusement, une autre réalité, beaucoup plus rude, s'imposerait à lui le lendemain. La perspective de faire la connaissance de son frère le préoccupait, tout en lui causant un vif plaisir.

— As-tu parlé à ton père ? la questionna-t-il tout à coup.

Elle ralentit le pas comme ils pénétraient dans le parc du Retiro. Malgré leurs branches dénudées, les arbres baignaient dans la lumière du soleil hivernal et invitaient à la flânerie. Raul avait passé beaucoup de temps dans ces allées, à toutes les époques de sa vie. Enfant, il y jouait ; adolescent, il y exhibait ses premières conquêtes.

— Non, pas encore, répondit-elle. Et toi ? As-tu annoncé la nouvelle à ta mère ?

Elle avait l'art de lui retourner les questions embarrassantes.

— Pour le moment, je préfère attendre. Je veux l'épargner le plus possible. Il sera bien assez tôt quand je saurai quel genre d'homme est mon frère.

Tout en marchant, elle lui prit le bras. Aux yeux du monde extérieur, ils formaient un couple d'amoureux parmi d'autres.

Cette idée ne plaisait pas à Raul. Bientôt, comme prévu, ils cesseraient de se voir. En dépit du désir intense que Lydia lui inspirait, il refusait toujours obstinément les émotions et les sentiments, qui étaient pour lui un signe de faiblesse et n'apportaient que des complications.

— C'est quelque chose que j'admire chez toi, dit-elle doucement.

Quand il la regarda, la distance qu'il s'efforçait de mettre entre eux deux fondit comme neige au soleil. Pourquoi avait-il encore envie de l'embrasser ?

Un feu ardent et traître embrasa son corps. Il avait déjà connu la passion physique, mais jamais à ce point. Avait-il sans s'en rendre compte traversé une frontière invisible, pour s'aventurer dans une contrée qu'il n'avait pourtant nulle envie d'explorer ?

Il décida de s'en tenir à une désinvolture de surface.

— Cela n'a rien d'extraordinaire. Il est normal de ménager une femme qui m'a élevé en me protégeant contre les mensonges de mon père.

Le fait d'énoncer cette vérité à voix haute la rendait encore plus évidente. Sa mère avait dû beaucoup souffrir de se marier non par amour, mais par devoir et obligation.

Lydia avait bien failli se retrouver dans la même situation. Quel soulagement ce devait être pour elle d'avoir rempli sa mission et d'échapper au sort qui l'attendait ! Même si cela n'aurait été qu'un mariage blanc.

— Tu ne lui dois rien, Raul.

Les beaux yeux verts de sa compagne brillaient avec une intensité étrange. Si elle ne lui avait pas déjà clairement exposé sa philosophie de la vie, il aurait pu croire qu'elle était amoureuse. De lui.

— Je sais, mais c'est ainsi.

Ils se remirent à marcher côte à côte. La compagnie de Lydia semblait si naturelle, le contact de son corps si agréable… Un bref instant, Raul se demanda pourquoi il était tellement opposé à tout engagement sentimental.

Parce que rien ne dure et qu'on finit toujours par souffrir.

Il se souvenait clairement du chagrin de sa mère le jour où

elle avait découvert la double vie de son mari. Elle n'aurait pas été aussi malheureuse si elle n'avait pas éprouvé de l'amour. En dépit de ses dénégations, il était convaincu qu'elle avait profondément aimé l'homme que ses propres parents lui avaient imposé. Lui ne s'exposerait jamais à pareille souffrance.

Il changea de sujet de conversation pour revenir sur un terrain neutre :

— Le parc est beau, n'est-ce pas ? Même en cette saison.

— Oui, malgré le froid.

Elle se blottit contre lui pour se réchauffer.

— Une façon agréable de terminer notre week-end, non ?

Elle lui lança un regard perplexe, interrogateur, auquel il ne répondit pas.

— Oui, murmura-t-elle.

Se trompait-il en détectant une pointe de déception dans sa voix ?

Quoi qu'il en soit, elle n'insista pas. La séparation ne serait pas dramatique, puisqu'ils étaient tous deux d'accord pour en rester là…

Lydia humait l'air vif et agréable tout en s'appuyant sur le bras de Raul, dans le parc du Retiro. Le contact de son pardessus en cachemire la réchauffait malgré le froid glacial. Aucune ambiguïté ne planait sur leur relation. Leur brève aventure d'un week-end était presque terminée. Elle se souviendrait longtemps de cet interlude magique, qui lui avait fait entrevoir un rêve d'amour et de tendresse. Hélas, Raul n'autoriserait jamais aucune femme à l'approcher suffisamment. Il tenait trop à sa liberté et à son indépendance.

— Demain nous serons à Londres, dit-il.

— Et nous nous dirons adieu ?

Regardant fixement devant elle, Lydia aperçut des écureuils qui grimpaient agilement le long d'un tronc. En temps normal, elle se serait exclamée de plaisir. Mais pas ce jour-là. Elle voulait paraître détachée, inaccessible à toute émotion. Même si elle se félicitait d'y arriver, elle avait l'impression que tout son être se craquelait de l'intérieur.

— *Sí, querida.*

Elle nota que l'usage de ce mot tendre ne l'irritait plus du tout…

— Il est temps de reprendre le cours de nos existences, ajouta-t-il.

Elle observa à la dérobée son profil fier et déterminé. Elle aurait dû se réjouir de ce dénouement inespéré. La dette de son père était réglée sans qu'elle soit obligée de se fourvoyer dans un mariage d'une autre époque, comme dans les romans historiques qu'elle affectionnait à l'adolescence. Elle quitterait bientôt Raul et ne le reverrait plus jamais. Pourquoi cela lui semblait-il tout à coup aussi terrible ?

Aussi stupide que cela puisse paraître, elle était tombée amoureuse d'un homme froid et incapable d'amour, comme son père l'était.

Subitement, elle eut envie d'être agressive, pour lui faire mal. Mais comment atteindre un homme imperméable à toute émotion ?

— Il me faudra une preuve écrite que tout est arrangé. Je ne veux plus risquer d'être harcelée.

— *Harcelée* ? répéta-t-il en fronçant les sourcils.

Elle releva le menton, bravache, se réfugiant derrière la provocation pour être sûre de ne pas trahir ce qu'elle ressentait réellement.

— Oui, harcelée. Parfaitement.

Il plissa le front.

— Rassure-toi : dès que mon entrevue avec mon frère sera terminée, nos fiançailles seront officiellement rompues.

— Alors je te rends ceci. Je n'en ai plus besoin.

Pendant qu'elle retirait sa bague sous le regard narquois de Raul, un vague regret l'assaillit. Tout était si différent, depuis deux jours… L'atmosphère s'était considérablement allégée ; elle ne s'était jamais sentie aussi bien avec personne. Cette pensée l'attrista. Retrouverait-elle jamais une intimité aussi forte avec un homme ?

— Moi non plus, je n'en ai plus besoin, railla-t-il.

— Au moins, la prochaine fois que tu trouveras une fiancée à ta convenance, tu auras la bague à ta disposition.

Sa colère trahissait sa confusion. Oh ! comme elle lui en voulait d'avoir brisé ce beau rêve inaccessible, trop fugacement entrevu !

Elle s'éloigna de quelques pas, mais il la rattrapa.

— Je te croyais différente.

— De qui ? lança-t-elle, hostile.

— De la petite fille riche rencontrée il y a dix ans. De la femme hautaine et exigeante qui dînait avec moi à Londres le mois dernier.

Le désenchantement perçait dans sa voix.

— Cela faisait peut-être partie du jeu, répliqua-t-elle. Je suis bonne comédienne, n'oublie pas.

Lydia n'osait pas le regarder en face. Autour d'eux, les gens passaient sans rien remarquer. Pourtant, tout s'écroulait. Elle n'arrivait plus à sauver la face.

Le premier soir, en venant au rendez-vous de Raul, elle avait tenu le rôle que son père attendait d'elle, sans doute pour se rapprocher de lui, même sans le vouloir. Ensuite, elle s'était comportée avec plus de naturel, comme sa grand-mère le lui aurait conseillé si Lydia lui avait demandé son avis.

— C'est vrai, tu as été une fiancée parfaite, *querida*. Très convaincante, même pour moi.

— J'ai obéi à tes injonctions, répondit-elle sur le même ton moqueur.

— Bravo, je te félicite. J'ai failli y croire. Surtout au lit.

Elle s'immobilisa pour lui faire face. Pourquoi la blessait-il intentionnellement ? Entre eux, il n'était plus question de contrat depuis quelques jours. Elle s'était laissée aller complètement, sans retenue. Comment osait-il évoquer cela comme si elle s'était livrée à lui en mercenaire, comme si elle s'était *vendue* pour régler la dette de son père ?

— En tout cas, tu ne pourras pas me reprocher de ne pas t'en avoir donné pour ton argent, l'agressa-t-elle à son tour.

À son grand dépit, la fureur qui l'animait semblait amuser Raul au plus haut point, ce qui ne fit qu'exacerber sa colère.

Devant les étincelles qui brillaient dans les yeux de Lydia, Raul ne put réprimer un sourire. Elle était si belle, auréolée par la lumière hivernale qui dansait dans ses cheveux ! Une fois de plus, il se sentit frustré dans son envie d'en savoir davantage sur cette femme, de la connaître mieux.

Mais il refoula vite cette pensée.

— Certes, rétorqua-t-il sèchement. Tu m'as donné pleine et entière satisfaction.

Il éprouva une pointe de remords en la voyant pâlir. Pourquoi repousser avec autant de méchanceté une femme qui lui plaisait ? Décidément, il avait l'impression de se comporter avec autant de cynisme que son père. Ne connaîtrait-il donc jamais la paix et la tranquillité ?

— Je te méprise, Raul. Pour tout ce que tu as fait.

Elle commença à s'éloigner à grandes enjambées.

— Où vas-tu ? lança-t-il.

En contemplant le balancement de ses hanches, il se remémora malgré lui leurs folles étreintes du week-end.

Elle s'immobilisa et fit volte-face.

— Je ne supporterai pas une minute de plus ta compagnie, Raul. Je rentre. À Londres. Aujourd'hui même.

L'espace de quelques secondes, il resta interdit.

— Tu étais d'accord pour repartir avec moi, protesta-t-il enfin.

— J'ai des occupations qui m'attendent, déclara-t-elle, glaciale.

— Lesquelles ?

— Des robes à choisir pour un défilé.

— Mais oui, suis-je bête ! Des futilités, des mondanités…, ironisa-t-il d'un ton sarcastique.

Il s'approcha. Encore un pas et il tendrait la main pour lui caresser la joue. Puis il lui prendrait le menton entre le pouce et l'index, et se pencherait pour lui embrasser les lèvres.

— Cela prouve juste que tu me connais bien mal ! s'écria-t-elle avec une rage qui ôta à Raul tout désir de l'embrasser.

— Que m'as-tu donc encore caché ? demanda-t-il, soupçonneux. Tu ne t'intéresses plus autant qu'avant aux fêtes et au shopping ?

— J'avais à peine dix-sept ans, Raul ! À cet âge-là, oui, je ressemblais aux adolescentes de mon âge. Je suis devenue responsable. Je travaille.

— Et que fais-tu ? interrogea-t-il, intrigué.

Pourquoi ne lui avait-elle jamais parlé de son métier ?

— J'ai deux boutiques de mode, une à Londres et l'autre à Paris. J'ai songé à en ouvrir une à Madrid également. J'ai même pris quelques contacts le jour où j'ai acheté mon fourreau en lamé, celui que je portais l'autre soir.

Que pouvait-il dire ? Il se sentait stupide. Il ne pensait qu'à cette robe qui l'avait ébloui et qu'il n'avait eu de cesse de lui arracher.

— J'ai complètement abandonné l'idée, bien sûr, continua Lydia. Pour ne pas risquer de tomber sur toi de manière inopinée dans les rues de Madrid.

— Pourquoi ne m'as-tu jamais rien dit ? C'est comme pour l'espagnol…

— Tu veux la vérité ?

— Oui.

— Tu m'as humiliée, il y a dix ans. J'ai d'abord eu beaucoup de mal à m'en remettre. Ensuite, j'ai suivi le conseil de ma grand-mère : juste être soi-même.

Il se remémora ce lointain dîner. Le sourire de la jolie jeune fille qu'on lui avait présentée l'avait tellement subjugué qu'il s'était retranché derrière une brusquerie de mauvais aloi, juste pour se protéger.

— Tu as appris l'espagnol et tu es devenue une femme d'affaires juste à cause de ce soir-là ? s'écria-t-il, consterné.

Il culpabilisait.

— J'ai travaillé dur pour faire mes preuves et me réaliser. J'ai eu peur de devoir me dépouiller pour payer les dettes de mon père. Pour rien au monde je ne sacrifierais le fruit de tant d'efforts.

— Et si nous avions dû nous marier ? Si tu n'avais pas retrouvé mon frère ?

— Cela n'aurait rien changé. J'aurais jalousement préservé ce qui m'appartient, mon indépendance.

— Tu aurais peut-être flanché, comme ce week-end…

Elle le toisa avec une touche de mépris.

— Ce week-end était une erreur. Monumentale. Maintenant, si tu veux bien m'excuser, j'ai mes bagages à faire et un vol pour Londres à réserver.

— Mon jet sera à ta disposition demain.

— Non merci. Je pars seule. Aujourd'hui même.

10

Le ciel londonien, gris et pluvieux, s'accordait à la morosité de Raul. Par la fenêtre de sa chambre d'hôtel, il contemplait le dôme de la cathédrale Saint-Paul. Il avait passé une nuit agitée, entrecoupée de mauvais rêves, hanté par le souvenir du week-end qu'il venait de passer avec la femme qui avait changé sa vie — beaucoup plus qu'il ne voulait l'admettre. Lydia lui manquait. Il regrettait de l'avoir laissée partir.

Au début, il ne l'avait pas prise au sérieux quand elle était sortie du parc pour rentrer chez lui. Mais, quand elle avait téléphoné à la compagnie aérienne pour réserver un vol, il avait bien fallu se rendre à l'évidence. Il n'avait cependant rien fait pour la retenir. Il détestait la faiblesse de caractère.

Elle avait promptement bouclé ses valises. Une heure plus tard, elle avait disparu, le laissant seul avec ses pensées.

Lydia avait raison : ce week-end avait été une grave erreur. Pour tous les deux. Il ne s'était pas suffisamment méfié. Elle l'avait quitté au moment précis où surgissaient en lui des émotions dérangeantes, qu'il ne maîtrisait plus. Finalement, elle était sans doute aussi froide et manipulatrice que lui. Il ne savait même pas si elle était sincère, quand elle parlait de son enfance et de sa famille. Elle avait peut-être simplement cherché à endormir sa méfiance pour susciter ses confidences.

Il se détourna avec un grognement d'ours en cage. Il fallait chasser Lydia de son esprit, l'oublier. Surtout aujourd'hui, alors qu'il se préparait à rencontrer son frère, le fils que son père lui avait préféré.

Réprimant un juron, il quitta sa suite luxueuse pour prendre son petit déjeuner au restaurant du rez-de-chaussée. Il avait besoin de retrouver un semblant de normalité, de voir des gens comme lui, des hommes d'affaires.

Une tasse de café noir, brûlant, l'aida à recouvrer ses esprits. Que lui arrivait-il ? Il ne se reconnaissait pas. Il avait pourtant besoin de tout son self-control, s'il voulait affronter sereinement l'événement du jour.

Il ramassa un journal pour se changer les idées. Immédiatement, une photo lui sauta aux yeux. Lydia ! En première page ! Les sourcils froncés, il découvrit le gros titre, au-dessus : « Victime d'un chantage, elle se fiance à un milliardaire espagnol à la recherche de son demi-frère ! »

La feuille de papier se mit à trembler entre ses doigts. Il était fou de rage. Elle avait vendu l'histoire aux paparazzis ! Comment avait-elle osé, à peine sortie de son lit ? Cela expliquait pourquoi elle était si pressée de quitter Madrid, avant la parution des journaux du matin…

Il ne fallait prêter aucun intérêt à une mesquinerie aussi médiocre. Cependant, malgré lui, il parcourut l'article :

Lydia Carter-Wilson, l'héritière londonienne bien connue, n'a pas réussi à garder le sombre secret de famille du magnat espagnol Raul Perez Valdez.

« Raul a été très choqué d'apprendre qu'il avait un frère aîné », nous a informés une source sûre.

Convaincu jusque-là d'être fils unique, il devrait maintenant partager son héritage, la Banco de Torrez. Sa future épouse a succombé au chantage pour honorer la dette contractée par son père avec feu Maximiliano Valdez.

Le fils légitime, Raul, semble plus enclin à se marier qu'à s'associer avec le légataire testamentaire, ce qui l'obligerait à diviser son immense fortune.

Sans se soucier des gens autour, Raul jura bruyamment. Dénuée de tout scrupule, Lydia n'avait pas hésité à couvrir son père de honte. Elle ne songeait vraiment qu'à elle ! Quelle sorte de femme était-ce ? N'avait-elle aucun sens de l'honneur ? Dire qu'il lui avait fait confiance ! Il l'avait même présentée à sa mère. Elle s'était insinuée en lui, dans son intimité.

Fou de rage, il sortit son téléphone et composa son numéro. Quand elle ne répondit pas, il faillit raccrocher, puis le bon sens prit le dessus. Il ne se gênerait évidemment pas pour lui dire ce qu'il pensait, mais avant il allait lui jouer un tour à sa manière, comme s'il n'était au courant de rien.

Il laissa un message :

— Lydia, il y a des papiers à signer pour régler la dette de ton père. Je te verrai à 12 h 45, juste avant ma rencontre avec Max, prévue à 13 heures.

Il eut un sourire satisfait. Comment se justifierait-elle, cette fois-ci ? Elle essaierait sans doute de nier toute responsabilité au sujet de cet article. Elle ne s'en sortirait pas à si bon compte.

Froide et calculatrice, Lydia Carter-Wilson avait tenté de tirer des bénéfices substantiels de la situation. Mais elle n'avait pas mesuré son adversaire à sa juste valeur. Il la battrait à son propre jeu.

Lydia pénétra dans le palace le cœur serré. Dans le hall, un immense sapin illuminé semblait la narguer. On était à une semaine de Noël. Partout régnait une joyeuse atmosphère de fête, aux antipodes de ce qu'elle éprouvait.

Après avoir donné son manteau au vestiaire, elle retoucha son maquillage et se remit du rouge à lèvres. Elle observa avec attention son reflet dans la glace. Comme elle avait changé, en trois semaines, depuis sa première rencontre avec Raul, ici même ! Les autres ne le voyaient peut-être pas, mais elle avait le cœur brisé. Il avait suffi d'un week-end avec Raul Valdez pour détruire toutes ses défenses. Maintenant, elle avait totalement perdu le contrôle d'elle-même et de sa vie. Tout cela à cause de la gestion désastreuse de son père, de sa cruauté.

Elle inspira profondément et lissa la petite jupe rouge du

tailleur qu'elle avait choisi avec soin, en espérant exsuder une confiance qu'elle était bien loin de ressentir. Après avoir découvert les gros titres de la presse à sensation, elle avait besoin de tout son courage.

Raul les avait-il lus, lui aussi ? Non, certainement pas. Sinon, il ne lui aurait pas laissé un message aussi neutre sur son répondeur.

N'oublie pas qu'il est capable de tout!

Cette pensée l'accompagna pendant qu'elle traversait le hall dallé de marbre. Elle se rassura néanmoins comme elle put. Il n'avait prévu qu'un quart d'heure, juste le temps de signer quelques papiers. Se raccrochant à cet espoir, elle pénétra dans le restaurant étrangement vide. Lorsqu'elle aperçut Raul assis au beau milieu, impeccablement habillé d'un costume gris anthracite, elle sut qu'elle se trompait. Tout en lui irradiait le pouvoir et la supériorité.

Il se leva à son approche. Le masque de colère et de sévérité figé sur ses traits ne laissait plus aucun doute : il avait lu les journaux. Elle frémit sous son regard noir, accusateur.

Elle continua néanmoins à avancer la tête haute. Il ne fallait surtout pas lui montrer à quel point il l'intimidait. Malgré tout, elle s'immobilisa à mi-chemin, à la fois rassurée et inquiète d'être seule avec lui.

— J'ai privatisé le restaurant pour être tranquille, l'informa-t-il.

Le calme apparent de l'Espagnol ne l'abusait pas : une fureur sourde affleurait sous les apparences trompeuses.

Lydia rassembla ses forces pour l'affronter.

— J'ai eu ton message.

— Et moi, j'ai découvert ta trahison dans la presse ce matin, rétorqua-t-il aussitôt, avec une dureté impitoyable.

Elle rassembla toute sa volonté pour demeurer impassible, comme si cette accusation ne l'atteignait pas. Pourtant, intérieurement, elle tremblait. Mais son armure continuait à la protéger — pour l'instant…

— Je suis désolée de te décevoir, mais je ne suis pour rien dans cette histoire, déclara-t-elle avec un haussement de sourcil dédaigneux.

Puis elle poursuivit sans lui laisser le temps de répondre :

— Un homme comme toi, rompu aux rumeurs et aux médisances en tous genres, ne prête sûrement pas la moindre attention aux racontars des paparazzis.

— Au sujet de mes conquêtes féminines, certainement.

Il marqua une pause. Lydia s'interdit de réagir, même si l'allusion mordante la blessait. Profondément.

— Mais pas quand il s'agit de ma fiancée, ajouta-t-il sur un ton théâtral.

Elle sortit de ses gonds.

— Je ne suis pas ta fiancée ! Plus maintenant. J'ai rempli mon contrat.

— Je n'en suis plus aussi sûr, dit-il avec un mépris insupportable. En rendant publique l'existence de mon demi-frère, tu as enfreint les clauses de notre arrangement, Lydia.

— Je n'ai rien dit à personne ! protesta-t-elle.

Il éclata d'un rire cynique qui la fit frissonner d'appréhension.

— Tu imagines vraiment que je vais te croire, *querida* ? Je comprends tout, rétrospectivement ; tes incohérences, tes revirements… Tu as d'abord proclamé haut et fort que tu ne voulais rien avoir à faire avec moi. Puis, soudain, tu as changé du tout au tout pour te métamorphoser en une femme passionnée, méconnaissable. En réalité, tu m'aguichais pour me soutirer des informations.

— Pas du tout !

L'indignation étouffait Lydia. Elle s'était vraiment fourvoyée si Raul avait une aussi piètre opinion de sa personne. Elle avait cru à cette trêve merveilleuse qui leur avait permis de se comprendre, de se livrer en parlant de leur passé, de leur enfance. Or Raul n'y avait, semblait-il, vu que l'assouvissement d'une pulsion primaire. Comme elle était bête !

Il fit le tour de la table pour s'approcher, comme pour l'inviter à danser. Mais pas un slow langoureux comme le soir de la réception, plutôt un tango plein de colère et d'arrogance.

Elle détourna les yeux. Si au moins il y avait quelques clients dans le restaurant, pour rompre cette intimité insoutenable…

Mais il avait encore une fois tourné la situation à son avantage. Il voulait toujours tout contrôler.

— Tu t'es jetée dans mes bras, l'accusa-t-il.

Malgré la dureté de son intonation, sa voix la troublait encore. Comment était-ce possible ? Pourquoi avait-il autant de pouvoir sur elle, sur son cœur ?

— J'étais émue, avoua-t-elle.

Elle regretta aussitôt cet élan de sincérité. Elle releva le menton et lui jeta un regard de défi. Parvenait-elle à dissimuler les sentiments qui avaient éclos en elle pendant les deux jours idylliques de la fin de son séjour à Madrid ?

— Tu avais pitié de moi ? ironisa-t-il. C'est encore pire !

— Peu importe ce que tu penses, Raul. En tout cas, je n'ai pas vendu ton histoire aux journalistes. À présent, dis-moi ce que tu veux avant que ton frère arrive. Ensuite, je partirai et nous n'aurons plus à nous revoir. Jamais. Tu pourras aller de l'avant et reprendre les rênes de ta banque, même s'il t'aura fallu pour cela détruire mon père.

Elle aurait préféré être sincère, avouer ce qu'elle ressentait réellement. Or c'était totalement inutile, hélas. Cet homme était incapable d'amour, ni d'aucune émotion. Comment avait-elle été assez stupide pour imaginer le contraire ?

— Je crains que ce soit impossible, Lydia, déclara-t-il, glacial.

Elle se campa fermement sur ses jambes, contente d'avoir choisi des hauts talons qui la grandissaient.

— Que veux-tu dire ?

— Je te le répète : tu as trahi notre accord en divulguant des informations qui devaient rester secrètes.

Il devenait menaçant. Une haine sourde perçait dans ses propos.

— Pourquoi aurais-je fait une chose pareille ?

Ne se rendait-il pas compte qu'au contraire elle avait cherché à l'aider ? N'avait-il aucun respect pour les quelques moments d'intimité qu'ils avaient partagés ?

— C'est à toi de me le dire. À cause de toi, j'ai perdu un contrat très lucratif, et peut-être aussi l'occasion de nouer une relation avec mon frère avant même de le rencontrer.

— Je suis désolée, mais je te répète que je n'y suis pour rien.

Malgré son détachement apparent, Lydia était en train de s'effondrer. Elle ferma les paupières. Dire qu'elle avait rêvé d'autre chose qu'une brève aventure avec cet homme… Elle ne resterait pas une seconde de plus à l'écouter déverser sa haine incompréhensible.

Elle se détourna et s'apprêta à partir.

— Si mon frère n'arrive pas comme prévu à 13 heures, tu l'auras retrouvé en vain. Ton moment de gloire — ou de vengeance ? — aura été de courte durée.

Lydia se figea. Si Max ne venait pas, Raul en rejetterait sur elle la responsabilité… Elle regarda sa montre avec anxiété.

— Et sans mon frère, poursuivit-il, nous repartons à la case départ. Il faudra te marier avec moi pour honorer la dette de ton père.

— Tu ne peux pas m'y obliger !

Elle fulminait.

— Si, et je le prouverai.

Lydia guettait avec une inquiétude croissante la porte du restaurant.

— Non. J'ai rempli ma mission. Ce n'est pas ma faute si ton frère ne vient pas.

— Je ne suis pas d'accord.

Il n'en démordrait pas… D'ici quelques minutes, Lydia connaîtrait le sort qui lui serait réservé. Mais elle avait de toute manière perdu l'homme qu'elle aimait. Car Raul Valdez la détestait, cela ne faisait aucun doute.

Raul surprit le coup d'œil inquiet de Lydia sur sa montre. Quand elle pâlit, il faillit avoir pitié, mais rejeta farouchement cet élan de compassion. Elle ne le méritait pas. Il ne fléchirait pas.

Son frère pouvait désormais surgir à tout moment. Il fallait se préparer à la confrontation avec celui qui avait pris sa place dans le cœur de son père, avant même sa propre naissance.

— Il est temps que je m'en aille.

La voix de Lydia fit brusquement irruption dans son esprit.

— Non. Tu restes ici. Si Max…

Il s'interrompit car un majordome venait d'ouvrir la porte.

— Votre invité est arrivé, monsieur.

— Faites-le entrer, répondit-il avec calme, malgré le martèlement sourd qui résonnait à ses tempes.

— C'est bien qu'il n'y ait personne d'autre ici, remarqua Lydia pour meubler le silence.

— *Sí*. Contrairement à toi, je préfère mener mes affaires en privé, avec discrétion.

— Encore une fois, ce n'est pas moi qui ai parlé à la presse ! se récria-t-elle, des étincelles de colère dans le regard.

— Alors qui l'a fait ? lança une voix forte derrière eux.

Lydia poussa une exclamation de surprise. Quand Raul se retourna, il eut l'impression de voir son reflet dans une glace et serra les dents.

— Certainement pas moi, répéta Lydia avec une insistance qui, bizarrement, acheva de la discréditer à ses yeux. Parce que je ne veux qu'une chose : régler cette dette et sortir de ta vie.

— Alors va-t'en ! lâcha Raul, agressif.

Il en avait plus qu'assez des mensonges de son ancienne maîtresse.

Maximiliano le fixait sans relâche. Raul se raidit. Il n'était pas question de montrer la moindre faiblesse, ni de manifester aucune émotion. Il ne savait même pas ce qu'il éprouvait à l'égard de ce frère.

Il entendit un froissement de papier.

— Tiens, de la part de ta mère, chuchota Lydia.

Elle lui tendit une enveloppe jaunie, qu'il prit d'un mouvement brusque. Il ne supportait plus la vue de cette femme, qui avait percé ses défenses pour mieux le trahir ensuite. Il souffrait, abominablement. Cela lui rappelait le chagrin de sa mère lorsqu'elle avait découvert les infidélités de son père. Il n'était encore qu'adolescent et s'était juré alors de ne jamais prêter le flanc à ce genre de situation.

Malheureusement, il connaissait maintenant le goût amer de la tromperie.

Ses lèvres se retroussèrent en un rictus méprisant.

— Je ne veux plus te revoir, laissa-t-il tomber dans le lourd silence. Jamais.

Lydia sortit en trombe de la salle de restaurant. Elle ne supportait plus cette atmosphère lourde, chargée d'hostilité. La fureur de Raul, totalement injustifiée, lui lacérait le cœur.

Elle essuya une larme et s'arrêta, morose, devant le sapin de Noël. Ces guirlandes et ces lumières multicolores étaient d'un ridicule achevé. Il n'y avait vraiment rien à fêter. De son point de vue, en tout cas.

— Tout va bien ? s'inquiéta une voix féminine derrière elle.

Surprise, elle se retourna pour découvrir une jolie rousse, qui l'observait avec curiosité.

— Euh… Oui. Désolée, bredouilla Lydia en prenant conscience du ridicule de la situation. C'est une période de l'année… un peu difficile pour moi.

— Vous pouvez me parler, si vous avez envie. Il s'agit d'un homme ?

Lydia se détendit un peu. Pâle, les traits tirés, son interlocutrice n'avait pas l'air très en forme non plus.

— Vous avez deviné juste.

L'autre lui sourit. Au même moment, des éclats de voix retentirent de l'autre côté de la porte et elles s'immobilisèrent. Cette belle jeune femme attendait-elle le frère de Raul ? Lydia hésita, puis haussa les épaules. Cette histoire ne la concernait plus. Elle était libérée.

Elle s'empressa de sortir du palace, sous le regard perplexe de la jeune femme.

Dehors, le vent glacial de décembre la fouetta au visage. Étourdie par l'animation qui régnait dans les rues, Lydia avait du mal à recouvrer ses esprits. Une seule pensée l'obsédait. Elle avait perdu l'homme qu'elle aimait — et qui la haïssait, elle l'avait lu dans ses yeux.

Dans une semaine, on serait le 24 décembre.

Elle resserra les pans de son manteau pour se protéger du froid. Intérieurement, elle ne se réchaufferait jamais. Les dernières paroles de Raul résonnaient avec cruauté dans son cœur, comme une ritournelle qui avait tourné à l'aigre.

« Je ne veux plus te revoir. Jamais. »

11

Raul ne comprenait pas comment Max et lui pouvaient se ressembler autant. Indéniablement, ils étaient frères. Pas seulement à cause des cheveux et des yeux très noirs, mais jusque dans la façon de se tenir et l'autorité qui émanait d'eux. Mais pour l'instant, il était surtout préoccupé par la trahison de Lydia.

Il avait perdu beaucoup d'argent à cause d'elle, en plus de mettre Max dans une situation horriblement embarrassante. Il aurait aimé accorder foi à ses dénégations. Or trop de coïncidences l'accablaient. Elle avait habilement exploité leur attirance réciproque pour lui soutirer des informations sur l'histoire de son frère et de la double vie de son père. Comme un idiot, il avait cru qu'il l'attirait. Il s'était trompé. Complètement.

— Était-ce bien nécessaire ? lança son frère d'une voix accusatrice. Tu n'avais pas besoin d'être aussi dur avec elle.

— Ce n'est pas parce que tu es mon aîné que j'ai des conseils à recevoir de toi, rétorqua Raul avec colère.

À cause de Lydia, cette rencontre serait un échec. Tout lui échappait. Il n'arrivait même plus à penser clairement et disait n'importe quoi. Il ne se reconnaissait pas lui-même.

— Nous voici au cœur du problème, déclara Max, péremptoire, avec le même ton qu'aurait utilisé Raul s'il n'avait pas été assommé par les récents événements.

Lydia était partie. Pour toujours.

Il essaya de se concentrer sur la situation présente et sur l'avenir proche. Le moment était venu d'affronter les mensonges que son père lui avait infligés, de faire bonne figure devant ce frère dont on lui avait caché l'existence.

— Tu ferais bien de me dire tout de suite ce que tu attends de moi, reprit celui-ci. Cela te laissera ensuite tout le loisir de démêler tes histoires de cœur.

— Il n'y a rien entre cette femme et moi ! protesta Raul avec véhémence.

— J'ai pourtant bien l'impression du contraire, dit tranquillement Max.

La tension se dissipa un peu. Un pont invisible les reliait, joignant le passé et le futur, mais ni l'un ni l'autre n'osait s'y aventurer.

Raul soupira.

— Je ne t'ai pas demandé de venir pour parler de Lydia…

— Je devrais te détester, coupa Max.

Raul pensait exactement la même chose. Pourtant, son frère avait lui aussi été privé d'amour paternel, à partir de ses huit ans s'il fallait en croire Carlos.

Raul fronça les sourcils. Comment Carlos savait-il tout cela ?

— Ce n'est pas le cas ? demanda-t-il. Tu ne me détestes pas ?

— Non. Nous ne sommes à blâmer ni l'un ni l'autre. Le responsable a été trop lâche pour affronter la situation. C'est à nous de nous débrouiller, comme j'ai dû le faire le jour où il nous a abandonnés, ma mère et moi.

Raul digéra l'information. Se pouvait-il que son frère ait souffert autant que lui ?

— T'a-t-il jamais recontacté ? s'enquit-il.

— Non. Dieu merci. Je vivais mieux sans lui.

La sincérité de Max ne faisait aucun doute.

— Qu'allons-nous faire, maintenant ? lança Raul, indécis.

— Réagir. Je ne suis pas du tout sentimental. L'amour d'un père, ou d'une femme d'ailleurs, n'a jamais été essentiel dans ma vie.

— Je pense exactement comme toi.

— Si la jeune femme qui était avec toi n'a pas vendu l'histoire aux journalistes, quelqu'un d'autre l'a fait.

— Pas moi en tout cas, répondit Raul, se défendant contre l'accusation implicite. J'aurais eu trop à y perdre.

Max haussa un sourcil perplexe.

— Eh bien, nous devrions tirer cette affaire au clair. Les médias vont suivre l'affaire de près, sans aucun doute. Les paris sont ouverts. Mais je mettrais ma tête à couper que personne ne nous croit capables d'enterrer le passé pour aller ensemble de l'avant.

Ils se serrèrent la main avec chaleur pour sceller leur accord.

— Comme deux frères, dit Raul.

— Absolument, deux frères, approuva Max.

Puis, au grand soulagement de Raul, ce dernier lui donna une grande tape amicale dans le dos.

Après avoir laissé Raul et Max face à face, tels deux taureaux furieux prêts à charger, Lydia savait précisément ce qu'il lui restait à faire. Elle héla un taxi pour se rendre à la gare et attraper un train pour Oxford. Cette fois-ci, elle était bien décidée à parler à son père. Il était grand temps de le mettre en face de ses responsabilités. Elle n'avait d'ailleurs que trop tardé.

Sa rencontre avec Raul l'avait fait mûrir, et ce dernier week-end lui avait apporté une lucidité douloureuse. Elle était tombée amoureuse d'un homme qui ressemblait beaucoup trop à son père. Comme lui, il n'avait eu aucun scrupule à se servir d'elle pour parvenir à ses fins.

Quand le train s'ébranla, quelques doutes l'assaillirent, qu'elle réussit néanmoins à maîtriser pendant le voyage.

Tu as raison d'agir ainsi. C'est à lui de payer ses dettes.

En gare d'Oxford, elle prit un taxi pour se rendre chez son père, où elle n'allait plus que très rarement. Dès que l'entrevue serait terminée, elle rentrerait chez elle et se coucherait avec un somnifère. Elle aurait tout fait pour arranger les choses et aurait au moins la conscience tranquille. Même si sa vie était irrémédiablement gâchée…

— Je ne m'attendais pas à ta visite aussi près de Noël ! s'écria Henry.

Il perçut sans doute une détermination inaccoutumée chez sa fille, car il referma soigneusement la porte derrière la bonne.

— Et moi, je ne m'attendais pas à servir de bouc émissaire dans tes transactions douteuses !

Elle avait préparé une longue tirade de récriminations, mais s'en tint là pour l'instant, curieuse de voir la réaction paternelle.

— Ah.

Il semblait stupéfait. Manifestement, il ne l'avait jamais cru capable de rébellion. Elle s'approcha en le fixant droit dans les yeux.

— Je croyais que tu allais m'annoncer ton mariage avec Valdez. Ou plutôt, au vu des gros titres des journaux, que tu me féliciterais d'avoir joué aussi habilement. Te voilà richissime ! Et moi, j'ai sauvé ma tête.

— Comment as-tu osé ! explosa-t-elle en déversant sur lui toute la rancœur accumulée. Tu m'as utilisée d'une manière éhontée, en ne pensant qu'à toi !

— Attends une minute !

Rouge d'exaspération, Henry bondit sur ses pieds.

— Les propriétés qui sont à ton nom valent des millions.

Lydia se réjouit : il était tombé dans le piège qu'elle lui avait tendu.

— Vraiment ?

— J'ai fait cela pour toi, Lyd.

Elle avait toujours eu horreur de ce diminutif. Néanmoins, elle ne protesta pas et fit semblant de se radoucir.

— Je peux en disposer à ma guise ? demanda-t-elle, faussement perplexe.

Il se rassit, rassuré.

— Oui, Lyd, bien sûr. Va passer l'hiver au soleil. Quand tu reviendras, je m'arrangerai pour les revendre et nous aurons gagné une fortune. C'est un fabuleux investissement.

Quel être retors, dissimulateur ! Comment ne s'en était-elle pas rendu compte plus tôt ?

Parce que tu as grandi.

— C'est une excellente idée, répondit-elle avec un sourire factice. Je vais même partir dès demain.

— Cela me fait très plaisir. Tu as bien raison.

Le ton condescendant de son père la mit hors d'elle, mais elle joua la comédie jusqu'au bout.

— Du coup, je ne m'attarde pas, j'ai mes bagages à faire.

— Amuse-toi bien et joyeux Noël !

La voix de son père résonnait encore à ses oreilles tandis qu'elle traversait le grand hall lambrissé. Fugacement, elle eut envie de remonter le temps, de revoir la maison où elle avait grandi avant que ses parents se séparent et qu'elle parte vivre chez sa grand-mère. Mais c'était impossible, aussi irréalisable que de revivre son week-end avec Raul. Elle ne pouvait qu'aller de l'avant, même au prix de nouvelles souffrances.

— Merci ! lança-t-elle.

Si son père avait su ce qu'elle avait l'intention de faire avec son petit *investissement*, il aurait été beaucoup moins content… Elle appellerait d'abord son avocat pour procéder à une évaluation de ses biens et en tirer le meilleur profit. Ensuite, elle rembourserait cette maudite dette qui planait toujours au-dessus de sa tête, et donnerait tout le reste à des œuvres caritatives, sans garder un sou pour elle.

Alors seulement, elle pourrait essayer d'oublier l'avant-goût amer de l'amour.

Après le départ de son frère, Raul s'était immédiatement dirigé vers le bar pour commander un whisky. Il avait besoin d'un coup de fouet. Non pas à cause de Max, mais de la manière dont les choses s'étaient passées avec Lydia. Tandis que l'image de la jeune femme dansait devant ses yeux, il se souvint de l'enveloppe qu'elle lui avait donnée et la plaça sur le comptoir.

En attendant d'en découvrir le contenu, il se félicita de sa bonne entente avec son frère. D'un commun accord, ils avaient décidé de vendre à la presse le récit de leurs retrouvailles et de reverser l'argent gagné aux associations dont ils s'occupaient — un club de sports pour Max et une fondation pour la recherche médicale de son côté. Il songea que leur générosité naturelle les rapprochait et montrait combien tous les deux étaient différents de leur père.

Raul hésitait à ouvrir l'enveloppe. Était-il prêt à lire ce qu'elle contenait ? Qu'y avait-il à l'intérieur que sa mère avait cru bon de lui cacher pendant si longtemps ? Il poussa un juron. Pourquoi n'avait-il jamais abordé le sujet avec elle ?

Autour de lui, le bruit des conversations montait, avec en fond sonore les traditionnels chants de Noël. Mais Raul n'y prêtait aucune attention. Plongé dans une profonde hébétude, il considérait des feuillets qui avaient apparemment été arrachés du journal intime de sa mère, ainsi qu'une lettre tapée à la machine, datée du jour de son dixième anniversaire.

En même temps que l'existence d'un frère qu'il ne connaîtrait jamais, les deux documents révélaient la tromperie de son père, ainsi que l'insistance de la famille maternelle pour ne rien ébruiter. Les parents de sa mère menaçaient de la déshériter en cas de divorce. Car il convenait avant tout de sauver les apparences bourgeoises. Raul comprenait mieux à présent le comportement de sa mère. Maintenant que cette histoire était étalée à la une des journaux, il était urgent de lui parler.

Il aurait préféré le faire face à face plutôt qu'au téléphone, mais il n'avait pas le choix puisqu'elle était à Madrid et lui à Londres.

Il se mit à l'écart, dans un coin tranquille, et écouta anxieusement la sonnerie qui retentissait à plus de mille kilomètres de là.

— J'attendais ton coup de fil, dit sa mère en décrochant.

— Alors tu sais pourquoi j'appelle.

Même s'il redoutait de raviver les blessures d'un passé douloureux, il fallait exhumer la vérité. Lydia avait au moins raison sur un point : sa mère était la personne la plus apte à l'éclairer.

— Dès que je t'ai vu avec Lydia, j'ai su que le moment était venu.

Raul fronça les sourcils. La jeune Anglaise n'avait rien à voir dans cette histoire, si ?

— Elle t'aime, cela saute aux yeux. Et tu l'aimes aussi, expliqua-t-elle comme si elle devinait ses pensées.

Il aurait dû la détromper. Comment avait-elle imaginé une chose pareille ? Mais une affaire plus pressante le préoccupait :

— Pourquoi m'as-tu caché la vérité sur Max ?

— Quand tu étais petit, je voulais essayer d'arranger les choses entre ton père et moi, pour nous réconcilier et maintenir les liens familiaux. Uniquement dans ton intérêt.

Un groupe de gens qui parlaient fort s'assit à une table non loin de lui et il se tourna du côté du mur. Il fallait absolument poursuivre cette conversation téléphonique.

— Le courant n'est jamais passé entre mon père et moi, dit-il. J'en comprends la raison seulement maintenant. Il avait déjà un fils. Qu'il avait prénommé comme lui.

— Je connaissais l'existence du bébé, mais pas son prénom, déclara sa mère, d'une voix qui commençait à trembler. Je l'ai appris plus tardivement. Pour rien au monde je ne t'aurais confié un secret aussi lourd alors que tu avais déjà des relations si conflictuelles avec ton père.

— Tu devais pourtant bien te douter que cela me reviendrait un jour en pleine figure !

— Oui. Mais j'attendais le moment propice, quand tu aurais l'amour d'une femme pour te soutenir.

Il jura bruyamment en espagnol et s'attira quelques regards circonspects de la part des autres clients.

— Il n'y a rien entre Lydia et moi. Nous avons dû nous fiancer à cause d'une clause du testament, afin de régler une sombre histoire de dette entre son père et le mien.

— Il a osé t'imposer cela !

— Oui, sauf si je décidais de retrouver Max et de partager mon héritage avec lui. Quel culot !

Il serrait si fort son verre entre ses doigts, qu'il faillit le briser.

— Carlos était dans la confidence, ajouta-t-il.

— Carlos ? Cela m'étonne qu'il soit tombé si bas. En revanche, de la part de ton père, plus rien ne me surprend.

— Le mariage n'aura pas lieu, maman. Grâce aux renseignements que tu lui as donnés, Lydia a réussi à retrouver Max. Du coup, cela débloque des fonds que mon père avait mis de côté comme récompense pour le cas où je reconnaîtrais l'existence de ce frère aîné. Il se doutait que le père de Lydia n'honorerait pas sa créance et que je ferais tout pour ne pas me marier.

Raul enrageait contre son père, qui s'était moqué de lui jusqu'au bout, au mépris de tous ceux qui autour de lui en subiraient les conséquences. Sa mère, bien sûr, mais aussi Lydia, qui maintenant le détestait.

— Tu crois qu'il avait tout manigancé à l'approche de la mort ? s'écria sa mère, choquée.

— Sans le moindre doute.

— Cela ne change rien au fait que Lydia t'aime, Raul. Ne la perds pas. Ne gâche pas tes chances de bonheur.

En entendant son ton suppliant, il se félicita de ne pas l'avoir devant lui.

— Je ne suis pas amoureux, déclara-t-il, péremptoire.

— Alors tu ressembles peut-être plus à ton père que tu n'imagines…

Raul grinça des dents. Cette conversation l'excédait. De toute façon, Lydia était définitivement sortie de son existence.

— Je suis obligé de raccrocher.

— Parle-lui, Raul. Fais-le pour moi.

Il coupa la communication. Une souffrance diffuse le submergeait, à cause du passé, mais aussi du présent. Il termina son whisky. Lydia l'aimait-elle ? Non, impossible. Aussi froide et calculatrice que lui, elle détenait à présent des titres de propriété qui valaient des millions.

Une autre Lydia se cachait-elle sous des apparences trompeuses ? Après tout, lui aussi dissimulait soigneusement ses émotions…

Il se remémora leur séjour à Madrid, et surtout leur dernier week-end plein de passion. Il s'était senti heureux, alors ; jusqu'à en oublier toutes ses obligations, en particulier celle de retrouver Max. Avait-il été abusé par un mensonge, une illusion, ou au contraire été touché par la magie de l'amour ? Il avait si peu l'habitude de se poser ce genre de questions…

Pour une fois, il avait envie d'être lucide, authentique. Que s'était-il passé exactement entre Lydia et lui ? Quelle était la nature de cette étincelle qui avait surgi entre eux dès leur première rencontre à Londres ?

Il repensa aux mots cruels qu'il avait assenés à Lydia avant qu'elle ne disparaisse de sa vie à tout jamais. Quelle violence !

Un juron étranglé s'échappa de sa gorge. Il retourna au comptoir, commanda un autre whisky et l'avala d'un trait. Son reflet dans une glace, derrière le bar, le surprit. Il avait l'air hagard, méconnaissable. Il s'était comporté comme un imbécile. Comment avait-il été assez stupide pour croire que Lydia était capable de le trahir ? Jamais elle ne se serait embourbée de son plein gré dans cette fange. Victime, au même titre que Max et lui, elle ne s'était bien évidemment pas livrée aux paparazzis.

Il savait aussi, tout au fond de lui, que la passion qu'ils avaient partagée ne ressemblait à rien de ce qu'il avait connu jusque-là. Il ne s'agissait pas uniquement de désir ou de sexe, mais d'amour.

L'impensable s'était produit. Il était tombé amoureux…

Lydia Carter-Wilson, son improbable fiancée de circonstance, était en réalité la femme qu'il voulait véritablement épouser, avec laquelle il voulait avoir des enfants.

Hélas, il l'avait bannie à tout jamais.

Raul sortit du bar. Dehors, le vent d'hiver le fouetta au visage quand il s'avança en levant avec impatience le bras pour héler un taxi. Ce n'était pas le whisky qui le rendait imprudent tandis qu'il s'aventurait sur la chaussée au-devant des voitures, mais la conscience d'avoir irrévocablement perdu la femme qu'il aimait.

12

Cinq jours avaient passé depuis que Lydia avait vu Raul pour la dernière fois, mais les horribles paroles qu'il lui avait jetées au visage la hantaient sans répit. Même la nuit lorsqu'elle fermait les yeux, l'expression de son visage déformé par la colère la poursuivait. Elle pensait à lui tout le temps et s'en voulait de ne pas arriver à le chasser de son cœur et de son esprit. Comme il fallait néanmoins aller de l'avant, reconstruire sa vie, elle avait recommencé à travailler. Tout de suite. Elle avait besoin d'activité, d'agitation. Heureusement, avec Noël qui approchait à grands pas, un monde fou se pressait dans sa boutique.

Elle avait lu les gros titres des journaux du matin. Heureux de s'être retrouvés, Raul et Max avaient décidé de s'associer pour gérer la Banco de Torrez, dont ils héritaient conjointement, tout en continuant à mener chacun de leur côté leurs propres affaires. Cela paraissait presque trop beau pour être vrai. Les deux hommes avaient-ils concocté ensemble une version des faits susceptible d'apaiser les inquiétudes des actionnaires et des membres du conseil d'administration ?

Cela ne l'aurait pas étonnée. À en juger par ce qu'elle avait perçu de lui, Max avait l'air aussi dur, insensible et intransigeant que son frère.

La porte s'ouvrit et un souffle d'air froid s'engouffra dans la boutique de Knightsbridge, en même temps que le brouhaha de la circulation. Occupée à mettre la dernière main à un catalogue, Lydia ne se retourna pas tout de suite. Elle laissait toujours à ses clientes le temps de flâner un peu pour découvrir sa collection.

Quand elle se décida à accueillir la nouvelle venue, son sourire se figea sur ses lèvres.

Raul était là, au milieu du magasin, les sourcils froncés.

Que voulait-il ? Ne lui avait-il pas déjà fait assez de mal ?

— Je n'ai rien à te dire, s'écria-t-elle en le foudroyant du regard.

Elle avait déjà bien trop pleuré à cause de lui. Dire qu'elle avait failli tout lui expliquer, lui avouer qu'elle n'aurait jamais trahi l'homme qu'elle aimait… Dieu merci, il l'avait arrêtée dans son élan sans lui en laisser le temps. Sinon, elle s'en serait voulu toute sa vie.

— Mais moi j'ai beaucoup de choses à te dire, Lydia.

Tel un matador au centre de l'arène, prêt au combat, il ne bougeait pas. Sa présence virile semblait totalement incongrue au milieu des paillettes et des robes de fête.

— Je n'ai pas envie de les entendre.

Elle se détourna et ferma les paupières en écoutant ses pas s'éloigner. Il partait. Il n'avait pas beaucoup insisté…

Le cœur battant, elle entendit le verrou tourner, puis le rideau de fer se baisser lentement. Que faisait-il ? Elle fit volte-face, furieuse.

Son air satisfait acheva de la mettre en rage. En plus, il était toujours aussi beau, irrésistible, comme d'habitude.

— La boutique n'est pas fermée, déclara-t-elle sèchement.

— Si. Au moins le temps que je te parle.

Médusée, elle tenta de protester.

— Mon assistante va arriver.

— Elle attendra.

Le ton était sans réplique.

— Très bien. Je t'écoute. Plus tôt ce sera fini, mieux cela vaudra.

Malgré sa volonté de paraître indifférente, sa voix tremblait un peu, trahissait les émotions qui commençaient à l'envahir. Mais Raul était si insensible qu'il ne remarquait probablement rien.

L'ombre d'un sourire se dessina sur ses lèvres et il haussa les sourcils en s'approchant.

— Je sais que tu n'as pas vendu cette histoire à la presse.

D'abord soulagée, elle choisit néanmoins de ne pas le montrer.

— Après tout ce que tu m'as dit devant ton frère, tu pourrais tout de même t'excuser.

— C'est ce que je viens de faire, rétorqua-t-il.

— Pas vraiment, non. Tu en es incapable, Raul, parce que tu es un monstre de froideur, dénué d'émotions.

— C'est ce qui m'a permis de réussir, d'arriver là où je suis. Mais si cela te fait plaisir, eh bien je te demande pardon.

Cet aveu ne suffisait pas à Lydia. Elle aurait voulu entendre qu'il l'aimait, qu'il ne pouvait pas vivre sans elle.

— Qu'est-ce qui t'a ouvert les yeux ? demanda-t-elle, s'en tenant aux faits.

— On m'a révélé la source.

Il marqua une pause et elle attendit patiemment.

— Mon père s'était assuré les services d'un vieil ami, un membre du conseil d'administration, mais qui s'est révélé aussi corrompu que lui. J'ai définitivement acheté son silence.

— Quand on possède le pouvoir et l'argent, on peut tout, n'est-ce pas ? lança Lydia dans un espagnol parfait.

Cette accusation blessa Raúl au cœur. Pourtant elle avait raison…

— Pas toujours, non.

Il tenta de se ressaisir, de se rappeler pourquoi il était là. Il ne servait à rien de guerroyer avec Lydia sur des généralités vides de sens. Il fallait aborder le vif du sujet.

— Ah, le richissime Raul Valdez a envie de quelque chose que l'argent ne peut pas lui procurer, le provoqua-t-elle avec cynisme.

Il grinça des dents.

— Oui.

Sa voix rauque sonnait bizarrement à ses propres oreilles. Pourquoi ne pouvait-il pas s'exprimer avec simplicité ? Trouver les mots pour lui dire… qu'il l'aimait. Il se défendait depuis si longtemps contre les sentiments, par peur de souffrir, qu'il n'avait plus de certitudes. Jamais il ne s'était retrouvé dans une telle situation.

— Il y a une chose que j'aimerais *conquérir*, en effet, articula-t-il lentement.

Lydia se détourna pour ranger un vêtement sur un cintre, le temps de figer une expression neutre sur ses traits. Elle ne voulait surtout pas se trahir.

— Qu'est-ce que cela a à voir avec moi ?

Elle cilla plusieurs fois quand il s'approcha, mais sans baisser les yeux, ni reculer.

— C'est toi que je veux, Lydia.

Il l'avait dit. Il avait enfin admis qu'il avait besoin de quelqu'un. Pour la première fois de sa vie, après avoir fui la vérité pendant des années, Raul avait fini par avouer ses sentiments à la femme qu'il aimait.

— Non.

Des éclats de colère luisaient dans les yeux verts de Lydia. Pourtant, il y avait aussi autre chose. De la souffrance, sans doute, mais ce n'était pas tout.

— Non ? Comment cela, non ? répéta-t-il avec un mélange de stupéfaction et d'incrédulité.

— Je ne veux plus rien avoir à faire avec toi. J'ai été trop sotte d'imaginer que cela pourrait durer entre nous, et encore plus stupide de penser…

Le flot de paroles en espagnol le surprenait, tout autant que sa brutale interruption. Cette précipitation lui donnait à penser que sa mère avait peut-être raison : Lydia avait des sentiments pour lui et s'en cachait.

— De penser quoi ?

— Que je ne t'étais pas indifférente.

Elle passa devant lui, puis il entendit le store se relever, le verrou claquer et la porte s'ouvrir.

— Mais je me trompais, conclut-elle.

— Pourquoi as-tu chargé ton avocat de transférer une partie de tes propriétés à mon nom ?

Elle releva le menton, un mélange de fierté et de défi dans le regard, les mains sur les hanches.

— J'honore mes dettes. En totalité.

— Et tes promesses ?

Il haussa la voix pour couvrir le bruit de la rue londonienne.

— Oui, naturellement. C'est déjà fait. Et maintenant va-t'en.

Il s'avança, si près qu'il sentait son parfum, le même que celui qu'elle portait le soir de la réception. Des souvenirs brûlants affleurèrent à sa mémoire — d'abord d'une danse sensuelle, puis de la nuit torride où elle lui avait appartenu pour la première fois.

— Pars, ordonna-t-elle en espagnol, cruelle.

Il en était incapable. Il lui prit la main en plongeant les yeux dans les siens.

— En acceptant nos fiançailles, tu m'as fait une promesse, Lydia.

Elle scrutait son expression, comme lui un peu plus tôt. Cherchait-elle aussi un signe d'amour ? se demanda Raul.

— Ce n'était pas une promesse, mais un marché. Ou plutôt un chantage.

— Et si nos relations avaient évolué entre-temps ?

— C'est impossible, Raul. Tu as été très clair sur ce point. Tu ne veux pas t'engager, tu en es incapable. Nous avons eu une brève aventure, rien de plus. Mais c'est terminé.

Quand Lydia referma la porte, le calme revint dans la boutique. Elle n'avait pas tort : il s'était complètement fermé aux sentiments et à l'amour. Pourtant, depuis qu'elle avait surgi dans sa vie, quelque chose avait changé, irrémédiablement. Elle avait tout bouleversé.

— Je me suis trompé, déclara-t-il avec fermeté, pour l'obliger à l'écouter et à le regarder.

Immobile, elle continuait de lui tourner le dos. Finalement, elle lui fit face avec un air de profonde lassitude.

— Moi aussi.

Il était en train de tout perdre. La seule bataille qu'il voulait véritablement gagner lui échappait. Il devait absolument trouver la force de prononcer les mots qu'il n'avait jamais dits à personne. C'était son seul espoir de se faire comprendre.

Il inspira profondément et la vit battre des cils, comme pour lutter contre les larmes. Il s'arma de tout son courage.

— Je me suis trompé parce que je t'aime.

Lydia resta bouche bée, incapable de prononcer une parole. Avait-elle bien entendu ? Elle aurait cru Raul Valdez incapable d'un tel aveu. Mais était-il sincère ?

— Il est trop tard, dit-elle enfin.

Elle voulait s'enfuir, s'échapper, mais ne le pouvait pas, comme si le puissant magnétisme qui émanait de Raul la clouait sur place.

Il secoua la tête.

— Non, Lydia. Il n'est pas trop tard. Même si je me suis comporté comme un idiot.

— Je suis désolée d'avoir tout gâché juste avant l'arrivée de ton frère. Et surtout, j'en veux terriblement à mon père et au tien de nous avoir imposé cette situation infernale.

— Pas moi. Plus maintenant. En plus de retrouver mon frère, j'ai rencontré la femme que j'aime et que je veux épouser.

Lydia serrait les poings pour se retenir de pleurer. Quelle injustice ! Raul lui offrait tout ce dont elle avait rêvé, mais elle se méfiait trop désormais de ce milliardaire qui arrivait à ses fins par tous les moyens. Elle recula pour se soustraire à la tentation de sa virilité impérieuse, pour résister à l'envie d'un dernier baiser sur ses lèvres. Si elle cédait, elle était perdue. Elle l'aimait trop.

Elle eut un rire gêné.

— C'est impossible, dit-elle en baissant les yeux.

— Pourquoi ?

Il tendit la main pour la poser doucement sur sa joue. Elle se crispa pour s'empêcher de ressentir quoi que ce soit, pour ne pas croire à ces propos insensés.

— J'ai payé mes dettes, Raul. J'ai rempli mon contrat.

— Peu importe.

— Tu ne peux pas dire cela, nous sommes quittes !

— Non, Lydia. Une autre fin était prévisible. Dès le tout début, le désir et la passion nous poussaient l'un vers l'autre, irrévocablement.

Une part d'elle-même se demandait pourquoi elle luttait encore contre l'évidence. Pour arracher son consentement, Raul scella sur sa bouche un baiser ardent, qui lui ôta toutes ses défenses. Presque aussitôt, sa raideur et sa retenue la quittèrent. Elle se radoucit pour l'embrasser en retour comme si sa vie en dépendait. Puisqu'elle aimait cet homme, pourquoi ne pouvait-elle pas lui faire confiance ?

Certes, il s'était passé beaucoup de choses entre eux en très peu de temps, mais un homme aussi farouchement opposé à l'amour pouvait-il réellement changer du tout au tout ?

Elle le repoussa de toutes ses forces, si brutalement qu'il la lâcha.

— Tu as gagné sur les deux tableaux, Raul. En plus des fonds débloqués au moment de tes retrouvailles avec ton frère, j'ai réglé les dettes de mon père grâce aux propriétés qu'il avait mises à mon nom. Tu n'as même plus besoin de m'épouser pour les avoir, c'est fait. En revanche, moi, j'ai tout perdu. À présent, va-t'en, laisse-moi.

Elle se détourna, les larmes aux yeux, la gorge serrée.

— Non, Lydia, murmura-t-il avec une douceur qui la prit de court. Moi aussi j'ai tout perdu si tu me repousses.

Après son entrée fracassante et son baiser dominateur, il y avait de quoi être surprise. Toutefois, elle ne parvenait pas à y croire. Il lui fallait des preuves.

— Je suis désolée, Raul, mais je ne suis pas convaincue. Pourquoi aurais-tu changé aussi radicalement ?

— Ma mère a tout de suite compris que nous nous aimions.

— Nous avons bien joué la comédie.

— Non, elle n'a pas été dupe. Max non plus.

— Tu as parlé à ton frère de notre marché ?

— Il a trouvé que j'avais été très dur avec toi. Il m'a donné quelques conseils, que j'ai acceptés en ravalant mon orgueil parce qu'il sait manifestement de quoi il parle. Il est heureux en mariage.

— La jolie rousse qui l'attendait devant le restaurant ?

Raul hocha la tête.

— Ils attendent un enfant. Mais revenons au sujet qui me préoccupe. J'ai vraiment changé. J'y vois beaucoup plus clair en moi. J'avais peur de mes sentiments parce que je les considérais comme une faiblesse. Je sais maintenant que c'est tout le contraire. Mon amour pour toi est une force qui me porte et me pousse vers l'avenir.

Timidement, elle recommença à espérer.

— Je donnerais volontiers toute ma richesse, tout mon héritage, pour t'avoir dans ma vie, poursuivit Raul. Je t'aime, Lydia.

Il y avait tant de tendresse dans ses yeux qu'il ne lui était plus permis de douter. Elle se rendit :

— Et moi, je n'ai besoin de rien d'autre que ton amour.

Elle ferma les yeux pour savourer pleinement la caresse de ses lèvres sur son visage.

— Je t'aime, Raul.

Cette fois-ci, son baiser fut plein de délicatesse, et d'autant plus convaincant. Tremblante, Lydia s'autorisa enfin à croire à la réalité de leur amour. Quand il l'étreignit dans ses bras, elle se blottit en soupirant contre son torse.

— J'ai encore une chose à ajouter, murmura-t-il.

— Laquelle ?

Il lui sourit.

— J'ai été tellement bousculé ces derniers jours que j'ai oublié d'annuler la cérémonie de mariage.

— Mais il ne reste que quelques jours !

Que suggérait-il ? Était-ce une manière détournée de lui demander sa main pour de vrai ?

— Qu'en penses-tu ? reprit-il avec malice. Nous nous marions quand même ?

— Je serais ravie !

Elle hésita.

— Mais à une condition, ajouta-t-elle.

— Laquelle ?

— Que Max et sa femme soient présents.

— Rien ne me fera plus plaisir que de demander à mon frère d'être le témoin de mon amour et de mon engagement auprès de toi.

Épilogue

Elle était mariée…

Son mari était en train de discuter avec Max, et Lydia le regardait avec des yeux remplis d'amour. À peine trois jours plus tôt, encore en plein désastre, elle avait eu bien du mal à accepter la réconciliation que Raul lui proposait. Dieu merci, il l'avait convaincue. Et elle avait épousé l'homme qu'elle aimait, et qui l'aimait.

Il lui sourit et traversa à sa rencontre le petit salon d'apparat qu'ils avaient loué pour leur réception intime. Ils avaient seulement invité leurs amis les plus proches et des membres de leur famille — la mère et le frère de Raul, en fait.

Comme il était beau, dans son smoking noir ! Elle n'arrivait pas à croire qu'elle était vraiment mariée à l'homme de ses rêves.

Il l'entoura de ses bras pour l'embrasser, sans se soucier des autres. Quel plaisir d'étaler leur bonheur au grand jour ! Elle s'abandonna sans retenue à son baiser.

— Tu es très belle, murmura-t-il en appuyant son front contre le sien.

— Ma robe te plaît, alors ? lança-t-elle, mutine.

Gagnée par la panique, affolée de s'y prendre au dernier moment, elle l'avait choisie à la hâte chez un grand couturier madrilène.

— Oui, elle est magnifique. Mais tu l'es davantage encore. Tu es resplendissante.

— Quelle merveilleuse journée ! s'exclama-t-elle.

— Même si personne de ta famille n'a pu venir ?

— Ma grand-mère a une santé trop fragile pour voyager. Mais elle se réjouit de faire ta connaissance quand nous rentrerons de notre lune de miel. Quant à mes parents…

L'excuse invoquée par sa mère l'avait blessée, mais le refus de son père ne l'avait pas étonnée.

— … tout s'arrangera avec le temps, conclut Lydia avec philosophie. Mon père se remettra de la perte de ses biens immobiliers et ma mère nous a déjà invités chez elle en début d'année.

— Donc tu es heureuse ?

— Parfaitement.

— Alors il est temps de nous échapper, chuchota-t-il, une lueur malicieuse au fond des yeux. Nous allons passer quelques jours chez moi en amoureux, puis nous irons à Londres pour fêter l'anniversaire de la sœur de Max. Et ensuite, nous nous envolerons pour les Seychelles en voyage de noces.

— C'est fabuleux.

— Oui. Je suis heureux à la perspective de commencer une nouvelle année avec toi dans l'intimité.

— Tu es incorrigible, Raul Valdez. Mais je t'aime tant…

— Moi aussi je t'aime, de tout mon être.

— Cela paraît tellement incroyable d'entendre ces mots de ta bouche ! le taquina-t-elle.

— Eh bien il va falloir t'y habituer, parce que je vais te le répéter tous les jours.

— Je saurai te le rappeler si tu manques à ta parole.

— Et moi, je te vais te prouver combien je t'aime dès que nous serons seuls tous les deux !

— Allons-y vite, alors…

Ils s'éclipsèrent main dans la main, impatients de s'engager vers l'avenir radieux qui s'offrait à eux.

Retrouvez prochainement,
dans votre collection
SAGAS

LES SECRETS DES FORTUNE 2/2 - N°190

Un enfant en héritage, de Michelle Major

Lui, Charles Fortune Chesterfield, collectionneur d'aventures sans lendemain, père d'un petit garçon ? Comment Alice a-t-elle osé lui cacher qu'elle attendait un enfant de lui ? Et pourquoi l'a-t-elle écarté de la vie de son fils ? Résolu à partager le quotidien de Flynn, cet enfant qu'il ne connaît pas mais qu'il aime déjà, Charles exige de le rencontrer…

Pour une idylle avec toi, de Nancy Robards Thompson

Non seulement Joaquin vient de la quitter, mais en plus il refuse de lui adresser la parole… Zoe n'aurait jamais dû mentir sur son identité ! Mais être la fille du patron de Robinson Tech n'est pas l'idéal lorsqu'on veut être aimé pour ce que l'on est vraiment. Résolue à regagner le cœur du seul homme qu'elle ait jamais vraiment aimé, elle n'a alors d'autre choix que de lui tendre un piège pour lui parler…

L'époux dont elle rêvait, de Judy Duarte

Graham travaille ici ? Alors qu'elle vient d'arriver dans le ranch de son oncle, Sasha est bouleversée quand elle tombe sur Graham, l'homme dont elle était amoureuse autrefois… Elle qui, après avoir fui un mari violent, pensait trouver le repos dans cette propriété perdue au cœur du Texas, la voilà envahie par un désir aussi violent qu'inattendu. Pourtant, jamais Graham ne voudra d'elle. Quel homme poserait les yeux sur une mère célibataire sur le point d'accoucher ?

AMOUR, GLOIRE ET POUVOIR, de Joss Wood - N°191

Désir interdit

Julia a su mener sa carrière au point de se voir proposer aujourd'hui de designer l'intérieur d'un yacht ! Une perspective séduisante. En revanche, elle ne s'attendait pas à ce que le constructeur ne soit autre que Noah Lockwood, l'ami dont elle a été si proche avant qu'il ne disparaisse brutalement…

Une porte sur le paradis

DJ déteste Noël. Pour elle qui a grandi sans famille, veiller à n'avoir aucune attache est essentiel. Pourtant, son corps vient de la trahir. Elle attend l'enfant de Matt, le seul homme qu'elle s'autorise à fréquenter. Sa décision est prise, elle taira ce secret, pour ne pas risquer d'être rejetée une fois de plus…

Retrouvez prochainement,
dans votre collection

SAGAS

Architecte, femme et mère

Jouer les nourrices pour le bébé que doit garder Judah durant quinze jours ? Darby est prise au dépourvu face à la demande de son nouveau patron new-yorkais au service duquel elle souhaitait mettre ses compétences d'architecte. Même si elle rêve de fonder une famille, accepter cette demande ne risque-t-il pas de desservir sa carrière ?

3 MILLIARDAIRES À MARIER, de Miranda Lee - N°192

La vengeance d'un homme d'affaires

Seize ans plus tôt, Russel s'est juré de venger son père, ruiné et acculé au suicide par la faute d'Alistair Power, un banquier peu scrupuleux. Il a bâti le plus grand empire immobilier de Sydney, et œuvré à provoquer sa faillite. Aujourd'hui, il décide de parfaire son plan en séduisant la fille de son ennemi. Mais il découvre une jeune femme dont la beauté et la sensibilité le bouleversent...

L'héritière de Pearl Beach

Si elle veut garder sa maison de Pearl Beach, Kathryn doit se marier avant ses 30 ans. C'est la condition que Val, la vieille dame qui, au fil des ans, était devenue son amie, a posée dans son testament. Or, comment se résoudre à perdre cette maison ? Aussi, quand son patron lui propose un mariage de convenance, Kathryn n'hésite pas. Tout en sachant qu'elle joue avec le feu...

L'épouse bafouée

Durement éprouvée par une fausse couche, Megan surprend à l'hôpital une conversation entre les deux meilleurs amis de son mari. Une conversation qui la laisse en proie au désespoir le plus profond : son mari, James, apprend-elle, ne l'a jamais aimée et ne cherchait, en l'épousant, qu'à avoir un héritier... Peut-elle continuer à vivre avec James comme si de rien n'était, alors qu'il n'éprouve rien pour elle ?

Retrouvez prochainement,
dans votre collection
SAGAS

SÉDUCTEURS À CONQUÉRIR, de Sara Orwig - N°193

Ce secret à te révéler

Sierra ne décolère pas : comment Blake a-t-il osé la séduire, puis lui faire passer la plus magique des nuits pour se venger de son père ? Bien sûr, le milliardaire prétend l'aimer et elle n'a jamais éprouvé un sentiment aussi fort pour un homme. Mais il est trop tard, jamais elle ne pourra lui pardonner... Une solution s'impose : fuir et l'oublier à jamais. Mais, deux semaines plus tard, Sierra découvre qu'elle est enceinte...

Une mère pour Amelia

Le jour où Erin, la sœur de son meilleur ami, arrive chez lui pour s'occuper d'Amelia – sa nièce de huit mois dont il a la garde –, Cade est aux anges. Entre son ranch et son nouveau rôle de père, il avait besoin d'aide ! Ce qu'il n'avait pas prévu, c'est d'être troublé par le charme d'Erin, qui fait naître en lui des sentiments qu'il s'est juré de ne plus jamais éprouver...

Un inoubliable baiser

Un baiser échangé avec Gabe, et Megan sent ses certitudes vaciller... Si elle a demandé à son meilleur ami de l'épouser, c'était uniquement pour montrer à ses parents qu'elle compte mener sa vie comme elle l'entend. En aucun cas elle n'avait prévu de tomber amoureuse de lui ! Pourtant, Megan se met à trembler. D'angoisse, mais aussi d'anticipation. Comme si ce baiser venait de changer sa vie à jamais...

LES FAVORIS

Découvrez vos romans favoris
et vos thématiques préférées
issues de toutes
les collections Harlequin.

À découvrir tous les mois.

DIVERTIR • INSPIRER • ÉMOUVOIR

HARLEQU
www.harlequi

RESTEZ CONNECTÉ AVEC HARLEQUIN

Harlequin vous offre un large choix de littérature sentimentale !

Sélectionnez votre style parmi toutes les idées de lecture proposées !

www.harlequin.fr

Découvrez toutes nos actualités, exclusivités, promotions, parutions à venir...

Partagez vos avis sur vos dernières lectures...

Lisez gratuitement en ligne

Retrouvez vos abonnements, vos romans dédicacés, vos livres et vos ebooks en précommande...

L'application Harlequin

- Des **ebooks gratuits** inclus dans l'application
- **50 nouveautés tous les mois** et + de 7 000 ebooks en téléchargement
- Des **petits prix** toute l'année
- Une **facilité de lecture** en un clic hors connexion
- Et plein d'autres avantages...

Téléchargez notre application gratuitement

Télécharger dans l'App Store

DISPONIBLE SUR Google Play

SUIVEZ-NOUS !

facebook.com/HarlequinFrance
twitter.com/harlequinfrance

VOTRE COLLECTION PRÉFÉRÉE DIRECTEMENT CHEZ VOUS

Vous souhaitez découvrir nos collections ? Une fois votre colis de bienvenue reç
si vous souhaitez continuer à recevoir nos livres, cela se fera automatiquement.
Vous n'avez aucune obligation d'achat et cette offre est sans engagement de duré

Dans votre 1er colis, 2 livres au prix d'un + 1 cadeau

☛ COCHEZ la collection choisie et renvoyez cette page au
Service Lectrices Harlequin – CS 20008 – 59718 Lille Cedex 9 – France

Collections	Prix 1er colis	Réf.	Prix abonnement (frais de port comp
☒ AZUR	4,75€	AZ1406	6 livres par mois 31,49€
❑ BLANCHE	7,30€	BL1603	3 livres par mois 24,85€
❑ HISTORIQUES	7,30€	LH1202	2 livres par mois 17,49€
☒ PASSIONS	7,80€	PS0903	3 livres par mois 26,49€
☒ BLACK ROSE	7,90€	BR0013	3 livres par mois 26,79€
❑ HARMONY*	5,99€	HA0513	3 livres par mois 20,76€
☒ NORA ROBERTS*	8,90€	NR2402	2 livres tous les 2 mois, prix variable
☒ SAGAS*	7,99€	SG2303	3 livres tous les 2 mois 29,46€
❑ VICTORIA	7,80€	VI2115	5 livres tous les 2 mois 42,09€
❑ GENTLEMEN*	7,50€	GT2022	2 livres tous les 2 mois 17,95€
☒ HORS-SÉRIE*	7,70€	HS2812	2 livres tous les 2 mois 18,45€

*livres réédités / **entre 17,95€ et 18,75€ suivant le prix des livres

+ Diademe

F22PDFM

N° d'abonnée Harlequin (si vous en avez un) ❑❑❑❑❑❑❑❑❑

Mme ❑ Mlle ❑ Nom : ____________

Prénom : ____________ Adresse : ____________

____

Code Postal : ❑❑❑❑❑ Ville : ____________

Pays : ____________ Tél. : ❑❑❑❑❑❑❑❑❑❑

E-mail : ____________

Date de naissance : ____________

Date limite : 31 décembre 2022. Vous recevrez votre colis environ 20 jours après réception de ce bon. Offre soumise à acceptation et réservée aux personnes majeures, résidant en France métropolitaine, dans la limite des stocks disponibles. Prix susceptibles de modification en cours d'année. Vous pouvez demander à accéder à vos données personnelles, à les rectifier ou à les effacer. Il vous suffit de nous écrire en nous indiquant vos nom, prénom et adresse à : Service Lectrices Harlequin CS 20008 59718 LILLE Cedex 9. Service Lectrices disponible du lundi au vendredi de 9h à 17h : 01 45 82 47 47.

Harlequin® est une marque déposée du groupe HarperCollins France – 83/85, Bd Vincent Auriol – 75646 Paris cedex 13. SA au capital de 1 149 680€ – R.C. Paris. Siret 31867159100069/APE5811Z.